APAIXONADOS PELA ESPERANÇA

LANCALI

APAIXONADOS PELA ESPERANÇA

Tradução de Laura Pohl

Rocco

Título original
I FELL IN LOVE WITH HOPE
A Novel

Copyright do texto © 2022 *by* Lancali, LLC

Publicado anteriormente em 2022 por Lancali, LLC

Todos os direitos reservados.
Nenhuma parte desta obra pode ser reproduzida ou transmitida por meio eletrônico, mecânico, fotocópia ou sob qualquer outra forma sem a prévia autorização do editor.

Publicado mediante acordo com a
Folio Literary Management, LLC e Agência Riff.

Direitos para a língua portuguesa reservados
com exclusividade para o Brasil à
EDITORA ROCCO LTDA.
Rua Evaristo da Veiga, 65 – 11º andar
Passeio Corporate – Torre 1
20031-040 – Rio de Janeiro – RJ
Tel.: (21) 3525-2000 – Fax: (21) 3525-2001
rocco@rocco.com.br
www.rocco.com.br

Printed in Brazil/ Impresso no Brasil

Preparação de originais
LARA FREITAS

CIP-BRASIL. CATALOGAÇÃO NA PUBLICAÇÃO
SINDICATO NACIONAL DOS EDITORES DE LIVROS, RJ

L238a

    Lancali
        Apaixonados pela esperança / Lancali ; tradução Laura Pohl. - 1. ed. - Rio de Janeiro : Rocco, 2023.

        Tradução de: I fell in love with hope : a novel
        ISBN 978-65-5532-366-5
        ISBN 978-65-5595-209-4 (recurso eletrônico)

        1. Ficção francesa. I. Pohl, Laura. II. Título.

                              CDD: 843
23-84576   CDU: 82-3(44)

Meri Gleice Rodrigues de Souza - Bibliotecária - CRB-7/6439

O texto deste livro obedece às normas do
Acordo Ortográfico da Língua Portuguesa.

Para meu Sam,
E para todos neste mundo que precisam se sentir
um pouco menos sozinhos.

prefácio

Esta história pega pedaços do meu coração e os espalha pelo papel. Contada sob a perspectiva de uma narradora onisciente, explora amizade, pecado, doença, amor e todas as coisas que nos tornam humanos.

Estas páginas estão cheias de lembranças reais que tomam o formato de outros personagens, lugares semelhantes e as mesmas ideias. É importante mencionar que muitas das particularidades das doenças são representadas ficcionalmente neste livro e não devem ser analisadas como casos médicos.

A história aborda violência doméstica, distúrbios alimentares, bullying, agressão física, automutilação, suicídio, estupro, depressão, ansiedade e descrições detalhadas de aspectos de doenças.

É difícil para quem está de fora entender o que é uma doença autoimune, e mais difícil ainda para quem está passando por isso. É um espectro muito amplo, um pêndulo que muda de crônico para terminal. A grande maioria das pessoas que tem uma doença autoimune consegue viver normalmente. Uma pequena minoria não consegue.

Esta história é para ambos os casos. É para todos que conhecem a solidão e para todos que procuram por si mesmos.

Espero que encontre um pedacinho de você em Sam, Hikari, Sony e Coeur, assim como eu encontrei.

antes

O AMOR DA minha vida quer morrer.
 É uma coisa trágica de se dizer em voz alta. Não. Talvez não trágico. Apenas injusto. Só que, ao começar esta história, você vai perceber que as tragédias e injustiças estão todas no mesmo balaio.

Porque, antes que o amor da minha vida decidisse que não queria mais viver, ele me disse que as estrelas nos pertenciam. Passamos todas as noites juntos, nossos corpos entrelaçados sobre as telhas duras do telhado, memorizando os padrões no céu. Então, mesmo enquanto ele definhava, enquanto seu corpo se tornava menos corpo e mais cadáver, eu acreditava que nossas estrelas iam fazê-lo acreditar. Acreditava que as estrelas o manteriam vivo desde que ele pudesse erguer os olhos e ver que elas não tinham caído.

Nesta noite, ficamos parados na ponte enquanto o rio corre escuro sob nós e os postes lançam auréolas douradas nos nossos dedos dormentes pelo frio do inverno.

— Você está bravo comigo? — pergunto, porque, nesta noite, eu conto a verdade. Conto a verdade sobre mim, a verdade que não digo a ninguém, o segredo que me torna diferente de todo mundo que ele conhece. Jogo o segredo como um laço ao redor do pescoço dele, um colete salva-vidas, para impedir que ele dê aquele último passo escuridão adentro.

Ele balança a cabeça, segurando a grade.

— Só estou curioso. — Os olhos amarelados nos quais sempre me perdi encontram os meus. — Qual é a sensação? De ser você?

— Parece que eu roubei alguma coisa — respondo. — Como se esse corpo não me pertencesse.

Confissões às vezes são bruscas e aterrorizantes, mas as minhas são suaves. A verdade de quem eu sou não faz sentido, mas não precisa fazer. Ele sabe disso; está doente desde o dia que nasceu. Estar doente ensina às pessoas que razões são apenas tentativas fracassadas de justificar desgraças. Dão a ilusão do *porquê*, mas *por que* é uma pergunta muito barulhenta, e a morte é silenciosa.

— Você acredita em mim? — pergunto.

Ele assente.

— Você ainda me ama?

— Claro que ainda te amo. — Ele suspira, a mão segurando meu rosto, o dedão traçando minha bochecha.

Abro um sorriso.

O amor é nosso fundamento. O amor nos tornou fingidores.

Quando éramos crianças, fingíamos que o hospital era um castelo e nós éramos cavaleiros. Jogávamos cartas quando estávamos em patrulha, e ele sempre me deixava ganhar. Comíamos no térreo enquanto ele inventava histórias sobre os plebeus com suas roupas de dormir que passavam por nós. Dormíamos na mesma cama, e ele sussurrava sobre as aventuras que nos esperavam do outro lado das muralhas do castelo. Então, ele me beijou porque estávamos sozinhos, pertencíamos um ao outro, e tudo estava bem.

Nós precisávamos fingir.

O ar estava rarefeito. Era por isso que os pulmões dele tinham dificuldade de respirar. Ele estava triste naquele dia. Era por isso que o coração dele não conseguia bater por conta própria. Estávamos cansados. Foi por isso que seus músculos cederam e ele caiu nos meus braços.

Passamos a vida inteira fingindo, mas, se fingir por tempo demais, a realidade arranja um jeito de te lembrar que não gosta de ser ofendida.

Nesta noite, brigamos. Brigamos como nunca antes, e ele veio até essa ponte sozinho para fugir de mim, acho. Não sei. Agora que meu segredo está livre e que ele sabe quem eu sou, o *que* eu sou, a raiva que compartilhávamos se dissipa, como se estivesse antes presa em um músculo dolorido que está começando a se curar.

Ele coloca seu casaco nos meus ombros quando começo a tremer. Ele me abraça, me puxando para perto. Eu me inclino em direção ao calor dele, nossa silhueta interrompida pelos flocos brancos que caem sobre nós.

— As estrelas estão caindo? — pergunto.

— É neve — sussurra ele. Ele percorre minha coluna com os dedos, reverberando uma risadinha. — É só neve.

Delicada e fria, *neve* cai nos meus lábios.

— A neve também é nossa? — pergunto.

— Sim — responde, a boca no meu pescoço. — Tudo é nosso.

— Obrigada. — Meus dedos percorrem o cabelo dele. — Por tudo.

— *Eu* é que agradeço. — A dor parece roçar sua garganta. Ele me aperta ainda mais, como se pudesse desaparecer dentro de mim se tentasse. — Por querer me fazer procurar por isso.

Ele tenta rir de novo, mas não é a risada que sempre amei. A risada que amo faz um eco. Eu as arrancava do seu peito quando ele estava cheio de agulhas nas veias. Quando ele apertava minha mão, desesperado por segurar algo real. Agora, a risada é oca. Acaba de forma abrupta, em vez de ir sumindo aos poucos.

— Meu amor — digo, a voz meio falhada. — Por que você veio até essa ponte?

A luz do poste pisca. As estrelas começam a cair com urgência. A escuridão adentra nossa imagem, ameaçando as beiradas daquela auréola dourada.

Ele morde o lábio. Aperta os olhos com força enquanto a neve chama suas lágrimas.

— Eu sinto muito, minha querida Sam — diz ele, as palavras hesitantes, os dedos amassando as costas do meu casaco como lençóis. — Eu queria continuar fingindo com você.

Nosso castelo está atrás de nós, ouvindo. Enquanto ele chora no meu ombro, consigo sentir cada instante em que ele já abriu os olhos quando não achei que conseguiria. Sinto os sorrisos que compartilhamos quando a morte decidiu devolvê-lo para mim, de novo e de novo e de novo.

Então só consigo sussurrar:

— Não estou entendendo.

Ele apoia a testa na minha, as lágrimas queimando trilhas nas suas maçãs do rosto, e um medo que conheço muito bem substitui o calor do abraço.

— Fico feliz por ter me contado seu segredo — diz ele, as lágrimas se acumulando na curva do sorriso. — Fico feliz por você continuar viva depois que eu me for.

Ele me beija, a neve e o sal entre nossos lábios.

Ele me beija como se fosse a última vez que fosse fazer isso.

— Lembre-se de mim — pede ele. — Lembre que não é porque as estrelas caem que não vale a pena fazer um desejo para elas.

— Eu não estou entendendo — digo, mas o beijo já acabou.

O toque dele já sumiu do meu rosto. Ele já se virou e foi embora. Eu tento alcançá-lo outra vez, entrelaçar nossos dedos, puxá-lo de volta como sempre fiz, mas é a morte que pega a sua mão.

— Espere. — Os passos dele somem naquele branco, apagados. — Espere!

Ele não me escuta. Só escuta a noite chamando do outro lado da ponte, prometendo tranquilidade.

— Espere... por favor...

Minhas lágrimas começam a cair, porque, não importa quanto eu tente, não posso seguir seu caminho.

As lembranças começam a esvanecer, desaparecendo da luminosidade do poste e sumindo nas sombras.

— Não, você não pode... Você não... — Balanço a cabeça. — Não pode ir ainda... Não pode me deixar... Você...

Você.

Minha luz, meu amor, minha razão.

— Você vai morrer.

O medo abre um buraco entre as minhas costelas. Destrói meu corpo, meus pulmões, meu coração.

Quando a escuridão engole o último pedaço dele, a realidade vem cobrar seu preço e carrega a dor pesadamente na mão como uma foice.

A neve se transforma em uma tempestade. Tento capturar os pontos dançantes e, de alguma forma, mandá-los de volta para o céu. Meu castelo me observa com pena. As lágrimas chovem rio abaixo, os gemidos se transformam em soluços e a lembrança se transforma em nada.

Minhas estrelas estão caindo.

E não consigo salvá-las.

1
olhos amarelados

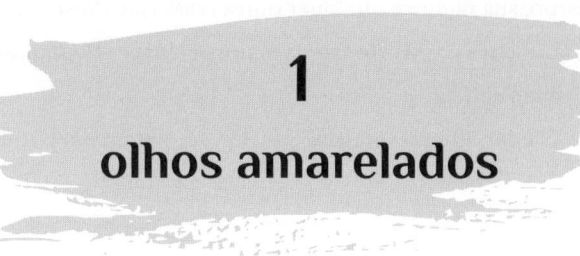

anos depois...

Q UANDO ELE MORREU, me tornei outra pessoa.
Costumava sonhar com nós dois, pensando que dentro daqueles olhos amarelados havia um futuro no qual eu poderia confiar. Os futuros nunca são certos. Nada ensina essa lição melhor do que ver alguém que se ama ir embora.

Nada ensina essa lição melhor do que crescer em um hospital.

Todo aquele constante ruído de fundo mantém você são. As macas passam, e os funcionários caminham pelos corredores como se estivessem em algum tipo de rodovia médica. Fora isso, tem a comida sem graça e sem gosto e a decoração sem graça e sem gosto para acompanhar sua sentença. É só isso que é um hospital. Não é um lugar para melhorar nem ser tratado. É somente um lugar onde se espera.

Imagine uma bomba presa ao seu pulso. Ela emite sons. Como um monitor cardíaco. Dia e noite. Uma contagem regressiva. Uma contagem regressiva que não dá para ver, aliás. Olhe para sua bomba, segure-a como um relógio. O que encara você de volta é somente uma luz vermelha piscando e aquele bipe incisivo. Lembretes de que uma hora a bomba *vai* estourar. Você só não sabe quando.

É assim que é esperar pela morte.

Uma bomba que navega pelas suas veias com nome de doença.

Não dá para desarmar a bomba. Não dá para destruir a bomba. Não dá para fugir da bomba.

O Tempo, a Doença e a Morte são mecanismos pesarosos. Gostam de criar forcas com o medo e amam as brincadeiras. Vestem-se de sombras, curvados sobre seus ombros com dedos sinistros, te chamando em direção à escuridão, levando consigo seu corpo, sua mente e qualquer outra coisa que quiserem.

O Tempo, a Doença e a Morte são os maiores ladrões do mundo.

Ou costumavam ser.

Até a gente chegar. Quatro amigos que não acreditam em bombas.

Sony entrou na minha vida não deitada em uma cama de hospital, e sim chutando uma máquina de lanches que havia roubado seu chocolate. No segundo em que ela me viu, a frustração desapareceu, e nós dividimos o chocolate ruim e conversamos sobre sonhos distantes sentadas no chão frio do corredor. Apesar de não saber na época, ela tinha sobrevivido a uma perda muito maior que a de um dos pulmões. Com seu cabelo da cor do fogo e seu ar de liberdade, ela é uma gladiadora, a ladra mais corajosa que eu conheço.

Coeur é um ser muito mais calmo. Ele é a nossa força, nossa força sempre culpada. A mãe dele é francesa, o pai é do Haiti, e os dois amam nomes pretenciosos. Coeur significa *coração*, apesar de o coração no corpo de C estar quebrado. Literalmente. Só que o coração de sua alma é o maior entre os nossos. Ele é o amante do grupo e o pior ladrão entre nós.

Neo é escritor, um poeta amargurado. Diferente de Sony, ele é calado e, diferente de C, não sente remorso algum. A coluna é frágil, mas suas palavras compensam essa falha. Ele é magrelo e baixinho, tão pequeno que o chamamos de bebê, apesar de que, para um bebê, ele tem um gênio e tanto. Tenho quase certeza de que Neo nunca sorriu na vida. Eu o conheço há mais tempo do que os outros, e, por mais que ele fique fazendo carranca e seja cruel, é tudo um fingimento para se proteger. Ele também é a pessoa mais inteligente que conheço — observador, criativo, resiliente — e é quem planeja e registra todos os nossos roubos. Ele diz que eu e Sony somos as extrovertidas que o raptamos e o coagimos até que se tornasse nosso amigo, mas sei que, no fundo, ele gosta de companhia. Os hospitais são lugares solitários até você encontrar amigos.

Faz anos que Neo, Sony e C entram e saem do hospital.

Quando vão para casa agora, não é por muito tempo. A Doença é uma coisa gananciosa. Tira pedaços até você não se reconhecer mais, e Neo, C e Sony não se reconhecem mais fora deste lugar.

Estando doente ou não, a noite transforma as janelas em espelhos. No passado, mostrava aos meus amigos cadáveres no vidro: esqueletos de ossos desfeitos da carne, órgãos saindo pelas costelas, sangue escorrendo pela boca. Eles tremiam diante do augúrio, a ponta dos dedos tocando a superfície que os fascinava. Diagnósticos, remédios, agulhas e tantos novos espelhos que nunca quiseram encontrar em suas vidas. O reflexo virou a realidade.

Então, em vez de encontrar as novas versões de si, vulneráveis na cama que dormiam e nas camisolas hospitalares que usavam, meus amigos apagaram as luzes. Subiram as escadas e se encontraram no telhado. Deixaram a ponta dos dedos roçarem o céu, sem nenhuma barreira impedindo-os de tocar as estrelas.

Um desafio.

— Deveríamos roubar tudo — disse Sony. Mesmo com a chama baixa, era corajosa. — Vamos roubar tudo antes de partirmos.

— Tudo? — perguntou C.

— Tudo.

— É uma lista enorme — disse Neo.

— Suas vidas foram roubadas — eu falei. — Por que não roubam um pouco de volta?

Foi assim que a nossa Lista nasceu. Até agora, não temos tudo.

Roubar é uma forma de arte, e ainda não somos artistas. Só que isso não nos impede de tentar...

E então, em uma tarde sem nuvens, saímos do hospital, e Sony vai na frente, C empurrando Neo em uma cadeira de rodas pela rua. Andamos pela calçada e entramos em uma loja de conveniência. Sony se aproxima de um mostruário cheio de óculos escuros e experimenta um par de óculos estilo aviador, dando uma olhada em volta, e então assentindo.

— Agora — diz ela, a etiqueta pendurada ao lado da têmpora.

C vai até as geladeiras.

— Agora? — Neo ergue o olhar, acariciando o livro que nunca sai de seu lado. Um exemplar de *Grandes esperanças*. É uma constante, como uma pinta ou o formato do seu nariz. Tem uma dobra na lombada, tão envergada quanto a sua coluna.

— Agora — ordena Sony, o peito inflado.

— Não vamos ser pegos? — sussurro, olhando em volta da loja de conveniência do posto de gasolina. Outras três pessoas andam pelos corredores, e o caixa está folheando uma revista.

— Vamos ser pegos, definitivamente — diz Neo.

Sony o encara pelo canto dos óculos escuros, que em breve serão roubados.

— Por que seríamos? — provoca.

Neo bufa.

— *Sempre* somos pegos.

— Hoje é diferente. Hoje a sorte está do nosso lado — declara Sony, respirando fundo, de forma profunda e dramática. — Não está sentindo, Neo? O aroma doce no ar?

— Estamos no corredor dos chocolates, sua idiota! — A cadeira de rodas de Neo range quando ele vira a cabeça para olhar para mim. — Sam, diz para ela que ela é uma idiota.

Eu diria, mas tenho amor à vida.

— Sony, você é uma idiota — diz Neo, pegando uma caneta e um caderninho guardados na cadeira de rodas.

Ele abre o caderno e escreve, num garrancho: "16h05: Sony é uma idiota."

Neo é nosso escriba — a pessoa responsável por registrar nossos grandes feitos. Tudo bem que ele não *concordou* com esse título. Na verdade, nem concordou em vir a essa missão. Só que, quando sua coluna tem o formato de um gancho, não dá para se escapar das algemas da amizade. A cadeira de rodas range enquanto a afasto do alcance de Sony.

— É incrível que você precise de alguma cirurgia, bebezinho. — Sony não tem um título. Ela dá os títulos, como um diabinho no meu ombro cheio de sorrisos sem vergonha e com dentes afiados. — Seu ego inflado já deveria servir para sustentar seu corpo.

— Você fala muita merda para alguém que não consegue subir um lance de escadas — rosna Neo.

Afasto ainda mais a cadeira de rodas dele.

— É um dom. — Sony suspira, o único pulmão cheio de ambição. — Agora preste atenção e não me desconcentre.

Neo e eu observamos enquanto Sony vai até o caixa, os tênis brancos sujos guinchando no azulejo. O diabinho dela não se esquece de colocar um pirulito no bolso de trás da calça no caminho até lá.

Neo resmunga.

— Cleptomaníaca.

— Com licença... — Sony acena os braços para chamar a atenção do caixa. O olhar inicial de soslaio do atendente vira um olhar demorado.

Sony é bonita. O tipo de beleza que é brutal, que enche os olhos e te acerta como um soco. Porém acho que a encarada tem mais a ver com os tubos de respiração que traçam um caminho do nariz até as bochechas dela.

Ela aponta para os cigarros atrás do caixa só para cavar sua cova.

— Só esses, por favor — diz Sony.

— Senhorita, eu... — O caixa para de falar, olha para os cigarros e então de novo para ela. — Tem certeza? Acho que não posso vender isso para você, em sã consciência.

— Ele está encarando os peitos dela em sã consciência. — Neo morde o lábio como se estivesse pronto para mastigar o punho que usa para apoiar a cabeça.

— Ah, não, não são para mim. Hum. — Sony recua, abaixando a cabeça. — Meus amigos e eu, nós...

O diabinho é rápido para se debulhar em lágrimas. Sony tapa a boca com as mãos.

— Não sabemos quanto tempo ainda nos resta. Está vendo Neo, o menino ali? Ele tem uma cirurgia amanhã. É câncer.

Ela aponta por cima do ombro para Neo e para mim, e o caixa faz contato visual. Nós imediatamente desviamos o olhar. Neo até finge que está escolhendo sabores de chiclete e olhando os ingredientes no verso da embalagem.

Sony funga e seca as lágrimas que não caíram.

— Só queríamos ir até o telhado como costumávamos fazer, ser um pouco rebeldes — diz ela, dando de ombros, rindo sozinha. — Não sei o que vou fazer se ele não sobreviver. É uma alma tão boa. Ele perdeu os pais em um incêndio... *e* o cachorro! Eu...

— Tá, tá bem! — O caixa pega o maço. — Leva isso. Pode ir.

— Muito obrigada — diz Sony, pegando os cigarros sem pensar e saindo saltitando pela porta.

Chocados por essa manobra ter funcionado, eu e Neo vamos atrás dela. Neo até consegue afanar um saco de balas de ursinho, colocando-o entre sua perna e o braço da cadeira. Assim que saímos e a porta se fecha, nós dois exalamos o nervosismo enquanto Sony dá alguns passos alegres e para.

Neo faz o que deve fazer, escrevendo no caderno: "16h07: a idiota enganou o cara que encarava os peitos dela e conseguiu cigarros de graça."

Ela joga o maço no ar e pega em uma mão.

— Eu não tenho câncer — diz Neo.

— Não tem mesmo. Mas o câncer acabou de fazer a gente economizar dez contos, que é a única coisa boa que deve fazer em toda sua existência.

— Sony — eu reclamo.

— Que foi? As crianças da ala do câncer me amam. Sempre dão risada quando corro atrás delas e caio por não conseguir respirar. *Quid pro quo*, tá?

— Tem certeza que de não estavam chorando? — pergunta Neo.

— *Quid pro quo?* — pergunto, pausadamente.

Não sei muito sobre dizeres que todo mundo conhece. Sarcasmo, ironia, expressões idiomáticas, trocadilhos. Essas coisas me confundem até Neo explicá-las para mim.

— Significa trocar uma coisa por outra, em latim — diz ele. Neo sabe de tudo.

— Isso! — Sony afirma. — Tipo quando você mata alguém, e aí eles te matam. Tipo carma. É assim que *quid pro quo* funciona.

Olho para Neo.

— É?

— Não. Tem algum motivo de *eu* ter que estar aqui para isso? — ele pergunta, a cadeira de rodas rangendo, o peso desequilibrado por algo sob a cadeira. Neo franze o cenho. Ele se vira o máximo que consegue, e vê que um engradado de seis latas foi colocado sob o assento.

O músculo de nossa missão chegou. C parece mais um homem do que um garoto, alto e bonito. Com as mãos nos bolsos, ele ajeita melhor a cerveja no esconderijo, com delicadeza.

— Como foi? — pergunta C.

Sony rapidamente mostra o seu tesouro.

— Poupei dez contos usando câncer.

C inclina a cabeça.

— Com cigarros?

— E balas de ursinho — eu digo.

Neo atira a sacolinha por cima do ombro para o peito de C.

— Qual é, C. — Sony coloca as mãos na cintura. — O que nós faríamos sem a ironia e os clichês ruins, hein?

— Talvez evitar usar um paciente de cadeira de rodas como mula? — Neo tenta se afastar, mas C segura as costas da cadeira da mesma forma que alguém seguraria o colarinho de uma pessoa.

Neo revira os olhos. Ele tira outro caderninho do seu bolso lateral, dessa vez com a capa rasgada. Conforme voltamos pela rua, de volta para casa, ele acrescenta as conquistas de hoje na nossa Lista.

Cigarros (aqueles legais do filme do 007)
Cerveja
Um pirulito
Óculos escuros feios
Balas de ursinho
Uma tarde fora
Uma pilha de nervos

Hospitais são lugares sem graça e sem gosto. Mas, mesmo que eu não sonhe como costumava sonhar, poucas companhias são mais empolgantes do que a de ladrões.

— Bebezinho, você é nosso pilar — diz Sony, o orgulho e o carinho escapando por entre os dentes. — Sem você, nossas missões seriam um desastre. Quem mais poderia registrar nossa gloriosa história?

— Além disso, você dá um excelente carrinho de compras — acrescenta C, afagando o topo da cabeça dele.

— Olha só, C, tem um monte de carros ali — diz Neo, apontando para a rua. — Me empurra na frente deles.

Em vez disso, C enfia um punhado de doces na boca de Neo, e nós voltamos para o hospital.

Sony passa pela faixa de pedestres como se estivesse pulando em pedrinhas para atravessar um riacho. C empurra a cadeira de Neo atrás dela, dois patinhos enfileirados. Fico para trás, a narradora. Sempre alcançam a linha de chegada antes de mim.

Neo está com a Lista no colo, a luz refletindo no metal da espiral, fugindo como se o sol estivesse provocando. Ergo o olhar para encontrar o brilho, encarando além da linha de carros que se estende na direção do cruzamento.

Meu coração dá um sobressalto.

Além dos carros, o rio corta a cidade em duas partes. A ponte é tudo que conecta os dois lados. Uma ponte que conheço a vida inteira, que provoca uma dor no peito. Em vez de estranhos rindo e crianças atirando moedas na água, vejo a neve além do corrimão. Vejo a escuridão.

Desvio o olhar, deixo o passado para lá, mas algo sai de trás dele.

Amarelo.

Só um vislumbre.

O cinza se esconde, e faixas de cor são levadas pela brisa do rio. O sol desceu até a terra, decidindo passar um dia entre os súditos?

Estico o pescoço para ver melhor, mas tem gente demais na ponte. Os casais, os turistas e as crianças bloqueiam minha visão, as cidades são impacientes. Uma buzina me traz de volta à realidade, meus amigos esperando adiante.

— Sam? — chama C.

— Desculpa.

Eu me apresso e sigo em frente. Ao entrarmos juntos no hospital, meu queixo vai de encontro ao meu ombro, a ponte longe demais para me machucar. Continuo olhando para trás até meu reflexo aparecer nas portas de vidro.

— Ora, ora — diz Sony, com o pirulito entre os dentes. — A tripulação de contrabandistas retorna depois de um longo dia no mar.

Ela enfia os cigarros na manga quando chegamos ao átrio.

Como a maioria dos hospitais infantis, é velho e tem uma falsa aparência de alegria. Balões chiques e azulejos coloridos desbotados tentam alegrar um espaço onde muitos entram e saem sentindo-se tristes. Pôsteres e banners nas paredes exibem informações sobre tratamentos e histórias de sobreviventes, mas esses também são velhos, e médicos e enfermeiros andam de um lado para o outro para completar a cena.

— Rápido! — diz Sony. — Vamos levar tudo lá para cima antes que... Eric!

O carcereiro (enfermeiro) mais notório do nosso andar, Eric, tem um timing impecável. Ele ergue a sobrancelha em resposta ao tom de Sony, o pé dando batidinhas no chão. O detector de lero-lero é uma arma aguçada, e, quando ele fica bravo, eu não queria que a raiva dele fosse descontada nem nas pessoas que de fato estão em uma prisão.

— E, bem debaixo do nariz da nossa contrabandista idiota, a história se repete — narra Neo. — Deveria dizer "eu avisei" ou aproveitar para denunciar você por me raptar...

C enfia mais doce na boca dele enquanto pego o caderno do bolso lateral da cadeira, enfiando no rosto de Neo.

— Onde vocês estavam? — pergunta Eric. As olheiras e o cabelo escuro são da mesma cor, e ele está de braços cruzados. Está preocupado conosco, ou não teria descido até o térreo para nos arrastar de volta para casa.

— Eric, Eric... Primeiro, esse uniforme aí é novo? — pergunta Sony, apontando para o visual. — Deixou seu rosto tão coradinho...

— Você não. — Eric ergue a mão, silenciando-a, e então olha para mim. Queria ser invisível.

— Só tomando um ar — eu digo, olhando para o chão e coçando a nuca.

— Um ar, né? — Eric repete, sem se convencer. — Esqueceram que temos um andar inteiro dedicado a isso?

Ele está se referindo aos jardins.

Quando as costas de Neo ainda funcionavam, nós quatro nos escondíamos nos arbustos lá em cima. Fizemos um plano para viver o resto de nossas vidas naquele jardim e fingir que éramos o povo do mato, que só comia frutinhas silvestres. Funcionou por umas três horas, até ficarmos com frio e fome, e C estava prestes a chorar por não conseguir carregar o celular para escutar mais música. Voltamos cobertos de galhos e cheirando a terra.

Desde então, Eric não é muito fã de deixar a gente sumir de vista.

— Bem! — Sony quase fracassa em não responder. — Desculpa se a gente precisa de uma mudança de ares.

— Chega. — Eric abre os braços, e nós quatro nos aproximamos mais uns dos outros. — Eu não deveria precisar dizer a vocês que não sejam imprudentes.

Ele aponta para Neo.

— Você tem uma cirurgia amanhã.

Olha para C.

— E você, um ecocardiograma.

Por fim, Sony.

— E você nem era para estar fora da cama. Já para cima!

C empurra a cadeira de Neo enquanto seguimos para o elevador. Sony pressiona o botão com a sola do sapato. Quando chegamos ao último andar, C pega Neo no colo, segurando-o firme e tomando cuidado com as costas. Daqui, precisamos subir mais para chegar ao telhado. Eu levo a cadeira enquanto Sony sobe os degraus pulando.

Na metade do caminho, Sony e C precisam descansar.

Sony fecha os olhos e se inclina no corrimão. Só metade do peito sobe, rápido e profundo, mas ela se recusa a abrir a boca para respirar. Seria uma admissão de derrota, e ela não daria essa satisfação a ninguém por apenas uma subidinha.

C também se apoia no corrimão, e Neo pressiona a orelha contra o peito dele.

— Parece música? — pergunta ele, quase sem voz.

— Não — responde Neo. — Parece mais um trovão.

— Eu gosto de trovões.

— Não quando tem uma tempestade entre suas costelas. — Neo aponta para as cicatrizes de veias sanguíneas subindo pelas clavículas de C. — Suas veias tecem relâmpagos. A tempestade está tentando escapar.

C sorri.

— Você é *mesmo* um escritor.

— Pois é. — Neo se acomoda, uma orelha de volta ao coração. — Respire, Coeur.

Isso também é um ritual. Um minuto de silêncio por um único pulmão e metade de um coração.

Sony é a primeira a abrir os olhos e voltar a subir. Ela dá um chute na porta do telhado, que se escancara, os braços esticados, querendo abraçar horizontes. Ela solta um assobio alegre de uma criminosa que acabou de escapar, que ecoa junto aos seus passos alegres.

— Conseguimos!

— Conseguimos — sussurro, colocando a cadeira de Neo no chão e ajustando os tubos de respiração nas orelhas de Sony. C coloca Neo de volta na cadeira com cuidado, entregando a ele alguns pedaços de papel que pegou dos bolsos de trás.

— Gostou? — pergunta Neo.

— Gostei, sim. — Neo e C estão escrevendo um livro juntos. Neo é o escritor. C é a inspiração, o leitor e a musa, o que sempre tem ideias que não sabe colocar no papel.

— Mas eu estava me perguntando... — diz C, ainda pensando no capítulo na cabeça dele. — Por que ele simplesmente desiste no fim?

— Como assim? — Neo encara as páginas.

— Você sabe, o protagonista. Depois de descobrir que o amor da sua vida mentiu o tempo todo, não grita, nem fica bravo, nem arremessa coisas como a gente quer que faça. Só... continua.

— Esse é o ponto — diz Neo. — É difícil deixar o amor para trás. Mesmo quando dói. — Distraído, ele remexe a atadura na parte interna do cotovelo, o algodão ainda protegendo o ponto de uma agulhada recente. — Tente se afastar de alguém que conhece tão bem que é capaz de arruinar quem você é. Vai ficar se perguntando como é possível amar qualquer outra pessoa. Enfim, se eu desse o fim que você queria, seria totalmente esquecível.

Neo não apenas escreve histórias, ele se transforma nelas. A maior parte das coisinhas que ele escreve é verdadeira, causa arrepios, mas, até aí, a maior parte das coisinhas que ele escreve é apagada ou vai para o lixo. Sempre foi assim.

Sony coloca um cigarro entre os lábios de Neo e outro nos meus. Segurando-o firme na boca, Neo ergue a mão, protetora como um escudo, contra a brisa. O isqueiro faísca até que o fogo de Sony o acende.

Neo não traga. Em vez disso, só assiste, assim como eu, deixando o aroma fazer cócegas nas narinas, e observa a fumaça subir e se juntar às nuvens. C e Sony não tomam a cerveja borbulhando embaixo das tampinhas. Lambem a espuma, as línguas encostando no céu da boca.

Somos criaturas gananciosas, mas não somos ingratos. Não é preciso tomar parte na destruição para admirar suas armas.

— Você acha que as pessoas vão se lembrar de *nós*? — pergunta Sony, encarando o céu e brincando com o colarinho.

C acaricia as cicatrizes e o relâmpago nelas. Neo ajeita a posição dos ossos no assento.

Seja injustiça ou tragédia: meus amigos vão morrer.

Então, o que mais pode ser feito, além de continuar fingindo?

— Não sei.

Eles olham para mim.

— Nosso final não nos pertence.

Sony sorri.

— Vamos roubar nossos finais, então.

— É por isso que subimos aqui, certo? — C diz. — Combinamos que íamos planejar tudo hoje. Nossa fuga do hospital.

Neo olha para ele. A possibilidade de um hoje mais grandioso se assoma entre nós. C dá de ombros.

— O que está nos impedindo?

De repente, a porta se abre.

— Chegamos. Não é para subir aqui, mas às vezes as crianças gostam de… — A voz de Eric nos dá um susto.

C quase quebra a garrafa ao pisar em cima dela, enquanto Neo e eu atiramos os cigarros para longe tão rápido que quase queimamos as mãos um do outro.

No segundo em que ficamos mais ordenados e nos viramos, Eric já está com raiva, mas, em meio ao caos, o tempo desacelera. Uma melodia familiar ressoa em uma única nota, fazendo as cabeças virarem na orquestra.

Fico em silêncio.

Uma luz amarelada surge atrás de Eric.

E o sol se esconde atrás dele no formato de uma garota de olhos amarelados.

2
amanhecer

Eu ainda o vejo às vezes.
    Ele se remexe, um menino que não sabe o peso do lugar onde mora. As mãos brincam com as minhas. Ele não segura as coisas, *segurar* é a palavra errada.

— Mãos podem se beijar? — pergunta ele. Perguntar é sua brincadeira preferida.

— Não sei.

— Acho que podem. — A risada dele ecoa por três segundos, até os dedos. — Nossas mãos estão se beijando.

Ele se acomoda na cama quando sente dor. Agulhas saem do corpo dele, tubos e máquinas com nomes difíceis demais de pronunciar ligando-se a ele. É um tipo de máquina em si. Uma máquina quebrada que os engenheiros ditos médicos tentam consertar.

Os nervos protestam, afiados, como um golpe nas costelas. Vejo os sintomas estremecendo o rosto dele, as mudanças, os grunhidos sutis. Nada inibe a curiosidade dele. A mente permanece inquieta mesmo quando o corpo é incapaz. Ele continua brincando com as minhas mãos da forma que consegue. Ele ri quando as costelas permitem.

— Agulhas são espadas — diz ele. É faz de conta. O mais glorioso entre seus jogos. — Comprimidos são gemas.

— O que são gemas? — pergunto.

— Pedras — diz ele. — Pedras bem bonitas. Algumas brilham. Como o sol.

— As pedras não são todas bonitas?

— Não — responde. A voz muda com o corpo, em um território onde a brincadeira exige energia demais. Ele se esvazia aos poucos. A doença o esvazia, ao mesmo tempo que o torna pesado. — Eu me sinto como uma pedra — diz ele, afundando na cama.

Entrelaço nossos dedos e acaricio as juntas para ele saber que ainda estou ali. Nossas mãos se beijam.

— Então você é a gema — eu digo. — Como o sol.

Ele gosta de toques assim como gosta de fingir, perguntar, conversar, mesmo quando não tem nada a dizer. Faz com que sinta que tenha um propósito maior do que só não morrer.

Ele sorri para mim, mas seu rosto estremece. Ele muda de posição, amassando os lençóis, olhando pela janela.

— O sol nasce todo dia — diz ele, roçando com leveza a pele entre as ataduras. — Você acha que ele nasce porque já morreu?

Ele não entendia que eu nunca poderia ter lhe respondido na época.

Eu nunca soube mais do que ele me ensinou. Sabia que mãos podiam se beijar e que eu queria acariciar o rosto dele como a luz fazia.

Ele era minha luz. Meu pôr do sol. Com cores violentas. Submerso, tranquilo, na escuridão.

Isso foi há muito tempo.

Agora, vive nas memórias. Enterrado. Rebelde, como era antes. Ele surge, às vezes, no canto da visão, na risada perdida na multidão, no que sobrou das perguntas que ainda esperam resposta na noite.

A verdade é que eu não tenho medo da noite.

Vivo nela. Os olhos se ajustam, as mãos se acostumam a não serem beijadas e o coração se acomoda no local entorpecido. A noite não é o inimigo que imagino que seja. É o estado natural das coisas quando o sol se extingue.

Então imagine minha surpresa, quando, anos depois que meu sol se pôs, um feixe de amarelo surge na escada e oculta o cinza…

Amarelo.

O cabelo dela é amarelo. Nem loiro nem platinado, *amarelo*. Como dentes-de-leão e limão-siciliano. A cor deixa à mostra o suficiente das raízes escuras para que saibam que é escolha dela, emoldurando o rosto com óculos apoiados no nariz. Os olhos atrás das lentes piscam, e mal consigo respirar quando param em mim.

— Eric! — Sony abre os braços e as pernas como se pudesse esconder as garrafas de cerveja e o fedor do cigarro ao aumentar o espaço corporal. — Ajuda em alguma coisa se eu disser que os seus sapatos são incríveis?

Enquanto ainda está segurando a porta aberta, Eric faz um gesto de cortar a garganta com a outra mão. Sony se cala prontamente.

— Hikari. — Eric suspira. — Esses são Neo, Sony, C e Sam.

Hikari.

Hikari sabe que seus olhos brilham como o sol?

— Oi! — Sony grita, acenando com a boca aberta, enquanto C acena mais discretamente e Neo só faz um gesto com a cabeça.

— Oi — diz Hikari.

A voz dela é líquida e fluida, fria e tranquila como uma sombra recaindo no canto da boca dela em um dia quente.

— Uau — diz Sony, aproveitando para invadir o espaço pessoal da menina. — Você é bonita.

— Sony — ralha Eric.

— Está tudo bem — diz Hikari, como se estivesse entretida, até mesmo encantada pela admiração de Sony.

— Você é divertida? — pergunta Sony. — Parece divertida.

— Gosto de pensar que sim.

— Hikari — diz Neo, pensando nas sílabas enquanto empurra a cadeira deliberadamente na frente de Sony. — Você é do Japão?

— Meus pais são japoneses — responde Hikari. — Eu nasci no subúrbio.

— Eu também sou do subúrbio — diz Sony.

Neo revira os olhos.

— Não sabia que o subúrbio ficava no inferno. — Por essa, ele ganha um peteleco merecido na têmpora. — Ei!

— Esse é o Neo — apresenta Sony, dando um tapinha na cabeça dele. — É nosso bebê.

— Eu fui raptado! — Neo afasta a mão dela. — Hikari, você tem pernas. Aproveita para fugir.

— Meu Deus do céu. — Eric suspira, escondendo o rosto nas mãos, e me pergunto se enfermeiros precisam aprender a cuidar de crianças na faculdade.

— Aquele é o C. — Sony aponta. — O nome dele é grande e francês que nem ele, então só o chamamos pela primeira letra.

— Oi, Hikari. Precisa de ajuda com as suas coisas? — C se inclina em cima do guidão da cadeira de Neo, apoiando todo seu peso. A cadeira de rodas inclina para trás, e Neo quase cai. Ele bate no braço de C com o caderno até todas as rodas voltarem para o chão.

— Eu ajudo! — oferece Sony.

— Não, você, não. — Eric agarra Sony e C pelas mangas, usando o pé para manter Neo na linha.

— Mas...

— Não quero ouvir mais nada. E esses cigarros? Sério mesmo? Que falta de classe. — Ele começa a puxá-los na direção da porta, que está aberta, presa por um bloco de cimento. — Já para o quarto.

— Mas Eriiiiiic... — Sony reclama, tentando em vão voltar para a recém-chegada. — E a nossa iniciação? Eu nem comecei a contar piadas...

— Lá embaixo, já! Hikari! — A expressão de Eric muda de imediato, virando o rosto por cima do ombro, o sorriso iluminado. — Sam vai levar você até o seu quarto. Se precisar de alguma coisa, é só pedir.

— Tchau, Hikari! — diz Sony, acenando por cima da cabeça. — Encontramos você quando a gente conseguir fugir!

— Vai andando!

A porta se fecha, fazendo a voz dos meus amigos e do seu captor sumirem após o rangido da madeira. Hikari fica parada, só se virando em minha direção quando não há mais nada para encarar a não ser eu.

Não consigo me mexer. Naquele segundo em que vira a cabeça, vejo a sombra de outra pessoa no seu lugar, a expressão de outra pessoa, alguém com os mesmos olhos e a mesma voz, de uma outra vida.

— Você é a Sam? — diz Hikari, o tom de pergunta equilibrado nos lábios.

— Sou — respondo, meio enfeitiçada, meio chocada. Completamente aterrorizada.

Hikari inclina a cabeça para o lado, o olhar me percorrendo como se eu estivesse usando um mapa em vez de roupas e ela estivesse analisando o cenário. Ela dá um sorrisinho de canto.

— Você é tímida, Sam?

— Eu... Hum. — Minha voz falha. Traiçoeira. — Não sou tímida. Acho. Sou só ruim em existir.

— O que isso significa?

— É só que... Acho que esse corpo nunca pareceu meu.

O sorriso de Hikari aumenta em vez de desaparecer, aquele divertimento reaparecendo em suas feições.

— Você roubou seu corpo?

Hikari é uma paciente e, pela pulseira branca no pulso dela, vai ficar aqui por um tempo. Só existe um caminho: continuarmos falando sobre amenidades. Eu me ofereço para ajudar com o que ela precisa. Ela aceita uma parte, rejeita o restante. Então, nos separamos e viramos pano de fundo na vida uma da outra. É assim que sempre funciona. É assim que a parte de mim que morre de medo dela precisa que funcione.

— Quer que eu faça o tour? — pergunto, me encolhendo, tentando encarar o chão em vez dela. — Posso mostrar o refeitório ou os jardins...

Hikari ri, por três segundos, passeando pelo telhado com uma confiança lenta.

— Não — diz ela.

— Não?

— Não gosto de conversa fiada — diz ela.

A camiseta branca larga é grande demais para ela, e a saia que mostra as pernas flui no vento enquanto o cabelo, como sol líquido, escorre pelos braços. Ali, ataduras escondem tudo do pulso ao cotovelo, e, apesar de querer perguntar o que a trouxe até o hospital, Hikari tem outros planos.

— Tenho um propósito — diz ela. — Sem falar que eu gosto de explorar uma coisa de cada vez.

— Você está explorando o telhado?

— Estou explorando você. — Hikari olha para trás, um sorriso malicioso voltado para mim. — Sabe, Sam, as pessoas têm histórias escritas nelas, ao redor delas, no passado e no futuro. Gosto de desvendar essas histórias.

Por mais invasivo que isso soe, o vento sopra o aroma dela e me distrai: um aroma forte, mas doce. Quase me inclino na direção do perfume, mas me controlo. Hikari nota. Ela dá um sorrisinho, e começo a perceber que ela está me encarando como um livro que ela quer arrancar da estante e que ela é um problema maior do que qualquer um dos meus ladrões.

— Sam — diz ela, não para mim, mas para o céu, testando meu nome, como o verso de uma música que ela não consegue lembrar. — Engraçado. Estou com a sensação de que já nos conhecemos.

Meu coração está martelando na garganta. Engulo em seco, sem conseguir falar nada mais alto que um sussurro.

— Talvez em uma vida passada.

O vento nos interrompe, lançando as garrafas de vidro umas contra as outras. Hikari nota as marcas de cinzas e o álcool nos pés.

— Vocês roubaram esses cigarros e essas cervejas, né?

— Tecnicamente, Sony e C roubaram os cigarros e as cervejas.

— Então você é só cúmplice — diz ela, o tom suave substituído por um suspiro demorado. — Bom, acho que você vai ter que servir.

Sem mais uma palavra, Hikari faz um rabo de cavalo e vai até a porta.

— Aonde você vai?

— Preciso roubar uma coisa. E você vai me ajudar.

— Eu… Mas… — gaguejo, mas no fim, a gravidade da minha enfatuação é maior do que aquela sombra irritante no ombro, me avisando que é uma má ideia. Não posso fazer nada a não ser segui-la. — De onde você disse que era?

— Uma cidadezinha infernal no meio do nada.

— Do nada?

— O tipo de lugar onde todo mundo quer saber os segredos de todo mundo.

— Bom, isso parece com todos os outros lugares.

— De onde *você* é, Sam?

Essa é uma pergunta que sempre acho difícil responder. Sem mencionar que, ao seguir Hikari pelas escadas e esperar pelo elevador, não há muito para se fazer exceto olhar para ela, e toda vez que olho para ela, meus pensamentos não têm início nem fim, só se aglomeram até eu ficar uma bagunça incoerente de atitudes tentando não encarar por muito tempo, as bochechas ardendo, com tanto frio na barriga que dava para abrir uma estação de esqui.

Pigarreio. O elevador chega, e Hikari entra primeiro, apertando o botão do térreo.

— Sou daqui — digo.

— Da cidade?

— Do hospital.

Uma expressão menos entretida aparece no rosto de Hikari. Ela se segura no corrimão do elevador, assim como eu. A distância entre minha mão e a dela é pouca, e me pergunto como seria se nossas mãos se beijassem.

— Sam.

— Que foi?

— O que você tem? — pergunta Hikari, e, para uma pergunta tão séria, é pronunciada com muita leveza.

Esse é um momento em que as pessoas doentes seguem um script. É quase uma regra. A regra diz que, quando se conhece alguém dentro dessas paredes, deve-se fazer uma única pergunta. O que você tem? Quem está te matando? É uma roupagem diferente, mas é a mesma pergunta. Ela está perguntando o motivo de eu estar confinada nesse hospital por tanto tempo que me vejo como uma extensão dele. Ela quer saber em que grau estou definhando.

Olhando para as ataduras, e o que parece no geral ser uma aparência saudável, quero perguntar a mesma coisa, mas...

— Não é para você perguntar isso — eu minto. E, em vez de assentir ou dizer que entende, outro arroubo de risada sacode o peito de Hikari. Como se o coração estivesse rindo com ela.

— Tipo na cadeia? O que você fez para vir parar aqui, Sam?

— Aparentemente, sou cúmplice de furto.

— Ótimo — diz ela, a palavra acompanhada de um tom de flerte. — Então você já perdeu seu réu primário.

A porta do elevador se abre, mas nem eu nem Hikari nos mexemos.

Eu disse que gostava de observar pessoas, mas às vezes tenho dificuldade de falar com elas. Quando se mora em um único lugar por tanto tempo, você descobre que ninguém sabe o que dizer para alguém que acredita que está morrendo. As pessoas se sentem estranhas perto dos doentes, então fingem que a doença é invisível. Evitam falar sobre o assunto de uma forma tão determinada que fica claro que é tudo em que estão pensando. Criam uma distância sem nem ter essa intenção, porque a distância é confortável.

Só que nem todo mundo fica preso nesse comportamento. Hikari acha que estou morrendo. Eu sei que ela está. Se não estivesse, não precisaria de uma guia turística que foi convencida a ajudá-la a cometer um crime. Ainda assim, de alguma forma, mesmo que eu crie distância, Hikari quer sumir com ela — com a curiosidade, o tom de provocação, o olhar bonito e a linguagem ainda mais bonita.

— Você não é muito de conversa, é, Sam?

Droga. Estava encarando de novo.

— Hum. Desculpa.

— Por que está se desculpando? — pergunta ela.

Saímos do elevador no térreo. Ela para e admira o átrio, a luz que passa pela claraboia do teto e todas as cores apagadas que a acompanham. Quando ela me encara de novo, aquele jeito brincalhão volta para a sombra do sorriso.

— Eu sou boa o suficiente nisso por nós duas, e na verdade é meio fofo notar quanto você está nervosa.

Sinto o rosto esquentar e não consigo formar uma sílaba, que dirá uma frase. Hikari dá um sorriso torto.

— Tem uma biblioteca por aqui, não tem?

Assinto e, porque eu sei que não vou obter nenhuma resposta dela antes disso, eu a levo até lá. A biblioteca é diferente do átrio, mais isolada, menos central e médica. É onde os pacientes leem em poltronas confortáveis e encontram palavras nas quais se perder.

— Com licença, senhora? Não sei onde achar esse livro — diz Hikari para a voluntária atrás do balcão. Ela diz um título aleatório e um autor tão esquisito que acho que nenhum dos dois existe. — Será que você poderia me ajudar?

A voluntária assente e diz que vai procurar.

— Acho que pegar um livro não é roubar, a não ser que você não tenha intenção de devolver — sussurro.

Hikari ergue uma sobrancelha.

— Por que você rouba, Sam? Você e seus ladrões.

— Não pergunte isso.

— Por que não?

— Não acredito em motivos.

— Por que não?

Estreito os olhos para a incapacidade dela de dar alento às provocações.

— Fizemos uma lista — eu digo. — Roubamos as coisas para preencher essa lista.

Hikari me pega olhando por cima do ombro dela.

— A barra está limpa?

— Quê?

Ocorre a mim naquele instante que o objeto que Hikari quer roubar não é um livro. Ela não perde um segundo e pula o balcão para ficar do outro lado. Fico boquiaberta, o pescoço esticando para todos os lados para me certificar de que ninguém está olhando.

— Mas o que é que você...

Sem se importar, Hikari pega o apontador de lápis eletrônico no balcão e usa uma caneta para deslocar a lâmina do aparelho. Eu estremeço quando ouço o som, que se parece com vidro quebrando. Hikari segura a lâmina contra a luz, testando o afiado antes de perceber que alguns parafusos ainda a prendem à parte de plástico.

— Ela está voltando — sussurro, e Hikari nem se dá ao trabalho de olhar.

Ela pega um pouco de papel e lápis, escondendo o seu tesouro atrás deles. Então pula de volta para o outro lado do balcão, me agarrando pela manga da camiseta.

Entro em pânico. Todo meu sistema nervoso estremece. A distância finita que resta entre a pele dela e a minha é tão pouca que praticamente sinto o calor irradiar de suas ataduras.

— Anda. — Hikari ri, me soltando e dando uma piscadinha enquanto começa a fugir, eu seguindo sua sombra.

Olho para os papéis que ela segura com força, mas sem amassar.

— Você é artista?

— Algo do tipo — diz ela, olhando para trás e dando uma risadinha quando nota a voluntária nos procurando.

Ela entra no elevador vazio, usando o pé para manter a porta aberta para eu conseguir alcançar. Quando a porta fecha, ela atira a cabeça para trás, expondo o pescoço. Não consigo evitar admirar a cicatriz que aparece sob o colarinho enquanto ela recupera o fôlego.

— Uma lista?

— Quê?

— Você disse que fizeram uma lista — repete Hikari, os olhos mais suaves, diluídos nas cores escuras, como se uma onda de conforto a tivesse atingido.

— Para matar nossos inimigos — digo.

— Que poético.

— Você acha roubar poético?

Hikari sorri. É contagioso. O riso não aparece nos meus lábios, mas certamente tenta.

— Não há nada mais humano que o pecado — diz ela, dando de ombros. — Agora me conte, onde podemos encontrar uma chave de fenda, minha cara cúmplice?

Ser chamada de qualquer coisa por ela faz meu rosto esquentar, e eu tropeço nas palavras.

— Por que você precisa de uma chave de fenda?

— Achei que não acreditava em motivos.

Não consigo segurar a risada que escapa de mim. Balanço a cabeça para tentar afastar o sorriso. Quase nunca sorrio, até para os meus ladrões, mas até esse medo que eu tenho não tem poder nenhum comparado a ela.

Chegamos ao andar onde fica o quarto de Hikari.

Durante todo o caminho, nossa distância vira uma brincadeira.

Dentre os diversos funcionários da manutenção, sempre tem um que deixa a caixa de ferramentas sem supervisão e, apesar de ter caído diversas vezes de uma escada com defeito, ainda não aprendeu a lição. Hikari e eu entramos na despensa onde eu sabia que ele estaria. Ele está consertando uma lâmpada, de costas para nós, tremendo enquanto a escada parece querer ceder.

Coloco um dedo nos lábios. Hikari assente e me observa enquanto entro na despensa com cuidado. As ferramentas estão espalhadas, a chave de fenda no canto. Eu a pego o mais rápido possível, mas uma brisa faz a escada estremecer. O cara da manutenção cai no chão, quase em cima de mim.

— Ei! — grita ele.

Pulo por cima dele enquanto Hikari dá um gritinho e fecha a porta, e nós duas começamos a correr.

— Você estava escondendo suas habilidades — Hikari ri.

— Eu nunca faço isso.

— Você nunca rouba?

— Nunca saio correndo.

— Bom — diz Hikari —, você correu por mim.

Sob a luz do corredor, um punhado de médicos entra, nos interrompendo. Eles se apressam. Os residentes, os bebês do treinamento médico, seguem em um séquito. Hikari e eu nos colamos à parede como carros que abrem caminho para uma ambulância. Jalecos brancos passam por nós, seguidos de duas enfermeiras, uma com um estetoscópio no pescoço, outra encarando um monitor. As expressões são inescrutáveis — parte do treinamento.

Hikari segue a equipe médica com o olhar, preocupada. Eu não perco tempo. O paciente de quem cuidam está num limbo próprio. Nossa preocupação não vai resolver nada.

Hikari não relaxa quando eles saem de vista. Na verdade, o hábito de observar tudo não some. A forma como volto à nossa fuga como se nada tivesse acontecido a assusta mais do que devia.

— Você morou aqui a vida toda, né? — Outra meia-pergunta. Dessa vez o pressuposto fala por si só.

Já disse que vejo as mesmas coisas todos os dias. A apatia é um sintoma da repetição. Presto a mesma atenção em médicos correndo que a maioria das pessoas presta em uma brisa.

— *Vida* — digo — pode não ser a palavra adequada para o que você está pensando.

Aquilo finalmente parece fazê-la entender. Que não sou exatamente como outras pacientes ou pessoas que ela conheceu. Os narradores são um pedaço natural da vida até que você olhe com cuidado.

— Quem *é* você, Sam? — diz ela, e, quando faz a pergunta, luzes amarelas dançam nos olhos. — Uma coisa me diz que você é mais do que só uma estranha familiar.

Ao olhar para uma pessoa e enxergar alguém que você costumava conhecer, é preciso se perguntar se você acredita em reencarnação. Se acredita que nenhuma alma morre de verdade e só é passada para outro corpo, outra mente, outra vida, outra realidade. Se essa é a pergunta, é preciso considerar: o que torna alguém real?

É o fato de conseguir tocá-los? De sentir a natureza palpável do calor, a textura da pele, o batimento cardíaco pulsando nas veias? Ou alguém é real simplesmente porque se diz o nome da pessoa em voz alta? Quando se respira em um ar que não seria nada a não ser pelo nome e o espaço é preenchido por aquela ideia?

Hikari se aproxima, e um medo antigo que é meu conhecido apoia as garras nos meus ombros.

Pode não fazer sentido, mas só conheci uma pessoa que poderia ser comparada à luz que ela emite. Pode pensar que ela se parece com *ele*, que age como *ele*, e é por isso que estou encantada.

Ele morreu. Ele é um fantasma, e o que compartilhamos também, então não faço a comparação. Comparo apenas o que eles são. E, às vezes, os sóis brilham com tanta intensidade que é preciso desviar o olhar.

O medo se assoma, idêntico a quando vi a cor dela naquela ponte, e sussurra as regras:

Se ela é o que acho que ela é, não devo, por motivo algum, falso ou verdadeiro, dizer o nome dela. E não posso permitir que a distância entre nós diminua por qualquer motivo, convite ou tentação. Não posso deixar que ela seja real.

— Eu...

— Hikari!

O rosto de Hikari forma uma carranca irritada. Um casal mais velho, usando crachás de visitantes, chama o nome dela, avançando a passos firmes pelo corredor.

— Desculpe, estranha — suspira ela. — A diversão acabou.

— Me dê isso aqui — eu digo. Hikari olha para minhas palmas abertas, confusa. — Vou dizer que é minha culpa. Que fui eu que roubei. Já sou cúmplice de qualquer jeito. É melhor eu ficar com toda a culpa.

— Quer bancar o príncipe encantado? — Hikari enfia os artefatos roubados no próprio bolso, a não ser pelos papéis, que ela usa para esconder o volume da chave de fenda e da lâmina. — Não se preocupe. Um dia você vai ter a oportunidade de roubar para mim de novo.

— Hikari! — A mãe dela chama, a preocupação deixando a expressão tensa, as palavras de bronca saindo altas em um idioma que não conheço.

Hikari não diz nada. Ela nem parece se importar que estão gritando com ela.

Apesar de a mãe se virar para mim, franzindo mais o cenho e começando a dizer alguma coisa, Hikari se coloca na frente dela. Ela fala com a mãe de braços cruzados, me defendendo. Queria poder segui-la quando ela é levada pela mão para longe.

Tudo que consigo pensar, conforme nos distanciamos, é que quanto mais Hikari conhecer esse lugar e mais ele se tornar uma parte dela, mais ela vai entender as verdades que apenas nossos assassinos podem ensiná-la. Não importa quanto se roube, as noites aqui são longas, e *um dia* é tanto uma ilusão quanto um motivo.

— Sam!

Sony nem sempre precisa da terapia de oxigênio. Seu único pulmão varia em eficiência, mas ela não devia correr. Nunca. Então, quando ela e C percorrem o corredor sem uma cadeira de rodas os seguindo, sinto o estômago revirar.

— Por que não estão nos quartos?

— É o Neo — diz Sony. — Ele entrou mais cedo na cirurgia.

— Quê?

— Os pais dele estão aqui — acrescenta C, e nós três sabemos que, se não chegarmos rápido o bastante, vai ser um desastre.

3
resiliência

três anos atrás

Naquele dia, um menino magricela e maldoso deu entrada no hospital. Tons rosados iluminam o rosto dele em uma marca vermelha em formato de borboleta, as asas beijando o nariz.

Ele segura uma caixa de papelão nos braços, enrolando na porta do novo quarto, que costumava ser de outra pessoa. Não saber em que estado o antigo ocupante deixou o quarto faz os pés hesitarem.

Passado um tempo, ele se acomoda na cama, como se faz em uma cama que ainda não pertence a você. As pernas ficam penduradas na beirada, os pés pesando os tornozelos como blocos de concreto colados a gravetos.

— Não preciso mudar de escola — diz ele, olhando pela janela com uma atitude reclusa.

— Deveria tentar fazer novos amigos, Neo.

A mãe de Neo toca na cruz que usa no pescoço. Ela está parada no canto mais distante possível. O estresse é evidente, uma preocupação irretocável pelo filho que a torna mais distante.

— Vamos, filhão. — O pai é um homem mais alto, de braços grandes e voz grave, o oposto de Neo. Ele parece o tipo que chama café de combustível e reclama do governo. — Só porque precisa ficar aqui por um tempo não quer dizer que não possa conhecer gente nova. Quando voltar para a escola, vai ter uma nova perspectiva. Tirar um pouco a cabeça dos livros.

— Isso aqui é um hospital, pai — diz Neo. — As pessoas que eu vou conhecer não vão passar muito tempo aqui.

Eu não escuto mais depois disso.

Fico no posto da enfermeira naquele dia, que fica bem na frente do quarto. Já que ele é novo, as cortinas não estão fechadas e a porta está escancarada. Minha curiosidade vence, quando dada a oportunidade.

Eric nota meu comportamento.

— Já conheceu o garoto? — pergunta ele, passando o olho por tabelas, marcando anotações, fazendo sei lá o que Eric faz. Faço que não com a cabeça. — Por que não leva para ele a bandeja do jantar? — Ele aponta para o carrinho. — Pode aproveitar para conversar um pouco.

— Conversar?

— Conversar.

— Não sei como isso funciona.

— Ele provavelmente sabe. Leve a bandeja.

— Está tentando se livrar de mim?

— Sim. Preciso trabalhar, e você não se mexe há horas. Vai logo. — A caneta de Eric é uma arma poderosa. Dá um cutucão na minha testa incansavelmente, mas ele não está errado sobre eu não ter me mexido.

Médicos, pacientes, enfermeiros e técnicos passam o dia todo pelo corredor. Fico observando atrás do balcão como uma craca grudada no casco de um navio. Passo o tempo observando as idas e vindas de pontos diferentes do hospital. A maior parte dos momentos que testemunho é breve, alguns segundos de emoção para aproveitar até os pacientes ou visitantes ou estranhos irem embora. Esses momentos saciam minha curiosidade tempo o bastante para esperar pelo próximo.

Só que tem algo diferente em Neo. Ele é quietinho. O silêncio deixa minha curiosidade faminta. Então, lá pelas sete horas, quando os pais dele vão embora, levo o jantar para ele.

Agora ele está sozinho.

Quando está sozinho, Neo faz muito mais barulho.

Do outro lado da porta, a caixa de papelão observa, esvaziada. Papéis estão espalhados pala cama de Neo, os lençóis mergulhados em um mar de linhas escritas.

Ele é um navio, escrevendo mecanicamente, sem parar, e a caneta dança sobre as ondas. Tem um livro em seu colo. Dá um toque final no quarto, um pouco de cor. O título, com letras em negrito, está estampado na capa com as bordas gastas. *Grandes esperanças*.

A princípio, Neo não nota que estou encarando. Ele só olha na minha direção depois, percebe que eu não pareço ser alguma funcionária, e então me encara de verdade.

Quando fala, a voz dele é cheia de suspeita:

— O que você está fazendo?

— Eric me disse para trazer a sua bandeja.

Neo estreita os olhos, encara a bandeja e então se volta para mim.

— Meus pais mandaram você aqui?

Ah. Por um instante, pensei que ele estava preocupado que eu ia envenená-lo. Pelo tom, dava para sentir que ser mandada ali pelos pais dele era muito pior.

— Não, foi o Eric. — Gesticulo para a comida, oferecendo. — É a sua bandeja.

Neo não me diz nada depois disso. Ele só coloca a bandeja na mesa de cabeceira e volta para o seu oceano. Antes de sair, consigo ler uma única linha no topo da página.

"Humanos têm um dom para a autodestruição. Só aqueles entre nós que amam coisas quebradas entendem o motivo."

Neo rapidamente esconde o pedaço de papel embaixo dos outros, me lançando um olhar de aviso. Minha curiosidade não é bem-vinda. Inclino a cabeça como um pedido de desculpas e me viro, deixando Neo com suas palavras e seus livros.

Apesar da atitude, saio de lá satisfeita.

Porque Neo não é quietinho.

Neo é escritor.

———

Todas as noites na semana seguinte, eu levo comida para Neo. Todas as vezes, consigo roubar algum detalhe. Ele não penteia o cabelo. Suas mãos são impecavelmente limpas, os dedos magros e compridos. As roupas são grandes demais, largas nos braços e nunca de uma cor mais alegre do que um cinza. Ele gosta de maçã. Ele sempre come as maçãs.

Ele cospe os remédios. Quando o pai visita, ele fica ansioso. Estremece a cada movimento. Quando a mãe visita, fica calmo. Quando visitam juntos, fica triste.

Neo às vezes derruba a caneta. Uma das mãos passa pelo braço, pelo dedão e o dedo indicador, envolvendo o pulso como uma forca. Ele aperta até os nós dos dedos ficarem brancos. Como se os ossos pudessem diminuir.

Conforme as noites passam, fico mais audaciosa. Começo a roubar seu trabalho.

Neo e eu nunca nos cumprimentamos. Ele nunca diz *obrigado*, e eu nunca respondo *de nada*. Nossa comunicação é uma transferência de subsistência e uma espiadinha em uma ou duas de suas frases.

"A destruição é viciante", ele escreveu. "Quanto mais sou, menos quero ser. Quanto menos sou, quero me tornar ainda menos."

Aquela frase em particular fica na minha cabeça. Ocupa espaço.

No corredor ao lado, ando em círculos e pondero sobre isso.

Assim que me viro para ir a outra direção, alguém vem de encontro comigo. Nossos peitos colidem, e uma bandeja perde o equilíbrio nas mãos da pessoa e cai no chão. É uma bandeja familiar. Cheia de comida que deixei no quarto de Neo há meia hora.

Ele fica parado ali por um instante. O prato virou de ponta-cabeça, o copinho de gelatina se partiu e a água foi derramada. Ele suspira diante da bagunça.

É estranho vê-lo ali. Não sei o que pensar já que ele não está sentado na cama, rodeado de literatura.

— Deixa para lá — diz ele, abaixando, as calças amassando ao redor daquelas coxas finas e doentes. Eu me pergunto como as pernas conseguem suportá-lo de pé.

Eu o acompanho até o chão e o ajudo a limpar tudo.

Neo bufa.

— Você tem tipo um complexo de salvadora?

— Não — respondo. — Mas acho que você tem um distúrbio alimentar.

O rosto de Neo empalidece, e ele me encara.

O corpo dele se transforma em pedra.

O silêncio e o espaço mínimo pairam entre nós. Nunca tinha notado quanto suas maçãs do rosto são proeminentes até aquele momento, nem a intensidade de seu olhar quando um pouco de emoção surge.

— Sempre que eu trago sua bandeja e volto para pegar, só metade da comida se foi, e o plástico está faltando — explico, colocando o copo vazio à esquerda e a gelatina à direita. — Presumo que você use o plástico para embrulhar a comida, e aí joga na privada. Se estivesse vomitando, os médicos já teriam notado.

Assim que o prato fica no centro, e os guardanapos estão secando o líquido, eu olho para Neo. Ele continua me encarando. Só que agora me ocorre que não há confusão alguma naquele olhar.

É pânico.

Pego a bandeja, entregando para ele meio constrangida, tentando voltar à familiaridade do nosso relacionamento, antes de perguntar:

— Está tudo bem com você?

Neo não responde. Não aceita minha oferta. O rosto dele se contorce, os dentes cerrados como pedras.

Ele pega o canto da bandeja e então a vira de ponta-cabeça, o conteúdo derrubando sobre os azulejos. Então ele vai embora, me deixando para limpar a bagunça uma segunda vez, só que sozinha.

———

Naquela noite, apesar do nosso encontro, levo a bandeja do jantar para Neo.

Ele não está escrevendo. A raiva já se arrefeceu. Em vez disso, ele rói as unhas, revira a caneta e batuca os dedos igual à mãe dele.

— Você contou para alguém? — ele pergunta.

Coloco a bandeja na cabeceira e faço que não com a cabeça.

Ele estreita os olhos.

— Por que não? O que você quer?

— Não sei o que eu quero — eu digo. — Mas não sou boa em conversar, então não contei para ninguém.

— Você é tipo, autista?

— Não.

— Então é só esquisitona?

— Sim. Já me chamaram de esquisita. Mas você também não é bom em conversar.

Neo faz uma carranca, esperando. No geral, as ofensas vêm em dobro.

— Você é maldoso — eu explico. — Não gosto das coisas que você fala.

— Sai daqui, esquisitona — murmura ele.

Ele arranca a tampa da caneta com os dentes e volta ao seu oceano. Ele não dá a mínima para a bandeja de comida.

Eu presto atenção no corpo dele. As roupas estão frouxas, mas não escondem tanto quanto ele acha que esconde. A pele está acinzentada, o pescoço e os tornozelos, consideravelmente mais magros do que antes. Ele não saiu daqui porque não está melhorando. Está piorando.

Me ocorre que ninguém, a não ser eu e Neo, sabe sobre isso.

É segredo.

Os segredos tornam as pessoas vulneráveis. A vulnerabilidade é uma força de isolamento. Afasta as pessoas.

— Eu gosto do que você escreve — eu digo, com a mão na maçaneta. Neo me encara, e, por um instante, eu penso que ele finalmente baixou a guarda. — Sua escrita parece música.

———

No dia seguinte, quando deposito a bandeja de Neo na cabeceira, ele não ergue o olhar. Em vez disso, ele estende algo para mim.

— Um livro? — pergunto olhando para a capa.

A capa é azul e dourada, com olhos me encarando. O título *O grande Gatsby* está escrito em uma fonte fina e elegante.

— Sim — diz Neo. — Leia.

— Tá.

Vou para o canto do quarto e me sento na cadeira, abrindo o livro na primeira página.

— Quê? Não aqui!

Neo não gosta de companhia. Eu me esqueci. A vulnerabilidade dele não gosta disso. Então vou ler sozinha no corredor, nas salas de espera, nas salas dos médicos e no jardim. Leio em qualquer lugar até que as páginas que faltam são uma quantidade menor do que as que já devorei.

— Você está quase acabando? — pergunta Neo, passando pela estação de enfermagem.

— Uhum. — Assinto atrás do balcão, fascinada por todos os casos tórridos de Gatsby.

Neo não diz mais nada. Ele coloca mais um livro na minha frente. O título é *Senhor das moscas*. É um pouco menor e tem um porco sangrando pelos olhos na capa. Demoro um dia para ler. Levo os dois livros de volta para ele na noite em que os termino.

— Não gostei desse — eu informo.

Neo ergue uma sobrancelha, uma maçã em mãos.

— Por que não?

— Não gosto de violência.

— Não é violência de verdade — diz ele, colocando os livros de volta na caixa.

— Parece de verdade.

— Esquisitona — resmunga ele.

Ele pega outro livro e me entrega. Esse se chama *O morro dos ventos uivantes*. A capa estampa uma casa antiga e um casal na frente sob um céu cinzento.

Neo me mostra tantos livros. Minha curiosidade se torna uma coisa fatal. Fico me perguntando sobre todas as coisas lindas que Neo escreve e que tipo de histórias a mente dele poderia inventar.

— Posso ler alguma coisa sua? — pergunto.

— Não. Sai daqui.

Então, eu vou ler *O morro dos ventos uivantes*.

No dia seguinte, corro até o quarto para dizer a Neo como a história é maravilhosa, e que, até então, é a minha favorita. Não existe uma única palavra no livro que me fez parar. Apesar da violência, devia ser considerada uma obra-prima, se é que já não é. Corro até o quarto, sem nenhuma bandeja.

— Achei que tínhamos superado isso!

Paro antes de alcançar a porta. Está fechada, mas as vozes atravessam a parede.

— Querido. — A mãe de Neo. Através das cortinas, vejo as mãos apertadas suavizarem sobre o cotovelo do marido. — Acalme-se.

— Não defenda o menino — diz o pai de Neo, mas não é só dito, é uma coisa amarga. Ele amassa alguns papéis, papéis que reconheço. A mãe de Neo segura a cruz no pescoço com mais força.

Então, o pai começa a rasgar as histórias em pedacinhos. Lentamente. Enquanto o filho assiste.

— Está tudo bem. Você está só confuso. Não posso te culpar — diz o pai, se aproximando mais da cama, os passos quietos ameaçadores. Ele ergue os papéis e joga os restos sobre o pé de Neo. — Mas não me deixe mais encontrar essa porcaria, está me entendendo?

Não escuto mais nada. Só vejo Neo encarando pela janela, o rosto esvaziado de qualquer expressão. Só o dedão e o indicador se movem, fechando em volta do pulso.

———

Naquela noite, não levo *O morro dos ventos uivantes* quando chego com a comida de Neo. Coloco a bandeja na cabeceira e observo a carnificina. A caixa de papelão foi derrubada no chão. Os livros desapareceram. Todos, exceto *Grandes esperanças*, que Neo segura nos braços.

— Não é segunda-feira — diz Neo. A voz está exaurida, engasgada no fundo da garganta. Ele pega a maçã do prato.

Segunda-feira é dia de maçã.

— Acho que maçãs podem ser servidas em qualquer dia da semana.

— Obrigado — diz Neo, mas não morde a fruta.

Eu não pergunto sobre os pedaços de papel esmiuçados no chão, nem a caneta quebrada que vaza tinta. Não pergunto o que houve com os livros, e ele não pergunta sobre *O morro dos ventos uivantes*.

— Tem alguma TV por aqui?

Assinto.

— Quer assistir alguma coisa?

Neo dá de ombros.

— Pode ser.

Direitos à televisão são uma mercadoria cara. Crianças doentes ficam com as vantagens quando mais ninguém está por perto. A generosidade de Eric (e as tentativas desesperadas para que nós o deixemos em paz) faz com que ele nos ceda o controle remoto.

Neo e eu assistimos a filmes a noite toda. Durante os filmes, Neo mordisca a maçã e cospe no lixo quando acha que eu não estou vendo. Distraído e longe do quarto, ele parece mais tranquilo. Uma coisa boa nos livros e filmes é que sempre fazem você se esquecer por um tempo.

Esquecer é parte essencial do luto.

Quando vejo Neo na manhã seguinte, coloco um exemplar de *O grande Gatsby* na caixa de papelão e chuto para debaixo da cama.

Aquelas sobrancelhas, sempre desconfiadas, levantam.

— Eu não dei esse para você.

— Peguei da biblioteca.

— Você roubou?

— Acho que sim.

— Esquisitona.

— Posso ler suas histórias agora?

— Não escrevo histórias.

Minha cabeça se vira na direção dele. Nenhuma das frases de Neo conseguiu partir o meu coração tanto quanto essa.

Meu próprio luto se aperta nas entranhas. A escrita de Neo é algo precioso, mesmo não sendo meu. É outro segredo que compartilhamos. Eu li uma vez, no canto de uma de suas páginas: "O papel é meu coração. As canetas são minhas veias. Devolvem as palavras que roubei, o sangue para pintar uma cena."

Se isso é verdade, um cemitério é tudo que resta do coração de Neo. É uma pilha de cinzas no chão do quarto dele, como o contorno de um cadáver. Ele não se deu ao trabalho de catar os pedacinhos. Ele sabe que o coração vai se partir mais uma vez se o fizer.

O pai de Neo toma as coisas, e não tem mais o que roubar. Quando é só ele que visita, Neo nunca sai ileso. Da primeira vez, é um hematoma, de um tom verde-garrafa, que se transforma em roxo. Quando Eric pergunta o que aconteceu, Neo diz que caiu no banheiro. Da segunda vez, é sangue, a nuca de Neo manchada com respingos. Um pouco do cabelo dele caiu, ou provavelmente foi arrancado à força.

Existem outros acidentes, mas não falamos sobre isso.

Então, todos os dias, levo maçãs para Neo. Todos os dias, ele as come até o fim. Assistimos a filmes durante a noite. Vamos à biblioteca à tarde. Ele diz que está aprendendo francês, então o ajudo quando o tempo permite.

Há dias que não conseguimos fazer nada disso. Os dias em que a dor dilacera Neo sem aviso e o próprio corpo o rejeita, como uma horrível guerra civil.

Há dias que acho que vou perdê-lo. São os piores dias.

Em um dia particularmente ruim, a pele dele fica cerosa, o suor manchando os lençóis. Ele fecha os punhos, prostrado, a respiração pesada.

Eu me aproximo mais com a cadeira, ficando perto da cama nesses dias piores. Minha mão repousa ao lado da dele. Pressiono as costas dos dedos contra os nós dos dedos dele. Não posso fazer muita coisa, mas posso ser outro corpo, outra alma, para ele saber que não está sozinho.

O pior dos piores dias acontece quando Neo supostamente estava bem o bastante para voltar para casa por algumas semanas. Quando volta, é pelo pronto-socorro. O rosto está cheio de hematomas, da testa ao queixo, tudo de um lado só, como se ele tivesse sido empurrado em um lugar. Os dois ossos no pulso dele estão quebrados no meio, e ele não consegue mexer a coluna por quase um mês.

— Neo — sussurro. — Você contou para alguém?

— Não foi ele — ele diz.

— Seu pulso está quebrado, e as suas costas...

— Não foi ele — Neo interrompe com raiva e volta para o silêncio. — Me deixe em paz.

Eu não vou embora. Eu me junto ao silêncio dele, mas ainda assim noto a lágrima que escorre pela bochecha dele.

Os dias piores diminuem em certa altura. Neo consegue se sentar quando o tempo esquenta. Ele não cospe os remédios com tanta frequência. Começa a comer mais. E demora mais alguns meses, mas Neo finalmente considera voltar a escrever.

Eu estou determinada. Roubo canetas da estação de Eric e peço por cadernos. Eric concede o desejo, já que não paro de atormentá-lo. Ele volta com cadernos de cinquenta centavos feitos de papelão e um papel fino cheio de linhas. Eu jogo os cadernos dentro da caixa de papelão com força o bastante para Neo ouvir. Enquanto discutíamos livros, faço mais barulho. Meu pé chuta a caixa. Inocentemente, a tiro de debaixo da cama, e então deslizo-a de volta. Neo sempre nota minhas tentativas de chamar atenção para aquelas ferramentas. Na verdade, ele faz questão de fingir que não as vê. Foi só quando tirei um caderno e o joguei diretamente no colo dele que ele considerou a possibilidade.

É difícil ignorar aquilo que amamos, mesmo quando a existência é tão condicional quanto aquilo que se odeia.

Neo passa a mão no caderno com cuidado, como se um calor palpável emanasse dele. As páginas brancas o atormentam. Já faz um tempo. Assim que deixa o peso da caneta se equilibrar na mão e cria coragem de colocá-la no papel, uma gota por vez, Neo recria seu oceano.

Agora ele escreve todos os dias, em horários aleatórios, em superfícies aleatórias. Eu e ele assistimos a filmes no tablet de Eric à noite e lemos durante o dia. Ele faz anotações na margem dos livros e dá pause no filme para pegar uma página quando tem uma ideia.

Quando fica forte o bastante, aproveitamos para caminhar. Ficamos no jardim tomando um ar quando está um clima bom. Ele escreve na manga da minha camiseta durante uma manhã dolorida, e também na própria calça. Escondemos as histórias dele juntos. Eu levo a comida dele, e, quando seus pais chegam, Neo me entrega a caixa. Posso jurar que, quando volto trazendo a caixa para o quarto, ele sorri.

Naquela noite, algo muda.

Naquela noite, minha rotina com Neo se rompe. Naquela noite, com a bandeja em mãos, pego uma maçã da cesta no refeitório para ir ao quarto dele. Só que, quando abro a porta, Neo não está sozinho.

— Se tiver resultados como esse de novo, vamos levar você para casa. Não estou nem aí se precisar forçar isso pela sua garganta...

O pai de Neo para de falar quando eu entro. Ele está parado ao lado da cama do filho, papéis amassados no punho, dessa vez estampados com resultados de exames de sangue. Aquilo paira sobre Neo, mas ele não estremece. Ele deixa a cabeça pender, como se o que quer que for para acontecer, acontecerá, e isso é tudo.

— Sinto muito, deveria ter batido — murmuro, abaixando a cabeça.

Neo se senta na cama, a metade inferior do corpo escondida pelos lençóis, o rosto tão escondido quanto o meu. O cabelo cobre seus olhos, o dedão e o indicador tremendo ao redor do pulso.

— Está tudo bem — diz o pai dele, de forma educada. Ele acena para eu prosseguir. — Traga isso para cá.

O homem não me assusta, mas uma das minhas regras é não interferir. Não posso quebrá-la. Há muitos momentos que gostaria de poder fazer isso, mas esse é o maior de todos.

O pai de Neo ou não nota (ou não se importa) com a dor que escapa dos lábios de Neo quando deposito a bandeja. Ele encara o filho, não com ódio, nem qualquer coisa grotesca. Ele olha para Neo com expectativa, com um aceno de encorajamento.

Ele vai ficar observando enquanto Neo come. Em essência, distúrbios alimentares não se resumem à vaidade. É sobre controle. E ele quer tirar todo o controle que o filho ainda possui.

———

Quando a porta se fecha, não consigo ir embora. Eu me afixo como uma craca à estação da enfermagem e espero. Espero por uma hora. Espero e espero e espero, os relógios me provocando, desacelerando a favor do tempo. Espero até o pai de Neo finalmente sair. Espero enquanto ele veste o casaco, desaparece no corredor e entra no elevador.

Então, eu corro.

Escancaro a porta. Neo não está na cama. O quarto parece vazio na escuridão, a cama desarrumada e os lençóis descartados. Não encontro livros nem páginas rasgadas. Só a bandeja que já memorizei, virada nos azulejos, descartada, como no dia que Neo a empurrou com raiva. Dessa vez, está vazia.

Ouço uma respiração arquejada do banheiro e vejo a luz por baixo da porta. Vou até lá, angustiada. Do outro lado, um menino está sentado, apenas uma fração de si.

As costas de Neo colidem com a parede, o vômito manchando o canto da boca. As lágrimas escorrem de olhos vermelhos e inchados, a realidade se assomando, causando espasmos no peito.

Nunca deveria ter chegado tão longe.

Ele puxa os próprios cabelos. As palmas da mão cobrem os olhos. Ele bate a cabeça na parede e se empurra mais para trás, como se quisesse se tornar parte dela. Como se quisesse desaparecer.

A vulnerabilidade clama por isolamento. O desespero chora por ela.

Ele reluta, a princípio. Quando me ajoelho ao lado dele, ele me afasta de punhos fechados, gemendo. Não digo nada. Dou a ele meus braços e meu silêncio, esperando que seja o suficiente para convencer o medo a deixá-lo. Espero que seja o suficiente quando ele se joga nos meus braços e começa a chorar.

— Odeio ele. Odeio tanto — diz, arquejando, procurando por ar.

Passo a mão pelas costas dele, em um ritmo lento para guiar a respiração.

— Ele só me ama porque é obrigado — choraminga Neo. — É pior que odiar alguém. Ele sabe que eu nunca vou ser quem ele quer que eu seja. Ele sabe que prefiro morrer aqui do que me tornar quem ele quer. Eu não sou ninguém naquela casa. Não tenho nada lá!

A voz é um coro de notas ásperas, repletas de raiva. Mesmo antes de ficar doente, a vida de Neo não era dele. Nunca foi. Soluços úmidos desfazem uma dor sob a superfície enquanto ele aceita o fato de que talvez nunca seja.

— Eu *não sou* nada — diz ele, sem ar, como um fantasma. Como se fosse verdade.

— Isso não é verdade.

— Prefiro ser nada a me odiar.

As páginas e poemas rasgados de Neo doem como um membro fantasma. Ele morde o lábio para conter um gemido, um grito de luto. Chora por eles e pelo menino que o pai nunca vai permitir que ele seja.

— Sabe, eu costumava acreditar em Deus — diz Neo. — Ele me faz odiar Deus.

O amor e o ódio não são intercambiáveis. Não significam a mesma coisa, mas não são opostos. Se fosse um médico ou enfermeira forçando essa dor para cima de Neo, essa humilhação, ele não se importaria. Ele não se importa. Eles não têm um comando na vida dele além de momentos breves. Nesse ponto, o pai é um animal poderoso. Ele ama Neo, e Neo também o ama. Mesmo que seja porque são obrigados. O amor dá às pessoas o poder de serem traiçoeiras. Ser machucado por alguém com quem se compartilha um sentimento desses é exaustivo — uma agulha sob a pele, uma faca na costela.

O ódio é uma escolha. O amor, não.

Não tem nada mais incontrolável do que isso.

— Você não deve nada a ele — sussurro. — Você tem o direito de amar os livros e as coisas quebradas.

O pai de Neo não retorna por muito tempo. Viagens a trabalho, é o que Neo me diz. A mãe é quem vai visitar. Por mais que não seja calorosa, ela compensa na paciência. Não importa quanto tempo demore para Neo fazer contato visual ou pegar um garfo, ela espera. Como eu. Acho que isso faz Neo se sentir seguro. *Grandes esperanças* nunca sai de perto dele, mas ao menos o gesto de apertar o pulso vai desaparecendo com o tempo.

Um dia, paro de levar as bandejas para Neo. Em vez disso, só levo maçãs e, em troca, recebo livros. O ciclo de trocas continua até que um dia, enquanto ele escreve e eu leio ao lado dele...

— Qual é o seu nome?

— É Sam.

— Você gosta de histórias de amor, né, Sam?

— Uhum.

— Você já se apaixonou?

Essa é uma pergunta desconfortável. Uma que provoca vulnerabilidade. Não sei compartilhar isso.

Dou de ombros, encarando o chão.

— Não me lembro.

— Então a resposta é não — diz Neo. — Você se lembraria.

Seguro o livro, os dedos enrijecendo.

— Talvez eu não queira lembrar.

Neo nunca experimentou a minha dor. Somente a dele. Só que ele não tem espaço para pena na alma dele — só tem comentários duros, astúcia, e, às vezes, um pouco de carinho.

— Desculpa — diz ele, baixinho.

— Você tem uma história de amor para mim? — pergunto.

— Não. — Ele lê as últimas linhas que escreveu, e então pega a pequena pilha de papel cheia até a borda de tinta, certificando-se de que estão alinhadas. — Mas não tem nenhuma violência.

Então, uma coisa extraordinária acontece.

Neo me oferece o tesouro do mar.

Ele faz uma carranca diante do meu espanto.

— Por que está sorrindo tanto? Só pega logo.

Eu obedeço. Pego as folhas como se fossem a coisa mais frágil do mundo. Porque, quando um escritor te dá um presente tão precioso quanto sua obra, está dando sua confiança, seu controle e seu coração estampado no papel.

Antes de eu ir embora, Neo me chama.

— Sam — diz ele. Olho para trás, e ele me encara. — O que vamos ver hoje à noite?

Não é um hábito conversar com pacientes. Minha curiosidade nunca pede por isso. Quando olho para Neo, pensando nas semanas que passei o conhecendo, percebo entre nossos silêncios que isso não é o começo de uma conversa.

É o começo de uma amizade.

4
solilóquios

Tem algo de mundano nela. Não é elegante nem delicada. Ela é bruta, determinada, um tipo de beleza que apenas a confiança consegue exibir. A todo lugar que ela vai e para todos com quem ela se encontra, Hikari é como uma peça de quebra-cabeça universal. Pertence a todo lugar onde pisa.

Naquela noite, Hikari não parece reservada, mesmo no escuro. O cabelo dela é liso, fino, com um pouco de frizz. Ela veste uma camisola que cobre os joelhos, com florezinhas amarelas espalhadas pelo tecido. De longe, poderia ser confundida com uma camisola de hospital. Pende larga nas pernas enquanto ela passeia pelos corredores, espiando os quartos, olhando as pessoas, explorando além do toque de recolher.

As janelas a cumprimentam em sequência. Assim como a noite, criam aqueles horríveis espelhos. Hikari não olha por muito tempo. Coloca os cabelos atrás das orelhas, ajusta os óculos e se arruma. Ela não olha para as ataduras nos braços nem para a cicatriz no pescoço. Ela reivindica todo o poder sobre o que o espelho ousa mostrar da sua doença.

Ela escolhe ignorar.

— Sam?

Eu deveria mencionar que estou escondida na esquina de um corredor, espiando de uma forma suspeita e quase invisível. Dou um salto, me viro e vejo Eric ao meu lado com as mãos na cintura.

— O que está fazendo? — pergunta ele.

Devido ao nosso histórico criminoso, Sony e C foram confinados a seus quartos, e, apesar de eu não me importar com isso em um dia normal, atualmente estou sofrendo com o desejo incessante da minha curiosidade de seguir o sol que infestou meu lar.

— Nada. Nadinha.

Tento sorrir, mas Eric acha suspeito.

— Vai fazer nadinha em outro lugar.

— Tá bom.

Volto a seguir Hikari da forma mais discreta possível.

E também tenho um trabalho a fazer.

Neo está ainda na cirurgia das costas. Os pais esperam em seu quarto, onde logo não haverá nenhuma evidência do filho para eles destruírem. Naquela noite, é meu dever proteger o coração de Neo. É uma bagagem pesada para carregar enquanto sigo uma garota.

Hikari chega aos elevadores alguns minutos depois, desenhando nos papéis que roubou mais cedo. É um corredor curto, então preciso esperar do outro lado para evitar ser vista. Só que, quando vou dar uma espiada, ela já desapareceu.

Só tem um lugar aonde Hikari poderia ter ido daqui, e tanto eu quanto minha curiosidade sabemos disso.

A porta do telhado range quando eu a empurro, o vento que fica feroz à noite passando pela escada. A única iluminação vem dos cidadãos insones que mantêm as luzes acesas e das estrelas opacas que dançam no céu limpo.

Isso, e o amarelo, com quem a noite flerta. Só que agora o amarelo não explora o telhado. Está no parapeito, a silhueta de uma garota iluminada contra a lua.

Sinto um calafrio. A caixa cai das minhas mãos, anunciando minha presença de forma mais abrupta do que a porta.

— Ah — diz Hikari, como se eu fosse uma surpresa agradável em uma noite sem graça. — Oi, Sam.

— O que você está fazendo aí em cima?

— Tem uma vista bonita. Pensei em dar uma olhada e ver o que tinha para me oferecer à noite.

— Temos janelas para isso, você não sabia?!

— Não seja boba. Como é que dá para ficar amiga da brisa atrás de uma janela?

— A brisa vai te empurrar desse parapeito. Por favor, eu...

— Olha só as estrelas, Sam. — Hikari olha para cima, deslumbre estampado nos olhos. Como se o vento não estivesse brincando com o tecido da camisola, acariciando o cabelo dela de forma doce e quase ameaçadora. — Estão tão apagadas hoje. — Ela suspira, o corpo inteiro respondendo. — Não queria poder iluminar mais elas?

— Não estou entendendo.

— As estrelas não são eternas. Elas deviam queimar e brilhar com tudo que têm enquanto podem — diz ela. — Aquelas cinco ali. Está vendo? — Ela se inclina para trás e aponta para os pontinhos brancos no céu escuro. — Dá quase para desenhar uma estrela entre elas. — A cabeça dela balança como se aquilo fosse uma pena. — Estão querendo mostrar a luz. Consigo sentir.

Hikari olha para mim de novo. Quando o peso dela recai outra vez nos calcanhares, estremeço. Cada movimento que ela faz é como um dedo enganchado no pino de uma granada. Meus pulmões param de funcionar quando a mão dela estica para pegar o lápis na orelha, acrescentando mais um detalhe no desenho.

Percebo que ela está fazendo a mesma coisa que fazíamos enquanto observávamos a fumaça subir dos cigarros e a espuma borbulhar nas cervejas. Admirando uma arma.

A verdade é que estive pensando nela. No que mais pensaria? Quando peguei a caixa de Neo e ele estava drogado na cama, pensei em como Hikari poderia dar a ele algo para sorrir antes da jornada extenuante. Enquanto perambulava, pensei em cada palavra que ela dissera. Pensei no seu amarelo, na voz cheia de flerte e brincadeiras, nas ataduras suspeitas e na cicatriz. Eu me perguntava se ela estava triste com os pais, ou o que faria com o tesouro roubado. Eu me perguntava se ela estaria pensando em mim. Sempre que a imaginava e a escutava na minha cabeça, tudo que pensava era em um ímpeto que não sentia há anos — um ímpeto de desejar alguma coisa.

— Por favor — imploro e, só pela respiração, Hikari finalmente percebe meu pânico. — Você está me assustando. Pode descer daí?

Os olhos de Hikari me refletem em uma luz muito mais gentil do que a noite faria. O sorriso contagiante curva para um lado e, sob circunstâncias diferentes, poderia ter me atingido.

— Já que você pediu "por favor" — sussurra ela, sentando-se no parapeito, mudando de posição, e então voltando para o lado seguro, com a simplicidade de alguém que sai de um balanço. — Você me seguiu.

— Sim. Me desculpe.

— Por quê? — pergunta ela. — Ficaria meio decepcionada se não tivesse feito isso.

Rodopiando o lápis na mão, Hikari me avalia de cima a baixo. Eu observo o pulso dela, a pulseira branca que se acomoda ali, brilhando e refletindo, com as ataduras combinando. Uma delas parece mais recente, e respingos vermelhos aparecem nas beiradas.

— Por que roubou a lâmina do apontador e a chave de fenda? — pergunto.

Hikari dá de ombros, dando uma volta ao meu redor.

— Por que é que alguém rouba qualquer coisa?

— Para cometer um pecado?

— Para ser humano? — Ela dá um risinho, me lembrando de que, para ela, sou apenas um instrumento de diversão, um brinquedinho, um quebra-cabeça que ela quer montar porque não sabe quanto ela própria se encaixa nele. — Apesar de que você não é muito boa em ser humana, né?

— Eu acho que deveria ficar ofendida com isso.

— Você provavelmente também não é boa em ficar ofendida. É meio desajeitada.

— Eu estou começando a pensar que você é meio malvada.

— Me conta sua história, Sam — exige ela. — Sacie minha curiosidade malvada, e talvez eu te conte por que roubei o que eu roubei.

— Algo me diz que sua curiosidade é meio gananciosa.

— Me conte sobre a Lista — pede ela, e o aroma e a voz me rodeiam como um furacão, ocultando todo o resto até ter certeza de que eu contaria a ela qualquer coisa que quisesse saber. — Para que serve, além do roubo? Quem vocês vão matar?

— O Tempo — digo.

— Aahh — ela zomba. — Um inimigo astuto.

— A Doença.

— Um inimigo cruel.

— A Morte.

Eu não notei que estava andando para trás até meu calcanhar bater na caixa de Neo, o papelão e o conteúdo chacoalhando lá dentro como um gemido de dor. Eu pego a caixa de novo, espanando-a como um pedido de desculpas.

— Como é que se mata o Tempo, a Doença e a Morte? — pergunta Hikari.

— Você rouba o que eles roubaram primeiro.

— Cigarro e cerveja?

— Momentos — corrijo. — Infâncias. Vidas.

Hikari para de andar em círculos. Ela me olha por um instante demorado. Eu deveria falar mais. Deveria contar a ela sobre nossos planos de escapar desse lugar, de chegar ao fim do mundo e voltar. É o plano de C, de Sony, de Neo. É o plano de chegar a um lugar onde não precisaremos roubar nada.

— Acha mesmo que eu sou cruel? — ela pergunta depois de um tempo.

Dou de ombros.

— Um pouco.

— Hum.

— Neo também é cruel.

— É mesmo?

— Constantemente. — Aperto a caixa contra meu peito. — Mas ele precisa de mim.

Neo mal conseguiu cumprir os requerimentos para a cirurgia dele. Os médicos querem operá-lo há anos. A coluna está começando a deslocar os órgãos dele, órgãos já enfraquecidos pela subnutrição. Não tiveram escolha a não ser arriscar. Está me assustando mais do que quero admitir. Que o coração dele, depois dessa noite, possa ser apenas meu.

O que me ajuda a relaxar é focar em uma menina malvada e suas palavras bonitas.

— Ele lê bastante — diz ela, observando os títulos dos livros espalhados nas caixas. — *Hamlet*, *Senhor das moscas*, *Matadouro-cinco*, *O morro dos ventos uivantes*.

— *O morro dos ventos uivantes* é o meu favorito — digo, querendo impressioná-la.

— *Diz que te assassinei. Então me assombre* — rebate ela, da mesma forma que apresentou meu nome ao céu. Como a letra de uma música. O verso de um poema. Prosa.

Aquilo me adentra. Esclarece minha visão, fico boquiaberta, até recolher meu queixo e engolir de volta meu espanto.

— É um desejo idiota — murmuro.

— Você acha?

— Os mortos não assombram, não importa quanto você implore por isso.

— Sam?

— Sim?

— Por que está perambulando de noite com os livros de Neo?

— É complicado — respondo. — Neo nunca pede nada para ninguém. Salvar as histórias dele é o mínimo que posso fazer. — Com o olhar, Hikari pede que eu diga mais. — Os pais dele vieram por causa da cirurgia. Não gostam dos livros dele. Nem das histórias — explico. — Eles amam o filho, acho, mas...

— Mas às vezes os pais amam a ideia do filho mais do que as pessoas que eles são.

Um pedaço mais afiado do quebra-cabeça de Hikari surge. Ela encara os livros, o dedo brincando com a camisola, apertando o tecido perto da coxa.

— Esse tipo de amor é sufocante.

Como dedos se fechando ao redor do pulso.

— Por que você está perambulando de noite em cima do parapeito? — *Hikari*. — Não tem medo de cair?

— Claro que tenho — diz ela. — Mas o medo é só uma sombra bem grande com uma coragem bem pequena.

Meu medo rosna diante dessa declaração. Ele a ressente, me puxa mais pela corda, possessiva, mas não presto atenção. A gravidade dela é uma força maior.

— Você é escritora — digo, como se tivesse acabado de descobrir outro tesouro no mundo.

— Leitora — corrige ela. — *Hamlet* é minha pior influência.

— E ler te faz feliz? — pergunto.

Quero saber todas as coisas que a fazem feliz.

— Ler me faz sentir — diz ela.

Sentir.

As emoções e eu não temos um relacionamento saudável. É uma coisa distante e amarga. Um divórcio. Emoções têm nojo de mim. São um sopro de vento do outro lado do parapeito, e, mesmo se quisessem brincar com meu cabelo e acariciar minha pele, eu as ignoro. Emoções são os fantasmas que enterrei, uma casca do que já foram, assombrações vazias. Quem sabe? Talvez Shakespeare consiga desenterrá-las.

— Ainda não li *Hamlet* — digo, olhando para a capa.

Hikari me encara como se tivesse uma ideia maligna, e já sei que serei pega por ela.

―――

Ficamos lendo no telhado durante uma hora. Mas a brisa é uma intrusa desgraçada que nunca para de tentar dar uma apalpada. Pergunto se podemos voltar para dentro e ler no quentinho. É uma mentira. Hikari deixa o telhado bem aquecido. Eu só quero fugir do vento. Tenho inveja do quanto ele é livre para tocá-la.

Hikari concorda, e nos acomodamos no canto de um corredor que sei que poucas pessoas usam. Costumava ser a extensão do departamento de cardiologia, mas agora sei que é mais um beco sem saída aonde os médicos vão para atender a ligações ou surtar no meio do trabalho. De qualquer forma, gosto desse corredor. Não tem vento. É um lugar onde os corações eram curados no passado.

Hikari e eu nos encostamos na parede. Eu seguro o livro. Ela esquematiza a parte teatral. Ela pega alguns personagens para si, me dá o papel de outros, e nós lemos em voz alta. É menos passivo do que estou acostumada, envolve existir muito mais, mas eu gosto. Gosto de ouvir a voz dela passear, das pausas dramáticas e da dedicação que ela tem com seu público de uma única pessoa.

Às vezes, ela se aproxima mais de mim. Fico com uma sensação estranha no peito quando isso acontece. Acho que ela também gosta de ouvir minha voz, mas de um jeito diferente. Ela gosta dos meus gaguejos quando olho para ela, engolindo a saliva nervosa, pigarreando alto. Ela gosta das minhas reações. Não a Hamlet, mas a ela.

Hikari mantém uma boa distância. Nós a compartilhamos. Brincamos com a distância como se fosse um par extra de mãos.

As horas passam. Horas. Não noto. Não estamos mais perto de janelas. Talvez já esteja de manhã. A paciência de Hikari começa a se esvair com o nascer do sol.

Quando chegamos a determinadas cenas, a umas que ela diz que são o ápice, ela vira mais diretora do que atriz.

— Sam, você está fazendo tudo errado. — Hikari coloca as mãos na cintura. — Fique em pé.

— Estou em pé.

— Não está. Está *corcunda*.

Olho para mim mesma, confusa.

— Corcunda?

— Corcunda. Por acaso você tem braços?

— Meus braços estão bem aqui. — Estico os braços na frente do corpo o máximo que consigo, o livro ainda aberto nas mãos.

— Não são braços — diz Hikari. — São apêndices, e olhe lá.

— Você está começando a me magoar.

— Sam, vem cá.

— E Hamlet?

— Eu sou Hamlet. — Sim, ela de fato escolheu o papel. No entanto, as palavras não cabem bem na boca dela. — Que foi? — Hikari percebe minha distância, a forma como meu nariz franze. — Eu sou uma atriz ruim?

— Não. Você só não tem nada em comum com Hamlet.

— Por que eu não sou amarga?

— Porque ele não é como o sol.

Hamlet é terroso.

— Você acha que eu sou um sol? — pergunta Hikari, a cabeça inclinada.

— Você é iluminada — digo. Estico as mãos, os dedos afastados, imitando uma coisa distante. Hamlet repousa na outra mão. — Eu sinto que, se nós nos tocarmos, vou queimar igual papel.

A imagem dela se encaixa bem nos morrinhos dos nós nos dedos. Ela fica parada, escutando. O tipo de escuta que só pertence a mim.

Eu recuo, percebendo o que fiz.

— Sinto muito.

— Não sinta. — Hikari dá de ombros. Ela contrai os lábios, apertados e curvados, em divertimento. — Você me lembra um pouco a lua.

— A lua?

— Sim. Cinza, sutil, e só corajosa durante a noite. Talvez tenham sido nossas vidas passadas.

Talvez tenham sido nossas primeiras.

Hikari ergue o braço. A palma da mão erguida como quem finge um aceno. Ela dá um passo, a distância entre nós diminuindo. Uma sirene de alerta me percorre, traduzida em um passo para trás violento. Hikari para ao ouvir o barulho que meu corpo faz — a mudança nas roupas, o guincho do chão pelo movimento do sapato. Como se eu fosse uma presa e a mão dela fosse uma bocarra aberta. Os olhos dela percorrem os tremores no meu rosto.

— Não vou te queimar. Prometo — sussurra ela, mas não importa.

Não posso tocá-la. Tocá-la significaria admitir que ela é mais do que um fantasma da minha imaginação. Seria admitir que ela é real.

Eu *quero* que ela seja real. Essa é provavelmente a pior parte.

— Está tudo bem — diz ela.

Diminuindo a distância, ergo minha mão da mesma forma que ela. Deixo que façam paralelos, um espaço pequeno entre nossas palmas.

— Bom — diz Hikari, a palavra mal passando por seus dentes. — Agora finja que sou seu espelho.

Os dedos dela vão para a esquerda, e a palma segue. Faço o mesmo com a direita, seguindo. Então, ela vai para o lado oposto, e eu também. Ela ergue a mão. Abaixa. Faz desenhos no ar. Eu faço o mesmo, como se houvesse uma corda nos ligando.

— Está me provocando? — pergunto.

— Estou te ensinando.

— A ser humana?

— Você está presa em tentar não existir, Sam — sussurra ela. — Se você se soltasse, veria que é bem fácil. Você nunca sonhou em dançar?

— Eu não sonho.

— Nunca?

— Não mais.

— Por quê? — ela pergunta, e não consigo evitar querer satisfazer a tragédia na voz dela.

— Não faz parte de mim.

— Quem foi que roubou isso de você? — Eu quase sorrio pela forma como a astúcia dela sobrevive aos momentos mais tristes. — Deve existir alguma coisa que você queira.

— Quero respostas — digo.

— Respostas?

— Motivos.

— Achei que motivos não existissem.

— Queria que existisse um específico.

— E qual é o motivo que você quer?

Nossas palavras se dobram uma por cima da outra, dançam juntas enquanto nossas mãos as imitam, atuam, aquela distância confortável e devastadora que é a única coisa que a mantém sendo minha, irreal, fantasmagórica. Só que as perguntas, a voz, o perfume, tudo isso é tão palpável que quero guardar as lembranças em uma garrafa.

— Quero saber por que as pessoas morrem — eu digo, mas perguntar o porquê de as pessoas morrerem é a mesma coisa que pedir aos mortos que assombrem. Não há ninguém que possa responder. Balanço a cabeça. — Sei que é idiota...

— Quanto tempo você tem? — pergunta Hikari, sombria.

— Quê?

— Você está morrendo?

Bufo em resposta.

— Estamos todos morrendo.

— Não vejo dessa forma.

— Não importa como veja, todo mundo sabe que uma hora você vai morrer.

— É por isso?

— É por isso o quê?

— Por isso que tem tanto medo de se aproximar de alguém.

A caixa de livros de Neo tem olhos. Olha de um lado para o outro, alternando nós duas como se estivesse procurando por uma vencedora.

Em Hikari, vê sonhos em abundância. Vê os sonhos voando atrás dos seus olhos, pesando no corpo. Ela veste os sonhos de amarelo, nas flores da camisola, na confiança da sua natureza. Ela sente coisas. É casada com os sentimentos.

É viciante de se assistir. Seja lá o que ela sinta a seguir, sei que estará escrito nela como palavras, penduradas em seus maneirismos.

É isso que *ele* costumava fazer. Costumava seguir sem nenhum escudo. Costumava dizer ao mundo, sem falar, tudo que ele sempre quis, apenas com uma expressão facial.

Não me lembro do rosto dele. Mal me lembro dele. Só restaram estilhaços, detalhes escapando por entre as frestas do caixão. Escolhi não lembrar, assim como escolho não pensar, sentir nem sonhar.

— Sam. — Hikari não percebe que meu nome saindo de seus lábios é um poder. Uma sombra pequena, mas muito corajosa. Então, por mais que precise ir embora, eu não vou.

— Que foi?

— Vamos nos encontrar aqui todas as noites.

Pisco, aturdida.

— Oi?

— Já que vamos inevitavelmente morrer, eu serei Hamlet, você será Yorick, e esse será nosso túmulo. — Ela olha em volta do corredor vazio como uma casa que ainda não é um lar e sorri para mim com uma curva de ambição. — Ainda não sei o que você é. Só sei que é um lindo conjunto de ossos, junto a um pouco de curiosidade amarrada por cinza, e quero te trazer de volta à vida. Acho que *isso* me faria feliz.

Quanto mais abro a boca, mais tudo dentro de mim relaxa, espantado por ela.

— Quero ver você — sussurra ela.

Hikari puxa um pedaço de papel do tamanho da palma da minha mão de uma dobra na atadura do cotovelo. Ela alisa o vinco no meio e me entrega um desenho de uma figura segurando uma caixa de livros, as estrelas circulando ao redor como dançarinas.

— Você acha que eu sou linda? — pergunto, arquejando.

— Todos os leitores são — diz Hikari. — Boa noite, estranha.

Quando ergo o olhar, ela já se foi.

5
Elae

A Lista, em si, é um roubo. Roubos acontecem em três estágios.
Planejamento.
Execução.
Fuga.

Quando concordamos em nos tornar ladrões, Sony só queria saber do segundo estágio. A empolgação ultrapassava os limites. Naquela noite no telhado, ela apontou para o outro lado da cidade, para a loja de doces, a livraria e os vendedores de rua. Ela nunca se importou com a tangibilidade do roubo, e sim com o ato. Queria a adrenalina, o nervosismo, a correria.

Neo preferia o planejamento, as hipóteses, a logística. Ele andava pelo quarto (isso foi antes da cadeira de rodas), vasculhando coisas na caixa de papelão, e encontrou um caderno velho com uma espiral de metal, cujas páginas ele arrancava quando ficava insatisfeito. Ele ergueu o caderno sobre a cabeça no telhado, então o deixou cair no concreto sob o céu noturno.

Ele considerou tudo. Foi ele que resolveu chamar nosso plano de A Lista. Porque não estávamos só roubando, também era uma lista de alvos de assassinato. Estavam na primeira página, em uma tinta preta manchada:

Tempo. O Tempo sempre vem primeiro.

Doença. Sem patógenos, sem títulos saídos do latim, só a essência da coisa. O nome do nosso sofrimento.

A Morte. A Morte sempre vem por último.

Tem mais nomes. Temos nomes infinitos do que tomar, de quem roubar.

A próxima página era uma declaração. Dramática, mas desafiadora, como declarações requerem.

"Para todos que roubaram de nós, desafiamos vocês. Vocês causam tentação e destruição ao mundo, mas tentem nos destruir. Nossas mentes são mais fortes que nossos corpos, e nossos corpos não são seus para chamar de fracos. Vamos matá-los de todas as formas que conhecemos. Assim, quando partirmos, estaremos quites.

O Tempo vai acabar. A Doença vai deteriorar. A Morte vai morrer."

Foi C que escreveu isso. Neo pegou a caneta e de fato colocou as palavras no papel, mas foi C quem as compôs, como uma música. Tudo, exceto a última linha. Essa pertence a Neo. C nunca se importou com o planejamento nem com a execução. Ele queria estar presente para tudo, e não em outro lugar. Ele escrevia o que todos nós pensávamos, mas normalmente não sabíamos como dizer.

As páginas seguintes eram o resultado da nossa execução. O que nós queríamos e o que roubávamos. Coisas, sim, mas também sentimentos, desejos, oportunidades — qualquer coisa que nossos três inimigos poderiam tomar.

No entanto, nunca fizemos isso só pela adrenalina. É por isso que, no fim, vamos fugir com tudo que tomamos.

Nossa Fuga é uma coleção de páginas que ainda não foram preenchidas. Estão na parte final da Lista, esperando pelo dia que criaremos coragem de ir embora — um lugar onde não estaremos atados às nossas vidas, mas felizes, juntos e destemidos.

Chamamos esse lugar de Céu.

Quando terminamos de escrever, os ossos do quadril doíam. O amanhecer atingiu o céu e iluminou o caderno, que agora tinha uma alma própria. Sony segurava os próprios calcanhares, balançando-se para a frente e para trás, dizendo tudo que vinha à cabeça. C se deitou, me escutando ler em voz alta as palavras de Neo.

É parte de nossas vidas.

O hospital era sempre tedioso. Acordar, comer, tomar remédio, fazer tratamento e todas as coisas que não nos pertenciam. Pertenciam ao Tempo, à Doença e à Morte.

Só que os momentos da Lista?

Esses são nossos.

Neo está em um estado entre a inconsciência e o despertar. C e eu estamos sentados ao lado da cama, esperando que ele volte ao mundo dos acordados. Já faz mais de vinte e quatro horas desde que o vimos, e ninguém está mais preocupado com Neo do que C.

Ele tenta se distrair, folheia uma revista que nem está lendo. Ver Neo desse jeito depois da cirurgia já é bastante difícil. O fato de que Neo está com um hematoma do pescoço ao ombro faz o maxilar de C estalar. Ele começa a folhear a revista de novo quando chega ao final, como um tique nervoso, como ficar batendo o sapato no chão.

— C — eu falo.

— Oi?

— O que significa ser linda?

— Linda como? — pergunta ele. — Tipo uma flor? Tipo meninas?

— Tipo a caveira de Yorick em Hamlet.

— Tipo o quê de onde?

— Acho que é o que eu era na metáfora dela. Ou ossos?

— Na metáfora de quem?

— Acho que são a mesma coisa.

Ossos e caveiras. Tudo é oco.

— Você está falando de Hikari?

Agora me ocorre que não estamos tendo a mesma conversa.

— Ela me chamou de linda — eu digo.

Os olhos de C passam dos meus pés até minha cabeça.

— Você é linda — ele confirma.

— Mas ela disse que não tenho braços. — Eu os estendo na minha frente, para enfatizar.

— Você tem ótimos braços.

— Ela disse que sou corcunda.

— É um pouco mesmo. Pertence à Notre Dame. — Ele diz esse último pedaço em francês, e não sei o que significa, mas, como provavelmente é uma ofensa, não pergunto.

— Você sabe sonhar? — pergunto.

— Claro.

— Ela disse que eu preciso sonhar.

— Você parece bem preocupada com o que a menina nova pensa de você — diz C, como se eu fosse uma criança que está falando sobre sua paixonite no recreio. — Gosto dela. Tomei café da manhã com ela e com Sony. Ela me lembra você, de um jeito meio estranho, mas fácil de gostar. Só que menos desajeitada.

— Menos desajeitada?

— Bom, ela provavelmente sabe sonhar. E a postura dela é perfeita. E consegue entender sarcasmo.

— Ela consegue entender tudo — eu digo, fazendo bico.

C dá uma risada.

— Está com inveja?

— Estou sofrendo.

— Parece mesmo.

— Ela está me fazendo sofrer.

— É isso que meninas fazem.

Essa menina. Cheia de luz e amorosa. Ela é uma história. Um livro que já li, só que em um idioma estrangeiro.

— Ela me assusta, C — eu digo, e está começando a parecer menos verdade.

— Por quê? — pergunta C baixinho, fechando a revista.

Não há um jeito de responder a essa pergunta. Quando se conhece alguém encantador, alguém que você possa ficar encarando e escutando e conversando sem notar o tempo passar, alguém em que se pensa constantemente, tem sempre a questão de um vício surgindo. Nada que vicie é uma coisa boa. Muito menos Hikari e Hamlet.

C passa a mão nas minhas costas, dando tapinhas.

— Não pense demais nisso. Você sempre pensa demais. É por isso que não tem braços.

Uma tosse leve preenche o quarto. C se endireita. Ele é rápido em voltar sua atenção para Neo.

— Oi — sussurra ele, tirando os cabelos da testa de Neo. — Como está se sentindo?

Neo abre os olhos, uma cor mais escura os rodeando.

— Provavelmente tão bem quanto pareço.

— Hum. — C apalpa os lençóis ao redor dele, certificando-se de que o colar cervical não pinique a pele. — Beba o suco.

— Argh. — Neo faz um barulho, enquanto um canudinho é colocado nos lábios.

— Agora, por favor — diz C.

— Eu deveria ter pedido por mais morfina.

— Finalmente acordou, hein? — Eric entra, dando tapinhas no monitor ao lado da cama. Ele gentilmente segura o braço de Neo para trocar o acesso intravenoso.

— Eu já não fui assediado por profissionais da medicina o suficiente? — Grunhe Neo, e Eric dá um peteleco na parte interna do cotovelo. — Ai.

Nosso enfermeiro finge inocência.

— Só estou procurando uma veia.

C suspira, a preocupação audível.

— Neo — sussurra ele, acariciando o hematoma roxo sob o colar cervical.

— Não fale nada — diz Neo, chiando com a dor.

— Eu sei que não é da cirurgia.

— Me parece que você está falando.

C não tem oportunidade de retaliar. Um par de sapatos barulhentos entram no cenário e chutam a porta com força. Tênis brancos e sujos.

— Olá, pecadores! — Sony abre os braços, segurando uma sacola de pano nos braços que parece estar se debatendo. — Eric! Não vi você aí.

— Por que a sua bolsa está se mexendo? — pergunta Eric, estreitando os olhos para ela.

Sony segura a bolsa com mais força perto do corpo.

— Não sei do que você está falando.

— Você roubou um bebê ou algo do tipo? — pergunta C.

— Roubar? C, como você ousa me acusar de atividades tão vis? Hikari, venha me defender.

Atrás do diabinho de Sony, meu sol de ontem à noite surge. Tranquilo e quente pela manhã. Ela e Sony parecem ter ficado próximas em um único dia. Suponho que chamas gostem uma da outra, não importa a origem de sua luz.

Hikari ri para Sony. Ela cumprimenta Neo com aquela voz suave, tocando o colar cervical, dizendo e perguntando mais coisas. Neo não parece se importar. Ele está presente com ela, apesar das drogas, ouvindo, respondendo, e não olhando para a janela que ele tanto gosta. Ela sabe ler tudo, já me esqueci. Até mesmo alguém determinado a esconder suas páginas.

— Ah. Flores — diz Sony, franzindo o nariz, desgostosa.

Ao meu lado no parapeito da janela, estão buquês de flores junto a cartões que não foram lidos, desejando uma boa recuperação em uma caligrafia cursiva. Eu nem sempre entendo ironia, mas gosto dessa aqui. Para alguém que quer viver, ofereça algo que vai morrer.

— O que você tem contra flores? — pergunta Hikari, tocando o papel laminado e as pétalas.

Estou encarando o rosto dela há tanto tempo que não reparo no potinho de cerâmica que ela carrega. Dois potinhos de cerâmica. Não são maiores do que copos de suco, com plantinhas aparecendo apenas a um centímetro do solo, ainda na forma de mudas. Ela coloca uma do lado do buquê, sua oferta sem cartão e viva.

— Não tenho nada contra flores — responde Sony, pegando uma única rosa e usando a flor para gesticular. — Tenho tudo contra cadáveres de flores.

Ajustando o vasinho sob a luz, Hikari acaricia as folhas que mal aparecem, tirando o pó e as posicionando, para que recebam a luz entre as frestas da persiana.

— Dormiu bem, Sam? — ela pergunta, se inclinando para trás, a perna cruzada uma por cima da outra e o queixo apoiado no ombro. É uma pergunta obrigatória. Uma conversa florescendo. Ela fala com ironia.

Está me provocando. Está atuando.

— Não — eu digo. — Tinha muito sol.

— Ah — diz Hikari. — Não conseguiu dormir?

— Na verdade, foi Hamlet.

Ela finge um suspiro de surpresa.

— Como ele ousa?

— Está tudo bem. — Tenho vontade de provocá-la de volta. — Hamlet é lindo.

— Então é da beleza dele que você gosta.

— E de como ele é malvado.

— Que bom, então. Eu gosto dos braços de Yorick. — Provocando. Provocando. Provocando. — Aqui — diz ela, colocando o segundo vasinho encaixado entre o dedão e o indicador entre nós.

— O que é isso? — pergunto, pegando em mãos. O calor dela deixa marcas na cerâmica, como um choque elétrico nos meus dedos.

— Uma lembrancinha.

Eu não fiz nenhuma cirurgia. O que eu fiz para merecer um presente carinhoso? Ou é só a minha crônica falta de braços?

— O que eu faço com isso?

Hikari dá de ombros.

— O que se faz com plantas a não ser observá-las viverem?

— Eu agora passei de caveira para cacto? — pergunto.

— É uma suculenta — corrige Hikari.

— Ok, está tudo certo, Shakespeare. Vai com calma — diz Eric, dando tapinhas na cabeça de Neo e verificando mais uma vez os sinais vitais no prontuário.

— Vocês aí sejam cuidadosos com ele — avisa, apontando para todos nós.

Sony leva a mão ao peito, fingindo ofensa.

— Por que está olhando para mim?

No momento que Eric sai da sala, ela muda de comportamento.

A porta se fecha, e a sacola de pano de Sony se debate. Ela abre as alças, e de lá uma criaturinha tira a cabeça. Pelo amassado e olhos verdes, com um nariz triangular de cicatrizes e uma boca fininha.

— Ah, um gatinho — diz C em uma voz fina.

O gatinho fica à vontade, sem se preocupar com a residência limitada dentro de uma bolsa. Sony coloca a bolsa no chão. O gato sai de lá, uma das orelhas pela metade, o pelo preto parecendo apagado.

Neo ergue uma sobrancelha.

— O que tem de errado com a perna dele?

— Que perna? — pergunta Sony.

— Exatamente.

O gato de três pernas consegue subir na cama de Neo e cheira o rosto dele.

— Hikari e eu corremos atrás dele na rua. Impedimos que ele fosse atropelado. Claro que fizeram isso.

— O gato é uma menina, sua idiota — diz Neo, virando o rosto para longe do animal.

— E daí? Age como menino. Vou só dizer que o nome do gato é Elae para deixar as coisas menos complicadas.

— Oi, Elae — diz Hikari, a voz mais suave.

A felina desce da cama de Neo para os pés de Hikari e brinca com os cadarços. Ela (ou Elae) ergue os olhos para mim, uma alma compartilhada. Parece que quer me dizer alguma coisa. Fica sentada no espaço pequeno entre meus pés e esfrega a cabeça na minha perna.

— Vamos, Elae. — Sony se abaixa e a pega no colo. — Esquente o colo de Neo.

— Meu colo está ótimo.

A gata não protesta da mesma forma que Neo. A aventura dela na cidade e sob o reino de Sony a deixou exausta. Ela se enrosca em um montinho na barriga de Neo, e C afaga a cabeça dela.

Sony também se joga na cama de Neo. Um calafrio percorre Neo, então ela tira o moletom e o coloca sobre as pernas dele. Quando faz isso, ela olha para o pescoço de Neo e congela diante do hematoma no ombro.

Ela não diz nada. Nunca diz, mas vejo a imagem se formando na mente dela enquanto ela retira a Lista da caixa embaixo da cama e suspira para aliviar a tensão.

— A próxima parte do nosso tudo — diz Sony, a caneta deslizando para a sexta página preenchida até o talo com nossos tesouros roubados. Ela coloca a língua entre os dentes enquanto escreve. — Elae. Tirada-da-Morte. — As palavras dela são colocadas no ar e no papel. — A Nova Melhor Amiga do Bebezinho.

— Não começa — reclama Neo.

— Ah, a famosa Lista — diz Hikari.

Sony dá uma risadinha.

— Acho que deveria adicionar você.

— Eu?

— Nós te roubamos. Ou Sam roubou, acho.

Hikari sorri para mim.

— É um prazer ser roubada por você, Sam.

Fico tão corada que C não consegue esconder um risinho atrás da mão.

Sony desdobra a Lista na parte que fica nossa declaração, todas as linhas nas margens empilhadas uma no topo da outra, infinitas marcas de caneta pintando nossos atos de vigilantismo.

Coisas tangíveis tomadas: *maçãs, O grande Gatsby, seis cervejas, um maço de cigarro, uma caneca de café com a borda rachada, uma pelúcia abandonada, um gato.*

Coisas intangíveis tomadas: *um olhar pelo parque, um dia rindo até as costelas doerem, um lance de escadas que subimos de uma vez só, uma tarde na biblioteca de onde somos banidos.*

Tudo que poderíamos querer roubar.

— Soa bem — diz Hikari. — "Tudo."

A palavra sai em um único fôlego, um conceito distante que chegou às ondas da maré.

— Vai ajudar a gente, Hikari? — pergunta Sony, mas ela olha para mim até chegar à última palavra. Então, as pernas mudam a direção, e o sorriso cheio de dentes se vira para a garota ao meu lado. — É sempre útil ter mais gente no Tudo.

— Você só precisa acrescentar uma coisa. Uma coisa que você quer. Na Lista — diz C, jogando a caneta para ela. — Essa é a sua iniciação.

— E se eu quiser roubar uma coisa para outra pessoa? — pergunta ela.

— Podemos fazer isso juntos — digo. Hikari olha para mim quando eu falo. — Quer dizer, poderíamos todos escrever uma coisa de novo e prometer roubar algo uns para os outros.

Sony pula da cama.

— Gosto disso!

— Podemos rasgar uma página vazia da Lista e dividir em cinco pedaços. Cada um vai escrever uma coisa para outra pessoa nesse quarto, um pedaço de tudo, em um pedaço de papel o que temos intenção de roubar por eles. — Hikari faz uma pausa, nós cinco refletidos em uma constelação nos seus óculos. — Como uma estrela de cinco pontas de ladrões.

— Gosto disso.

Viramos para Sony, mas, para nossa surpresa, não foi ela que falou. Neo se remexe o máximo que o colar cervical permite, dando tapinhas na cabeça de Elae, perdido em pensamentos que Hikari nos deu. Ele olha para ela de soslaio, sem conseguir virar a cabeça.

— Posso roubar?

— Para sua escrita? — pergunta.

— É.

— Claro. — Hikari concorda, divertida, lisonjeada, mas, acima de tudo, grata.

— Hikari, você rouba para Sam. — Sony pega um pedaço de papel. — Sam, você rouba para mim.

— Será uma honra — eu digo.

Sony afaga meu cabelo em resposta, dando um tapinha na minha testa.

— Eu roubo para o Neo.

— Ótimo. — O Bebezinho nem tenta fingir entusiasmo.

— Neo vai roubar para C, e C rouba algo para Hikari.

Sony é a primeira a escrever uma nota para Neo enquanto dá risadinhas. Neo escreve depois. Não precisa nem pensar muito.

C se aproxima dele.

— Pode só pegar balas de ursinho de novo.

— Cala a boca. — Neo entrega a caneta e o papel para ele.

C lê o papel de forma tão impaciente quanto Neo escreveu, soltando um suspiro, feliz.

— Você é fofo — sussurra ele.

— E você ainda está falando — diz Neo, revirando os olhos.

C escreve o bilhete em seguida, primeiro pensando no que colocar. Ele brinca com a caneta em mãos, e finalmente decide escrever algo antes de entregar para Hikari.

Ela demora. Ela espera enquanto Sony e Neo discutem, e C começa a tocar música. Ela espera, vendo todos eles interagirem uns com os outros e comigo.

Ela já sabe o que quer roubar. Ela só começa a escrever quando ela sabe que eu também sei. Usando o joelho como apoio, o objeto de seu roubo, seja lá o que for nesse mundo que ela jura roubar por mim, se imortaliza em tinta. Então, Hikari ergue minha planta e desliza o papel para baixo dela sem dizer uma palavra.

— Está bem, povo. No segundo que o bebê tiver força nas pernas de novo, vamos voltar prontos para arrasar — diz Sony, com a Lista em mãos. — Estão prontas, Hikari? Sam?

— Uhum.

— Claro que sim.

— Meninos? — Sony pergunta.

— Sim. — C faz um sinal de positivo com o polegar.

— O que for preciso para você parar de me encher o saco — diz Neo.

Sony dá um cutucão no tornozelo dele com a ponta da caneta.

— Essa é a última coisa de que precisamos antes de ter tudo. Nossa grande fuga — diz Sony, colocando o caderno na horizontal no colo para todos conseguirmos ver o grande plano que vem antes das páginas vazias que esperam ser preenchidas. — Nosso Céu.

O pedaço de papel escondido embaixo da suculenta me encara. Pego o vaso com as duas mãos e o mantenho perto. Então, leio a carta de Hikari. Tem três compassos, um poema dedicado a mim.

Para Sam,
    Vou te dar
        Um sonho

Se ao menos o dia que compartilhamos juntas já não parecesse um sonho...

———

Esse lugar é mais escuro que o quarto de Neo. As cortinas estão fechadas, e uma luz azul se assenta como se estivéssemos embaixo d'água. Um dos médicos de Sony leva um prontuário, com um residente seguindo atrás.

Sony está sentada no pé da cama, acariciando os lençóis como se Elae estivesse ronronando sob sua mão. Só que não está. A gata está com Hikari. Hikari está com C e Neo. Só eu e ela estamos aqui, alimentando a tristeza.

— Sony? — O médico pigarreia. — Você ouviu o que eu acabei de dizer?

Ele é um homem bom. Alguns dos médicos ficam com um ego grande ou não se dedicam, mas ele está cuidando de Sony há quase tanto tempo quanto Eric. É por isso que é difícil pronunciar o que ele declara, que, para ser sincera, é uma sentença de morte.

Tentei poupar você de toda a feiura.

Te dei quatro crianças, todas elas quase saindo da adolescência. Dei um vislumbre de seus problemas, mas não dei muitos momentos de verdade.

Não disse que a pele de Sony é quase transparente. É fina, e relapsos de hipóxia no passado deixaram o tecido frágil. A garganta tem diversas cicatrizes por causa de infecções, fazendo a voz falhar. Tem dias que ela não consegue sair da cama. Dá para ver que ela está doente. Dá para ver que está ficando pior. Mesmo que tenha superado isso antes, há um limite para as batalhas que se pode ganhar.

— É, eu ouvi — responde Sony.

O médico bonzinho suspira. Ele ajeita os óculos.

— Sempre tem uma chance — diz ele. — Provavelmente entre cinco e dez por cento...

— As chances não me interessam. Você sabe disso. — Sony age com ironia, segurando uma risada constrangida.

Ela acaricia o espaço abaixo da clavícula assim como fez com o lençol. Ela sente o único pulmão encher e desinflar.

— Então — sussurra ela. — Quanto tempo eu tenho?

6
paixão

dois anos atrás

NEO ADORMECE ME ensinando sobre sarcasmo. Ele explica que o uso de ironia na literatura é geralmente para mostrar que a aparência superficial está em oposição direta ao significado verdadeiro. Sarcasmo é um jeito de usar ironia para ferir sentimentos. Estou parafraseando, mas, depois da segunda hora em que ainda assim não consigo entender um comentário sarcástico, Neo desiste e vai dormir.

Perguntei se era irônico chamarmos os anjos caídos de demônios. Ele disse que me contaria quando ele estivesse no inferno.

Às vezes, os pesadelos o visitam durante os primeiros estágios da noite, então eu permaneço ali, um pensamento esquecido na cadeira do outro lado do quarto. Convidados que não são bem-vindos na mente de Neo o fazem estremecer e revirar nos lençóis. Ele se move como se estivesse sob amarras, o corpo preso por um peso invisível. Cada vez que isso acontece, aproximo mais a cadeira do leito e seguro a mão dele. É um elo para algo real, mesmo que ele esteja adormecido, e estabiliza a sua respiração.

Pode ser que eu não entenda muito de ironia, mas sei muito sobre pessoas doentes. Sei quando precisam de mais cuidado do que deixam transparecer. Desde o dia que Neo chorou no chão do banheiro nos meus braços, não me esqueço disso.

Depois da primeira hora do sono, Neo passa para sonhos melhores.

Meus postos de observação de pessoas foram negligenciados nos últimos tempos. No entanto, o destino tem outros planos para mim. Quando a porta do elevador abre, a última coisa que espero encontrar é uma garota ensandecida chutando uma máquina de lanches sem parar.

— Argh! — Uma meia alegre e felpuda que leva a um tênis branco sujo colide com o vidro. A garota arfa com o esforço, a camisola de hospital balançando nas pernas nuas. Os punhos estão fechados na lateral do corpo, segurando o tecido. Ela encara a máquina como se fosse capaz de matá-la.

Eu realmente preciso prestar mais atenção no andar em que desço do elevador. Mas voltar não é mais uma opção quando a porta do elevador se fecha.

A paciente chutadora vira a cabeça na minha direção por causa do som. O cabelo balança quando ela se move, ruivo, da cor de fogo. Ela parece que poderia *me* matar.

Pisco com força, querendo existir menos, levando a um território que deseja que eu simplesmente não existisse.

— Quer uma foto? — pergunta ela, com raiva.

— Hum, eu não tenho uma câmera.

— O que aconteceu com você? — Ela me olha de cima a baixo, franzindo o cenho. — Um ônibus te atropelou ou algo assim?

— Hum...

— Argh! — ela grita, me interrompendo. Dá outro chute rápido na máquina.

— Você precisa apertar o botão por mais tempo e colocar a mão no compartimento — eu informo.

Um pouco de nostalgia afeta minha curiosidade, a tirando da hibernação.

Levantando as mãos, rendida, dou um passo para a frente, pressiono o botão embaixo do teclado e coloco minha mão dentro da boca da máquina. Ela emite um bipe, algo encaixando lá dentro, e duas barras caem. Eu as pego e as ofereço da mesma forma que faria com uma bandeja de jantar.

— Todas elas são assim? — pergunta a menina, bem mais calma agora que está com a comida em mãos.

— Só essa.

O divertimento aparece no rosto dela quando aceita minha oferta. As feições dela veem a luz, os lábios rachados curvados, esticando cortes recentes na bochecha.

— Que foi? — pergunto.

— Nada. — Os dedos dela traçam o vidro que ela chutou como um gesto de desculpas. — As coisas quebradas parecem gostar de você.

Coisas quebradas. Como ela parece ter carinho por essas duas palavras, assim como Neo tem.

— Você está sozinha? — pergunto.

— Minha mãe está dormindo no meu quarto — responde ela, se sentando no chão ao lado da máquina, o inimigo se transformando em um amigo. — Aqui. — Ela me entrega uma das barrinhas. — Senta comigo.

Na verdade, estou com um pouco de medo de recusar, então aceito. Ela abre a dela com impaciência, sentada de pernas cruzadas, a cabeça jogada para trás. Eu me acomodo do lado dela, a cerca de trinta centímetros.

— Você nunca viu uma barrinha de chocolate? — pergunta ela. Antes que eu possa responder, ela pega a barrinha em meu colo, morde o canto da embalagem e a rasga com os dentes. Então, ela a entrega de volta para mim, mais parecendo um aperto de mãos do que uma oferta. — Meu nome é Sony.

Sony.

Todos os atos de Sony são feitos de corpo inteiro. Existe uma agressividade nela, como as palavras sinceras demais de Neo. Ao mesmo tempo, a juventude transparece em seus maneirismos. Os olhos e o cabelo são iluminados, e ela está empolgada no meio da noite como apenas uma criança estaria.

— Eu sou a Sam — digo.

Ela dá um risinho, brindando nossos chocolates como taças de champanhe.

— Você está com uma cara péssima, Sam.

— Você também não parece bem.

— É. — Ela mastiga mais devagar. — Não foi um dia bom.

— Você também foi atropelada por um ônibus?

Tento fazer piada. Neo diz que sou muito ruim nisso. Toda vez que faço uma tentativa perto dele, ele joga um livro na minha cabeça. Sony, não. Ela gosta da minha piada. Ela até ri, dando um encontrão no meu ombro com tanta força que quase caio.

— Gosta de fazer trilhas, Sam?

— Trilhas?

— Eu fui fazer uma trilha ontem. É minha coisa favorita do mundo inteiro.

Engulo em seco. Ela tem hematomas no braço, parecendo tão recentes quanto os arranhões no rosto.

— É por isso que está aqui? — pergunto. — Você se machucou?

Sony para de mastigar, os olhos entorpecidos atrás de um véu de algo que a deixa magoada. Se direcionam para o colo dela, assim como a mão repousa na barriga, como se estivesse observando uma memória.

— É — diz ela, mas é mentira. — Você já fez uma trilha?

— Não.

— Ah, é incrível. Você precisa experimentar. — Ela me cutuca, para dar ênfase. — Cheguei tão perto do topo da montanha, sabe. Dava para ver o mar e tudo lá de cima.

A voz dela ganha uma qualidade de espanto, como se, em vez de um corredor mal iluminado e três elevadores de aço, fosse o oceano que se estende diante de nós.

— Queria ter asas — diz ela, como um demônio gentil que costumava ter um par nas costas. — Eu poderia ficar voando sobre aquela água para sempre.

Acho essa conversa muito íntima. Escutar as pessoas se perderem assim. É como ler as palavras de Neo, as que ele deixa poucas pessoas verem.

Sony abre um sorriso manchado de chocolate.

— Deveria fazer uma trilha comigo um dia.

Sony e eu conversamos durante quase toda a noite. Descubro trilhas e chocolate pela primeira vez. Chocolate, como Sony e minhas papilas gustativas me ensinam, é uma das melhores coisas do mundo, junto com *O morro dos ventos uivantes*. Sony diz que não gosta muito de ler. Conto sobre Neo. No começo, ela não acredita que ele é uma pessoa de verdade. Ela me conta sobre a mãe, uma mulher tranquila que criou uma coisa monstruosa. Sony ri mais de si mesma. Quando fica inquieta, mostro mais do hospital. Quando o amanhecer aparece nas janelas, Sony volta para o quarto e deposita uma infinidade de beijos no rosto da mãe.

Depois daquela noite, Sony é liberada. Não a vejo por um tempo. A máquina de lanches sente saudades da nossa conversa noturna. Traço as marcas do tênis no vidro em nome dela. Até mostro chocolate para Neo. Ele me diz que chocolate não é uma descoberta e que eu sou burra. Eu o ignoro, e compartilhamos barrinhas de chocolate enquanto assistimos a filmes.

Alguns meses depois, enquanto estou sentada em um banco no terceiro andar como uma craca, lendo *Senhor das moscas*, um fogo familiar aparece.

— Cadê a Sam?

Eu tiro os olhos do livro, o cabelo ruivo e uma mochila cheia de marcas de caneta parados em uma unidade descentralizada.

A enfermeira trabalhando ali, que *não* é responsável por Sony nem por mim, vira a cabeça para o lado.

— Quem?

— Uma menina dessa altura, meio esquisita — diz Sony, fazendo gestos com a mão. — Sabe, não dá para não reconhecer. Ela nunca viu chocolate na vida.

— Sony? — Eu chamo.

Ela se vira.

— Sammy! — Uma risada alegre percorre o peito dela ao me ver. — Ha. Que sorriso legal você tem.

— Você parece bem — eu digo. O rosto não tem arranhões e mostra sardas dançando no nariz, e uma marca fraca que mancha a cor.

Ela sussurra e dá uma piscadinha.

— O ônibus passou por um triz.

Jogando a mochila sobre um ombro, Sony vasculha cacarecos, roupas e seja lá o que mais está enfiado na mochila, e tira uma barrinha de chocolate.

— Trouxe isso caso estivesse aqui. — Ela dá tapinhas na minha cabeça como se eu fosse um cachorrinho.

— Sony. — Uma mulher aparece atrás dela, com sardas parecidas e um brilho radiante mais antigo tingindo a pele. — Precisamos ir ver o médico agora, querida.

— Blé.

A mãe de Sony revira os olhos, abraçando a filha. Sony se derrete no toque.

— Tenho que ir lá fazer essa parada chata. Mas depois a gente se vê. Vamos nos divertir!

Ela desdobra minha palma com força, escrevendo o número do quarto dela com uma caneta daquela mochila que não parece ter fim. Ela coloca a língua entre os dentes, a escrita torta, desengonçada como a de uma criancinha.

Inclino a cabeça para ler, os dedos de Sony alisando os números.

— Não vai embora, tá? — sussurra ela. Um tubo de terapia de oxigênio está preso ao pescoço, e sua voz está mais fraca do que na noite em que nos conhecemos. Só que a alegria de Sony não esmaece nem quando a respiração se dissipa.

Depois que se vira para seguir a mãe, aperto a mão dela e a observo desaparecer no corredor.

Duas noites depois, Sony passa por uma cirurgia. Demora seis horas, então, durante as seis horas, me sento do lado de fora do quarto de Sony com a mãe dela. Ela me pergunta se sou amiga de Sony. Eu assinto e digo que Sony me deu um chocolate. Uma expressão satisfeita aparece, a que mães sempre têm quando se lembram das idiossincrasias dos filhos. A lembrança a tranquiliza por um instante, mas pensar que as lembranças talvez sejam tudo que ela tenha da filha faz os pés dela tamborilarem, acelera seus batimentos cardíacos, e ela morde os lábios. Pergunto se ela quer ir caminhar comigo. Ela assente. Eu a levo até a máquina no corredor que é minha e de Sony.

Seis horas depois, Sony acorda na cama, ainda tonta dos efeitos dos anestésicos. A mãe não espera a aprovação dos médicos. Ela vai para o lado da filha, dando uma infinidade de beijos no rosto. Ela diz que sente orgulho dela e que ela pode comer todo o chocolate que quiser. Sony cantarola, conectada a tantas máquinas que o corpo fica exausto só de estar acordado.

Não sei bem o que Sony tem. Existem tantas doenças diferentes que afetam a respiração. Asfixia é um dos métodos favoritos da morte. A doença de Sony devastou o pulmão e a deixou com infecções e mais infecções que o corpo dela não aguenta sozinho.

Só que Sony não é o tipo que se submete a nada.

Ela ainda precisa arrumar suas asas.

— Sammy! — Ela me cumprimenta com um sorriso quando entro no quarto, ficando ao lado da cama. Sony pega minha mão, a mesma que está com o número do quarto marcado, e pressiona contra o peito. — Sinta isso! Ah, foi mal, esse é meu peito. Mas ó!

A respiração sob o meu toque é invisível. A boca de Sony abre para inspirar.

— Esse lado está vazio — sussurra ela. — Só sobrou um pulmão.

As drogas entorpecem seus olhos e os fazem fechar a cada palavra, e não consigo evitar sentir a tristeza neles. Para uma criatura tão cheia de vida, metade das aventuras de Sony foram arrancadas dela.

Ela dá uma risada seca.

— Acho que não vou mais conseguir fazer trilhas. — A cabeça dela pende no travesseiro. — Mas pelo menos eu consigo respirar.

— Então vamos só respirar — sussurro.

— Parece ótimo.

Tudo se esvai rápido demais. O ar e o fluido preenchendo o espaço vazio nas costelas rejeitam a alegria dela. Apertam as rédeas de energia e os arroubos de risadas. Ao menos, apesar da dor, deixam sua força intacta, a chama que conheci chutando aquela noite longe de ficar apagada.

Sony aperta minha mão.

— Não vai embora, Sam.

Eu me sento ao lado dela.

— Tá.

A recuperação de Sony é rápida. Ela come como um animal, sempre precisando de um guardanapo. Tenta correr antes de conseguir ficar em pé, os cadarços desamarrados. A quantidade de vezes que ela cai quase de cara no chão depois de tentar usar o suporte intravenoso como skate exaspera tanto a mãe dela *quanto* eu.

Sony me ensina sobre correr. Ela quer correr para todos os lugares, a qualquer hora. Pelo corredor, subindo escadas que ela mal consegue escalar, até os elevadores, até o banheiro, até o quarto, para todo lugar. Ela também gosta de jogos. Jogos de tabuleiro dos quais nunca ouvi falar, quebra-cabeças que ela é impaciente demais para terminar e batatinha quente (que é essencialmente só uma corrida).

No dia que ela diz que quer ler, eu a levo até Neo.

— Nossa, você é minúsculo. Caraca, você tem um monte de livros.

Eu não considerei a total falta de noção de Sony antes de abrir a porta de Neo sem aviso. Ela entra, o foco dividido entre o menino na cama, as pilhas de papel e os livros no chão. Até mesmo a capacidade de concentração dela aposta corridas.

— Oi, Neo. — Eu o cumprimento com o capítulo da última semana em mãos e deixo na mesa de cabeceira. — Já escreveu a próxima parte para mim?

— Quem é essa aí? — Ele aponta com a caneta para a menina folheando os livros, os olhos arregalados como se devorassem todas as linhas ao mesmo tempo.

— Seu nome é Neo? Neo tipo Neonato? — pergunta Sony, indo até a cama dele. — Você até parece um bebê.

— Neo tipo Neo. Não toque nisso. — Neo, como Neo, tira o livro das mãos dela. Sony dá um pulo como se tivessem latido na cara dela.

— Que bebê reclamão.

— Saaaaaaam. — Neo arrasta a sílaba do meu nome, os olhos arregalados, implorando por uma resposta para a pergunta de antes.

— Neo, essa é a Sony — eu digo, com orgulho, como se tivesse acabado de encontrar um mascote ótimo e o trazido para casa. — Ela me dá chocolate.

Neo ergue os lábios, irritado.

— O que você é, um cachorro? Não dá só para ficar seguindo as pessoas porque elas te dão coisas.

— Foi isso que eu fiz com você — murmuro, virando a cabeça.

— Aaaaah, legal — diz Sony, as mãos nas costas enquanto olha as páginas no colo de Neo. — Posso ler?

— Não! Uma esquisitona é mais que suficiente. Xô.

— Esse *é* o próximo capítulo — digo, me rebaixando à altura de Sony e tentando ver o que estão naquelas páginas.

Neo grunhe.

— Preciso começar a trancar a porta.

Só que ele nunca faz isso. Neo passa o dia todo com Sony e comigo. Primeiro, espreitamos o refeitório, esperando a oportunidade perfeita para roubar maçãs. Neo chama Sony de cleptomaníaca por roubar um pirulito. Nossos espólios roubados ficam mais doces no jardim, onde ficamos com o banco do meio. A brisa fria do outono espalha as nuvens no azul.

— Neo, vamos jogar um jogo — diz Sony.

— Não.

— Tá, você precisa escolher uma nuvem e adivinhar o formato. Pode ir primeiro. O que aquela ali parece? — Sony aponta para cima, o dedo seguindo as formas que se movem no céu.

— Uma nuvem — diz Neo, sem olhar.

Sony dá um peteleco na testa dele.

— Ei!

— Aquela parece um pássaro! Está vendo as asas? — Sony me puxa pelo colarinho para que eu veja do ponto de vista dela.

Nosso bebê resmunga, esmagado entre nós. Observando mais nuvens passarem com o tempo, Sony balança as pernas, tão enamorada do céu quanto do mar. Com deslumbre, ela sussurra:

— Sempre quis ter asas.

No começo, Neo faz uma carranca cada vez que Sony e eu entramos no quarto dele. Ele reclama quando ela fala demais e dá as costas quando ela quer brincar. Ele até tenta fugir de nós, praticamente correndo. Ele ainda precisa descobrir que Sony ama correr.

Depois de um tempo, Neo começa a fazer o que os escritores fazem. Ele escuta Sony. Sony diz coisas sem pé nem cabeça, coisas infantis, não importa quem esteja ouvindo. Ela observa e faz perguntas. Ela não tem medo de existir ao máximo. O fogo dela arde quente, e Neo é pequeno. Ele sente muito frio.

Quando levo maçãs, Sony traz a imaginação infantil. Ela lê as histórias dele fazendo barulhos de surpresa, chorando lágrimas de verdade e dando bufadas para rir. Aquelas reações permitem que Neo olhe para ela. Não com uma carranca. Com o tipo de gratidão que só escritores entendem.

Sony me pergunta o motivo de eu esconder os livros e as histórias de Neo durante as visitas dos pais. Quando eu explico, ela fica com um olhar tristonho.

Naquela noite, depois que os pais de Neo vão embora, ela fica em silêncio. Vamos até o quarto dele juntas. Sony senta na cama e o abraça.

— Está tudo bem? — pergunta Neo.

Sony descansa a cabeça no ombro dele.

— Tá — sussurra ela. — Só senti saudades, bebezão.

O tempo começa a piorar na última semana de novembro. Nossas subidas até o jardim ficam cada vez menos frequentes. Culpamos o vento em vez do pulmão de Sony. Os sorrisos começaram a ficar mais fracos. A risada é rara. As sardas no nariz são pálidas. Neo e eu não apostamos mais corrida com ela. Pegamos o elevador em vez das escadas. Logo, Sony mal consegue andar sem cair.

O monitor do coração fica apitando ao fim do outono igual a um metrônomo. Faço minha própria conta, enquanto seguro a mão dela e meus dedos traçam o batimento cardíaco no pulso.

— Neo — diz Sony, a voz áspera.

— Pois não.

— Por que *temos* doenças? — pergunta ela, olhando para o teto como se pudesse olhar através dele e ver as nuvens passando.

Neo suspira, segurando a outra mão de Sony, brincando com os nós nos dedos. Está usando um moletom dela, um neon que está escrito "sorria" no formato de um sorriso no meio.

— A doença é temporária — explica ele. — Machucados pegam emprestado nosso sangue, infecções usam nossas células, mas nossas doenças são diferentes. De certa forma, são autoinfligidas. Um erro no código. Esse tipo... Bem, esse tipo nos tem, e nos machuca, porque o corpo só não entende.

A língua é uma coisa cheia de falhas. É isso que ele quer dizer.

Não temos doenças.

Elas é que nos têm.

Encontraram um lar dentro de nós.

— Por que não conseguimos fazer o nosso corpo entender? — pergunta Sony, o medo tremulando na garganta.

Neo morde o lábio inferior para não tremer. Ele se apegou ao fogo que cresce entre nós. Tanto que acerta as mechas ruivas dela atrás da orelha e finge que não está segurando suas lágrimas.

— Temos soldados no nosso sangue — sussurra ele, como se fosse o começo de uma história de ninar. — São implacáveis e sem restrições. Para eles, não faz diferença quem devem proteger e quem é o inimigo.

O metrônomo desacelera. O pulmão de Sony acompanha o coração.

— São cegos. Não podem ser convencidos de seus erros — diz Neo. Ele continua fazendo cafuné no cabelo de Sony. — Eles não entendem ironia.

Como um pedido de desculpas pelos pecados de nossas doenças, Neo encosta a cabeça no ombro dela e a abraça até ela dormir.

O inverno se aproxima. Quando chega, a morte não espera mais por Sony.

Pouco a pouco, a luta volta a favorecê-la. A inflamação no pulmão esmaece com cada passo que ela dá e cada risada que consegue soltar. Um dia, coloca os tênis brancos sujos e rouba maçãs no começo da manhã. Neo e eu acordamos com o som dela mastigando enquanto ri, vendo desenhos.

— Vamos montar um quebra-cabeça. Neo — diz ela.

— Odeio quebra-cabeça.

— Que nada, você adora. E seria ótimo terminar um, pelo menos uma vez.

— Tá. Mas só porque você tem uma deficiência.

Sony bufa.

— Sua coluna tá ferrada. Logo, logo você vai ser deficiente igual a mim.

— Tá, entendi. Você já separou as pecinhas do canto?

———

— Sam — alguém sussurra meu nome. — Olha, Sam — diz ela, segurando *Senhor das moscas* com um sorrisão. — Li o livro todo. Viu? Não vejo a hora de contar para a minha mãe.

As crianças selvagens do livro, aquelas que se seguraram ao máximo à sua humanidade apesar das dificuldades, me lembram dela. Meu diabinho procurando por asas. Arrumo o tubo da respiração sobre o lábio dela e digo que estou orgulhosa enquanto ela passa pelas páginas que conquistou.

Ela recebe alta em fevereiro. A cada check-up que precisa fazer, praticamente colide com Neo e comigo dando abraços e mil beijos. Até começa a vir ao hospital fazer visitas. Temos uma noite reservada para montar quebra-cabeças toda semana.

———

Um dia, Sony chega ao hospital sem aviso. Neo e eu estamos assistindo a filmes em uma sala de espera vazia, e, já que é Eric que está de plantão, ele nos deixa ficar jogados nas cadeiras muito além da hora de dormir.

Sony passa pela porta como uma alma perdida. Só está vestindo um pijama e aqueles tênis brancos sujos de sempre. Os olhos dela seguem o chão até nós, e então a mão que aperta o braço dela.

Neo e eu nos sentamos, abrindo espaço para ela entre nós.

— Está tudo bem, Sony? — pergunto. Ela olha para os tênis, colocando as solas uma contra a outra.

— Tá — diz ela, a voz distante. A preocupação marca o cenho de Neo. Sony funga, apertando a mandíbula e afrouxando. — Acho que estou com um pouco de frio.

— Posso pegar um chocolate, se quiser — eu digo.

Sony bufa, as mãos passando pelo meu cabelo quando me puxa mais perto, se aninhando em mim. Por mais que não tenha cortes nem hematomas, nem um chiado na respiração, o silêncio rumina ao redor dela como uma névoa.

— Hoje não foi um dia bom?

Meu silêncio é uma constante, uma formulação do desejo da minha curiosidade de escutar. O silêncio de Neo é verbal. No papel, ele é muito barulhento. O silêncio de Sony é feito de tristeza. Doí no peito dela ao lado do coração como se conseguisse respirar por ela. Naquela noite, a tristeza a leva até ali. Rouba seu fogo e seus movimentos de corpo inteiro. Rasga ela por dentro, a metade de si que ainda está lá para viver.

— Não — diz Sony. — Não foi um dia bom.

— Sony. — Neo atrai seu olhar. Ele se agacha na frente dela, lendo sua dor como as linhas nas histórias que estão prontas para serem apagadas. — O que aconteceu?

O queixo de Sony estremece, assim como os lábios. Um sorriso forjado como um escudo se espalha pelo rosto dela, para tentar nos convencer de que ela não está segurando o choro. Os olhos se fecham quando ouve a pergunta. Então sai dela, como uma confissão. Um pecado. Uma ironia.

— Minha mãe morreu.

Neo não se mexe. Simplesmente olha para ela, as mãos nos joelhos.

O azul e o vermelho tocam o rosto de Sony, a ambulância que levou ela até o hospital ainda evidente no rosto. Ela tenta rir, um som seco, do tipo que nunca quero ouvir. É uma ofensa à sua risada de verdade.

— Ela nem estava doente — diz ela, como se a maior tragédia da sua vida não fosse uma piada de mau gosto. — Ela só morreu enquanto dormia.

Sony é uma gladiadora. Ela nasceu para conquistar montanhas e apostar corrida com deuses. Até mesmo correu contra a morte e ganhou, cruzando a linha de chegada, o corpo quebrado, mas a alma ainda infantil e viva. A vergonha tem medo dela, e a derrota nunca conheceu seu nome até agora.

Penso na mãe de Sony naquele dia, dormindo no quarto da filha. Não estava doente, nunca esteve, mas nunca olhou duas vezes para Neo e eu. Ela nunca deixou o desconforto transparecer quando nos trazia presentes e doces. Sempre perguntava como tinha sido nosso dia, e não como estávamos de saúde. O carinho dela, como o da filha, não tinha limites. A mãe de Sony era uma dessas pessoas que daria qualquer coisa para ver os filhos felizes. Não dentro das suas expectativas, não em um futuro imaginado, mas vestindo a própria felicidade, subindo as próprias montanhas. É mais difícil encontrar isso em pais do que se imagina. Ter que perdê-la sem saber o motivo leva Sony ao limite.

Motivos são ilusões. As suas ausências são comuns. Se ao menos não fosse sua presença que mantivesse as pessoas sãs.

Sony começa a chorar, segurando o peito como se o outro pulmão pudesse deslizar entre suas costelas. Neo segura os ombros dela, erguendo-a.

— Alguém vem buscar você? — pergunta ele.

— Não. — Sony nega com a cabeça. — Éramos só nós duas.

As últimas palavras saem em gemidos. As lágrimas se derramam. Neo a abraça, a mão no cabelo, a outra segurando a camiseta pelas costas.

— Eu nem pude me despedir dela — diz ela, se afundando nele como fazia no passado com a mãe.

Eu beijo a têmpora dela enquanto ela soluça com o corpo inteiro. Seguro-a de lado, meus braços cruzados com os de Neo.

— Queria ter asas — chora ela.

— Está tudo bem, Sony — sussurra Neo, fazendo cafuné nas mechas de fogo perdidas na chuva. Ele a segura com força, pegando minha mão no processo. — Não vamos deixar você cair.

Sony aprende uma coisa naquele dia.

Ela aprende que a morte não é brincalhona.

A morte é repentina.

Não tem um gosto pela ironia nem por motivos.

Não espera mais um bipe do metrônomo.

Não espera nenhum adeus.

A morte tira, simples e direta, sem truques na manga. E não deixa nada em troca a não ser um último beijo infinito para aqueles que deixa pelo caminho.

———

A mãe de Sony tinha muito dinheiro. Como uma criança, Sony não valoriza nada. Os advogados falam com ela sobre herança, sobre testamento, e muitas outras coisas sobre as quais Sony não quer conversar enquanto ainda planeja espalhar as cinzas da mãe.

A família distante de Sony tenta entrar em contato, mas ela nunca atende às ligações. O peso do dinheiro é maior que o da tragédia. Sony sabe disso.

Eric instala um respirador no segundo quarto do apartamento dele. Ele conhece a mãe de Sony há muito tempo, e, portanto, Sony. Ela fica com ele por um tempo. Quando ela vai espalhar as cinzas da mãe no mar, ele a acompanha.

Sony encontra alegria de novo. Ela não a procura. Estava esperando por ela em quebra-cabeças que não foram terminados e aventuras que ainda vai ter.

As crianças preenchem o espaço que a mãe deixou. Eric a leva na ala de oncologia, onde suas leituras dramáticas de histórias de ninar e as famosas brincadeiras de esconde-esconde fazem muito sucesso.

Ela encontra paz em deixar Neo roubar seu moletom quando ela própria rouba frutas proibidas. Nós duas carregamos a caixa de histórias para os jardins e brincamos jogos do céu quando os pais de Neo visitam.

O pulmão de Sony, infelizmente, não vive bem sozinho. O hospital a vigia de perto, apenas abrindo distância quando aquele único órgão sem sua cara metade encontra um pouco de força.

Anos depois, quando nossas vidas estabilizam, sem mais metrônomos, o fogo de Sony aprende a queimar sozinho. Eu dou a ela um pedaço de papel, recortado em uma peça de quebra-cabeça, a instigando a perseguir a metade que foi roubada.

Para Sony,
Vou roubar um par de asas para você.

7
quid pro quo

Nosso plano de fuga é simples. É um roubo, como todas nossas missões, mas dessa vez nós mesmos somos o espólio. Lembre-se que pertencemos às nossas doenças. Somos delas. O que nos dão em troca é a habilidade de sermos roubados. Agora que praticamos roubar coisas tangíveis e desejos intangíveis, é hora de escapar das barras de ferro dessa prisão.

Precisamos pensar em muitos detalhes. Uma estrela de cinco pontas não é exatamente discreta ao sair do hospital. O plano é ultrassecreto. Só sabe dele quem precisa saber. O primeiro passo é fazer Neo voltar a andar.

Ele fica de pé, o peso incerto, desequilibrado. O médico diz que ele precisa praticar. Praticar ficar em pé é uma coisa meio degradante. Mas acho que Neo se sente menos incomodado pela vulnerabilidade do que pelas minhas mãos, que o seguram em pé.

— Por que está tão fria? — reclama ele, os dedos curvados como garras nos meus braços.

— Neo, com o que você sonha? — pergunto, mastigando o chocolate que Sony me deu. Neo negou com a cabeça quando ela ofereceu mais cedo. Agora fica chupando um único quadradinho, deixando que dissolva na boca.

— Ultimamente? — ele pergunta, movendo o chocolate entre os dentes. — Gatos irritantes e aquela merda de música que C escuta.

— Não era disso que estava falando.

— Eu sei do que você está falando.

— Você sonha em publicar suas histórias?

— Não sei. Se um dia escrever por dinheiro, é só para poder continuar escrevendo.

— Não é por isso que todos os escritores escrevem?

— Não. — Neo troca o peso de pé. Faz tempo que os músculos dele não são usados. Estão aprendendo a trabalhar agora com uma coluna reta. — Algumas pessoas escrevem para que o nome delas seja maior que o título na capa.

Neo é um bom escritor, mesmo que não acredite nisso. Ele me faz sentir coisas mesmo que eu não lembre como fazer isso. Nem mesmo Shakespeare tem esse poder. Eu sei que ele conseguiria fazer isso por pessoas que precisam das suas palavras. *Um dia.*

O peso de Neo se afasta do meu. Ele fica parado apoiando o peso na sola dos pés, ereto. Uma respiração o sacode dos tornozelos ao pescoço. Apesar de sua existência ser reduzida, ele consegue ficar em pé, e não tem vermelhidão nem inchaço à vista.

— Você está melhorando — eu digo.

Neo enrijece. Ele apoia o peso de volta nos meus braços, segurando com força.

— Não vou embora, Sam.

— Eu sei. Não foi isso que eu disse.

— Eu sei o que você disse.

Os dedos dele me soltam mecanicamente. Ele volta a se apoiar na cama bagunçada com passos tranquilos.

— Você está bravo comigo? — pergunto.

O rosto dele faz uma carranca maior que o normal.

— Não. — Ele pega papel na mesa de cabeceira, e uma caneta também. — Preciso consertar o plano de fuga de Sony. Parece que saiu direto de um filme de ação.

Quando ele diz o nome de Sony, os olhos dele seguem para as mangas neon que ele está usando para cobrir os punhos. Ela não está aqui agora. Não consegue. Alguns problemas de ter só um pulmão precisam ser enfrentados sozinhos. Talvez só na companhia de um gato.

Aquela cor parece surpreender Neo. Ele coloca a mão no peito e respira mais fundo, sentindo o peito subir e descer.

— Ela está bem? — ele pergunta. — Eu sei que você estava com ela ontem.

Ontem caí de joelhos da forma que Neo teria feito se estivesse mergulhado no azul de Sony. Fiquei abraçando Sony depois que o médico foi embora. Ela não chorou, mas precisava de um abraço. Precisava não estar sozinha. Eric apareceu no fim do turno dele e a levou para tomar sorvete. Ela acidentalmente contou que tinha um gato no quarto dela. Um gatinho com problemas de bexiga. Eric apertou o nariz e disse que, se ela limpasse tudo direito, ele só ia fingir que o bicho não existia. Ele comprou uma caixa de areia e potinhos para água e comida. Depois, quando Sony estava mais fraca, ele a levou direto para o quarto e conversou com ela durante horas, contando sobre todas as crianças com quem ela não tem podido brincar de pega-pega ultimamente. A máscara não escondeu os sorrisos dela. O respirador não era mais alto que as risadas e provocações dela. Quando Sony dormiu, Eric passou as mãos pelo cabelo e chorou. Em silêncio, para não acordá-la. Os soluços eram feitos de ar. Ele cobriu a boca até que o pavor que não conseguia suportar deixou o seu corpo na forma de lágrimas. Então limpou o rosto, ficou em pé, verificou os sinais vitais, a máquina e a tela conectadas a Sony. Antes de ir embora, beijou a testa dela e sussurrou algo que eu não consegui ouvir.

Não é justo. Que as pessoas de quem você precisa tomar conta normalmente acabam sendo as pessoas com quem você se importa. Eu deveria saber. Eric e eu temos isso em comum. Não é para nós os amarmos. Narradores e enfermeiros não podem se apegar. Estamos amarrados a esse lugar, e eles estão amarrados a um pêndulo que segue de um lado a outro do precipício.

— Não me conte — diz Neo, esfregando o nariz com a manga. — É melhor eu não saber. — Ele esparrama os papéis no lençol, recriando o seu mar para que haja barulho preenchendo o silêncio. — Por que ainda está parada aí, hein? Vai lá ver a Hikari ou sei lá.

Quando ele diz o nome *dela*, meus olhos não desviam. Só saem de foco. Todo meu sentido parece concentrar nas mãos, aquelas que são um reflexo dela. Coloco as mãos nos bolsos.

— Eu não devia fazer isso.

Entre o dedão e o indicador, minha suculenta aparece, só o vaso escondido. No outro bolso, o bilhete de Hikari está dobrado na palma da minha mão. Ontem à noite, eu deveria ter ido ao encontro dela na ala de cardiologia, mas não criei coragem.

— Por quê? — pergunta Neo.

— Ela é assustadora.

— E eu não sou?

— Não. Você é pequenininho.

Ele resmunga.

— Ela não quer morder você. Por que está com tanto medo dela?

— Eu não sei o que ela quer.

— Eu nunca entendi o que *você* quer.

— Querer qualquer coisa é inútil para alguém como eu.

Neo ergue o olhar da escrita, esperando que eu também olhe para ele.

— Alguém como *nós*, você quer dizer — diz ele, a voz ficando mais seca.

— Desculpa.

— Sony quer brincar com as crianças e ter a liberdade de fazer o que bem entender e ir aonde der na telha — ele continua, passando por cima daquela pausa, para que não fique estranha. — Eu quero que pelo menos uma parte de mim seja imortal, e Coeur quer... Bom...

— Escutar uma música merda?

— Provavelmente.

Com um suspiro, Neo espia o parapeito onde estão os buquês, pesteando tudo. No meio, sob a quantidade certinha de luz, a irmã da minha suculenta toma sol.

— Pelo visto — diz Neo, admirando a planta — Hikari quer a mesma coisa que você.

— Achei que você não entendesse o que eu queria.

— Não entendo — confessa. — Mas não precisa fazer sentido.

Ele volta ao trabalho, as origens do nosso relacionamento fazendo minhas mãos parecerem leves. Enquanto ele escreve, me direciono à caixa embaixo da cama e pego *Hamlet*, *O morro dos ventos uivantes* e a Lista da caixa de papelão antes de empurrá-la de volta.

Na noite passada, não fui ao túmulo que compartilho com Hikari como prometido. Nem fui ao quarto dela dizer que eu não iria. Foi grosseria, mas, depois do que aconteceu com Sony, eu não podia arriscar. Quando você é um vazio, o vento pode jogá-lo de um lado para o outro com facilidade. A luz do sol pode te atravessar. Na noite de ontem, me senti mais vazia do que o normal.

— Vou deixar você ficar escrevendo — eu digo.

— Sam — Neo me chama. Ele nota os livros nas minhas mãos e o vasinho com a suculenta saindo do bolso. — Não deixe que as coisas das quais você não quer se lembrar estraguem isso que está sentindo, tá?

Eu assinto, mesmo sem querer, antes de fechar a porta.

———

C está com a família dele naquela noite. Eles o levaram para jantar.

Eles são legais, de certa forma. O pai dele sempre me dá um tapinha nas costas e ri alto quando não entende uma piada. A mãe dele é severa, muito mais rígida do que o marido. Ela me diz para endireitar a postura e arruma o cabelo de Neo sem pedir. Ela gosta de Neo. As pessoas que têm rostos severos sempre gostam uma das outras. Os irmãos de C — ele tem muitos, cinco, creio eu — são mais parecidos com o pai: animados, grandes, falantes. C é deslocado em meio ao grupo. Sempre que visitam, ele não faz questão de estar presente como faz com a gente. Ele fica de fones de ouvido e lê um pouco do livro dele e de Neo, ignorando a maior parte da conversa.

Eu me pergunto no que ele fica pensando. Eu me pergunto se, naquela noite, pensa nas costas de Neo, no pulmão de Sony e no sangue de Hikari. Eu me pergunto se, em vez disso, ele pensa na nossa fuga e nas aventuras que nos esperam. Eu me pergunto se está segurando a promessa que Neo deu a ele da mesma forma que eu seguro a promessa que Hikari me deu.

É só um pedaço fino de papel rasgado e rabiscado, mas tem a marca dela. Assim como *O morro dos ventos uivantes*, *Hamlet*, a Lista, minha pobre suculenta e o desenho. Ela deixa sua marca na matéria. Tudo que ela toca, ou com a pele ou com palavras, eu guardo para mim, como se eu fosse uma fumante colecionando adesivos de nicotina.

Pressiono a testa na pilha de livros, andando, andando e andando, até o zumbido da conversa aparecer. O refeitório está cheio apesar de ser tarde. As pessoas de uniforme mexem xícaras de café preto. As outras, esperando resultados ou entes queridos, ficam revirando a comida sem comer.

No centro, um casal está sentado de um lado da mesa, e uma menina está de outro.

Estão discutindo. Dá para ver. A mulher está com a cabeça entre as mãos, a frustração impetuosa enquanto gesticula para a mesa. O homem está de braços cruzados e olhos baixos, a cabeça sacudindo de vez em quando.

Hikari está de costas para mim, o cabelo amarelo preso num rabo de cavalo. Não consigo ver o rosto dela, só o corpo. As pernas não se mexem. Os braços ficam dóceis nas laterais. Não me mexo até Hikari ficar em pé e sair da mesa que divide com os pais. Rapidamente me escondo em um canto do outro lado da entrada e a espero passar por mim.

Não posso dizer o nome dela, mas quero que ela se vire. Quero vê-la e me certificar de que ela está bem. Eu quero algo, e a ansiedade disso é como uma aranha andando pelo meu estômago.

— Hamlet — eu chamo.

Hikari se vira, sem lágrimas nas bochechas nem tristeza nos olhos. Sinto um alívio que escapa em forma de suspiro.

— Yorick. — Ela sorri, mas não chega aos olhos. Não chega a mim. — É a sua suculenta? — ela pergunta, gesticulando para o meu bolso.

— Ah. Sim — eu digo, olhando para baixo. — Está machucada. Não queria deixar ela sozinha.

— Está tudo bem, Sam? — pergunta ela.

Olho para ela, as bochechas vermelhas.

— Hum. Sim. Eu só te chamei porque... porque...

— Porque viu meus pais me dando uma bronca?

Aperto o livro nos meus braços. Ela tem a mesma expressão de Neo quando eu falei sobre querer, uma decepção discreta.

— O que aconteceu? — ela pergunta quando encaro o chão, e apoio o queixo nos meus livros.

— Deixei todo mundo irritado hoje — eu murmuro.

— Ninguém está irritado com você — diz Hikari.

— Você deveria.

— Por quê? Porque uma caveira me deu bolo?

Pronto. Aí está.

— Me desculpa.

— Tudo bem. — Hikari ri. É uma risada seca, sem segundos para contar.

— Você pode conversar comigo se quiser — eu digo, acenando na direção dos pais dela com a cabeça. — Sobre o que aconteceu. Ou se quiser que eu carregue uma caixa por aí, posso fazer isso também.

— Você quer mesmo saber?

— Sim. — Engulo em seco, os olhos indo de um lado para o outro em busca de coragem. — Estou explorando você.

Ultimamente ela tem prendido mais o cabelo. Sempre que ficamos paradas ou sentadas perto uma da outra, pequenos detalhes dela ficam mais aparentes. Os olhos são próximos ao nariz. Ela fica fria quando está magoada. E, quando eu digo algo estranho, ela *procura*. Ela lê linhas em mim que já leu antes como se tivesse interpretado errado da primeira vez. E, se der uma chance, ela é capaz de perdoar.

— Tá bom. — Ela assente. Então, ela se vira, o cabelo acompanhando, se afastando do refeitório. — Mas você me deve uma noite. Vamos.

———

— Por que você me deu um bolo, Yorick? — pergunta ela.

— Fiquei com medo.

— Medo?

— Neo disse que você não vai me morder, mas eu não acredito nele.

— Você deveria ter escutado. Neo sabe de tudo.

O quarto dela é cheio de plantas, algumas machucadas, e outras se curando, como a minha. As roupas estão empilhadas em vez de dobradas, saindo em uma avalanche de uma mala empurrada em um canto. A cama está desfeita, e os remédios estão espalhados de forma inconsequente.

— Você é bagunceira — eu digo, sorrindo enquanto deposito os livros.

O conforto que ela demonstra nesse espaço é cativante. Ela adotou o quarto para si, deu personalidade a ele.

Hikari estreita os olhos para mim, fingindo me morder, os dentes batendo. Nós duas rimos.

Assim que meus braços estão livres, Hikari começa a correr, saindo do quarto e entrando no corredor, e um coro de enfermeiros grita para ela ir mais devagar.

Ela nem explica para onde estamos indo. Ela confia que eu vou segui-la, e é isso que eu faço.

— Para onde vamos? — pergunto.

Hikari dá uma risadinha, continuando os passos. Ela dá um gritinho quando quase colidimos com uma equipe médica e logo abaixa a cabeça, desviando discretamente. O riso dela ecoa, me mantendo próxima mesmo quando estou alguns passos atrás dela.

Ela só para quando chegamos ao jardim, arfando, o ar noturno gelado transformando a respiração dela em fumaça como o café no refeitório. As estrelas estão apagadas mais uma vez, mesmo assim ela olha para cima, observando como se fosse a primeira vez.

— Que tal agora, Sam? — Ela acaricia os arbustos escuros e se senta em um canto com grama. — Está se sentindo viva?

— Roubamos uma corrida — percebo, passando a mão pela boca.

— Para Sony. — Hikari abraça os joelhos. Ela sabe. Ela sabe que Sony não está bem agora. Ela sabe que isso dói em mim tanto quanto nela. — Posso te perguntar uma coisa?

— Pode.

— O que é a vida para você?

— Tem uma definição médica — respondo. — Neo diz que tem muitas filosóficas também.

— Não pedi uma definição. Pedi o que é para *você*.

E se eu dissesse que eu nem deveria estar viva? E se eu dissesse isso a ela? Será que ela entenderia?

A frieza anterior de Hikari ressurge.

— Meus pais acham que eu estou jogando minha vida fora — diz ela. — Dizem que eu não quero nada de bom e, quando eu falo que eles nunca nem *perguntaram* o que eu quero, eles dizem que estou sendo infantil. Meus pais são lógicos. A fé deles é cara e precisa ser conquistada. Eles acreditam em exames e médicos, mas o que eu estou sentindo? O que eu digo? — Como se os pais estivessem sentados na frente dela, uma barreira física entre eles, ela suspira. — É difícil se sentir ouvida por pessoas que não botam fé nenhuma nas suas palavras.

— Eles não acreditam que você está sofrendo? — pergunto.

— Não é bem isso.

Os dedos de Hikari acariciam a cicatriz que vai do ombro até o peito. É uma cicatriz que tem uma acompanhante ao lado, mais jovem do que a predecessora. Ela expõe as cicatrizes como se estivesse me entregando seus segredos.

— Eu era tão feliz quando era criança — diz ela. — Eles não entendem como tudo isso mudou de repente. Apesar que não acho que foi de repente, mas quanto mais velha eu fiquei, mais clara era minha visão. Minha imaginação virou neblina, e o mundo que eu estava vendo era cinza quando comparado a isso.

Ela toca o pescoço e desce para as ataduras nos antebraços. Ela estremece, mas acho que ela confia em mim o bastante para desfazê-las. Ali embaixo, pequenas cicatrizes brancas formam linhas como se fossem escadas subindo pela pele.

— Começou com a solidão — diz ela. — Eu comia, mas não sentia o gosto de nada, chorava sem estar triste, dormia e, ainda assim, continuava cansada. Eu não gostava mais do que costumava gostar nem queria mais o que eu queria antes. Eu fui desaparecendo até tudo virar só um borrão. Um pedaço de pano de fundo, e ninguém ia reparar se eu desaparecesse. E, mesmo que eu me sentisse vazia, toda vez que tentava sair da cama, era como se estivesse afundando. Ficava encarando o relógio e observando os ponteiros andarem, querendo arrancar ele da parede. — Ela fecha a mão ao redor dos cortes. Parece que ela quer chorar, mas não se lembra de como fazer isso. — Que bom que vocês todos também odeiam o tempo, Sam. Eu sempre quis que o tempo morresse.

Ela ainda é uma adolescente. Adolescentes não são tão maleáveis quanto crianças. Eles têm uma percepção de si mesmos, aspirações, *sonhos*. Às vezes os pais se sentem ameaçados por essa autonomia. Eles se apegam à ideia do seu filho, à ideia que têm de quem eles são. Qualquer coisa fora do roteiro é lida como desobediência. Quando um filho prefere ler e escrever a seguir os passos do pai, a violência se alastra. Quando uma filha está presa dentro da própria mente, a mãe e o pai anulam aquela dor como se não fosse um sintoma de algo além de idade.

— Hamlet sempre foi minha pior influência — sussurra Hikari, a respiração como um fantasma.

As pessoas glorificam a juventude. Talvez seja por isso que ela tenta se afastar da sua. Veem isso como um período de liberdade, sexo e decisões idiotas. *São os melhores anos da sua vida, aproveite. Depois você vai se agradecer.* Diga isso a uma criança, e é fácil observá-los serem reduzidos a uma fruta, madura e pronta para a colheita. *Depois você vai se agradecer* — é um argumento cheio de remorso feito por aqueles que se olham no espelho e veem a podridão. É isso que ela gera. As pessoas que *não acreditam* que alguém poderia ficar tão entorpecido que nem mesmo a doença dói o suficiente.

— Você tem depressão — eu digo. Uma verdade nova. Uma que tem gosto amargo.

— Não. Depressão, não. Eles arruinaram essa palavra para mim. — Hikari muda de posição, colocando mechas do cabelo atrás da orelha, e emite um ruído incrédulo. — Acho que é a pior sensação do mundo dizer para alguém que você está sofrendo e ouvir a pessoa responder que não tem ferimento algum.

— Então você precisa de uma ferida — eu digo, o ímpeto de defender Hikari tremulando meus dedos. — A depressão... Não ligo se você odeia essa palavra, mas a depressão é uma ladra melhor do que eu e você podemos ser. Rouba momentos que deveriam ser seus. É por isso que você fica andando em parapeitos e corre e desenha e rouba e lê, e...

Eu paro, lembrando da lâmina do apontador que ela roubou e desmontou, guardando a parte afiada no bolso.

— A depressão é exatamente como o medo — digo. — É só sombra e sem corpo, mas é real.

Aquela sombra paira sobre Hikari, assim como a minha sombra paira sobre mim. Aperta o seu pescoço como uma forca. À noite é mais difícil enxergar, mas é impossível confundir. As estrelas a iluminam com o brilho apagado, e, quando uma delas decide emitir luz, a sombra estremece.

— Você também pertence a ela — diz ela. — É por isso que é ruim em existir.

— Não. — Balanço a cabeça, sem tirar meus olhos dela. — Eu escolhi isso. Minha depressão é consensual.

Ela dá uma risada.

— Você gosta de se sentir entorpecida? — pergunta ela.

— É melhor do que sentir dor.

Ela abre a boca como se quisesse retrucar, mas nenhuma palavra se concretiza. Ela quer me dizer que a dor é temporária, mas ela não tem certeza agora se precisa dizer isso em voz alta. Ela fecha a boca, a mandíbula cerrando enquanto ela foca nas gotas de orvalho.

A coleira do medo se fecha na minha garganta, e eu quase digo o nome dela.

— Minha Hamlet — eu digo. Não importa. Naquele instante, ela é tudo que importa. — Pode ser que eu seja só uma caveira covarde, mas eu estou aqui — falo, minhas mãos se fechando ao redor da grama ao lado da Lista, enquanto penso no formato das mãos dela. — Estou sempre ouvindo e sempre vou acreditar em você.

A Lista e minha planta suculenta estão depositadas entre nós como se para marcar a distância. O calor que compartilhamos não respeita esse limite. Eu me inclino para mais perto. Não disse o nome dela. Não toquei nela. Ela não é real. Eu sou só uma caveira na palma dela, então importa se eu voar perto demais do sol?

— Você acredita agora que eu estou viva? — pergunto.

— Não. — Hikari balança a cabeça, mas o sorriso permanece. — Ainda preciso fazer você sonhar.

— Com o que você sonha?

Hikari suspira, encarando as estrelas que ainda não brilham para ela.

— Eu sonho com… aniquilar essa solidão. — Ela morde o lábio inferior, dando de ombros. — E talvez um gesto romântico grandioso.

— Como nos filmes? — pergunto, me lembrando dos que Sony fez Neo e eu vermos, que acabavam sendo minhas histórias de amor favoritas.

— Isso. — Hikari ri. — Tipo nos filmes.

Nós compartilhamos algo puro então, algo sem palavras, um flerte que vai além da provocação.

— Então eu vou roubar isso para você também — sussurro.

É claro que o jardim só mantém a realidade afastada por um tempo limitado. O celular de Hikari vibra, e, quando ela o tira do bolso e lê a mensagem, sua expressão desmorona.

— É o C — diz ela. — Ele teve um acidente.

8
contagem regressiva

C NUNCA DISSE a palavra *coração*.

Perder algo que nunca foi dito é mais simples do que perder algo que amou o bastante para dar um nome.

Um ano atrás, durante uma competição de natação, o dele estava nas últimas. Parou de funcionar assim que C irrompeu o mergulho pela água. Ele foi tirado da piscina pelo treinador, pelo pai e por dois outros nadadores, mole e praticamente inconsciente.

Disseram que era uma doença cardiovascular. Foi diagnosticada cedo o bastante para salvar o restante do corpo de C, mas tarde demais para salvar o que sobrara do coração inchado.

C conta essa história de forma diferente. Ele diz que tudo que se lembra daquele dia é de boiar. O nado abafado dos outros competidores e os gritos sufocados da multidão acima. O azul como um borrão e todos os músculos no corpo dele afrouxando. Ele diz que a *coisa* entre os pulmões dele estava batendo desritmado como uma bateria. Ele diz que, mesmo enquanto sentia que estava lutando por sua vida, estava tranquilo. Que lá embaixo, submerso, ele não precisava escutar nada nem ninguém.

Era só ele e seu coração.

Todo o restante virou um conceito perdido para a superfície.

Quando você está embaixo d'água, não há nada no que pensar a não ser no próprio corpo. As vozes existem, mas não dá para saber o que estão dizendo. Há uma barreira, clara como cristal, entre você e as pessoas que costumava conhecer. E *são* pessoas que você costumava conhecer. No instante em que se percebe que vai morrer, não te tratam da mesma forma como tratam se fosse viver. Você não é mais um jardim que pode gerar buquês, e os jardineiros não podem mais te salvar.

É claro que há exceções.

— Por que você estava subindo na escada? — pergunta Eric, limpando o corte no meu antebraço com peróxido de hidrogênio.

— O relógio está quebrado. — Aponto para o espaço acima do batente.

Ali embaixo está o cadáver do que foi uma escada, caída como um soldado em batalha. Eu provavelmente deveria ter pedido a alguém que segurasse enquanto subia, mas não tenho muitas opções no departamento de amigos que não ficam afetados por atividades físicas.

— Estava roubando.

Eric puxa meu braço pelo balcão para olhar melhor.

— Por quê?

— Para a minha Hamlet.

— Eu nem vou perguntar o que isso significa. E vocês pestinhas já não roubaram o suficiente? Os quartos de vocês dão de dez a zero em lixões de tão cheios de porcarias quebradas.

— É o único jeito de nós matarmos nossos inimigos — eu o lembro.

Ele dá um peteleco na minha testa.

— Me poupe. Essa parada dramática aí não funciona comigo.

— Não sou dramática.

— Vocês todos são. Você em especial.

— Eu?

Eric coloca uma atadura no meu machucado.

— Está parafraseando Shakespeare.

— É Neo que fica parafraseando Shakespeare.

— Para ofender as pessoas.

— E isso não é dramático?

— Esse é meu ponto. Agora, suma. — Ele dá um tapinha na parte do meu braço que não está machucada, esfregando álcool em gel nas mãos. — E não deixe Sony ficar indo atrás de gatos por aí. Ela precisa descansar, senão vou chamar a carrocinha para pegar aquele saco de pulgas.

— Por favor, não pegue Elae.

— Quê?

— Você disse que vai pegar Elae.

— Quem é Elae?

— O saco de pulgas.

— Vá embora, Sam.

— Tudo bem.

Eric vira de costas, colocando o estetoscópio no pescoço e gesticulando para outra enfermeira que os dois voltassem ao trabalho.

Flexiono os músculos do antebraço. Não dói. A dor e eu temos um acordo razoável. A dor é ciumenta. Desde que eu não sinta mais nada, fica contente em espreitar nos fundos.

Isso significa que não sou punida por feitos objetivamente idiotas. Subir em uma escada para roubar um relógio parado da parede é um desses feitos. Olho para a escada, e então para o relógio. A fúria de Eric e uma possível concussão valeriam a pena para ver o sorriso no rosto de Hikari quando eu a presentear com o Tempo tangivelmente morto antes de nossa grande fuga?

— Sam? — Alguém aparece, alto demais para não bloquear o caminho.

— C?

C desmaiou há alguns dias. Ele recebeu alta e foi jantar com a família. Depois de estarem sentados só por alguns minutos, os olhos de C reviraram e ele desmaiou. Acordou alguns segundos depois, mas aquele acontecimento foi o bastante para assustar os médicos *e* a nós.

Os olhos de C percorrem a atadura enquanto os meus examinam a mancha preta e arroxeada que se esparrama da bochecha até a testa.

— O que aconteceu com a sua cara?

— Meu irmão me bateu — diz ele. — O que aconteceu com o seu braço?

— Não tenho braços. Por que seu irmão te bateu?

— Ah, você sabe.

— Não sei.

— Desde que voltei, os médicos estão me fazendo passar por todos esses exames, e meus pais não param de brigar sobre essa situação do… — Ele dá dois tapinhas no peito. — Então, como já ouvi tudo isso, coloquei o fone de ouvido. Eu estava ignorando meu irmão, e ele ficou frustrado, e a frustração é um excelente motivador para socos, então...

— Ah.

C abre um sorriso deliciado, como se o hematoma fosse algo a ser exibido.

— Você não faz ideia de quanto foi bom finalmente vê-lo fazer isso, Sam — diz ele, como um espectador, em vez de uma vítima. — Eu e meu irmão sempre brincávamos de lutinha quando éramos pequenos. Ele implicava comigo, fazia piadas ruins, pregava peças. Depois do ano passado ele mudou. Ficou sendo educado e agradável. Eu odiei. — C dá uma risada. — Acho que ele não aguentou mais. E o soco dele é muito bom, acertou direito, está vendo?

Ele se abaixa mais para me mostrar o hematoma.

Eu suspiro.

C não gosta de quando falamos sobre nossas doenças, e da dele muito menos. Para ele, a doença é uma existência condicional. Só é real quando os músculos dele doem ao chegar ao último degrau da escada, ou quando o nome dela é murmurado pelos lábios de outra pessoa.

— O que seus pais disseram? — pergunto.

O que eu quero mesmo perguntar, de forma sutil, é: *você está bem?*

C dá de ombros.

— Não é importante. Quero ir ver todo mundo. Vamos para o QG?

O quartel-general. O quarto de Neo.

C e eu abrimos a porta e nos deparamos com uma cena que não pode ser descrita de maneira alguma como quieta.

— Você literalmente não poderia estar mais errada!

Três pessoas estão sentadas na cama. Neo, apoiado no travesseiro e sem o colar cervical. Sony, de costas para a porta, com o tanque de oxigênio. E Hikari em frente a ela, os olhos seguindo de um para o outro.

— Não existe isso de mais ou menos errado — diz Sony. — Ou eu tô errada, ou tô certa.

— Tá errada — diz Neo, veemente.

— Tô certa. Não poderia estar mais certa.

— Não tem oxigênio o bastante passando no seu cérebro para você estar certa!

— Não tem comida o suficiente no seu corpo para alimentar seu cérebro, ego, você não pode ter cem por cento de certeza se eu estou certa ou errada.

— É *ergo* a expressão, sua idiota!

— Bebezinho, não vamos começar outra briga. Se eu continuar ganhando, você só vai alimentar meu *ergo*.

— Por que vocês dois estão brigando? — pergunta C, encarando o tabuleiro do jogo cheio de peças espalhadas.

— Começou com Banco Imobiliário — disse Hikari. — Agora declararam guerra.

— Ainda estou certa sobre Banco Imobiliário — diz Sony, jogando o cabelo para trás.

— Você caiu em uma propriedade minha e não pagou. Esse é o propósito do jogo!

— Tudo bem, mas você está na cadeia. É para eu dar dinheiro para um criminoso, bebezinho? Isso não é certo.

Neo se inclina para a frente, uma resposta pronta para retrucar na ponta da língua. Mas ela nunca sai da boca dele. A respiração dele hesita, e ele cerra os dentes, fecha os olhos com força, o corpo paralisado em um segundo.

— Neo? Tudo bem? — Hikari toca o ombro dele, o estabilizando.

As costas dele tensionam, a garganta engasgando enquanto ele fecha os punhos nos lençóis.

— P-preciso ficar em pé.

Neo e a dor têm um acordo diferente do meu. C não fica parado quando algo eletriza os nervos de Neo fazendo-o pegar fogo. Ele passa a mão nas costas de Neo e cuidadosamente o tira da cama, Sony saindo do caminho.

— Segure em mim — diz C.

Os punhos de Neo seguram o tecido da camiseta, gotas de suor escorrendo dos cabelos.

— O que aconteceu com seu olho? — pergunta Neo, chiando.

— Shiu — ralha C. — Só respire.

Ele passa o toque pelo braço de Neo, confuso quando o menino estremece. Ele afasta a manga, e Neo protesta com um ruído. C continua mesmo assim.

Neo também exibe um hematoma, espiralando do cotovelo até o bíceps, no formato de uma mão espalmada.

C fica rígido, encarando aquela nuvem roxa e preta. O pai de Neo fez uma visita ontem à noite. C entende rapidamente o que aconteceu, uma veia saltando na testa.

— Não precisa falar nada. — Neo afasta o pulso. — E não fica bravo.

— Não estou bravo — diz C, as unhas formando marcas crescentes no moletom de Neo.

Neo volta a ficar confortável conforme os minutos se passam, escutando o coração de C com o ouvido apoiado em seu peito.

— Diz isso para o trovão entre suas costelas.

Noites até a fuga: 5

Eric tem um relógio. A pulseira é de couro vermelho, à moda antiga, assim como ele. Ele ainda usa um celular de teclado e se recusa a ter qualquer coisa que seja digital.

O relógio parou de funcionar na noite em que ele chorou ao lado da cama de Sony. Eric fica dando petelecos no vidro, mas o ponteiro não anda. Ele arruma um relógio novo, mas guarda o velho. Quando eu pergunto o motivo, ele diz que não consegue jogar fora coisas antigas. Pergunto se nós poderíamos roubar o relógio. Ele tira o objeto do bolso e considera a proposta por um instante.

Quando nossos olhos se encontram, ele não procura um motivo, porque nós nos conhecemos o bastante para saber que eu não minto.

Hikari e eu temos explorado. O hospital, os céus, uma a outra. Os enfermeiros estão tão acostumados com nós duas correndo por aí que nem se dão mais ao trabalho de gritar. Somos um ruído de fundo, sem necessidade de ser questionado.

Lemos Hamlet juntas, cantando e dançando, do jeito que ela gosta.

Roubamos momentos para observar as pessoas. Ela é muito ruim em observar as pessoas. Ela é impaciente, como um leitor doido para chegar à melhor parte do livro. Mesmo assim, vale a pena — suas pequenas reações quando um casal se reúne em um abraço, ou um pai beija um filho que acabou de receber alta.

Naquele dia, ela fica desenhando enquanto leio na biblioteca, mas logo ficamos inquietas. Ela se esconde de mim, dando sorrisos tortos quando eu a vejo entre as fileiras de estantes. Ela me provoca, me fazendo persegui-la.

— O que é isso? — sussurra ela, quando eu finalmente a encurralo contra uma poltrona.

— Um presente.

Couro vermelho e ponteiros que não se mexem. Coloco o relógio na mão dela, com cuidado para não deixar meus dedos roçarem em sua palma. Hikari pisca naquela luz tranquilizadora, uma onda de silêncio zumbindo entre nós.

— Eu teria escolhido uma caveira falsa, mas aí sentiria que fui substituída — falo.

— É perfeito — diz ela, segurando o relógio junto ao peito. Ela cora de leve, envergonhada, enquanto me encara sob os cílios. — Quer saber uma coisa?

— Uhum.

— Esse é o melhor presente que já ganhei. — Ela morde o lábio, o dedo passando pelo vidro. Então, ela aponta para meus lábios, o relógio ainda em mãos. — Mas só depois desse sorriso.

Encantada, eu aponto para o sorriso nos lábios dela, me perguntando como algum dia pensei que ela seria ruído de fundo, quando obviamente é um coro.

— Roubei de você.

Noites até a fuga: 4

C é um filósofo sem uma boca. Ele pensa. Constantemente. Só que nunca compartilha nenhum pensamento.

Ele e eu percorremos corredores até a sala em que ele vai fazer o ecocardiograma. Mais cedo, ele disse que estava com uma sensação estranha no peito, e ficou arranhando o esterno e passando a língua pelas gengivas.

— Parece aqueles efeitos de filmes no espaço — diz Neo enquanto ele, Sony, Hikari e eu ficamos sentados perto da parede assistindo ao exame de C.

C está deitado de lado, com um braço em cima da cabeça, a pele encharcada de gel para o ultrassom enquanto Eric passa o transdutor no peito dele.

— Se tiver sorte, os diretores de filmes no espaço podem comprar as fitas do áudio — diz Sony, os olhos grudados na tela. — Você faz exames o suficiente para cobrir os nove filmes de *Star Wars* e os spin-offs.

— Não achei que você fosse nerd, Sony — brinca C.

— E daí se eu for?

— Vai começar a ser humilde agora?

— Humilde? — Exclama ela. — Eric, enfia esse treco aí na garganta dele agora.

Eric digita algumas teclas no computador.

— Presumo que eu até conseguiria uma imagem melhor, mas não vou arriscar.

C revira os olhos, apreciando a distração enquanto ele mesmo olha o ultrassom. Testemunhar os próprios órgãos é um ato que nos deixa humilde. Testemunhar a sua deterioração nos assusta. Neo encara a reação de C por cima do caderninho, e então volta para a história dos dois, escrevendo, escrevendo, escrevendo.

— Quando tempo demora para tirar as fotos do coração dele? Não é só metade que tem aí dentro?

— Sony! — ralhamos em uníssono.

— Olha. Eu só tenho metade do pulmão, ele só metade do coração. Viramos um ser humano funcional inteiro juntos. É uma vitória.

Uma hora depois, os pais de C nos interceptam na sala de espera. Eles o levam de volta para o quarto e pedem um pouco de privacidade. Fico do lado de fora, relendo as falas de *Hamlet* até Neo se juntar a mim.

É estranho olhar para ele e ver as pernas em vez da cadeira de rodas. Ele está vestindo um moletom de Hikari e calças de Sony e se acomoda ao meu lado sem dizer uma palavra.

C só aparece depois da meia-noite. Quando surge, ele esfrega as bochechas com a manga e se agacha na nossa frente.

— Não precisavam esperar por mim — sussurra ele.

Neo adormeceu apoiado em mim, os papéis espalhados no colo. Os olhos dele se abrem ao ouvir a voz de C. Ele inala para acordar, sacudindo-se para conseguir sentar.

— Vamos. — C tira o cabelo dos olhos dele. — Precisa ir para a cama...

— Qual foi o resultado do ultrassom? — murmura Neo, a voz embargada. — O que seus pais disseram?

— Não é importante — diz C.

Ele pressiona os nós dos dedos contra o peito. As manchas de petéquia que sobem do colarinho são iluminadas pela luz. C é uma embarcação grande, e o motor está cansado. O coração é fraco demais para carregá-lo pelo resto da vida.

— Eu... — C coloca a mão no rosto. — Vou precisar de um transplante.

A empatia fere o rosto de Neo. Ele segura o queixo de C, limpando uma lágrima.

— Coeur...

— Vamos logo — diz C. — Vamos agora. Hoje à noite. Só nós cinco.

— Eu mal consigo andar — diz Neo.

C segura as mãos dele.

— Eu te carrego.

Neo se inclina para a frente até seus narizes se tocarem.

— Vamos esperar. Mais uns dias. Só isso.

Sob a camada da voz de Neo, os ombros de C caem. A tensão que carregava consigo é lavada pelo toque de Neo.

— E daí vamos chegar ao nosso Céu.

Noites até a fuga: 3

Hikari e eu vamos até o telhado naquela noite.

Rimos enquanto devoramos folheados de chocolate, porque ela convenceu o dono da padaria da rua a nos dar essa amostra grátis. As roupas estão cheias de migalhas, mas o gosto dança em nossas línguas.

Hikari me pergunta o motivo de eu gostar tanto de *O morro dos ventos uivantes*. Eu digo a ela que é uma narrativa verdadeira, que eu consigo me ver ali de algum jeito.

Eu lhe pergunto o motivo de gostar de *Hamlet*. Ela ri e diz que não gosta.

Nós lemos as falas da peça juntas. Hikari se interrompe no meio dos monólogos, se aproximando mais quando faz isso. As provocações dela me engolem, e nós criamos um novo jogo, testando quanto estamos dispostas a diminuir a distância entre nós.

— Você acredita em Deus, Sam? — pergunta ela, descartando o livro.

Os cantos borrados dos óculos refletem as histórias mal iluminadas nas janelas dos apartamentos. Ela as lê como lê a nossa peça, os braços cruzados sobre o parapeito de pedra.

— Não sei — digo, arrebatada pelo doce do perfume dela, pela pele, e como está a apenas uma folhinha de suculenta de distância da minha. — Você acredita?

Os lábios dela estremecem, o espanto evidente.

— Acredito em artistas.

— Artistas?

— Alguns pintam os céus e o oceano. Alguns esculpem montanhas. Os mais delicados semeiam flores e costuram as cascas nas árvores. Os últimos rascunham as pessoas e as vidas que vivem. — Os olhos dela encontram os meus. — Seu artista ainda não acabou — sussurra ela com um sorriso torto. — Ele está indeciso.

— Parece que você está brava com ele.

— Como ele ousa não te dar braços?

— Você acredita no Céu? — eu pergunto.

— Acho que não. O Céu é um lugar perfeito, e a perfeição não é real. Um lugar perfeito depois da morte mais parece uma isca para você se comportar. Ou para morrer. Se comportar e morrer são fins bem ruins para ladrões.

— O pai de Neo diz que quer que o filho dele vá para o Céu — eu digo. — Ele diz que é por isso que faz o que faz e diz o que diz.

— Você acredita nele?

— Acho que Neo acredita.

— É por isso que ele não toma os remédios? — pergunta Hikari. — É por isso que ele não come?

Neo se deu bem com Hikari no dia que a conheceu. Ele disse que ela é do tipo de garota genuína. Ele nunca levantou a guarda perto dela. Isso quer dizer que não é difícil para ela notar coisas: os remédios que ele esconde nas gengivas e as viagens que faz ao banheiro para cuspi-los. Os moletons, não importa quanto sejam grossos, não conseguem esconder a pele esticada nas bochechas e a natureza trêmula das pernas.

— Sabe como Neo escreve? — pergunto, e Hikari assente. — Uma vez ele escreveu que "roupas são um esconderijo estranho e astucioso. Hematomas, cicatrizes, cores erradas e inseguranças. Escondemos tudo isso se escolhermos, e nossas partes essenciais são deixadas apenas para o reflexo do espelho e nossos amantes".

— Que bonito — diz ela, brincando com a pulseira. — Mesmo que seja meio triste.

— Tudo que Neo escreve me faz feliz. Mesmo quando é triste.

— Porque ele é seu amigo.

— Porque ele fica em paz quando escreve.

— Ele fica em paz com você.

Hikari sorri. Um sorriso que sempre parece encontrar um jeito de fazer o copo parecer que está meio cheio.

— Vamos construir nosso próprio Céu — diz ela.

Os dedos dela roçam pela comichão levemente saltada do pescoço e as cicatrizes nos braços. Ela passa a mão por eles como se estivessem sujos de tinta, como se pudessem manchá-la se não tomasse cuidado.

— Sabe, Sam, a solidão nunca me dá nada da bondade dela, então... obrigada por me dar a sua.

Noites até a fuga: 2

Ajudo C a subir as escadas. Ele arfa de boca aberta até chegarmos ao telhado. Hikari está sentada encostada na parede de pedra, segurando uma bolinha de pelos preta. A gata de Sony sobe na barriga de C, ronronando enquanto se esfrega na barba por fazer no queixo dele.

Naquele dia, C não fala muito. O sangue se acumula embaixo dos olhos arroxeados, uma sombra translúcida nos lábios. Hikari traz cobertores para ficarmos aconchegados enquanto contemplamos o céu nublado e aproveitamos a música.

Neo e Sony sobem depois, trazendo doces e cerveja roubada. Nós bebemos a espuma e cheiramos o líquido fétido. C inclina a boca da garrafa para Elae, e a gata a recebe fazendo careta e espirrando. Todos rimos enquanto mastigamos as balas doces e azedas do posto de gasolina.

— Falta tão pouco tempo — diz C, a voz rouca demais para ser dele.

Neo se aconchega mais nele, aninhado em seu peito, as pernas dobradas. Ele enterra o rosto, amassado, sob o cobertor. Músicas antigas ecoam do celular de C enquanto Sony fica dançando lentamente com Elae.

— Ainda precisamos decidir para onde queremos ir — diz Neo.

— Para todos os lugares. — Ri Sony. — Vamos para todos os lugares.

— Você é viciada em falar *todo* e *tudo*, Sony — diz Hikari.

— Quero ver tudo antes de morrer — sussurra Sony, se inclinando e encostando a testa na de Hikari.

— E você vai.

Hikari coloca uma mecha de cabelo ruivo atrás da orelha de Sony.

— Neo. — Sony solta a gata mais uma vez para C cuidar. Ela estica o pescoço para ver o pequeno escritor, que está espiando só com os olhos descobertos. — Dance comigo.

Neo se enfia mais no cobertor.

— Eu não danço.

— Você dança o tempo todo. — Sony arranca o cobertor dele e pega Neo pelos pulsos. — Hora da fisioterapia.

— Só me jogue do telhado.

— Não me dê ideias. Minha mira é ótima.

Os lábios de Neo se curvam. Ele os esconde no pescoço de Sony enquanto os dois rodopiam, sem nenhuma habilidade e sem seguir nenhum padrão. Empolgado pelos risos e pela falta de ritmo, C se ergue, os tornozelos trêmulos. Ele espera a visão borrada e a audição ruim melhorarem e leva Elae com ele para se juntar aos dançarinos.

Costumávamos pensar que o telhado era uma rebeldia radical. Um lugar onde não existem espelhos. É frio, e o chão é duro. O céu está sempre nublado, e a única cor é a nossa. Essa é nossa piscina, a parte mais profunda, onde aqueles que moram acima da superfície não conseguem ver.

C pega Sony nos braços, abraçando-a com força, balançando de um lado para o outro. Neo faz carinho na cabeça de Elae enquanto sente a música.

O telhado nunca foi um lugar para roubar, mas um lugar para iludir o tempo por completo. Nele, observo meus amigos dançarem e beberem e fazerem o que o coração mandar, seja lá qual o estado de seus corações. Subo as escadas correndo com Sony, escuto músicas antigas com C, e leio as histórias de Neo, e esqueço por muito tempo.

Sony se deita de novo quando o céu fica escuro. Neo a abraça de um lado, C do outro. Ela dá uma risada e os chama de macaquinhos. Eles conversam sobre todas as coisas que vão ver e tudo que vão roubar. Eles adormecem apesar do tempo frio, uma camada fina de nuvens escondendo as estrelas quando o tempo marca a meia-noite e o amanhã se transforma em hoje.

Saboreio aquele instante.

Hikari se remexe embaixo do cobertor, feito um monte amarelo. Ela grunhe enquanto se estica, mas os movimentos são cautelosos com as pessoas ao redor. Não consigo evitar o sorriso que se espalha nos meus lábios quando ela acorda. Os olhos dela parecem ainda fechados, e um pouco de baba marca o queixo.

— Sam? — sussurra ela, esfregando os óculos. — Você ainda está acordada. Está com frio?

— Não. — Eu me deito ao lado dela. — E você?

Ela faz uma careta.

— Um pouquinho.

— Quer que eu te leve lá para dentro? — pergunto.

— Ainda não. — Hikari boceja, fechando os olhos. — Eu gosto quando estamos todos juntos assim.

Quando ela volta a dormir, eu venço a distância. Eu quero ajeitar o cobertor melhor nos ombros dela, percorrer minha mão pela coluna dela e a abraçar da forma como C segura Neo. Minha mão para quando o calor dela é suficiente para queimar, e recolho o toque.

Só que não quero recolher.

Minha mão se aproxima de novo dela, como se lutasse contra uma corrente.

— *Hi...*

Quando tento dizer o nome dela, minhas memórias estremecem, os túmulos gritando sob a neve.

— *Hika...*

Hikari, Hikari, Hikari.

Ela não pode me ouvir. Não consegue sentir o cobertor que mexo sobre seus pulsos, nem a ponta dos meus dedos passando pelo material. Debaixo do cobertor, as juntas levam ao pulso como uma teia de aranha se construindo, o relógio se transformando em uma pequena ponte. Fecho o punho ao redor da pulseira.

Ainda não a estou tocando. Ainda existe uma barreira. Ela ainda não é real.

Hikari, eu penso, ainda sem coragem de dizer em voz alta. *Queria que tivéssemos nos conhecido em qualquer outro lugar do mundo. Queria não ser eu mesma. Queria poder te tocar e ficar com você e te tratar da forma como merece. Queria, mais do que tudo, ser corajosa o suficiente para te amar de novo.*

Noites até a fuga: 1

Hikari acorda de madrugada. Ainda está escuro, e nossa fuga só vai acontecer dali a algumas horas. Ela e eu voltamos para dentro e andamos juntas para encontrar uma maca em um corredor desocupado, e acima ficam as janelas solenes, pretas e refletindo.

Eu conto a ela que às vezes algumas dessas macas ficam espalhadas e só são reorganizadas pela manhã. Ela acaricia as faixas e os pedaços almofadados quase como se sentisse pena daqueles carregadores solitários de um encargo sombrio. Então, ela me diz para me sentar ali e esperar por ela.

Faço isso.

Ela volta trazendo nosso exemplar de *Hamlet*.

— Vamos terminar — diz ela.

— Agora? — pergunto.

— Agora.

———

— O que aconteceu? Eu não... — Fico atormentada pela confusão. Seguro nas mãos uma coisa que muitos chamam de obra-prima, completamente aturdida. — O que isso significa?

Eu mostro as últimas páginas para Hikari ver. Ela está sentada de pernas cruzadas, brincando com as faixas da maca, divertindo-se com minhas reações.

— Significa muitas coisas — diz ela. — Na maior parte, acho que é sobre um narcisista chato que é obcecado pela morte até que ela de fato bate na porta dele, mas...

— Ele... Ele perdeu tudo no fim, e aí... E aí ele *morreu*.

— É por isso que é uma tragédia.

Não. Eu me recuso. Que final terrível.

— Sam, por que está tão brava?

— Eu não gostei — digo, franzindo o cenho, passando pelas páginas para me certificar de que não perdemos nada. Não sou bem-sucedida e fecho o livro com raiva. — E além disso, é violento.

Ao menos *O morro dos ventos uivantes* tinha boas qualidades para compensar por essa falha em particular.

— Você também não gosta de violência, imagino?

— Não. E por que Hamlet não gosta da caveira de Yorick no fim das contas? — Faço uma careta como se isso fosse culpa dela.

— Meu Deus do céu. — Hikari coloca a mão na boca. — Você está ofendida.

— Não ria de mim. Isso é sério. Você não gosta de mim no final e morre por causa de um plano de vingança burro que eu disse desde o começo que não funcionaria.

— Me desculpa, da próxima vez vou ser um personagem bem menos impulsivo e obcecado por si. Que tal Romeu?

— Ofélia nunca trataria minha caveira dessa forma. No próximo livro, quero um final feliz, e você precisa gostar de mim.

— Todo mundo gosta de você, Sam. Muitas pessoas melhores que Hamlet.

Ali está de novo. Ela acha que não a vejo esquivar-se de meus elogios. Ela acha que não noto suas interrupções, nossos momentos cortados ao meio quando ela morde os lábios ou se afasta. Ela acha que eu não me importo que ela está sentindo dor e que ela se automutila, e ela acha que não me faz mais feliz do que já fui em muito, muito tempo.

Os sóis nunca percebem a própria luz.

Deixo o livro de lado e me levanto para sair da maca. Eu a encaro de frente, deixando a distância de lado, pressionando as duas mãos de cada lado das pernas dela. Eu ocupo todo seu campo de visão, sou tudo que ela consegue ver.

— Você não é Hamlet — eu digo. — Você é *minha* Hamlet.

Ela olha para mim e acha que estou brincando.

— Estou falando sério. — Minha voz ecoa. — Ele não é como você. Ele não acordaria cedo só para Sony ter alguém com quem conversar. Ele não faria Neo sorrir. Ele não escutaria os monólogos de C sobre música. Ele não acreditaria em artistas, desenharia universos infinitos nem cuidaria de plantas pequenininhas. Ele não é como você.

Sob o efeito da minha voz, o rosto de Hikari fica inexpressivo. O formato da mão dela sob o cobertor se esgueira até eu querer a sensação. Quero tocá-la de novo. Dessa vez, de verdade. Quero me levantar à superfície da água e respirar de novo, se isso significa que posso respirá-la. Que se dane a realidade.

— Eu nunca sinto nada — sussurro. — Mas, todas as vezes que lembro que você se menospreza tanto, sinto raiva. Quero acabar com todo mundo que já te fez acreditar que você merece ficar sozinha. Esse tipo de dor, ela... Ela pode arruinar pessoas, fazê-las perder a fé em tudo, assim como Hamlet. Mas *você*? Você me olha mais do que qualquer um, e ninguém olha duas vezes para mim. Eu sou uma caveira no cemitério. Sou vazia.

A respiração de Hikari estremece nos lábios, e ela se inclina para a frente.

— Você não é vazia, Sam.

— Sou, sim — digo, a verdade inegável, apesar de não obsoleta —, mas de alguma forma você encontrou um jeito de ver algo em mim que mais ninguém viu.

— Sam?

— Que foi?

Eu me inclino para encontrá-la bem na ponta da nossa distância convergente que estamos a um instante de obliterar. Então, ela diz:

— Posso te beijar?

9
bondade

um ano atrás

Sony quer correr hoje. Já que ela mal tem força para andar sem ficar tonta, ela e eu inventamos uma série de regras. Eu preciso dar duas voltas no saguão, para "compensar meus dois pulmões", segundo ela, enquanto ela precisa dar uma só. Quem cruzar a linha de chegada primeiro ganha.

Alguns passos depois de virar uma esquina, olho para trás para ver quanto Sony ainda precisa alcançar. E a pessoa com quem dou um encontrão não é tão pequena quanto Neo.

Dou de cara com um corpo quando viro aquela esquina. Segundos depois, meus sapatos deslizam, e caio de costas no chão. Um barulho que não faço com frequência acaba escapando dos meus lábios:

— Ai.

— Meu Deus do céu, me desculpa! — Um homem se abaixa para ficar na minha altura. A voz dele é grave, mas não pesarosa, leve o bastante para puxar você de volta para onde estava. — Está tudo bem com você?

— Sam! — Sony corre até mim, deslizando sobre os joelhos como uma super-heroína, os efeitos sonoros acompanhando. Ela tira a mochila das costas, fingindo que vasculha algo lá dentro. — Não se preocupe — diz ela, colocando a mão espalmada no meu peito. — Eu sou uma médica treinada!

Ela não é.

Fazendo vários barulhos para imitar as máquinas médicas, Sony faz cócegas na lateral do meu corpo, me apalpando, arrancando risadinhas relutantes de mim.

— Levanta já, sua cretina. Precisamos conquistar o mundo e... Uau. Nossa, você é grandalhão.

Sony para de falar quando nota o homem parado a nossa frente. Ela pisca, avaliando-o de cima a baixo.

— Eu sou a Sony! — A mão dela quase o acerta no rosto, e ele estica a dele para retribuir o aperto de mão. É aí que noto que ele não é um homem.

É só um garoto.

— Meu nome é Coeur.

O cabelo de Coeur é cacheado, os olhos grandes e castanhos são a coisa mais marcante do rosto. Os lábios são carnudos, e um nariz grande e gentil paira acima. A pele dele é retinta, cheia de manchas petéquias e veias esparramadas pelos braços.

Sony inclina a cabeça para o lado como um cachorrinho com as orelhas viradas.

— Co-o-quê?

— Coeur? — Neo aparece atrás de nós.

Ele sempre segue Sony nas corridas, uma única muleta de acompanhante para a coluna que gradualmente se retorce como um punho. Duas semanas atrás, ele sofreu um acidente. Ele quebrou o pulso e teve outros ferimentos e, apesar de me garantir que não tinha sido culpa do pai dele, ele não quer falar sobre o assunto.

Assim que vê Coeur, a expressão dele desmorona, os ombros frouxos, os olhos um pouco mais arregalados que o normal.

— Neo. — Coeur fala o nome dele baixinho, ficando em pé enquanto Sony me ajuda a me levantar. — Oi.

Os lábios dele se curvam, lentos e gentis. Compartilham o tom que apenas duas pessoas que já se conhecem conseguem compartilhar.

— O que você está fazendo aqui?

— Ah. — Coeur coça a nuca desajeitado, olhando para o chão, depois ergue o olhar novamente. — Nada grave, eu só... Hum... quase me afoguei.

Neo dá um passo para a frente. Uma irritação sólida pesa sobre seu rosto.

— Você parece estar bem — diz ele entredentes.

— Neo. — Franzo o cenho e puxo a manga dele para chamar sua atenção, mas ele me ignora.

Coeur não deve ter entendido o tom de voz de Neo, porque ele só dá uma risada, parecendo aliviado.

— *Neo* — diz ele mais uma vez, enamorado pela presença do outro garoto. — Você não sabe quanto estou feliz de ver você. — Quanto mais tempo Coeur fala com leveza, mais a ira de Neo cresce. Coeur se vira para Sony e eu, para explicar: — Nós temos aula de literatura juntos. Nosso professor adora ele, ele é um gênio...

Coeur não tem chance de dizer mais nada. Interrompendo-o no meio da frase, Neo o empurra e sai batendo os pés pelo corredor.

———

A última vez que Neo deu um chilique como esse foi quando ele virou a bandeja nos meus braços. Abro a porta dele com cuidado.

— Neo?

— Quero ficar sozinho, Sam.

Ele se acomoda de volta na cama, mergulhando entre os lençóis até estar cercado de canetas, páginas, e na segurança do seu oceano de papel e tinta.

— Vem jantar com a gente depois, então? — pergunto. — Eu já roubei uma maçã para você.

— *Ele* vai? — O desafeto amarga a língua dele. Ele evita contato visual, vasculhando pelas páginas que não está de fato lendo com mais força do que o necessário.

— Você não gosta do Coeur.

— O que faz você achar isso?

— Você foi mal-educado.

— Sam.

— Desculpa. — Hesito. — Como vocês se conheceram?

Neo joga a caneta na cama, a mandíbula cerrada. Ele não se inclina até a parede, parece mais se jogar contra ela, cruzando os braços.

— O apelido dele é C — diz ele. — Ele é da equipe de natação desde o ensino fundamental. Todo mundo adora ele porque ele é bonito e idiota. Todo mundo, menos os professores, no caso. Ele passa a aula toda ouvindo música e encarando a janela. As notas dele provavelmente não importam porque ele é a estrela da equipe. As meninas praticamente se jogam nele nos corredores, como umas sanguessugas de popularidade. O gosto dele para amigos é impecável também. Eu sei disso, porque ele ficava assistindo enquanto eles batiam em mim.

Os olhos de Neo encontram os meus. O pai de Neo inflige dor, mas há uma distância entre eles, uma distância que estimula a indiferença. Não há nada de *indiferente* em Neo agora.

Ele não está me contando a história toda. Se Coeur fosse apenas um espectador, alguém que ignorou o problema dele, Neo não daria a mínima. Ele não passa pela mãe dele tremendo de raiva, e ela é a maior espectadora da vida dele. Tem mais alguma coisa faltando que não sei o que é.

Neo faz uma careta quando eu não respondo.

— Quer saber mais alguma coisa?

Pisco, surpresa, minhas mãos espalmadas no joelho.

— O que são sanguessugas?

— Sai daqui, Sam.

Eu saio. Eu me sinto como uma espectadora cega virando a maçaneta.

De volta ao lugar onde eu tinha deixado Sony e Coeur, os dois estão reunidos perto da máquina de lanches.

— Não, não. Você está fazendo tudo errado. Precisa dar uma bicuda primeiro. Olha só.

Sony ergue os dois braços acima da cabeça, levanta uma perna e lança o pé com tanta força que o sapato quase voa do pé dela. Ela nem sequer acerta o vidro, escorrega e cai para trás.

Coeur a segura.

Sony assopra o cabelo para afastar os fios do rosto, apontando para a máquina.

— Percebe, Cor?

— Pode me chamar só de C.

— Tá bom. Percebe, C? Espera aí.

Sony esquece qualquer problema com o apelido em forma de consoante quando me vê.

— Sam! — berra ela, endireitando-se. — Cadê o bebezinho?

C olha para mim também, esperando de forma educada. Não gosto que ele seja educado. Não gosto nem um pouco que tudo que vejo no rosto dele é o fato de que fez vista grossa enquanto meu amigo estava apanhando.

— Você deixou pessoas machucarem Neo? — pergunto, e sai mais como uma acusação.

Sony recua.

— Quê?

— Quê? — C faz a mesma pergunta.

— Você e seus amigos bateram nele.

— Eu… Eu nunca bati em ninguém — diz ele.

Franzo o cenho, mas C continua se defendendo:

— Eu sou a dupla dele na aula de literatura…

— Neo não mente.

Fico me lembrando da dor estampada no rosto de Neo quando viu C parado no corredor, insensível.

Neo entra e sai do hospital constantemente. Um dia, há pouco tempo, ele voltou com hematomas nas clavículas, um olho roxo e o pulso que gosta de apertar quebrado. Naquele dia, não falou com ninguém, nem mesmo comigo. Ficamos deitados no escuro. Uma única lágrima escorreu pelo rosto dele. Primeiro, pensei que tinha sido o pai dele, mas agora não tenho mais certeza.

— Você machucou ele.

— Caramba. Foi mal, cara. — Sony coloca a mão no ombro dele, fazendo um barulho de reprovação. — Não faço amizade com gente que faz bullying. Talvez na próxima vida você reencarne como alguém legal. Até mais!

— Espera! — C nos chama antes de nós irmos embora. Ele engole um nó na garganta, a confusão e lembrança se transformando em uma ideia. — Posso falar com ele?

Logo descubro que C não é muito diferente de Neo. Seja lá o que está pensando, nunca fala em voz alta. Quando alguém fala com ele, só metade do seu cérebro está prestando atenção nas palavras. A outra metade está perdida, seus olhos desfocados.

Não acho que seja uma ignorância intencional. Acho que, assim como quando foi de encontro comigo e não prestou atenção no maxilar e nos punhos cerrados de Neo, ele simplesmente não presta atenção.

Eu o levo até o quarto de Neo, não apenas por Neo, mas também para alimentar minha curiosidade egoísta. Quero saber o que Neo não disse. Quero ajudar os dois. E algo me diz que o outro lado da história favorece C.

Ele abre a porta.

— Sam, acabei de dizer que...

Neo congela no instante em que vê C. Não há nenhuma raiva ali, só surpresa. Aquilo o faz parecer mais jovem, quase como se tivesse a idade que realmente tem.

— Oi, Neo — diz C. Ele tenta fechar a porta.

Sony coloca o tênis na porta antes de fechar, assim, uma frestinha fica visível. Dou um cutucão nela.

— Sony, nós deveríamos...

— Shiu! — sussurra ela, colocando os dedos nos meus lábios e pressionando o ouvido na fresta. — Vou ficar espiando.

— Posso sentar aqui? — pergunta C, gesticulando para a cadeira ao lado de Neo.

Sony e eu espreitamos pela porta. Neo encara a cadeira, depois C, e depois a cadeira mais uma vez.

— Não — diz Neo. Ele volta para o seu oceano, fingindo que o garoto parado em pé no quarto dele não existe.

— Olha, eu só vim para conversar.

— E sobre o que a gente vai conversar?

— Me desculpa — diz C.

Neo escreve com mais força do que o necessário, pressionando a caneta no papel para pontuar seu silêncio. C continua:

— Me desculpa por, sabe... O que meus amigos fizeram. Eu não sabia que eles...

— Estavam me jogando nos armários e me chamando de bicha? — O tom de Neo é tão apático quanto seu rosto. Pela primeira vez, ele olha diretamente para C. — Você estava lá. Você sabia exatamente o que eles estavam fazendo e só virou as costas.

— Me desculpa. Eu deveria ter feito alguma coisa.

— Mas não fez.

— Me desculpa.

— Para de pedir desculpas. Eu... — Neo para de novo, interrompido pela própria observação. Já que eu não consigo ver o rosto de C, preciso esperar uma fungada e ver Neo estreitar os olhos para entender o que está acontecendo. — Você está chorando?

— Um pouco. — Parece mais do que só um pouco.

— Por quê?

— Você não lembra? Você era minha dupla na aula de literatura.

— É por *isso* que você está chorando?

— Você é tão cruel, Neo. — Não dá para argumentar com essa declaração. — Mas nós dois sabemos que eu não teria passado no último semestre se não fosse pela sua ajuda.

Neo até pode ser cruel, mas ele não fica rancoroso a ponto de não reconhecer um sentimento genuíno. A fraqueza e gratidão que C sente por Neo escorrem dele como uma torneira aberta.

— Me desculpa por não ter feito nada. Juro que eu nem conheço muito bem esses caras. Só são da natação que nem eu, e eu não queria...

— Tá tudo bem. — Neo abaixa a cabeça.

— Não. Não está — diz C.

— Não, não está, mas o que você quer que eu faça?

A energia magoada de Neo desde o instante em que colocou os olhos em C parece retesar seus músculos. O passado dança nos olhos dele, mas não é o mesmo passado da lembrança de C. É metade do contexto.

— Só vai pro seu quarto, Coeur — suspira Neo. — Fique curtindo com a Sam e a Sony. Eu não ligo. Quando você melhorar, pode voltar pra sua vida e fingir que a gente nunca mais se viu.

C se demora ainda mais, mesmo quando Neo volta a escrever. Os lábios continuam levemente separados, pensando nas coisas que ele gostaria de poder dizer. Quando a caneta de Neo encontra a página, a muralha volta a ser erguida, e C não tem escolha, só pode dar as costas, assim como eu fiz.

— Bom. — Sony cruza os braços, nós duas o recebendo de volta no corredor. — Você obviamente está arrependido.

C só encara o chão.

— Eu sou um covarde. — A declaração parece confortável saindo da boca dele, como se já tivesse dito isso.

Quando C me derrubou, a primeira coisa que notei foi o tamanho dele. A segunda coisa que notei foram todos os sinais de uma doença cardiovascular. Ele diz que quase se afogou, mas a temperatura corporal dele é mais fria, e as roupas que veste são pesadas demais para o verão. A pele racha nos lábios e nos dedos. Quando ele anda, às vezes fraqueja. O cérebro precisa de um tempo extra para processar os movimentos. Ele até mesmo se inclina para a frente quando as pessoas falam com ele e, às vezes, ele não responde, como se não conseguisse ouvir.

C *de fato* quase se afogou, apesar de não ser esse o motivo de estar no hospital agora. Seja lá qual for o assassino dele, ele está doente há um tempo.

— Nem sempre é fácil fazer a coisa certa — eu digo. Ver muitas almas perdidas dentro desse lugar me ensinou isso. — Se você consegue olhar para o passado e ver o erro que cometeu, então não é um covarde.

Indico a escada com a cabeça. C pode não ter livros ou barras de chocolate para dar, mas, no mínimo, tem uma história interessante a contar, e é educado para completar.

Levo C e Sony até o jardim.

Sony e eu nos acomodamos no banco em que costumamos observar as nuvens. C faz o mesmo. Os pensamentos ainda estão presos nos erros, ainda se demorando do lado de fora do quarto de Neo.

— Posso perguntar uma coisa? — Mesmo sentado, ele ainda é muito mais alto que nós. — Como vocês duas ficaram amigas de Neo?

— Eu o venci pelo cansaço até não poder recusar mais — diz Sony, desembrulhando os doces que Eric comprou para ela.

— Eu costumava levar as bandejas de comida para ele — digo.

— Ele gosta de comida? — C pergunta, como se quisesse fazer anotações.

Sony faz que não com a cabeça.

— Ele odeia comida.

— Ele gosta de maçãs — respondo. — Eu conquistei ele com maçãs.

— Maçãs?

— Ele também gosta de livros — diz Sony. — E de ser babaca.

— Babaca?

— Um babaca adorável. E também um escritor adorável. — Sony coloca um doce azedo na boca e ergue os dedos para colocar um na minha também. — Ele é o meu escritor favorito do mundo todo.

Perguntar como alguém se tornou amigo de outra pessoa é como perguntar como foi criado o mundo. É um processo. Não é linear nem cíclico. Assim como o mundo, as pessoas não são sempre tão complicadas quanto achamos que são. Às vezes, tudo que precisa fazer é oferecer um pouco de si, um pouco de seu tempo e, como C logo descobre, um pouco de bondade.

C é um ladrão ruim. Não só ele é facilmente notado, como sua aversão a ser grosseiro significa que tomar algo sem permissão é contra sua natureza. Ele já pediu desculpas aos funcionários do refeitório três vezes pelos *meus* roubos. Quando pergunto de onde vem aquela compulsão, ele diz que os pais nunca aceitariam aquilo e "acabariam com a raça dele". Eu digo que ser malcomportado é inerente ao ser humano. Ele me diz que essa parte em particular de ser humano o faz querer vomitar de tanta culpa.

Acabo roubando a maior parte das maçãs por ele. C nunca as come. Em vez disso, leva as frutas para Neo, considerando os conselhos que Sony e eu lhe demos.

No primeiro dia:

— Oi. — Ele entra no quarto de Neo como um pai que não quer atrapalhar o filho que faz o dever de casa. — Trouxe uma maçã.

Ele coloca a maçã na mesa de cabeceira.

— Valeu? — diz Neo, pegando a maçã cauteloso.

C dá um sorriso pequeno, as mãos na frente dele.

— Posso sentar?

— Hum, não — diz Neo, como se a resposta fosse óbvia.

C não se incomoda. Ele assente e vai embora, a resolução intacta.

— Vejo você amanhã, então.

No segundo dia:

C abre a porta, coloca a maçã na mesa de cabeceira, fica em pé com as mãos diante de si exibindo o mesmo sorriso ávido.

— Oi — diz ele.

Neo semicerra os olhos.

— Coeur.

— Neo.

— Eu te perdoo, tá? — Neo pega a maçã e a coloca no colo. — Agora dá para me deixar em paz?

— Não. — C abre a porta. — Volto amanhã.

No terceiro dia:

C abre a porta. A maçã fica acomodada na mesa de cabeceira. C assume sua postura, as mãos diante de si, o sorriso com covinhas e alegre.

— Oi.

Neo joga a caneta contra seus papéis.

— Eu não lembro de você ser assim tão teimoso!

O sorriso de C não desaparece.

— Aprendi com você — diz ele.

Neo faz uma carranca.

— O que você quer?

— Quero que sejamos amigos.

Neo sacode a cabeça como se tivesse levado um tapa.

— Quê?

— Quero ser seu amigo desde que começou a me ajudar na aula de literatura — diz C. — Mas você voltou para o hospital antes de eu poder falar isso.

— Caramba, foi mal...

— Cala a boca. Seja meu amigo.

— Não podemos ser amigos.

— Você gosta de música?

— Não.

— Qual é. Todo mundo gosta de música. — C pega o celular do bolso de trás e um par de fones emaranhados. — Aqui. Vou fazer uma playlist para você.

— Você não vai fazer nada — diz Neo, apesar de que erguer o dedo para alguém *acima* de você não é um aviso muito intimidante.

— Como você se sente sobre um trio de abertura de Coldplay, Bach e Taylor Swift? — Os dedos de C digitam na tela.

— Estou terminando um relacionamento com uma praia no século dezessete? — pergunta Neo, entediado.

— Na verdade isso seria um clipe bem legal. — C ergue o olhar, considerando. — Vamos começar com rock clássico. Não dá para errar com clássico.

— Coeur! — grita Neo.

C dá um pulo, sobressaltado, notando a dor na voz de Neo.

— Eu te perdoo, mas nós *não vamos* ser amigos.

Neo morde o lábio inferior para o impedir de tremer, e C sente a ideia de forjar uma conexão com algumas maçãs e música desaparecer como uma melodia que foi interrompida. De repente, o espaço entre eles parece muito maior do que era antes.

Neo esfrega os olhos.

— Vai embora, por favor.

E C vai, depois de um tempinho. O som da caneta de Neo dá o tom de seus esforços. O som diz que um pedido de desculpas pela metade e uma tentativa pela metade não são o suficiente para curar a ferida que ele causou, mas não acho que tudo é só isso. Eu acredito que Neo não quer ser amigo de C. Acho que, pela tristeza pura estampada nos olhos dele sempre que C tenta pedir desculpas, ele quer algo além disso.

Na semana seguinte, C não vai ao quarto de Neo. Em vez disso, ele fica com Sony. Ela é uma companhia maravilhosa durante dias difíceis. Por mais que às vezes seja insensível de forma nada intencional, ela é compreensiva. C gosta da energia dela. Ele compra chocolates para ela comer e aposta corridas sempre que ela quer.

Eu me junto aos dois às vezes. Escuto C e o observo. É uma pessoa simples, mas, mesmo que só esteja presente pela metade, a metade presente é cheia de bondade.

Ele escuta. Ele observa. Ele diz a uma enfermeira que gosta muito da cor nova do cabelo dela e conversa sobre esportes com o médico, querendo saber dos jogos que não viu. Ele visita a unidade de oncologia com Sony para brincar com as crianças e ajuda sempre que pode, onde pode, de uma forma que demonstra que ele realmente quer ajudar.

Ele pensa em Neo todos os dias. Quando passa pelo quarto de Neo, a outra metade de C ainda está do lado de fora da porta, tentando encontrar uma forma de entrar.

Uma noite, aquilo o atormenta mais do que nas outras.

No refeitório, ele e Sony estão sentados a uma mesa vazia. Ela está adormecida com a cabeça apoiada nos braços, a boca aberta. Ele descansa, os olhos quase fechados, o queixo apoiado nos braços cruzados. Um único fone toca música no ouvido dele, e o outro na de Sony.

— Quer um? — ele pergunta, dedilhando o fio conectado ao celular quando me sento ao lado dele.

— Não, obrigada. Pode deixar com ela.

— Eu ia te dar o meu — diz ele.

— Ainda sem sorte com Neo? — pergunto. C faz que não com a cabeça. — E como está seu coração?

O rosto dele se contorce quando eu uso a palavra.

— Está batendo. — Ele leva a mão ao peito. — Quer dizer, acho que está. Está doendo um pouco agora.

— C — eu digo. — Pode me contar o que realmente aconteceu entre você e Neo?

Ele me encara, considerando o passado por trás da pergunta, porque acho que nunca perguntaram isso a ele.

— Não sei — diz ele. — Sabe... eu não sou inteligente. Não sou bom em nada, exceto nadar. É a única coisa que eu sei fazer. — A mão no peito dele aperta o tecido da camisa. — Mas, alguns anos atrás, meu peito começou a arder.

— Você nunca contou para ninguém?

— Meus pais teriam me obrigado a parar de nadar. Eu nunca fui nada, a não ser um nadador. E eu não queria ser nada — diz ele. — Depois que notei que algo estava errado, comecei a escutar música o tempo todo, ver filmes, encarar a janela, só para...

— Poder existir menos?

C e eu trocamos um olhar significativo.

Não é fácil reconhecer que algo está fora do seu controle. Um dia, sua pele começa a formigar, e seus ossos começam a dobrar. Seus pulmões param de funcionar, e sua mãe não está mais presente. Seu coração dói e, nas profundezas de um lugar silencioso e solitário, ele para de bater.

É repentino. Às vezes repentino demais para aceitar.

— Desculpa, não sou muito bom com palavras — diz C. Ele suspira, sem graça, soltando a camiseta. — Neo nunca foi *legal* comigo como as outras pessoas. Mas ele me olhava por mais tempo do que todo mundo. Ele fazia perguntas. Ele me ensinava coisas em todas as conversas. Tem algo resistente, mas ao mesmo tempo elegante nele. Sempre fui atraído por isso, essa coisa curiosa.

— É por isso que ele gosta de ler — sussurro, pensando nas minhas próprias lembranças carinhosas.

C dá uma risada seca.

— Nunca gostei de ler. Neo me fez querer ler mesmo quando eu não conseguia, e... Não sei. Todo mundo gostava de mim por causa da minha aparência ou porque eu nadava. Essas coisas meio superficiais. Neo atravessou tudo isso e olhou para mim lá no fundo.

C gagueja quando fala. Como se estivesse procurando as respostas em meio a um labirinto e, de repente, chega a um lugar sem saída em cada frase.

— Gosto dele — sussurra ele. — Achei que ele também gostasse de mim.

Finalmente a imagem se completa através da névoa da história. Isso vai além de um acontecimento no corredor rodeado de armários e garotos praticando bullying, falando coisas horríveis. Há palavras e momentos que antecederam essa história.

A única lágrima de Neo não pertencia àqueles garotos, ao pai, nem aos ossos partidos.

Pertencia a C.

— Você é cheio de compaixão — eu digo. — É por isso que *eu* gosto de você. Neo gosta também. Mais do que você pensa.

Eu me levanto, empurrando minha cadeira.

— Espera — diz C. — Como você sabe? Ele te contou isso?

Imagino como Neo deve ter se apaixonado tanto por alguém que se importa dessa forma. Imagino como deve ter ficado abobalhado enquanto C tentava ler apesar de não ser bom nisso. Imagino, pela esperança nos olhos de C, que ele não se apaixonou de repente, mas, quando fez isso, foi uma paixão muito mais intensa.

Ofereço um sorriso tímido.

— Não. — Meu último conselho dentro da aljava que juntei durante todos os anos que passei observando escapa da minha mão como uma seta, um término da melodia. — Mas ele não ficaria tão magoado se não se importasse com a pessoa que o magoou.

———

Em um de seus piores dias, Neo me conta sobre quando conheceu C. Nesse dia, seu corpo estava dolorido e pesado sob o oceano. Os medicamentos o deixaram pálido e sonolento.

Ele come menos do que é adequado para sustentar seu peso corporal. O custo disso no corpo dele é perceptível.

Naquele estupor, Neo me conta que ele conheceu C muito antes de C conhecê-lo.

Ele diz que escreveu uma história. Sobre um menino em um barco a remo, procurando por terra firme, sem sucesso. Ele diz que foi assim que começou.

Neo não é alto o suficiente para alcançar as estantes em que ficavam os livros nas salas de aula. No primeiro ano do ensino médio, quando já estava doente durante metade do tempo e faltando às aulas, escutava as risadinhas dos outros pelas costas. Era empurrado. A cadeira que ele usava para pegar os livros era chutada, e ele perdia o equilíbrio.

Era um bullying sancionado por todos ao redor. Quando se é pequeno e um pouco diferente, é esperado que você seja o motivo de piadas. Ninguém protege você de ofensas sem dono e piadas de mau gosto.

Neo é grosseiro, metido, um pouco pretencioso, mas ele não odeia ninguém. Não deseja mal a ninguém. Os piores entre os meninos que faziam bullying não se importavam. Era um grupo do time de natação da turma de Neo, que sempre procurava motivos para escorraçá-lo. Diziam coisas ofensivas no corredor e davam empurrões sutis para ele tropeçar.

Neo diz que foi só depois que a escola inteira descobriu que ele estava doente que os professores finalmente decidiram falar algo sobre o assunto, e a população dos agressores diminuiu. Nem mesmo o time de nado o usava mais de alvo com tanta frequência.

Ainda assim, Neo não conseguia alcançar as estantes.

Então, um dia, um menino novo entrou na sala. Um menino do time de natação que Neo nunca tinha visto, que sentava na fileira dos fundos e ficava encarando as janelas.

Quando o professor instruiu que todo mundo deveria pegar um dos livros didáticos, fila por fila, o menino novo passou a mão por cima da cabeça de Neo e pegou dois livros. Neo não precisou subir na cadeira. Ele entregou um dos livros para Neo e voltou a se sentar sem falar nada.

— Ele nunca presou atenção, então nem sabia quem eu era — diz Neo, segurando minha mão enquanto mais espasmos percorrem seus músculos. — Ele também não sabia que eu estava doente.

Neo notou no começo que C tinha problemas de concentração. Quando a sala lia trechos dos livros, C passava o dedo sobre as linhas e enrolava. Tropeçava em algumas palavras. Não conseguia só passar por elas como todo o resto da sala fazia.

O professor pedia a C que respondesse às perguntas, e ele congelava. Estava prestando atenção, ou pelo menos estava tentando, mas palavras que ele não conseguia ler se assomavam no fundo da garganta sem conseguir dar voz. Aconteceu algumas vezes. O professor encarava C por cima dos óculos, e C só ficava parado ali entre as pausas constrangidas entre a pergunta e a vergonha inevitável. C não percebeu que não estava sozinho na piscina daqueles que eram silenciosamente dignos de pena. O garoto ao lado dele nadava naquelas mesmas águas.

Da próxima vez que o professor pediu a C que respondesse a uma pergunta, ele, claro, não soube o que dizer. Ele e o professor se encararam. Ele curvou os lábios em um pedido de desculpas e hesitou.

O som de um pedaço de papel rasgado deslizando pela carteira interrompeu o silêncio. C olhou para baixo e viu um bilhete amarelo escrito na caligrafia de Neo. *O tema é amor*, dizia o bilhete. *Amor e perda*.

A atenção de C se voltou para Neo, cujos olhos estavam fixos no quadro. C engoliu em seco e leu a resposta que Neo tinha escrito para ele. Surpreso, o professor assentiu e continuou a aula.

C agradeceu. Neo nunca respondeu.

Durante todo aquele ano, mesmo que Neo perdesse metade das aulas, os dois encontraram uma rotina. C pegava os livros da estante todos os dias, e, quando C precisava dar uma resposta, Neo dava dicas que o levariam ao caminho certo.

Neo ficou mais curioso à medida que ele e C se aproximavam. Ele perguntou de onde vinha o nome de C. C disse que era o filho mais novo, o último da mãe, e ela queria dar um nome que representasse todo seu coração. C perguntou de onde vinha o nome de Neo. Neo disse que os pais eram religiosos, e que eles escolhiam nomes por motivos que ele não tinha interesse em compreender.

C perguntou por que Neo tinha tantos livros. Neo respondeu que os livros eram uma fonte infinita de escapismo. C perguntou se Neo tinha amigos. Neo respondeu que tinha duas amigas esquisitonas. Neo perguntou se C tinha algum amigo. C respondeu que claro que tinha. Neo perguntou se C tinha amigos *de verdade*. C ficou em silêncio por um tempo, então perguntou a Neo se poderia pegar um livro emprestado.

Foi aí que Neo começou a fantasiar. Ele não conseguia mais esperar pelas aulas sem ficar sorrindo como bobo. Ele deixava o toque se demorar na mão de C quando ele entregava um livro. E não passou despercebido que C às vezes ficava atrapalhado quando via que estava perto demais, ou quando Neo arrumava o cabelo dele.

Os dois sempre levavam bronca. Os professores ralhavam dizendo que eles conversavam demais. De acordo com Neo, as detenções valiam a pena. Durante elas, ficavam brincando de pedra, papel, tesoura de lados opostos da sala.

Neo estava feliz. O sorriso que toca os lábios dele quando diz isso faz meu peito doer, mas a felicidade de Neo acabou ali.

O barco parecia vazio, ele disse. Então acrescentou outro personagem para que tivesse companhia. A história em si era quase inofensiva. Só dois meninos presos na infinidade do mar. Neo deixou a história em cima da carteira na aula de inglês por acidente quando guardou as coisas na mochila.

Quando chegou à escola na manhã seguinte, encontrou um grupo de meninos do time de natação esperando por C. Estavam lendo os papéis, se revezando para ler, fazendo piadas.

Neo parou na porta. Quando o viram, ele nem tentou correr.

Eles perguntaram se ele tinha escrito uma história para o namoradinho. Perguntaram se ele pagava os professores com "favores" para receber as notas que tirava, e talvez a história fosse sobre isso. Entre as ofensas, empurravam Neo mais e mais.

O primeiro menino puxou seu cabelo e rasgou a história em pedacinhos. O segundo empurrou ele para cima dos armários. Agarrou a coxa de Neo e perguntou se ele gostava dessas coisas. O terceiro puxou o cinto de Neo e ameaçou o estuprar, dizendo que seria um ato de caridade para livrá-lo daquela perversão de uma vez por todas. O restante ria em coro.

Neo estava familiarizado com a crueldade.

A crueldade do pai era faminta, e sempre foi. Ela o ensinou a se distanciar do próprio corpo.

Quando C se deparou com aquela cena, estava usando fones de ouvido.

Ele estava indo para a primeira aula, o cabelo molhado do treino matutino. Ele olhou para Neo, para os meninos, que pararam de agredir Neo para fazer tudo parecer normal. Uma matilha de lobos encurralando um cordeiro ensanguentado, esperando o pastor se afastar antes de destroçar o resto da carcaça.

— Eu nem senti aqueles machucados, Sam — diz Neo. — Eu não estava nem aí que eles me bateram ou quebraram meu pulso ou que iam contar aos meus pais que eu era depravado.

A próxima respiração sai com esforço.

— Ninguém nunca gostou de mim. Ninguém nunca me deu valor. Então esse tempo todo, fiquei vendo a nuca de Coeur quando ele me largou lá. Achei que *ele* era a pessoa com quem eu poderia navegar. Achei que talvez, em vez de remar até o fim do oceano, poderia remar até o céu. Porque, mesmo se fosse uma única pessoa, eu ainda tinha alguém. — A respiração de Neo é entrecortada. — Achei que eu finalmente tinha alguém.

Neo não chora. A mandíbula dói pelo tanto que reprimiu aquilo. Eu o beijo e o abraço. Ele me abraça de volta até o remédio fazer efeito e ele adormecer.

Eu entendo por que dói.

Eu entendo a solidão de não ser visto.

Eu entendo, mais do que tudo, depois de todos esses anos observando, que a ignorância é pior do que a crueldade.

———

Depois de um tempo, C finalmente começa a roubar sem medo. Ainda não tem muita habilidade. Como eu disse, ele é grande demais e facilmente notado. Ele rouba uma maçã e um livro da biblioteca, e, mais determinado que antes, vai até o quarto de Neo. Sem nem mesmo bater, ele escancara a porta com força e a fecha.

Neo tira os olhos do caderno, as pernas escondidas debaixo dos lençóis, uma camiseta manchada de Sony nos ombros e o capuz na cabeça. C espera receber sua total atenção antes de falar.

— Me desculpa por não estar presente quando você precisava de mim. A negação é tudo que tenho na minha vida, mas não vou deixar que ela estrague isso aqui. — Ele gesticula entre Neo e ele. — Todos os dias desde que aqueles caras te machucaram, eu sinto tanta saudade sua que chega a doer, sinto saudade até agora. Sinto saudade porque, mesmo quando você é um teimoso, você é a única pessoa que eu já quis. Então me desculpa, e não precisa me perdoar *nunca*, mas vai precisar se acostumar a me ter por perto, porque eu *não* vou te deixar de novo. — C fica sem fôlego, segurando a beirada da cama de Neo para recuperar o equilíbrio.

— E, mais do que tudo, me desculpa se te tratei como a parte rasa da piscina.

A expressão aturdida de Neo estremece até ele voltar a discipliná-la em uma carranca.

— O que isso quer dizer?

— Não sei! — C abana a mão pelo ar. — Mas eu estou aqui tentando. Porque eu gosto de você. Gosto *mesmo* de você. Então queria saber se vou precisar ir roubar nossos livros didáticos e post-its da escola? Ou você finalmente vai aceitar que também gosta de mim?

Neo fica em silêncio. C também. Não é um silêncio confortável, mas, pelo menos, não é um silêncio que parece partir do rancor.

Neo olha para o livro que C trouxe nos braços, apertando o olhar.

— Jane Austen? Sério mesmo?

— O tema é amor. Amor e perda — diz C, virando os pulsos para mostrar a capa. Ele coloca o livro no colo de Neo. — Gosto de histórias de amor.

Neo distorce um canto da boca, enojado.

— Ah, mais um.

— Pode ler para mim? Como você costumava fazer?

— Esse eu já li.

Neo pega o livro como se o estivesse ignorando, pronto para entregá-lo de volta e rejeitar a investida mais uma vez. O tom familiar acerta C como um tapa. Como o professor que descartava sua inabilidade de entender. Ele se sente envergonhado e começa a aceitar que talvez Neo de fato nunca o perdoe de verdade.

— Tudo bem — sussurra ele, virando de costas e segurando a maçaneta.

— Aonde você vai?

C congela. Ele se vira. O livro não é deixado de lado nem relegado ao abandono. Neo passa a mão pela primeira página, erguendo os joelhos para descansar o peso do livro neles. Ele abaixa o capuz e indica a cadeira ao lado da cama com a cabeça.

— Sente aí e fique quieto.

Neo lê para C de um jeito diferente do que eu leio para ele. Não há um ritmo monótono em cada passagem. Ele passa pelos capítulos com firmeza, certificando-se de olhar para C de soslaio quando vira uma página para verificar se ele está prestando atenção. Ele está. Ele apoia o queixo nos braços e, cada vez que Neo volta a ler, C o admira.

Eles criam o hábito de ler todos os dias. Compartilham os números de celulares. Mandam mensagens um para o outro quando já deveriam estar dormindo. Às vezes, C se esgueira para dentro do quarto de Neo, e os dois ficam ouvindo música enquanto riem dos enfermeiros que acabaram de enganar. Quando C recebe alta na semana seguinte, manda mensagens para Neo todos os dias e nos visita de tarde. Ele diz que parou de nadar, então não tem mais nenhuma responsabilidade.

Um mês se passa rápido, mas, um dia, não recebemos mais notícias de C.

Sony e eu ficamos preocupadas. Perguntamos a Neo se ele mandou alguma mensagem. Neo faz que não com a cabeça, o dedão passando pela lateral do celular.

Dois dias se passam. Neo não sai da cama, uma decepção familiar se acomodando em seu âmago. Sony e eu ficamos com ele para aliviar o sentimento. É só depois que o sol está prestes a se pôr na terceira noite que ouvimos uma voz flutuando pelo corredor, aumentando em crescente como uma música.

— Neo! Neo! Neo!

C entra correndo, quase caindo quando abre a porta. Ele entra sem fôlego, carregando um tipo de trabalho da escola nas mãos. Está vestido com uma camisola de hospital, e o que o fez tropeçar não foi a porta, mas sim um suporte intravenoso que está conectado ao braço dele por um fio sob um pedaço de fita fino.

Neo o encara, o pavor estampado nos olhos.

Os dedos de C tremem, e, a cada respiração, ele estremece.

— Neo, olha — diz ele, sem mais nenhum preâmbulo, mancando até o lado da cama e se sentando ao lado do outro garoto. — Olha, eu tirei dez.

C mostra o papel para Neo, apontando para o número vermelho no topo. Um sorriso bobo é exibido nos lábios dele.

— O que aconteceu? — Neo pergunta baixinho, tocando o rosto de C delicadamente.

Ele afasta o colarinho da camisola, traçando as cicatrizes por cima das veias.

— Nada, eu estou bem. — C segura a mão de Neo e beija a ponta dos dedos dele. — Olha. Leia meu trabalho. Escrevi tudo sozinho.

Neo, com a maior das relutâncias, obedece.

C sorri para Sony e para mim e nos pergunta como estamos. Respondemos que estamos bem. Neo lê o trabalho de C, metade da atenção nas palavras, metade se perdendo.

Problemas cardiovasculares são pontos em um espectro vasto de gravidade. O que é bom sobre o coração é que, na maioria das vezes, se diagnosticar o problema cedo o bastante, é fácil de curar. O que é difícil sobre o coração é que ele é essencial, e se *não* for rápido o suficiente…

———

Quando a noite recai como um cobertor abafado, Sony e eu vamos até os jardins. Neo e C dormem no quarto, embalados como criancinhas sob as cobertas, enquanto eu e ela nos apoiamos no parapeito e encaramos nossa cidade. Fora do hospital, as pessoas sempre olham duas vezes para pessoas como nós. Olham para o hospital a caminho do trabalho ou da janela do escritório e veem médicos, sangue e cinza. Não veem nossos livros e nossas coisas quebradas. Não veem um poeta com uma deficiência e um compositor de coração partido fazendo promessas durante a noite.

Não sabem como é se afogar nem ser aparado dos jardins. É desconfortável testemunhar essas coisas. Pessoas doentes causam atração e repulsa. Morrer é uma ideia fascinante e uma realidade assustadora.

— Vamos morrer, né? — pergunta Sony. As estrelas distantes refletem no olhar dela, refletindo como luzes nas suas sardas.

Suspiro alto.

Como eu disse, eu raramente sinto alguma coisa.

Quando o faço, é uma coisa embotada, de propósito, como a escuridão.

Só que os corações são essenciais, não é mesmo? Tudo tem um coração. Mesmo os livros, mesmo as coisas quebradas, mesmo eu. O meu está trancafiado em algum lugar, congelado por aquela noite na neve. Ao menos é nisso que gostaria de acreditar.

Mas o amor não é uma escolha.

— Sem você, nós estaríamos sozinhos, Sam. Sabe disso, né? — diz Sony. — Nós te amamos. — Ela pega minha mão sobre o parapeito. — Não se esqueça disso.

10
a ponte

Nosso roubo começa quando o relógio quebrado deveria ter marcado meio-dia.

Alguns lances de escada. É tudo de que precisamos conquistar. Apenas alguns lances de escadas, e estaremos livres. Neo e C se seguram no corrimão, olhando para os degraus em espiral que parecem infinitos. Os pés raspam no chão, ansiosos.

Sony está esperando por nós lá embaixo. Ela é a mais velha, então é a única que pode, de fato, sair sem chamar atenção. Neo e C são conhecidos por causarem problemas *e* por não poderem legalmente sair. Claro, já fomos dar um passeio no posto de gasolina do outro lado da rua, mas isso é diferente. Só conseguimos fazer isso algumas vezes, e Eric estava nos esperando no saguão de braços cruzados e os pés batendo no chão impaciente nas duas vezes.

Hoje é diferente. Eu tento me lembrar disso toda vez que sinto no fundo da mente o ímpeto de voltar correndo para o quarto e me esconder.

— Vamos ser pegos.

C rói as unhas.

— Não vamos ser pegos — diz Neo entredentes.

— *Sempre* somos pegos.

— Pelo amor de Deus. Só finja que vamos para o telhado.

— Mas nós não vamos. Vamos fugir. Não temos permissão para fugir.

— Também não temos permissão para ir ao telhado, seu idiota.

C faz uma careta ao perceber isso, duas vezes mais ansioso diante daquela revelação.

— Pense numa coisa, C — diz Hikari. — Nossos artistas já desenharam os nossos caminhos. Então, não importa o que aconteça, o destino já foi decidido. Ficar preocupado não muda nada. E se isso não ajudar... — Hikari coloca as mãos para trás, dando um sorriso. — Só fique de mãos dadas com Neo.

Neo faz uma careta.

— Quê?

Hikari ri para os dois. Ela ri da expressão envergonhada de Neo e da trilha rosada que deixa nas bochechas dele. Da reação alheia de C, parecendo confuso, um cachorrinho inclinando a cabeça.

A risada dela faz minha cabeça abaixar. Não é uma risada que me pertence. Não posso mergulhar nela como antes. As bordas me mantêm afastada.

Neo e C estão focados na missão, mas os corpos se conversam. Mesmo quando *não* estão de mãos dadas, sempre há uma sensação de conexão entre eles. Os dedos roçam um no outro. O ritmo de andar dos dois se iguala apesar das pernas grandes de C e das pernas magricelas de Neo. Nunca estão muito na frente nem muito atrás um do outro.

Penso nisso quando olho para Hikari, vendo as mãos de Neo e C apoiadas no corrimão. O relógio que dei a ela está em seu pulso, cobrindo uma atadura branca em cima de suas cicatrizes.

Hikari e eu tínhamos essa conexão. Essa distância conectada que Neo e C compartilham. Ao menos antes daquela manhã. Antes de o sol nascer e eu ter colocado um limite para o qual Hikari não estava preparada.

— Posso te beijar? — ela pergunta. A voz é permeável. Adentra meu coração e me puxa para mais perto. Ela muda de posição na maca solitária enquanto se inclina, o suficiente para me provocar.

Nossos lábios se escolheram na noite em que entoaram Shakespeare pela primeira vez. Nossas mãos também se escolheram, imitando danças e posturas, criando espelhos aos pares. Não ousam se encontrar, não ousam se tocar, mas ficam imaginando. Permanecem nesse momento intermediário de *e se?*.

E se eu tocar nela? E se eu acariciar as mechas amarelas nas bochechas e passar os dedos pelo pulsar do pescoço dela? E se eu a beijar? E se eu começar pelo arco do cupido exatamente embaixo do nariz dela, e então descer, adorando-a com cada respiração?

Eu me pergunto se então ela seria real. Se fechasse meus olhos e me inclinasse para o sol, ele ia me queimar, ou eu finalmente sentiria a luz acariciar meu rosto?

Eu estremeço, sem conseguir decidir. A boca de Hikari está levemente aberta. Os olhos estão quase fechados. A cabeça dela está inclinada, e, se eu der aquele último passo, nós nos encaixaríamos.

Eu quero que ela se veja da forma como eu a vejo. Ela quer que eu veja o mundo como ela vê.

Cada vez que Sony não conseguiu respirar, ou Neo tropeçou nos próprios pés ou C não conseguia ouvir uma palavra, eu costumava aceitar e desviar o olhar, mas não vai mais ser assim. Já não é há um tempo. Agora, com cada lembrete que meus amigos vão morrer, ali está ela.

Ela não é uma versão reciclada de alguém que eu já amei. Ela é um verso que rima com o poema da minha história.

Encaramos os lábios uma da outra. Espelhamos nossos movimentos assim como as nossas mãos praticaram.

A existência dela implora que eu faça a pergunta: e se eu estiver errada? E se eles viverem? As luzes amarelas iluminam um caminho de lembranças que eu ainda não percorri: meus amigos em idade avançada bebericando espuma de cerveja, deixando cigarros acesos sem fumar, rindo na cidade, no interior, em todo e qualquer lugar que já sonharam em ir enquanto contam histórias de uma época rebelde marcada por sofrimento e uma alegria que o derrotava quando eles ainda eram prisioneiros.

Eu me aproximo de Hikari na maca. Minha mão se ergue para segurar o rosto dela. Só há mais um centímetro para se cruzar, e estarei tocando nela. Só um minúsculo impulso para sentir. Só um instante, uma respiração, um beijo, e ela será real...

Mas e se eu estiver certa?

E se esse sonho que eu me recuso a ter, de Hikari nos meus braços e um futuro no qual todos estamos sorrindo, for um teste? E se esse verso rimado acabar do mesmo jeito que o último? E se eu ficar sozinha encarando a escuridão enquanto as estrelas caem mais uma vez?

Meus olhos se abrem, e, no reflexo escuro da janela, o tempo dá um sorrisinho irônico. Ri por cima do ombro de Hikari, chacoalhando o passado nas mãos como se fosse um chaveiro.

Minha forca aperta. A pressão me sufoca. Antes de conseguir fazer contato com Hikari, minhas mãos estremecem e voltam para a lateral do corpo. Minha respiração para na garganta. A gravidade falha, me atirando para longe do caminho, e o medo me joga contra a parede.

Hikari fica sentada ali, segurando a beirada da maca. Eu não sei se ela consegue ver quanto estou com medo. Não sei se ela entende do que eu tenho medo. De qualquer forma, vejo a confusão nos olhos dela, que lentamente se transforma na mesma escuridão que vestiu quando me presenteou com as lembranças da sua dor.

— Sinto muito.

É tudo que tenho a dizer. Naquele momento, é tudo que eu sei dizer antes de fugir.

Sinto muito.

A escadaria está silenciosa. Neo é feito de ferro. Todo o nervosismo já desapareceu. C fica engolindo em seco, mordendo o lábio. Hikari fica de olho, os ouvidos atentos, em busca do sinal de Sony.

Hikari não me olha desde que nós cinco nos reunimos. Depois do nosso quase beijo, pensei em todos os nossos quase-tudo. As vezes que quase segurei a mão dela, as vezes que quase falei seu nome. Todas as oportunidades que tive e que se transformaram em um quase.

Dei um bom-dia de manhã. Precisava dizer alguma coisa. Hikari me lançou um sorriso vazio que não chegava aos seus olhos. Então todo mundo foi pego pela empolgação. Não houve uma chance de me explicar. Mesmo se houvesse, não sei se teria feito isso. Não sei o que dizer para ela. Só se transformaria em mais um quase.

Eric terminou seu turno há cinco minutos. Assim que ele for embora, há poucas amarras que podem nos prender aqui. Normalmente, ele dá um tchau para Sony antes de sair. Ela disse que encontraria com ele lá fora na rua em frente da entrada principal do hospital. Ele suspeitou de algo, acho, mas Sony sempre sai sozinha, não importa qual seja o estado do seu pulmão. Quando voltamos, Sony promete que vai contar todas as nossas aventuras para a gata e para as crianças.

A escada de serviço é o único lugar por onde podemos entrar ou sair que não tem muito fluxo. A única coisa que não temos é um cartão de identificação para acessar a saída. Eric sempre carrega um extra no bolso. Eu até posso ser uma mentirosa ruim, e uma criminosa ruim no geral, mas, mesmo enquanto meu braço está sendo enfaixado depois de um acidente com a escada, a mão leve nunca me falhou.

Seguro o cartão apertado na mão, mudando-o de lado. O plástico encosta no metal, outro metrônomo, outra contagem regressiva. Prendemos o fôlego.

Então... *ding*.

Neo praticamente atira o celular para cima, quase derrubando-o por cima do corrimão.

A barra tá limpa, otários! :D

C e Neo dão um gritinho, tropeçando. Hikari segue enquanto eles começam a descer correndo a escadaria.

Uma lufada de ar entra pela escadaria limpa e parada, trazendo o ar da cidade. Carros e pedestres passam voando, um contraste chocante à equipe médica e aos carrinhos que percorrem os corredores tranquilos. Não há paredes nem portas trancadas, só o céu e uma enorme expansão de ruas que levam a qualquer lugar, menos a uma rua sem saída.

Sony acelera virando a esquina, de onde deu tchau para o ônibus de Eric. A mochila dá pulinhos com ela, o sorriso mexendo nos tubos de respiração. Meu estômago dá um nó. Ela faz esforço para dar os últimos passos, mas, ao mesmo tempo, ela nunca pareceu tão feliz.

— Hoje chegou! — grita ela, se jogando em cima de nós. Ela nos abraça e beija como uma maníaca, sem se importar com ninguém. — É hoje! Vamos!

— Aonde quer ir primeiro, Sony? — pergunta Hikari, segurando o rosto dela enquanto os narizes se encostam.

— Vamos fazer uma tatuagem. Não, espera! Vamos ver as estrelas! Não! Vamos à praia! Ver o mar! Eu amo o mar!

— Vamos precisar pegar um ônibus para isso — diz Neo, apontando com o dedo por cima do ombro.

C olha para a tabela dos ônibus.

— Tem um vindo daqui a vinte minutos.

— Por que não andamos um pouco pela cidade enquanto esperamos, hein? — Sugere Hikari, pegando a mão de Sony para se apoiar nela. — Temos todo o tempo do mundo.

— Você está certa — diz Sony, inalando profundamente, relaxando ao lado de Hikari.

Ela dá ao seu corpo um momento de silêncio, a intermissão costumeira.

— Vamos — diz Hikari depois de um tempo, imitando a empolgação de Sony, mantendo-a viva. — Vamos atrás do seu tudo.

A faixa de pedestres, nossas pedras em cima do rio, nos dão as boas-vindas sob a sombra do hospital. C e Neo vão na frente, em casal.

Nessa hora do dia, as pessoas estão nas ruas em peso, como cardumes. Nós nos tornamos alguns entre muitos, seguindo o fluxo. Há uma liberdade no anonimato. Em ser um estranho. E, ao chegar ao fim da faixa, a multidão fica mais numerosa e mais rápida, apressada para vencer a luz piscando. Neo pega a mão de C sem nem pensar. C entrelaça os dedos com os dele, mantendo-o por perto.

Sony e Hikari seguem logo atrás. Sony está pendurada no braço de Hikari. Hikari parece querer se pendurar em cada palavra que sai da boca de Sony. Sony admira a cidade como se estivesse vendo tudo pela primeira vez. Dá para ver que ela está falando das suas crianças. Ela conta a Hikari que vai trazer conchinhas para elas e vai mostrar a tatuagem, e vai acrescentar mais histórias para elas a admirarem.

O fogo de Sony é terno. Se eu tentar, consigo imaginá-la passando um pouco disso para as próprias crianças, talvez para uma sala cheia delas. Ela vai se gabar do seu amigo escritor famoso, do seu amigo lindo e alto e da amiga engraçada que é uma ladra. Vai contar todas as histórias do hospital, e eles sequer vão perceber que elas se passam em um hospital.

O passo de Sony hesita quando chegamos ao outro lado da rua. Ela tenta recuperar o fôlego, ajustando a mochila.

— Foi mal. — Ela tenta rir para disfarçar. — Precisava de um segundo.

— Tenho certeza de que sua gata vai perdoar se chegarmos tarde em casa — diz Hikari.

Ela segura Sony com força, fingindo que aquela fraqueza foi só um tropeço desajeitado.

— Você gosta da Elae, né, Hikari?

— Claro.

— Que bom. Vou precisar que alguém cuide dela.

— Como assim? — pergunta Hikari. Quando Sony não responde por um instante, Hikari franze o cenho, diminuindo o passo. — Sony, não fala uma coisa dessas. — Ela acaricia os cabelos ruivos de Sony. — Você vai sobreviver.

Neo e C olham para trás para ouvir a conversa. É só meio segundo, algumas palavras trocadas, mas o suficiente para causar uma mudança. Uma das nossas regras tácitas não foi quebrada, mas recebeu um cutucão.

— Como você é criançona — diz Sony, cutucando Hikari para que elas continuem.

É só quando chegamos a um lugar muito familiar para mim que começo a andar mais devagar.

O rio surge debaixo da ponte. Ele me desafia a olhar. Pega minhas lembranças e as sacode. Meus amigos o acompanham pela margem. Eu recuo, fechando os punhos, tentando ficar menor e me esconder.

Não quero existir ali. Estamos prestes a passar pela ponte, passar pelos olhos que enxergam, mas não consigo. Paro antes de chegar perto o bastante para olhar.

Eu me recuso a olhar. Tudo começa a doer. Eu me recuso a vê-lo, mas, não importa quanto feche os olhos, ele está ali. Ele coloca o casaco sobre meus ombros. O ar é frio e escasso. A neve cobre o chão, e um poste ilumina flocos de neve dançando, e o restante do mundo é escuro e solitário. Ele me beija com força, e então desaparece. Tento ir atrás dele, mas a escuridão me rejeita. Minhas lágrimas seguem o ritmo da água. Meus soluços me afogam. Tudo dói. Minhas lembranças rastejam para fora do esconderijo como monstros que nadam rio acima.

— Sam?

Ergo o olhar. Hikari está parada na minha frente, pálida. Neo, Sony e C estão na frente, mais próximos da ponte, ainda andando.

— Sam, está tudo bem?

— Não consigo fazer isso — sussurro.

— Como assim? O que houve?

— Não consigo ir com vocês — digo, balançando a cabeça. Eu me sinto exposta e em perigo. — Eu não...

As palavras ficam presas na minha garganta, com medo de serem faladas e existirem.

— Está tudo bem — diz Hikari.

Ela se aproxima, erguendo as mãos. Ela não me toca. Ela não me puxa para o lado para o cardume passar. As palmas dela descansam no ar, esperando que eu as espelhe.

— Cante, Yorick — diz ela gentilmente, mexendo o indicador quando eu faço a imitação.

— A última vez que eu estive naquela ponte, as estrelas caíram — eu digo.

Não sei se ela entende, mas eu completo:

— Não posso atravessar a ponte de novo.

— Está tudo bem — repete ela, e, pelo tom de voz, quase consigo acreditar. — Vai dar certo. Eu fico com você.

— Não, você...

— Eu não vou deixar você aqui, Sam. — Ela fala com convicção.

Ainda se importa comigo. Mesmo quando eu não pude dar o que ela queria. A palma da sua mão fica paralela à minha.

Acho que eu poderia ter recuperado o fôlego ali. Poderia ter encontrado a força de me endireitar e continuar como se nossa dança pudesse apagar todo o resto.

Só que isso não é possível. Acima do ombro dela, o tempo ainda está ali. Paira sobre meus amigos, lançando uma sombra, meu passado tilintando entre seus dedos.

Neo e C seguram as mãos de Sony quando todos se viram para a ponte.

Meu coração se aperta.

— Esperem — eu digo, um som que mal sai, uma pergunta que ninguém pode responder. — Por que eles...

Não termino a pergunta. Continuo andando, passando por Hikari.

— Esperem — eu repito.

Eles continuam pela ponte. Eu passo pelas pessoas que me rodeiam na calçada. Eu os sigo. Preciso seguir. Não é para eles atravessarem. É cedo demais. Não é para irem lá ainda!

Sony já fraquejou uma vez antes. Se ela cair ou machucar uma costela, o pulmão dela pode parar de funcionar por um instante. Neo ainda está magro demais. Os ossos dele não possuem nenhuma proteção, e o corpo é frágil demais para correr ou aguentar mais do que um empurrão. O coração de C está tão danificado que é impossível voltar atrás. Ele precisa de outro. Ele não vai viver sem outro.

Eu sou uma boba. Eu me permito lembrar. Minhas lembranças se revelam. Neo, meu poeta machucado por pessoas que deveriam protegê-lo, meu pobrezinho que deveria ter passado os anos crescendo sob o sol em vez de embaixo de luzes da mesa de exame. Sony, minha chama tão determinada a queimar, cuja mãe foi levada cedo demais e cuja infância deveria ter durado para sempre. E C, meu garoto grande como um urso, de coração partido, alheio e mesmo assim gentil, tão disposto a demonstrar bondade.

Eu me deixo voltar ao passado, e ele me joga para um futuro inexistente.

Não importa quanto tente dizer que minhas memórias estão enterradas, elas estão fora do meu controle. Vêm rapidamente. Elas me lembram que a negação nunca é tão forte quanto a realidade.

Minha realidade sempre foi a mesma desde o dia que nasci.

Meus amigos vão morrer.

— Esperem! — grito, enquanto a multidão os abraça. — Não, vocês não podem ir, vocês não… Não podem… C! — berro. — Sony! — Não consigo mais vê-los. — Neo!

Eu corro, passando pelas pessoas, tentando alcançá-los antes de atravessarem. Não conseguem me ouvir. Ninguém consegue. Imploro infinitamente. Para ser ouvida. Para ser permitida seguir o caminho por onde eles desaparecem. Eu os chamo de novo, mas é como se eu não tivesse voz alguma.

Antes mesmo de chegar à ponte, uma força me empurra para trás. Eu tropeço, o corrimão escapando sob meus dedos. A gravidade me puxa para baixo, me levando da calçada para a rua. Uma buzina ressoa, se aproximando. Pessoas começam a gritar.

A última coisa que eu ouço é meu nome enquanto o sol se curva sobre o capô de um carro.

11
vazia

ANOS ATRÁS, EU caí na rua.

A fricção destruiu minhas pernas, a sujeira absorveu meu sangue como algodão. As lágrimas ardiam. A terra se misturou às feridas abertas. Meus dedos pairaram acima do rasgo na calça.

Aquele dia inteiro foi como um tombo. Meu estômago revirado. O desejo de vomitar, de me rasgar foi arrebatador.

Tinha acabado de ver uma pessoa morrer.

Precisei escutar a mãe dela gritar. Precisei ver a vida se esvair dos seus olhos. Ela ainda não tinha dado seus primeiros passos. Estava em uma era da vida sem linguagem. Ficou segurando os dedos da mãe em um punho, enamorada de qualquer coisa que reluzia na luz.

Ela foi o primeiro bebê que eu segurei, e precisei ficar olhando enquanto ela morria.

A tristeza era repentina. Uma propulsão forçada. Queria me abrir e deixar tudo escapar como fumaça.

Fugi do hospital. Fugi, e então caí. Os arranhões doeram, mas aliviaram um pouco da dor que estava sentindo por dentro. Era como se meu corpo sentisse o dano que meu coração tinha sofrido e quisesse compartilhar um pouco daquele fardo.

— Sam! — Escutei meu nome enquanto estava sentada derrotada no meio da rua. O sol brilhava sobre o capô de um carro. — Sam!

Fez-se um barulho, o cantar de pneus desviando de algo. Eu me virei para olhar. Uma coisa grande de metal foi atirada na minha direção. Então, um puxão do nada. Alguém agarrou meu pulso e me içou para longe do caminho.

Então, eu estava do lado da rua, um corpo em cima do meu, me protegendo. Ele estava sem fôlego, a cabeça encostada no lugar onde meu pescoço encontrava meu ombro, um dos joelhos entre minhas pernas onde ele tinha caído ao me tirar do caminho.

— Minha doce Sam — ofegou ele, erguendo o rosto para me encarar. Ele secou meu rosto, ainda molhado de lágrimas, ardendo nos pontos que elas tinham tocado. — Eu estou aqui — disse ele, me silenciando enquanto eu começava a chorar. — Está tudo bem. Eu estou aqui com você.

— Por que ela morreu? — perguntei, soluçando.

Ele me puxou para os braços dele. Continuei chorando até a noite cair, e ele era tudo que eu tinha para me segurar.

— Por que ela precisava morrer? — perguntei, de novo e de novo. — Por que todo mundo morre?

Ele nunca me respondeu.

O vazio que aquela pergunta deixou para trás ainda está assentado dentro de mim, um lugar oco, onde meu coração deveria estar.

A lembrança desaparece em um segundo. É tudo que precisa. A mesma força que me puxou para baixo repete seu movimento. Só que, dessa vez, não é uma rua de terra. É de asfalto e concreto, movimentada pelo tráfego de pedestres. O sol brilha, e uma buzina ressoa. Meus olhos se fecham, prontos para o impacto.

— Sam!

O carro, porém, nunca me acerta. Em vez disso, sinto um calor diferente de qualquer outro envolver meu pulso. Minha respiração fraqueja. É como se eu estivesse irrompendo pela superfície da água, sendo retirada do fundo de uma piscina. A rua desaparece atrás de mim, tornando-se um eco de suspiros assustados e motoristas raivosos. Coloco os pés na calçada, meu corpo indo de encontro a outro.

O rosto de Hikari aparece, tão perto de mim quanto estava na noite de ontem. Está sem fôlego, assim como eu. Estava correndo atrás de mim. Caí na rua, mas ela me pegou. Ela viu o carro, esticou a mão e me salvou.

A multidão ao nosso redor desvia de nós como se nada tivesse acontecido. O trânsito volta ao normal.

Ela me salvou.

O batimento cardíaco dela está acelerado por baixo da palma da minha mão. O nariz dela roça no meu, mechas do cabelo como dedos acariciando minhas têmporas.

Eu a sinto. A pele, mais áspera do que eu imaginava, cheia de relevos e cicatrizada, quente embaixo. Ela me tocou. A ilusão foi destruída. A parede de vidro feita dos nossos "quase" se estilhaça.

Ela é real, tangível, bem ali na minha frente.

Isso me faz estremecer.

— Está tudo bem — diz Hikari. — Eu estou aqui com você.

— Me solta.

Digo as palavras sem pensar. Não são faladas — são cuspidas, escarradas, agressivas. Hikari arregala os olhos, a confusão estampada ao redor dos seus raios de sol. Olho para os pés, sem conseguir encará-la diretamente.

— Me solta! — eu grito, e, dessa vez, ela obedece.

— Sam!

É Sony. Ela soa como se estivesse correndo. Não, ela não pode estar correndo. C está logo atrás dela, Neo mancando ao lado.

— Sam, está tudo bem? — Sony pergunta.

Hikari dá alguns passos para trás quando eles chegam, como uma onda que se choca contra um penhasco e recua de volta para o mar.

— Sam — diz Neo, baixinho.

Ele verifica meus arranhões, meu pescoço e minha cabeça procurando algum sinal de sangue. Sony fica parada ao lado dele, o tanque de oxigênio ainda nas costas, as sardas dançando no nariz. C consegue ver o pavor nos meus olhos. Ele enruga a testa, mas não estica a mão para me tocar.

— Desculpa — eu digo. É tudo que consigo dizer. Naquele momento, é tudo que eu consigo dizer.

Meus amigos estão bem. Eles não atravessaram a ponte. Eles voltaram. Ainda assim, aquele ímpeto de fugir e me esconder não se esvai. Parece crescer. Coloco a mão na boca como se estivesse prestes a vomitar.

— Desculpa — eu digo de novo, mas, antes que possam dizer alguma coisa, corro pela faixa de pedestres e volto para a segurança do meu hospital.

———

O toque dela é como uma queimadura. A marca irradia calor. Entro no saguão encarando o pulso. Ignoro os elevadores e subo as escadas direto para o telhado.

O terraço está frio e silencioso, e minha mente está exatamente o oposto. Na minha cabeça, Sony tem sangue na língua e na manga, Neo vai desbotando até desaparecer, e o coração de C some entre as costelas. O azul se acomoda sobre o prédio e afoga todo mundo lá dentro.

O toque de Hikari permanece. Ando em círculos, voltando aos velhos hábitos. Fico passando a mão no ar em cima do pulso, como se Hikari tivesse deixado tinta ali, e acabaria por marcar meus dedos se eu tocasse de verdade. Cada vez que repasso o momento que ela me trouxe de volta à realidade, sinto a luz do sol em meu rosto. Meu medo começa a arder até virar cinzas, e tudo que vejo são as mentiras em que me obriguei a acreditar.

Neo e C na escola, escrevendo seu livro juntos. Neo sem hematomas, sem os tormentos do pai. A pele de C sem cicatrizes e sem tempestades. Ele leva Neo à praia para nadarem aos fins de semana e leva Sony com eles. Sony segura os filhos no colo, junto de um marido ou de uma esposa, ou qualquer pessoa no mundo que ela desejar. Ela os leva da areia até a água, fazendo caretas e os beijando enquanto as ondas marulham. A doença, o tempo roubado e as mortes são coisas que ficaram no passado. Eles sobreviveram e estão felizes, e eles ficam vivos.

Só que é uma mentira. É tudo mentira, e Hikari me fez acreditar que poderia ser verdade. Com aquele seu "um dia" e o jogo constante de faz de conta que ela joga com o futuro, fingindo que não está tudo escrito. Ela fez todos eles acreditarem que poderia ser verdade.

— Sam?

Eu estremeço. Hikari está parada no batente, sozinha. Minha raiva cresce como fumaça do lugar onde me tocou.

— Está tudo bem com você? — A voz dela é suave, e ela parece preocupada. — Desculpa por ter agarrado você assim. — Ela anda até mim sem cautela enquanto minha mandíbula cerra. — Eu só não podia te deixar cair...

— Por que você disse aquilo para Sony? — pergunto, os punhos apertados na lateral do corpo.

Hikari congela, nossa distância a mesma que no dia em que nos conhecemos.

— O quê?

— Você disse: "Você vai sobreviver." Por que disse isso para ela?

Hikari balança a cabeça como se tivesse levado um tapa.

— Não entendi.

— Você está parecendo um pôster motivacional. Como aqueles vídeos que eles fazem a cada dez anos dizendo às crianças doentes que continuem lutando, como se isso estivesse sob o controle delas.

— Porque está...

— O corpo de Sony consome a única coisa que ela precisa para respirar, e ninguém nunca vai dar um par de pulmões para ela, porque o corpo dela apenas o destruiria. Ela *vai* morrer. Não é uma questão de "se", é uma questão de "quando". Você tem ideia do que isso vai fazer com Neo e C se eles começarem a pensar que ela não vai morrer?

— Você não sabe se ela vai morrer.

— Sei, sim. — Quanto mais eu falo, mais a expressão de Hikari desmorona. — Você fica zombando de mim porque eu coloco limites...

— Eu nunca zombei de você...

— Você acha que eu estou errada! — eu grito.

Eu me lembro de quando ela disse para Neo que o mundo inteiro leria suas histórias, que C estaria lá com ele, que Sony voltaria a correr. Eu desviava o olhar quando eu via a morte enganchada em seus pescoços.

Não consigo mais fazer isso.

— Você fica balançando um futuro que não existe na frente deles como uma isca. Está transformando o sofrimento deles em algo inevitável.

— Eles já estão sofrendo — diz ela, e a verdade arde mais do que deveria.

— Eles merecem ter esperança uns pelos outros.

— A esperança é inútil. — Abaixo o tom de voz. Aquela única palavra parece pinicar sob minha pele, me faz estremecer diante da pronúncia. — É míope e cega ao fato de que *sempre* fracassa.

A esperança é o nome que deveria estar no topo da Lista. É pior do que nossos inimigos. Nossos inimigos roubam, mas eles são acompanhados por um aviso. A esperança é ignorante, uma mentirosa, uma criatura acidental feita de medo. E fracassou com meu primeiro amor assim como fracassou comigo.

— Você perdeu alguém — diz Hikari, a voz dela se projetando com a declaração.

Quando eu a encaro, eu não a vejo.

Eu vejo ele. É só por um instante, mas ali está ele, parado em cima da pedra, esticando o braço para mim, de cabelos escuros e olhos dourados. É mais frio do que está agora. O passado é sempre mais frio. De repente, ele está chorando, me dizendo que sente muito. Ele fica de joelhos, a cabeça encostada na minha barriga, implorando para que eu o perdoe, me pedindo para eu aguentar mais, para ter *esperança*.

Ele se destrói em cinzas. Eu o afasto como uma neblina.

— Não vou fingir que posso mudar o passado — eu digo. — Nem o futuro.

— Ter esperanças por um futuro *não é* fingir.

— É, sim. A esperança é só isso. Uma mentira que contamos a nós mesmos para quebrarmos relógios e fingirmos que matamos o tempo.

— Foi por isso que me deu isso?

Hikari toca no vidro, no ponteiro que não muda. Ela ri da minha audácia. Não é a risada que eu valorizei. É seca, magoada e carregada de decepção.

— Fez isso para zombar de mim?

— Não.

— "Eu estou aqui" — ela diz. — "Estou sempre ouvindo, e sempre vou acreditar em você." Você disse isso. Você se lembra? Era uma mentira?

— Não! — Balanço a cabeça, me lembrando da alegria no rosto dela. — Não, eu me importo com você. Eu só queria fazer você feliz.

— Por quê? Por que você acha que eu vou morrer? — ela pergunta.

Ela segura os pulsos da mesma forma que Neo. Aperta entre o dedão e o indicador como se pudesse espremer o relógio para fora do pulso.

— Ou é por que você me ama?

Ela está com a mesma expressão que exibia quando estava sentada na maca, quando recuei do nosso beijo. A pergunta parece adentrar a ferida no pescoço, a doença no seu sangue. A voz fica leve, cada vez mais fraca.

— Você me ama? — Ela gesticula para o hospital abaixo. — Você ama algum deles? Alguma das pessoas que você diz que cuida?

— Não é para eu dizer amor — eu digo. — Não é nem para eu existir.

— Você tem tanto medo assim? — pergunta ela, só que agora é um desafio. Um empurrão. — Está com tanto medo assim de perder de novo?

— Eu já perdi tudo. Eu sempre vou perder tudo. Não importa quantas vezes eu tente roubar de volta.

Hikari coloca a mão sobre o queixo e o nariz na forma de uma prece. O horror transparece em seu rosto. É como se três covas estivessem entre nós. Ela me olha como se eu estivesse segurando as mãos dos nossos amigos que estão se deitando dentro delas.

— É por isso que passa tanto tempo com eles — diz ela. — É por isso que faz tanto por eles.

Eu já sei o que ela está pensando.

— Não. Isso não é verdade.

Hikari toma minha raiva de mim, transforma-a em sua.

— O que eles são para você, no caso? Cachorros tristonhos no fundo do canil com os dias contados? — O nojo passa pela voz dela, fazendo os olhos se estreitarem com o julgamento. — Você é igual a todas as pessoas que olham para as crianças doentes e veem uma causa perdida, como se só estivessem vivas porque sentem pena delas.

— Você não entende! — eu grito. — Você não entende porque não existiu em um mundo no qual as pessoas precisam se apoiar na esperança como uma muleta para conseguir ficar em pé. Nunca ficou segurando um menino que é só pele e osso chorando para que alguma divindade o veja por quem ele é. Nunca viu alguém morrer na sua frente enquanto você tenta colocar o sangue dela de volta no corpo. Nunca precisou ver as pessoas com quem você se importa definharem dia após dia. Você nunca perdeu nada, então não adianta fingir que sabe do que estou falando.

Perco o fôlego. Sinto como se estivesse correndo por aquela ponte, só que ela é infinita. Estou correndo atrás dos meus amigos, dos nossos inimigos que os levam para a escuridão. Estou correndo atrás dele, fugindo dele. Só que eu estou parada no telhado, rezando para que as estrelas não caiam do céu se eu decidir erguer o olhar.

— Eu estou aqui a vida inteira — digo baixinho, olhando para Hikari. — A *esperança* nunca salvou ninguém.

— A esperança não serve para salvar pessoas — diz ela, com cautela.

Uma barreira de vidro se ergue. A cor dela se apaga por trás, e a sensação de ardência no meu pulso some. Ela não está com raiva quando fala, mas não consegue mais me encarar nos olhos.

— E só porque não deu certo com você não quer dizer que o resto de nós precisa desistir dela.

O motivo pelo qual tenho medo dela se concretiza ali. Traz de volta todas as coisas que eu prometi nunca mais sentir na vida. Acho que Hikari sabe disso. Ela sabe o que estou pensando. Ela sabe o motivo de eu não conseguir tocá-la.

Não tenho medo dela. Tenho medo de amá-la.

Porque eu não precisaria admitir apenas que ela é real, precisaria admitir também que eu um dia vou perdê-la.

Hikari esfrega o nariz e as mãos nos braços para afastar o frio.

— Você quer fingir que me conhece? — pergunta ela. — Só porque passamos o último mês flertando no telhado e trocando segredos? Aqui vai um segredo, Yorick. A esperança fracassou comigo antes. — Ela traça a ferida entre as clavículas até chegar às cicatrizes nos pulsos. — Você não sabe quanto a solidão é poderosa até ver que se machucar não é doloroso o suficiente para saciar esse sentimento.

Os céus cinzentos formam tempestades e se colocam atrás dela como em uma tela. A sensação das lembranças dela percorre o seu corpo, a mente, os olhos, até as palavras saírem da boca dela como pedras.

— Eu tinha um plano e tudo — diz ela. — Depois que meus pais saíssem para o trabalho, eu ia até a rua e mergulharia no lago. A água lá é praticamente preta de tão escura. Eu só ia… — Ela para, tentando encontrar as palavras certas. — Só ia deixar a escuridão me engolir.

Eu agora me lembro do dia em que nos conhecemos muito claramente. Algo tinha acontecido, algo pelo qual seu assassino não era responsável, disso eu sabia. Eu me lembro da forma como colocou a chave de fenda e a lâmina do apontador no bolso. Eu me lembro das ataduras nos braços. Eu me lembro de tudo que ela já tentou esconder.

As feridas não são fruto da doença dela. Ela própria se feriu.

Quando nossos olhos se encontram, mal consigo respirar. Como foi que não vi isso antes?

Hikari abre um sorriso. Ela traz coisas à vida, plantas, coisas quebradas e pessoas doentes que precisam de um sorriso contagiante. Ela dá às pessoas apenas para negar isso a si mesma.

— Hika... — Começo a dizer o nome dela, esticar a mão para segurá-la, vencer a distância, mas não consigo. Ela não me quer mais.

— Pode até ser que você tenha visto mais e sofrido mais, mas não me diga que não tenho ideia do que é uma perda — diz ela.

Ela abre o fecho do relógio e o deixa cair no concreto. Ela o atira pela linha que está traçando entre nós.

— Eu já ouvi de pessoas suficientes que é tudo coisa da minha cabeça.

Ela abre um sorriso. É um sorriso vazio, as lágrimas escorrendo pelos cantos da boca. Então, ela se vira, de volta para onde veio, outro sol se pondo, e meus dedos seguram apenas o ar frio.

A dor é repentina. Uma coisa forte, propulsiva. Quero me abrir e deixá-la escapar como fumaça. Eu caio no concreto, deixando os joelhos arranhados no chão.

Meus fantasmas escapam de seus túmulos.

Minhas lembranças fluem pelo rio.

E me sinto tão vazia que poderia morrer.

12
esperança

antes

MEU NOME NEM sempre foi Sam.

Quando minha existência começou, eu não tinha nome, não tinha lembranças, não tinha nada. Há uma crença que diz que todas as intenções têm uma alma. Que todos os desejos, todos os sonhos, podem criar vida se quiserem.

O sangue é minha primeira memória.

Manchou um cômodo, em um círculo grande onde a perna de um homem deveria estar. O homem estava gritando. Mulheres vestidas de branco umedeciam o rosto dele com um pano e o couro prendia os braços na cama. Outra mulher entrou, limpando uma serra de metal manchada pelo mesmo tom de vermelho. Ela atirou a coisa para o lado sem olhar, limpando os braços nas pernas para que o sangue ficasse no vestido que já tinha sido branco, e não em suas mãos. Ela pegou uma agulha e injetou o homem que gritava com um líquido claro. Ele se debateu contra as amarras e as mulheres. Demorou um pouco para o homem parar de gritar. Sua voz transformou-se em um gemido ritmado até a consciência do homem desaparecer.

Eu deveria ter ficado assustada. Ao menos uma parte de mim estava. Outra parte estava curiosa, por causa do sangue. O sangue é uma acusação. Ele se espalha, mancha e atinge infinitamente.

Quero saber o porquê.

Minha primeira lembrança faz os hospitais parecerem lugares violentos. Hospitais não são violentos. Hospitais dissipam a violência e curam suas vítimas.

Minha segunda lembrança é menos incruenta. Mais súbita. Tão triste quanto a outra.

Havia outro soldado. Esse era quieto. Poderia se pensar que não havia vida por trás daqueles olhos até ele piscar. Respirava uma vez, depois outra, a mão no peito. Então a mão caiu. Os olhos se fecharam. Ele parou de respirar. Vermelho se acumulava no lugar onde ele segurara, pingando dos dedos.

Quando o homem de uma perna acordou, começou a gritar de novo.

Ele se arrastou da maca, engatinhando no chão. Gritando, chorando e gritando mais. Ele agarrou a mão ensanguentada do soldado que pendia da cama e chorou encostado nela. As enfermeiras tentaram afastá-lo.

Até desmaiar, o soldado encarou o morto. Amaldiçoou a guerra. Amaldiçoou as enfermeiras e os médicos e o hospital. Amaldiçoou, acima de tudo, a morte.

Minha segunda lembrança faz os hospitais parecerem um campo. Um lugar de ceifa onde a morte vem coletar seus frutos. Não posso argumentar contra isso. Eu desafio essa concepção silenciosamente enquanto o soldado espera para morrer. Assim como ele, eu não acredito. Só aceito. É o que eu preciso.

A morte não é um ser. É um estado. Nós a humanizamos, amaldiçoamos, damos a ela uma alma porque é mais fácil condenar algo que tenha um rosto. A doença está no mesmo barco, mas é mais fácil condená-la. A doença tem um *motivo*. Vírus, bactérias, células defeituosas. Já tem um rosto.

O tempo não precisa de um rosto.

O tempo rouba abertamente.

Essa falta de cuidado de sua parte é o bastante para que seja culpado.

Culpado pelo quê? O tempo, a doença e a morte não nos odeiam. O mundo e suas muitas sombras não são capazes de ódio. Simplesmente não se importam. Não precisam de nós. Eles nunca prometem nada e, portanto, não quebram promessas. Somos apenas meios com os quais os conceitos brincam.

Eu os chamo de sombras. Às vezes inimigos, apesar de isso ser hipócrita. Também são meios com os quais brincamos.

A doença é transformada em arma. Ela dá lucros. Humanos raramente fazem pesquisa para *curar* doenças. É mais lucrativo tratar alguém durante o resto da vida do que curá-los de uma vez só. A morte não é diferente. É o meio para um fim, uma ferramenta, um brinquedo. Com isso, as pessoas no topo da pirâmide decidem como sacrificarão aqueles que estão na base.

Ninguém é melhor em matar pessoas do que as próprias pessoas.

O tempo é diferente. Dá para persegui-lo e fazer apostas contra ele. Não importa qual seja o jogo, o tempo gosta de brincar porque sempre ganha. Diferente dos seus parceiros, porém, o tempo pode ser gentil. Ou talvez isso seja uma ilusão. Talvez o tempo tenha dentes só para sorrir ironicamente e uma voz só para rir por último.

Não entendo o bastante para ter uma resposta concreta.

Eu não entendo muitas coisas. Dou alma a todas elas. O sangue tem alma. Livros têm alma. Coisas quebradas têm almas. As coisas quebradas especialmente têm almas. Mesmo o hospital tem uma alma, perambulando pelos corredores, observando, como um espectador dentro dos próprios ossos.

As almas são suscetíveis ao sofrimento.

É por isso que enterro as lembranças.

Vivê-las uma vez já basta. Revivê-las é um hábito tóxico.

Só que minhas lembranças *dele* são as que eu enterrei em um caixão de vidro.

Foi *ele* que rompeu o padrão no vermelho.

Foi *ele* o menininho que se ergueu com o sol, quando tudo que eu conhecia era a noite.

———

Não existe tempo perdido com ele. Ele brinca com a vida para aproveitá-la ao máximo.

— Olá, parede — diz ele, passando as mãos gorduchas pela pintura cor de cinzas. — Oi, chão. — Os azulejos tortos fazem sons sob seus pés. — Bom dia, doutor — ele diz a um médico que passa. — Bom dia, céu — diz ele para uma janela, através de uma rachadura no vidro.

O menino dá alma a todas as coisas. Ele os chama de amigos.

Até mesmo a doença dele tem uma alma. É do tipo que se alastra. Os medicamentos, os exames e os tratamentos precisam ser dados todos na hora. Ele não sabe ainda, mas o tempo tem um rival.

O menino ri, balançando as pernas na beirada da cama. A enfermeira mede a temperatura e pega os comprimidos matinais. Ele abre a boca só o suficiente para ela colocá-los lá dentro. Com uma mordida, ele fecha a boca antes de ela conseguir, e então sai correndo, rindo.

O tempo, assim como muitas enfermeiras e muitos médicos, precisa correr atrás dele. Ele e aqueles arroubos de rebelião. Quando o pegam, ele sempre pede ao enfermeiro ou à médica que brinquem com ele. Suspiram, pedem desculpas e dizem que precisam tratar de outros pacientes. Ele faz o mesmo com os funcionários que levam a comida. Os funcionários fazem que não com a cabeça todos os dias, pedem desculpas e dizem que precisam alimentar outros pacientes. O menino sorri e diz que entende. Então diz oi para o prato, o garfo, o copo, e come sozinho.

Sigo o menino depois da medicação e dos exames. Não estou curiosa sobre essa parte da vida dele. Já sei o que tem de *errado* com ele. Quero entender o que ele é. Quero aqueles momentos entre as coisas.

Como explorador, ele percorre os corredores sem se importar, fazendo perguntas, não para que alguém responda, mas só para fazê-las.

Ele não liga para quem está vendo ou onde está. Ele se mexe como parte do hospital, a peça de um quebra-cabeça que se encaixa em qualquer lugar. Assim como eu, ele se torna um detalhe no pano de fundo, notado mas sem ser questionado, como a cor da pintura das paredes ou o peso da porta da frente.

No entanto, por mais que o menino seja constante nesse lugar, ele mesmo não tem constantes.

Ninguém o visita. Nem os pais, nem a família, nem uma alma sequer. Tem os enfermeiros e médicos de sempre, mas há uma barreira ali, como deve ser. Ele é um dentre muitos pacientes. Ele não é um *único* nada. Ele não é *de* alguém.

É uma existência muito solitária.

O tempo não sabia, quando o deu para mim, que eu também sou solitária...

Nunca tinha falado com um paciente.

No começo, eu me escondo. Então, observo o menino do batente da porta do quarto. Ele está brincando com vasinhos de planta no chão.

— Bom dia — diz ele quando me vê, não da mesma forma que faria para cumprimentar um estranho.

Estremeço, quase desaparecendo de vista. Ele inclina a cabeça para o lado, rindo.

— Você é tímida?

— Eu... — Minha voz é nova, um músculo que não foi usado antes.

Eu engulo em seco, praticando, deixando minha língua mover pela boca e calibrar.

— Oi.

— As pessoas não deviam entrar para me ver sem usar máscara e luvas — diz ele, mas a cautela desaparece e ele dá de ombros. — Pode entrar se quiser. Eu não me importo.

Hesito.

O problema é que eu o conheço, mas ele nunca teve a chance de me conhecer. Ele é uma pintura que eu admiro há muito tempo, sem coragem de chegar mais perto.

O menino ergue o olhar, me examinando como eu o examino. As roupas estão bem cuidadas, mas os sapatos estão cheios de lama. O cabelo dele é macio, despenteado, mas o olhar é afiado.

— A gente já se conhece? — pergunta ele. — Sinto como se te conhecesse.

— De... — Tropeço, entrando na pintura e nas pinceladas. — De certa forma, sim.

O cheiro de terra e de algo doce invade minhas narinas. As paredes dele são sem graça, mas há traços inegáveis dele marcando aquele espaço. Livros na cabeceira, luzes pisca-pisca atrás da cama, as plantas que tem em mãos.

— Gostou? Peguei do jardim lá fora.

— Por que pegou? — pergunto.

Ele faz um ruído que significa *não sei*.

— Achei que poderiam ser minhas amigas.

Ele as toma nos braços, colocando cada uma com cuidado no parapeito. O sol acaricia as folhas assim como o acaricia de manhã para acordá-lo.

— Você também mora aqui?

Eu assinto.

Ele cantarola em resposta.

— Quer brincar comigo?

— Não sei brincar.

— Tudo bem, eu te ensino.

Nós saímos juntos do quarto. Ele coloca as mãos nos bolsos e olha para mim com um sorriso por cima do ombro — um sorriso cheio de dentes e olhos fechados. Um sorriso que você mais sente do que vê.

— Meu nome é Sam.

Sam.

Sam sabe que ele nasceu com o sol nos olhos?

———

Sam e eu somos fisicamente parecidos. Tento me moldar nele, mas a mente de Sam é oposta à minha. Ele é corajoso sem fazer esforço e fica animado com as pequenas coisas. Ele é travesso, entra sempre em lugares onde não deve e fala sem pensar se está falando alto e em quem está por perto.

Ele salta, grita e existe livremente.

Ele questiona muita coisa no seu mundo, mas não me questiona.

Aos olhos dele, sou outra criança. Uma amiga para brincar.

Sam me ensina muitas coisas. Ele me ensina sobre brinquedos, pedaços de madeira entalhados que têm vozes específicas e papéis nas histórias. Ele me ensina sobre azulejos para pular como se fosse uma amarelinha, sobre armários e esconderijos para nos escondermos em uma brincadeira de suspense. Eu não sou muito boa nas brincadeiras, mas Sam diz que tudo bem.

Ele deixa de lado sua rotina e me mostra seu mundo. Pacientes que ele conhece e de que gosta. Uma mulher mais velha que lhe dá pão, uma mãe que está esperando sua criança nascer e outros mais. Ele os cumprimenta pela porta com um gesto e, só depois de conseguir um sorriso, ele passa para o próximo.

— Está com fome? — Sam pergunta quando a escuridão recai sobre o hospital.

— Quer comer no seu quarto? — pergunto.

— Não. — Ele sorri, com aquele quê de travessura. — Vamos comer lá fora.

— Podemos ir lá fora?

— Os cavaleiros podem ir para qualquer lugar em seus castelos — diz Sam.

— Cavaleiro?

— Isso. Eu sou um cavaleiro. Eu sou o protetor do castelo. Como nos contos de fada — sussurra ele, a expressão desmoronando quando percebe que não estou entendendo. — Nunca ouviu falar de contos de fadas?

Faço que não com a cabeça.

— Ah. — Sam pisca um instante, as bochechas e os lábios apertados. — Tá. Vou te contar alguns.

Nós andamos pé ante pé pelo corredor, Sam dando risadinhas o tempo todo, o pão escondido nas mangas. Ele corre assim que estamos fora de vista e sobe, sobe, sobe até chegar a uma escadaria.

Sam abre uma janela no alto e me diz para passar. Nós saímos, e ali eu conheço o céu. É frio e cinzento. O chão é duro, e o vento é afiado.

— Esse é o telhado — diz Sam.

Eu estremeço, me encolhendo e esfregando as mãos para aquecer os braços. Sam parece gostar dali. Ele pega os pães escondidos na manga, me entrega um e então senta.

— Olha.

Ele aponta para cima. Contra uma camada de escuridão, o céu tem luzes. São leves, mas ainda assim brilham como chamas de velas bruxuleantes prestes a se apagar.

— Essas são as minhas estrelas — sussurra Sam, como se contasse um segredo que ele quer que eu guarde. — São as coisas mais lindas do mundo.

Estrelas, eu penso, a palavra ressoando sem voz na minha língua.

— Você é uma estrela? — pergunto.

Sam abre a boca, emitindo um ruído surpreso. Então ele ri, uma erupção cheia e estridente.

— Você é boba — diz ele e, quando a risada acaba, continua: — Podemos dividir minhas estrelas se quiser.

É um sopro. Uma promessa. A primeira promessa que ele faz para mim.

Eu assinto com um ruído satisfeito.

Comemos juntos, eu fico silêncio, e ele narra os contos de fada. São histórias grandiosas, com finais acertados e sem pontas soltas. Eu pergunto o motivo de histórias na vida real não acabarem assim. Ele me conta que os contos de fada acabam do jeito que quisermos. Ele diz que a enfermeira falou que os contos de fada deveriam ensinar lições, mas ele não acredita nisso. Ele acha que as histórias devem fazer as pessoas sentirem coisas.

Eu pergunto qual é essa sensação. A de sentir.

O vento passa entre nós, aumentando o sorriso dele.

Ele diz que eu faço boas perguntas.

Sam passa a mão pela pedra enquanto mastiga o último pedaço de pão.

— Esse é o nosso castelo — diz ele. — Você protege ele comigo?

Pisco, aturdida. Os cavaleiros em todos os contos de fada dele são corajosos. Conquistam reinos e resgatam pessoas em perigo. Não sou corajosa. Mordisco o lábio, saboreando a pergunta.

Sam pressente minha dúvida.

— Tem muita gente doente aqui, sabe — diz ele, se aproximando mais um pouco.

É a primeira vez que noto quanto seus olhos são dourados, feixes de luz amarelos contra um fundo escuro. É um detalhe que só dá para notar de perto, não só quando admira a pintura, mas quando se torna uma parte dela.

Sam sorri. Um sorriso que dá para sentir.

— Podemos proteger todo mundo, eu e você. Você gostaria disso?

Eu gostaria. Mesmo sem poder contar com a coragem. Apenas olhando, durante um único dia, já sei muito sobre ele.

Sam. Um nome simples e afetuoso, parecendo musical, no tom certo. Amarelo. Nos olhos dele, vívido quando está feliz, ainda mais vívido quando está triste. A sua voz é jovem e estridente, mas ainda assim gostosa de ouvir. Ele posa como um personagem, um herói de um conto, um cavaleiro sem um pingo de insegurança sequer em seu corpo.

— Vou te ensinar como ser um cavaleiro, tá? — diz ele.

— Sério?

— Sim. Gosto de brincar com você. — Ele olha meu rosto da mesma forma que olho o rosto dele. Lendo minhas feições. — Qual é o seu nome mesmo?

— Não tenho nome.

— Não tem?

— Eu sou... — começo — diferente das outras coisas quebradas que você conhece.

Um nome é relevante. O pano de fundo não precisa de relevância. Isso é o contrário do seu propósito.

Sam, com o céu iluminado atrás dele, pensa de outra forma.

— Então vamos dividir meu nome. Seu nome também vai ser Sam. Já decidi — declara ele para a brisa gelada, se aproximando de mim. — Pode experimentar. Diga: *Meu nome é Sam*.

Minha voz é pequena. Tudo parece pequeno comparado a ele.

O nome que me deu é qualquer coisa menos pequeno.

— Meu nome é Sam — eu digo.

Com alegria, uma das mãos de Sam, macia e ainda infantil, agarra uma das minhas, e eu me torno como as pedras sob nossos pés. Ele é quente, e o dourado nos olhos percorre todo o corpo, passando pela pele.

O fogo tremula sob nossas palmas. Derrete até os meus ossos.

Nunca fui tocada antes. Estremeço, de repente me perguntando se aquela coisa que sinto tremular no coração chama-se *sentimento*.

— Estou feliz de ter te conhecido, Sam — diz o menino.

— Fe-feliz? — sussurro.

— Uhum. — Ele não solta minha mão.

Ele brinca com ela, explorando.

— Gosto de você — diz ele, as bochechas coradas, o olhar desviando do meu. — Você é linda.

Nunca fui chamada de linda antes. Já ouvi essa palavra, observei enquanto escapava dos lábios de amantes. Só que muitas palavras não são ditas com verdade. As pessoas mentem. Crianças mentem. No entanto, as crianças quase nunca mentem sobre a beleza.

— Você vai brincar comigo amanhã? — pergunta Sam.

— Sim.

Sim, repito na minha mente. *Todos meus amanhãs são seus*.

— Obrigado — diz ele.

Ele me dá um beijo na bochecha e volta para dentro, dando um aceno.

— Boa noite, Sam. Tenha bons sonhos...

O dia que eu o conheço é uma memória repleta de alegria de ter acontecido e de dor por já ter acabado. Porque, mesmo se eu dissesse que eu esqueci, não se pode confiar em mim.

Ninguém esquece a primeira queda.

13
chuva

Algumas pessoas vestem sua dor como se fossem roupas. Outras deixam que se escondam sob as camadas de tecido. O telhado exibe sua dor com simplicidade. Arranhões na pedra, brancos como giz, acompanhados de manchas pretas de cigarros apagados.

Encaro com olhos entreabertos e um corpo meio presente. Meus joelhos se dobram dentro dos meus braços. Minhas costas ficam pressionadas contra a parede do parapeito. Olho para a sombra de duas crianças dividindo pão e histórias, encarando o céu. Ao lado delas, outro par fica em pé sobre uma caixa de papelão cheia de livros, as almas tentando se tocar em uma distância palpável.

Minhas mãos se unem como uma fechadura e chave. A palma das mãos, os vales entre os dedos, todos os lugares onde meus dois sóis me colocaram em chamas.

O amarelo dança ao vento. A sombra do tempo se apaga com a chuva. Enquanto as nuvens se reúnem em uma tempestade acima, o relógio quebrado recebe gotas da chuva, e eu não preciso chorar sozinha.

A porta na minha frente é mantida aberta por um pedaço de madeira. Um gemido fantasma é tudo que ressoa quando passos cuidadosamente sobem pelo caminho.

Meus amigos saem na tempestade sem cobertura.

— Desculpa — eu digo, a chuva e as lágrimas juntando na boca. — Desculpa mesmo.

Os sonhos do mundo lá fora, sem correntes e livres, não serviram de nada. E a culpa é minha.

Sony se senta ao meu lado, cruzando as pernas.

— Nosso tudo pode esperar. Não vai a lugar algum — diz ela. — Você precisa da gente agora.

Ela me acalma como faria com a gata ou com as crianças sob seus cuidados. Os tênis brancos sujos encostam no meu sapato. A chuva encharca os cadarços e limpa os borrões da sola.

— Conta para a gente o que está errado, Sammy.

Vou perder vocês, penso. *Vou perder vocês, e, mesmo que soubesse disso esse tempo todo, ainda dói encarar essa perda. Dói tanto. É como se estivesse corroída por dentro.*

— Não estamos bravos com você — diz C.

Ele se ajoelha como se eu só tivesse caído, como fiz um ano atrás, dando de cara no peito dele. O comprimento do braço cobre o de Sony sobre meu cotovelo.

— Só conte o que aconteceu.

Minha respiração sai ofegante e tropeçada quando digo:

— Vocês sempre disseram que roubavam para provar que são humanos e que não pertencem às doenças. Vocês disseram que a fuga era a última parte do roubo. Eu achei que tudo ficaria bem porque vocês estariam livres, e isso foi o que eu sempre quis, mas...

— Mas nós não estamos livres — diz C, como se fosse um fato que aceitou há muito.

Ele pressiona os lábios quando percebe o motivo de meu medo ser tão avassalador. O entendimento passa por todos, contagiante. Sony ajeita a mochila no ombro. Os dedos de Neo se fecham ao redor do pulso.

— Não dá para escapar do próprio corpo — diz C.

A culpa revira meu estômago como uma toalha molhada. As doenças roubaram tantos instantes deles, e eu roubei o maior de todos. Fecho a cara e tento me esconder de novo.

— Sam — diz C. — Você perdeu a coragem hoje. Todo mundo perde a coragem de vez em quando. Quem se importa? Podemos fugir qualquer dia da semana, e, se você ficar com medo de novo, então tentamos de novo no dia seguinte. Não tem problema. Não roubamos e fugimos para fazer uma grande declaração sobre como a sociedade trata as pessoas doentes. — Ele pressiona a palma da mão contra o coração, dando de ombros. — Estamos só vivendo a vida.

Se todos nós estivéssemos só vivendo a vida, nunca teríamos nos encontrado aqui. No sonho de C, vejo todos nós sentados nos fundos de uma sala de aula. Receberíamos detenção por roubar coisas dos professores e fazer pegadinhas. Sony seria a menina mais velha legal que nos ensinava a não fumar e não beber do jeito mais chique. Ela daria bicudas em quem fizesse bullying com Neo e me atormentaria sobre minha paixonite por Hikari. C e eu seríamos quietos, introspectivos, sempre nos perdendo em pensamentos e tendo problemas por isso. Depois da escola, sairíamos nós cinco todos os dias. Teríamos bicicletas para sair pelas ruas, e os corações, pulmões e pernas necessários para percorrer o mundo.

— E o nosso Céu? — questiono.

C sorri. Os olhos dele encontram os meus, uma cor quente e calorosa em que dá para se afundar. Vejo aquele sonho ali. Estão cansados, mas a essência permanece intocada. Os olhos dele são gentis, como sempre.

— Não preciso sair à procura de algo que eu já tenho — sussurra ele.

A chuva começa a diminuir.

— Não entendo — digo.

C balança a cabeça.

— Você sempre pensa demais nas coisas. — Ele dá uma batidinha no meu nariz, pegando uma gota de chuva. — Do que você precisa, Sam? Seja lá o que for, vamos te ajudar a conseguir.

— Eu… Eu não entendo.

— Ah, Sammy. — Sony me abraça como se pudesse sentir que estou me desfazendo e quisesse manter meus pedaços inteiros. — Por que está com tanto medo?

— Porque você perdeu alguém.

Ergo o olhar.

Neo é o único que ainda está em pé. Está encharcado até os ossos, mas ele sequer estremece. Ele me fuzila com o olhar.

— Estou certo, né? Você perdeu alguém e doeu muito e você não consegue superar, então está com medo de que vai acabar perdendo a gente também?

— Neo, melhor não — avisa C por cima do ombro.

— Quem foi? — A pergunta de Neo é como a picada de uma agulha, e eu me encolho. — Não, não desvia o olhar. Me conta quem foi.

— Eu não me lembro — digo, cobrindo os ouvidos.

— Você me disse quando a gente se conheceu que não se lembrava se já tinha se apaixonado. Eu sabia que você estava mentindo e eu sei que você está mentindo agora. Me conta.

— Eu não...

— Não estou nem aí — interrompe Neo. — Me conta.

Atrás dele, eu vejo o menininho, sentado no meio da chuva, com um vaso de planta no meio das pernas. Ele ergue o olhar, me dá as boas-vindas para entrar no quarto, luzes amarelas nos olhos.

— Ele não é mais real. — Balanço a cabeça até a visão desaparecer. — Ele morreu.

— Eu sei que ele morreu. — Neo dá um passo na minha direção.

Ele agarra meus braços e os arranca de perto do rosto, e assim eu não posso mais me esconder.

— Me conta quem ele era.

— Ele nasceu sem um sistema imune...

— Não, eu tô pouco me fodendo pra doença dele. Você não amava a doença dele. Você amava ele. Me conta sobre *ele*.

Neo não me solta. Ele me aperta. As mangas caem dos pulsos para os cotovelos, os hematomas antigos apodrecidos na superfície da pele.

O sol aparece atrás das nuvens, um único feixe de luz espremido entre a garoa. Beija o cabelo de Sony, a pele de C e metade do rosto de Neo. Brinca com o calor, uma dobra na chuva, uma permissão estranhamente familiar para finalmente abrir os portões.

— Eu estava tão sozinha — sussurro.

Eu o vejo de novo, atrás do ombro de Neo. Está explorando, rindo, entrelaçando nossas mãos, um sorriso eterno.

— Não era para eu estar viva. Eu era só o pano de fundo de uma peça na qual as pessoas sofriam.

Minha respiração fraqueja, as memórias como ácido nas veias. Sangue e gritos e a morte que se esgueira por elas, tão densa que poderia ser sólida.

— Nunca entendi por que as pessoas precisavam morrer e achei que talvez *ele* tinha essa resposta.

Um menininho que sempre dizia que as coisas ficariam bem. Um menininho que via coisas boas em tudo e todos. Um menininho que mentiu para mim.

— Ele me ensinou a viver, mesmo quando não era para eu ter vivido. Ele me ensinou sobre o mundo. Me ensinou a sonhar.

Aquelas memórias fluem com facilidade. São suaves por natureza, apenas com pedaços de um barulho distante. A risada estridente à distância, o beijo tímido na minha bochecha, o rosto corado de rubor.

Sempre foi assim. Os segundos marcados pela dor são eternos. Os anos de alegria são rápidos. É mais um dos truques do tempo.

— Ele cometeu suicídio em uma tempestade de neve.

O rosto de C e de Sony adotam uma expressão triste. Neo não reage. O menininho atrás dele desaparece nas sombras que o roubaram de mim.

— Não é como as pessoas dizem que é — eu digo, secando meu rosto. — Quando ele morreu, ele não levou um pedaço de mim com ele. Só deixou um pedaço dele comigo. Um vazio. Um lembrete que eu nunca mais poderia me permitir amar sem que a dor me acompanhasse. Então, depois que a tempestade passou, foi mais fácil fingir que nunca nevou. Parei de fazer perguntas. Parei de procurar motivos. Parei de me importar com todo mundo. E, de certa forma, parei de tentar existir.

Porque minhas estrelas não poderiam se comparar àquelas que desapareceram na escuridão.

— Mas está tudo bem — confesso, abrindo um sorriso para os meus amigos como se pudesse deixar qualquer parte da nossa história menos desesperadora. — O narrador não deve se esgueirar nas palavras e sonhar com os protagonistas. Não viver significa não sofrer. Não querer nada significa que não tenho nada a perder.

Com as lembranças enterradas que Hikari trouxe de volta, vejo Neo três anos antes. Ele flerta com o limite entre viver e morrer e, ainda assim, ele cresceu. O rosto que era de um garoto está se tornando o rosto de um homem. Sony já é mulher. C, apesar do coração, cresce como eles. Por todas as vezes que olhei para eles por estarem morrendo, esqueci de notar que ainda estavam vivos. Eles *ainda* estão vivos.

— Mas eu me importo com vocês — digo, e a única chuva que sobrou é a que escorre pelas minhas bochechas.

O céu volta a ser nublado, e nenhum sol brilha.

— Quero salvar vocês. Quero que vocês sejam felizes.

A verdade da minha existência se acomoda.

Dura e árdua e difícil de aceitar, como sempre foi.

— Mas não pude salvá-lo — eu digo, soluçando, um barulho mudo e patético. — Não posso salvar ninguém.

— Sammy.

Sony me abraça com mais força, a respiração curta. Meu choro pulsa por todo meu corpo vazio. O choro que eu segurei por anos desde aquela nevasca.

Neo vira de costas. Os pés dele batem levemente contra a água. Param perto de uma poça, e o relógio quebrado de Hikari está no centro. Mechas molhadas criam uma cortina no cabelo enquanto ele olha para baixo. Ele empurra o cabelo para trás, fazendo um barulho que quase parece uma bufada. Um riso de escárnio. Algo que serve para zombar de mim.

— Sabe, Sam, eu nunca entendi você — diz ele. Ele me olha por cima do ombro, a expressão vazia e impenetrável. — Enfim, eu deveria saber. Você sempre foi estranha, desde o começo. Seus pais ou a sua família nunca visitam. Nunca vi você sair do hospital por mais de uma hora.

Ele anda de volta até mim, lento, mas com mais força, fazendo a água que empurra para o lado ondular.

— Neo, não precisa ser cruel — diz Sony, mas ele a ignora.

— Você nem tem personalidade — retruca ele. — Você é burra como uma porta e vazia igual uma vala.

— Neo! — C grita com ele, mas Neo não desvia o olhar.

Ele me encara como se eu o enojasse.

— Tudo que você tem é uma curiosidade insaciável que sempre te arruma problemas, além de muita covardia.

Ele está tão perto que poderia estar cuspindo na minha cara. A brutalidade marca suas palavras. Ele está certo. Sei que está. Fecho os olhos e me escondo dentro dos meus braços.

Só que então ouço os sapatos de Neo deslizarem no concreto. Os joelhos dele tocam o chão. Ele estica o braço e toca meu queixo e meu cabelo, me forçando a olhar para ele.

— E é a pessoa mais carinhosa que eu já conheci.

Só pelas aparências, Neo parece o tipo de pessoa que não se importa porque é mais fácil, mas, se conviver com ele tempo o bastante, uma hora encontrará aqueles poemas em itálico no seu coração. Por mais que pareça duro por fora, há um verso tenro que ressoa no final.

— Você já me salvou, sua tonta — diz ele. — Salvou todos nós.

Eu o encaro, boquiaberta, de olhos arregalados.

— Eu não entendo.

— Nós vamos morrer — diz Neo. — E daí? Todo mundo morre, e todas as coisas acabam. Às vezes os finais são abruptos. São um tapa na cara e é cedo demais e é injusto, mas não importa. A última página não define o livro. *O Tempo vai acabar. A Doença vai deteriorar. A Morte vai morrer.* Prometemos que íamos matar esses desgraçados, lembra? Então supera aí. Supera esse seu medo que você tem de existir e para de andar atrás de nós. Você não é só nossa narradora, você é parte da nossa história. Você é minha amiga — diz ele, furioso, como se meu maior pecado fosse acreditar que eu sou um caveira, e não uma alma. — Você tem o direito de viver — continua, banindo qualquer outra possibilidade. — Você vive indo atrás do que quer. Conte para a gente o que você quer, Sam.

Neo é escritor. As palavras dele ressoam como verdade, causando calafrios. Ele tem o poder de puxar alguém para dentro delas. Pego as mãos dele que seguram meu rosto e me lembro de quando era ele no chão, vazio e chorando.

Queria reconfortá-lo. Queria estar ali com ele. Assim como quis estar com Sony quando a mãe dela morreu. Assim como quis estar com C quando ele precisava da coragem para conquistar o coração de Neo.

Tudo que eu sempre quis foi entender. Queria que as pessoas que eu via passar por aqueles corredores sobrevivessem. Agora, olhando para o sol beijando meus amigos com tanta adoração sob aquela luz, eu sei que quero não apenas que sobrevivam, mas que consigam viver. E, de modo egoísta, bem naquele instante, quero algo para mim mesma.

Decido que vou voltar a me levantar depois da queda. Passo pela poça na qual está o relógio e o pego do chão, secando as lágrimas do vidro.

— Hikari — eu digo, sem esforço, como se o nome dela sempre me pertencesse para ser falado em voz alta.

Os momentos que ela tocou o relógio, os momentos que ela me deu, todos os momentos a partir de agora que eu quero dar a ela passam por aquele ponteiro inerte. Eu me viro de novo e encaro meus amigos. Meu punho se fecha ao redor do presente, renunciando ao limite que tinha estabelecido. O que restou da chuva escorre, indo embora.

— Quero salvá-la também.

14
real

Meus tênis batem contra os azulejos dos corredores que se desaguam uns nos outros como um labirinto elaborado. Sentindo o corpo estranho, eu viro como um carro sem freio, e C, Neo e Sony seguem atrás de mim. Sony dá risadinhas, sem fôlego. C e Neo riem de todos os médicos que gritam para pararmos de correr. Navegar por esse lugar é algo inconsciente, mas agora eu de fato presto atenção, não só na linha de chegada, mas no cenário que cerca a corrida.

Acho que é isso que acontece quando você se permite viver pela primeira vez. Nota detalhes que costumavam ser invisíveis atrás das cortinas. E pode ser que eu seja uma péssima corredora, mas não há nada como perseguir o sol depois que passamos por uma tempestade.

— Eric! — gritamos. — Eric!

Ele estremece ao ouvir o próprio nome, olhando em nossa direção com um terror palpável.

— Ei! Calma aí! Parem de correr!

Nós o cercamos como cachorros que pulam no dono que acabou de voltar para casa, todos falando ao mesmo tempo, um caos incoerente de adrenalina. Sony e Neo são agarrados pelos colarinhos enquanto C é impedido por um pé esticado.

— Qual é o problema? — pergunta Eric. — Quem se machucou?

Sony ligou para Eric há dez minutos, dizendo que era uma emergência e que ele deveria voltar para o hospital imediatamente.

— Precisamos que você roube uma coisa! — berra Sony, agarrando a camisa dele. Outros enfermeiros ouvem a conversa, parando em suas tarefas para ouvir.

O rosto de Eric se contorce em uma careta.

— *Essa* é a emergência?

— Sim! — Sony começa a dar risada, os pés batendo no chão. — Sam está apaixonada por Hikari!

— A gente já não sabia disso?!

— Eric? — eu peço. — Você pode pegar algo para mim?

— Ah, pelo amor de Deus, Sam.

— Eric, por favor…

— Não, não e não. — Ele solta Neo e Sony, apontando um dedo de acusação para mim. — Vocês não vão me envolver nessa palhaçada de clubinho Robin Hood de vocês.

— E se a gente não trouxer mais cerveja e cigarro para o hospital? — Oferece C.

Eric franze o cenho.

— Vocês ainda estão fazendo isso?

C pigarreia e rapidamente finge que o teto é uma paisagem extremamente interessante.

— Não, senhor.

— Estamos, sim, mas vamos parar — diz Neo. — E não vamos fugir, a não ser que seja estritamente necessário.

— E eu vou parar de trazer animais, juro — Sony promete, unindo as mãos.

Eric sabe que nossas promessas são vazias, mas ele não se importa. Ele está vestindo as próprias roupas em vez do uniforme, e o cabelo está despenteado. Ele veio porque precisamos dele, e não porque é seu trabalho, mesmo que prefira fingir que é por isso. Ao se deparar com o desejo em nossos pedidos sussurrados de *por favor*, Eric solta um grunhido, apertando o nariz.

— Tá — diz ele. — Mas, se até de noite vocês não tiverem jantado, tomado os remédios e ido para a cama, eu juro por Deus…

— Nós vamos, nós vamos, nós vamos — todos dizemos ao mesmo tempo, cantarolando elogios, segurando a camiseta dele, pulando ao seu redor.

— Sam — diz Eric. Ele esfrega os olhos, colocando as mãos na cintura e me encarando. — Do que é que você precisa?

Para minha Hamlet,

Eu disse seu nome pela primeira vez hoje. Era uma batida do coração há muito aguardada, uma respiração que estava presa no fundo de um único pulmão. Foi um medo superado.

Então.

Para minha Hikari,

Escrevo para você com um papel roubado e uma caneta velha cuja tinta está acabando. Onde? No quarto de Neo. No quartel-general. No lugar onde sempre acabamos sentadas perto demais, condenando buquês de simbolismo errado e cuidando de suculentas para que voltem à vida.

Esse é o lugar onde você me disse que me daria um sonho.

Na famosa escadinha, Neo está na ponta dos pés, os dedos magros perfeitos para amarrar fios finos de pisca-pisca no teto.

C está logo embaixo, apenas a um centímetro de agarrar a escada.

— Você vai cair?

— Eu não vou cair.

— Tem certeza? — pergunta C. — Parece que você vai cair.

— Sony! Me passa a tesoura para eu enfiar nele — grita Neo, assim que ela entra no quarto carregando tantos objetos aleatórios nos braços que precisa abrir a porta usando o cotovelo.

— Peguei tudo! — diz Sony, derrubando a mercadoria roubada em cima da cama. A gata entra atrás dela.

Paro de andar em círculos e avalio o inventário de nossos tesouros. Se você se lembra da primeira vez que nos conhecemos, Hikari, você me levou em uma aventura para roubar um mero apontador. Na época, não percebi a morbidez contida naquele ato. Mesmo que os fins estivessem errados, os meios foram uma faísca para o nosso fogo. Foi a primeira vez que roubamos juntas. A primeira vez que compartilhamos nossa humanidade com um pouco de pecado.

— Obrigada — digo a Sony enquanto ela organiza os suprimentos de artes que ela pegou da biblioteca.

Um par de tesouras, marca-textos, uma caixa de tinta e papéis coloridos.

Eric nos emprestou os pisca-piscas. Com as luzes, criamos nossas constelações finitas que não podem ser cobertas por nuvens nem pela poluição da cidade. Ele até mesmo me arruma uma caixa de papelão, idêntica à de Neo, de um dos armários da manutenção.

— Vai funcionar? — ele pergunta.

Nós trocamos um olhar cúmplice, um que carrega nossa história por trás e contém um agradecimento no ar, como uma luz pendurada em um fio. Então, ele me dá um leve tapa na cabeça.

— Não bote fogo em nada.

— Eric! — Sony dá um pulo e o abraça. Eric dá um grunhido, acomodando o queixo no ombro dela.

— Vejo vocês amanhã. — Ele coloca uma mecha do cabelo para trás da orelha de Sony. — Sem correr. Entendeu?

— Uhum — Sony fala, e Eric a segura por um tempo.

Então, dá boa noite para Neo e C, e me deixa com mais algumas palavras antes de se despedir.

— Sam. — Juro, Hikari, não estou mentindo quando digo que ele estava sorrindo, dando batidinhas na maçaneta quando disse: — Boa sorte para você e para Hamlet.

Então, ele nos deixa com nosso gesto grandioso.

— Então, o que você vai dizer a ela? — Sony pergunta.

— Eu ainda não sei.

A caixa se enche de recordações. Está forrada com um cobertor amarelo. Lá dentro, uma suculenta que eu nunca poderia deixar sozinha, a Lista com a espiral saindo por um lado, um exemplar de *O morro dos ventos uivantes* e um de *Hamlet*, material de desenho e, é claro, um relógio que só nós duas sabemos ler.

— Argh — Neo resmunga, ainda na escada, usando uma chave de fenda para pendurar o último pisca-pisca. — Não suporto o romantismo.

A escada estremece um pouco quando ele se vira.

— Cuidado, por favor — implora C, segurando a escada.

— Toque nessa escada de novo, e enfio isso no seu olho. — Neo semicerra os olhos e aponta a chave de fenda para ele.

— Não sei o que vou dizer — digo a Sony. — Quero que ela saiba que eu sinto muito. Que eu a afastei porque estava com medo, mas...

Passo as mãos pelo pulso.

— Sammy, você é uma paspalha que pensa demais! — grita Sony.

Inclino a cabeça.

— Paspalha?

— Uma pessoa tola, sem cultura e estúpida — diz Neo, acenando com a chave de fenda no ar como um professor faria com uma régua.

— Ah — digo. — Parece correto.

— Você está dificultando tudo muito mais do que precisa. — Sony dá um peteleco na minha testa. — O que a Hikari significa para você?

— Ela é minha Hamlet.

— Sua o quê?

— Elas leram *Hamlet* juntas — diz Neo. — Estragaram a lombada do meu único exemplar.

— Quero dizer a ela todas as coisas que pensei que me faltava coragem para falar. Se eu sou uma pessoa tola, sem cultura e estúpida, então eu quero ser a pessoa tola, sem cultura e estúpida *dela*, porque...

Eu nunca escrevi de verdade. Sou como uma cozinheira que nunca empunhou uma faca. Uma costureira que nunca viu uma linha. Então, como direi a você, Hikari, que é porque...

— Ela me fez sonhar de novo.

O quarto que antes zumbia pela ansiedade daqueles que trabalhavam nele fica em silêncio. Estamos criando um paraíso. Um lugar belo de forma física e metafórica, mas parece que até a mobília e as recordações avaliam o que eu acabei de dizer.

— Vocês duas se importam uma com a outra, Sam — diz C. — Você só precisa demonstrar.

Uma ideia me vem à mente então, e, assim que minha caneta começa a dançar pela página, Elae manca e vai para a notoriamente instável escada. Ela a cutuca com a patinha, miando para pedir atenção. A escada estremece, caindo instantaneamente. Neo cai para trás, os braços se debatendo no ar. C o pega, e os dois caem no chão.

Sony e eu damos risadas conforme fogo parece sair pelas narinas de Neo.

— Não falem nada — resmunga ele, o rosto corado enquanto C o abraça apertado e dá uma risada no pescoço dele.

Neo se recupera rápido, orgulhoso pelo trabalho que fez com os pisca-piscas. C pega a tomada e a encaixa na extensão, e o teto parece criar vida. Hikari, tudo que consigo pensar é no sorriso que vai iluminar seu rosto quando você ver essa cena.

— Está bom? — eu pergunto.

Neo se inclina para ler a carta que escrevi para você. Ele emite ruídos a cada frase, murmurando críticas para si mesmo.

— Sua estrutura é horrível — diz ele por fim, jogando a carta na caixa.

— Não sei o que isso significa.

— Não importa. Você chegou ao ponto que queria. Mesmo sendo de um jeito sem graça — diz ele. — Você realmente se sentia assim o tempo todo?

Assinto.

Ele esfrega a nuca, dá tapinhas no rosto corado com um pano molhado e me cutuca com o punho fechado.

— Então é bom que estejamos aqui para fazer você passar por isso.

— Sam! Sam! — C grita meu nome do lado de fora do quarto, praticamente tropeçando quando abre a porta. — Ela não está no quarto dela — ofega ele, os cotovelos apoiados no batente. — Os pais dela estavam lá. Disseram que os médicos tinham uma notícia, mas não sabem aonde ela foi. Eu já fui ao refeitório, mas...

— Olhou no telhado? — pergunta Sony.

— Eu tentei. A porta estava trancada.

— Talvez na biblioteca?

Seguro a caixa com uma mão pela beirada, o papelão apertando a palma da mão.

Para onde você fugiu, minha Hamlet? Sua necessidade de escapar foi o que nos uniu. No telhado, nos jardins, na biblioteca, nos parapeitos e nas pontes — procuro em todos esses lugares na minha mente por você, mas estão todos vazios.

— Gente — diz Neo. — Ela nunca disse o que tinha. Mas, se ela ainda está aqui depois de todo esse tempo, talvez as notícias que os médicos deram não eram bem o que ela queria ouvir.

Você nunca me contou quem era seu assassino. Sempre soube que vivia no seu sangue, mas não sabia o quanto era determinado.

Uma nuvem de pavor se assoma sobre nós.

— C — eu digo, engolindo em seco. — O que você tem aí na sua mão?

Ele desdobra o pedaço pequeno de papel rasgado, que contém algo escrito e borrado no meio.

— Estava no quadro de cortiça dela — diz ele, deslizando o dedo pela promessa.

Segurando o papel entre o dedão e o indicador, ele abre a caixa de papelão e o coloca ao lado dos livros.

Escrita no papel, lê-se a promessa:

Para nossa novata,
Vou roubar uma coisa quebrada

— Acho — diz C — que alguém que ama coisas quebradas vai servir nesse caso.

Elae se aninha na minha perna. Ela ronrona, a orelha pela metade virada para trás. A gata de Sony e meus amigos me olham em busca de orientações, de aonde devem ir a seguir.

Eu sempre fui alguém que seguia os outros. Não sei liderar. Sempre foi você que me tirou do pano de fundo, dos cantos da moldura. É você que sempre soube como me ler. Em uma maca abandonada, em um jardim noturno, em um parapeito, em um lugar onde os corações partidos foram curados...

— Eu sei onde ela está — sussurro.

— Onde...

Começo a correr, pulando por cima da cama de Neo e saindo porta afora.

— Sam!

Estou sem nada nas mãos. Sem as recordações, sem a caneta, sem nada. Na minha visão periférica, vejo C pegar a caixa, e Sony e Neo empurrando a porta para me seguirem.

Chego à escadaria primeiro e me lanço pelos degraus.

Sei onde você está, Hikari. Sei de todos os lugares onde sua alma encontra consolo porque eu conheço você e não preciso escrever uma carta para provar isso.

Você é um livro que leio compulsivamente. Seus olhos, seus óculos grandes demais para o rosto, que nunca cobrem uma distância muito longa, então o que você não pode ver você toca. Você sente a liberdade de uma forma que eu tanto invejo quanto adoro.

Sua mente é um palácio maior do que o lugar onde vivemos. Lá dentro, você esconde segredos e detalhes da vida das pessoas: o verso de uma música que fez C se acomodar no assento com um suspiro tranquilo. A cadeira favorita de Neo da biblioteca, a que você sempre guarda para ele sentar. Os doces que Sony mastiga, e as propriedades que ela sempre compra quando jogamos Banco Imobiliário.

Que aqui esteja declarado que você é um sol, mas também é uma garota, e que mesmo seus defeitos me fazem sorrir. Você é bagunceira, e suas roupas ficam esparramadas pelo chão, e todas as estantes exibem uma planta. Sempre que você come chocolate, você fica com pedaços no rosto. Às vezes você pode ser direta e má, mas eu sei que não é sua intenção. Seu humor é cínico, mas nunca conheci alguém tão disposta a sonhar.

Há partes assustadoras de você, as partes mais sombrias. Os pensamentos depreciativos que consomem seu orgulho porque você caiu em uma fossa com um animal faminto. Ele te convenceu a cortar sua pele até ela ficar cheia de marcas e cicatrizes. Devorou sua alegria, sua dor, todo o resto, até que restou apenas uma casca do seu corpo, mas você sobreviveu. Você se arrastou para fora da fossa e deixou o animal morrer de fome enquanto você saciava a sua voracidade com livros, riscos, e um pouco de vento. Prometi proteger você disso, de todas as suas sombras, e nunca me acovardar quando você precisasse que eu ficasse entre você e a bocarra do monstro.

Eu me acovardei diante de você em vez disso, porque eu sou fraca. Sou uma criatura covarde que não conseguiu resistir ao seu calor, mas tinha medo demais de me permitir senti-lo.

Você é quente. Você é linda. Você é gentil. Você é apaixonada. Você é resiliente. E você é solitária, assim como eu.

Pode ser que você não me perdoe por fechar meus olhos e dizer que eu não conseguia ver sua dor, mas eu sinto muito. Eu sinto muito por deixar que meu passado me impedisse de apreciar o presente que você me deu.

Quero compartilhar isso com você, Hikari. Quero mostrar a você, mesmo na escuridão de um corredor onde no passado os corações eram curados, que podemos ser muito além de vítimas do talvez. E, mesmo se não puder me perdoar, eu prometo te proteger das sombras mesmo assim.

Passo por médicos que gritam para irmos com calma.

Pela primeira vez desde que me lembro, minha voz está viva, e está viva por você.

— Hikari!

A quantidade de funcionários nos corredores diminui quanto mais eu avanço. Passo por um canto onde tropecei, por uma velha máquina de lanches com marcas de bicudas, por elevadores que foram testemunhas de uma bandeja virada. Por fim, naquela velha ala de cardiologia, meus passos se tornam o único som ecoado.

Eles param assim que eu vejo você.

Agora, o piano não toca melodia alguma.

Nenhum vento dança em sua companhia.

Nenhum amarelo sobrou para refletir a luz.

O sangue escorre dos dedos dela como chuva. Mancha as pernas desnudas, como lágrimas pintadas de vermelho.

Ela está encostada na parede, os ombros caídos, os braços segurando os joelhos enquanto usa uma camisola de hospital. O cabelo, pela primeira vez em semanas, está solto. As mechas amarelas estão apagadas em uma cor fraca. E começaram a cair.

O elástico está no pulso, acompanhado por cortes finos e descuidados. Sangram acima das veias, feitos com um instrumento afiado o bastante para cortar, mas cego demais para matar.

Eu pego a barra da minha camiseta e começo a rasgar. O som de algo se despedaçando corta o ar.

Os olhos dela espiam acima do braço, mas não me veem. Estão opacos, vazios, e a menina que me puxou da rua não está ali.

— Hikari — eu digo, me afundando de joelhos.

Pego a mão dela, gentilmente a afastando das pernas, e amarro o tecido em volta do pulso machucado em uma atadura improvisada.

— Está tudo bem. Você vai ficar bem.

Eu mordo os lábios quando o vermelho escorre pelo tecido.

Não estava vendo nada disso até agora. Não vi como estava ficando pálida, como um tom de verde doentio se esconde na mandíbula e passa pela velha cicatriz na clavícula. Não questionei por que sempre usava o cabelo amarrado. Não vi que a esperança dela estava começando a desaparecer, começando a cair em mechas e mechas até que fui eu que a arranquei pelas raízes.

— Hikari — eu digo em um gemido.

Pressiono as mãos contra a pele frígida, e então no cabelo. A respiração dela estremece enquanto toco nas beiradas do amarelo à procura dela.

— Eu pensei... — A voz dela pode estar fraca, arranhada, mas é o único fio de vida que a conecta a mim.

Eu a escuto, os olhos arregalados. Ela encara o seu cabelo entre meus dedos.

— Achei que eu só sumiria com o tempo.

— Sam?

Meus amigos estão a alguns metros de distância. Os braços de C se afrouxam com o peso da caixa. Neo e Sony andam cautelosamente pelo canto isolado do hospital. Ela não olha para eles nem reage à presença deles.

— Hikari — digo. — Eu estava errada. Eu sinto muito. Eu estava errada sobre tudo.

Vejo nossos inimigos se esgueirarem pelos ombros dela, chamando-a com suas promessas venenosas. Sussurram em seus ouvidos da mesma forma feroz que o tempo faz no meu. Eles a puxam para o seu lado e tentam tirar a coisa mais preciosa dela.

— Hikari, por favor — eu digo.

As bochechas dela são macias, o peso da cabeça dela pende tanto para as minhas mãos quanto para o seu pescoço. Ela não olha para mim. Não olha para nada. Escuta o veneno, assim como eu fazia no passado.

— Sei que está doendo, minha Hamlet — eu choramingo, nossos narizes se tocando. — Mas não me deixe ainda. Eu imploro.

Meus dedos passam pelo cabelo dela, e as mechas frágeis se desfazem, soltando como folhas caindo de uma árvore.

Fecho os olhos com força, encostando minha cabeça em seu peito. O coração está lento, batendo com letargia. O sangue escorre devagar. O corpo age como um cadáver esperando para ser esvaziado.

— Eu deveria ter estado presente — sussurro, o arrependimento ardendo atrás dos meus olhos. — Eu não deveria ter fugido.

— Sam. — C tenta me afastar.

Eu me desvencilho de C, me aproximando, com medo de ser arrancada dali. Eu me lembro de todas as vezes que deveria ter deixado meu toque viajar até ela. Todas as vezes que roubamos juntas, que lemos juntas, todos os momentos em que ela convenceu a vida a entrar em meus ossos.

— Eu estou aqui, Hikari. Aqui. Estou escutando. Acredito em você — sussurro, meus lábios a apenas poucos centímetros dos dela.

Passo os dedos pela sua nuca, protegendo-a da parede quando encosto minha testa contra a dela.

Hikari não olha para mim. Ela não diz nada. O estupor a consumiu. O animal na fossa estraçalha qualquer dor ou alegria que consegue alcançar. Vejo a sombra da fera se dobrando por cima dela, tomando posse.

Não posso deixar que isso aconteça.

Limpando o borrão vermelho na bochecha de Hikari, sinto o contorno dos seus óculos e nariz contra meus dedos. Então, seguro o rosto dela e pressiono meus lábios em sua boca.

Os lábios são macios, mas ressequidos nos cantos, cheios, e me lembram seus sorrisos, os sinceros e os tortos, e toda sua provocação. Eu a beijo, um beijo longo e indulgente, como respirar depois de quase se afogar. Os óculos dela batem contra minha testa. Nossos narizes não se encaixam, mas parece certo. Parece puro. Parece com o calor que compartilhamos em vidas passadas.

Eu me afasto dela, acariciando seu rosto, deixando que o calor da minha respiração a mantenha aquecida.

Só que Hikari não olha para mim.

Ela não fala nada.

A risada sarcástica do tempo ecoa atrás de mim, dizendo que é tarde demais.

A caixa de papelão está do meu lado, observando, ali no meio da distância. Dentro, vejo tudo que eu deveria ter apreciado quando ainda me pertencia. Ouço a porta do telhado ranger, a luz de Hikari brilhando sobre o telhado cinzento. Suas travessuras escapando dos lábios enquanto exibe nossos primeiros tesouros roubados, eu sendo sua cúmplice. Ela sentada na janela de Neo, marota, marcando nosso elo com uma planta em um vaso, o primeiro presente que me deu. Ela dança, erguendo a mão no ar para me dar uma sensação de conforto, um cobertor amarelo cobrindo as pernas desnudas. A afeição que passa, tangível, a gratidão que seguiu enquanto ela segurava o *meu* primeiro presente para ela contra seu coração.

Vasculho a caixa, encontrando um par de tesouras no fundo. Eu pego a tesoura nas mãos, e tudo vira um borrão distante. Sem nenhum método ou ritmo, começo a cortar meu cabelo. Corto tufos, rasgando e deslizando a lâmina da tesoura como se estivesse cortando a grama de um campo.

Meus amigos entram em pânico. Começam a gritar, tentando agarrar a tesoura, depois minhas mãos, meus braços. Eu luto contra eles. Neo pega a tesoura e a joga do outro lado do corredor. Sony e C me empurram de joelhos, as vozes apavoradas nos meus ouvidos, me dizendo para eu me acalmar, me sentar e parar.

Eu não escuto. Um líquido familiar, viscoso e quente, escorre pela minha testa.

Eu e a dor tínhamos um bom acordo. Desde que eu prometesse que eu nunca mais sentiria nada, ela mantinha distância. Quebrei o contrato quando selei meus lábios com os de Hikari em um beijo. Eu quebrei o contrato quando ela me puxou da rua. Agora, a dor arde e devasta quanto quiser.

— Sam.

Estremeço. Não contra a voz. Na direção dela.

Hikari está de pé, acima de mim. Ela se ajoelha lentamente até estar perto o bastante para esticar o braço e pegar a gota de sangue que escorre da minha testa.

— Você se machucou — diz ela.

Eu a encaro, espantada, assim como fiz quando ela entrou na minha vida. O amarelo canta, ainda vivo. As sombras recuam enquanto ela olha, preocupada, para o vermelho nos seus dedos que pertence a mim.

— Esse corpo nunca pareceu ser meu de qualquer forma.

Nossos olhos se encontram. Os de Hikari começam a encher de lágrimas. Ela vê a carnificina deixada na minha camiseta rasgada e seus cabelos caídos.

— Estou com medo, Yorick — chora ela.

Eu a pego em meus braços, e o seu peso se acomoda em meu peito.

— Está tudo bem. Você vai ficar bem — sussurro. — O medo é só uma sombra bem grande com uma coragem bem pequena. Não vou deixar que leve você.

Não há luzes pisca-pisca, estrelas nem gestos grandiosos ali. A doença de Hikari não desistiu dela, mas ela não foi consumida pela doença. Formo um escudo ao redor do corpo dela, que pulsa com seu choro enquanto ela se permite sentir a dor de tudo isso.

— Não quero morrer — soluça ela. — Não quero ficar sozinha.

Eu a puxo para perto, a distância se transformando em nada. Não desvio o olhar. Eu a tiro da rua, onde ela poderia ter sido engolida por almas vorazes. Eu devolvo para ela a esperança que me deu.

— Você não está sozinha, Hikari — digo.

Sony a abraça pelas costas, entrelaçando as mãos com a minha. C acaricia o cabelo que sobrou, e Neo nos abraça por fora.

— Você não está sozinha…

Agora ela é parte de nossa história.

Eu a roubei.

Ela é real.

Carne e osso e plena e caída, e eu a amarei.

Mesmo que no final, na última página, eu perca Hikari também.

15

antes

Sam nasceu com um corpo que não era adequado para o mundo exterior. Disseram que ele foi tirado do útero com os ossos se desfazendo; o sangue escorrendo pelos olhos, pelo nariz e pela boca; a pele tão fina que parecia se soltar dos ossos; gritando tanto que estourava tímpanos e que ele amaldiçoava todos que o tocavam.

Essas histórias não são verdade. São histórias inventadas pelas crianças com quem Sam não tem permissão para brincar. Dizem que ele vive separado dos outros porque ele é perigoso, porque é uma fera que irá devorá-los por inteiro.

As doenças gostam de causar repulsa, tanto ao corpo quanto à mente, atando a forca do medo. Essas crianças dão risos maldosos tapando a boca com as costas da mão enquanto espalham a história. Como doenças, as histórias chegam a quem se dispõe a ouvi-las.

Na realidade, Sam é só um menino. Nasceu nu e chorando como todos os bebês. O corpo era um pouco pequeno, a cabeça um pouco grande, mas ele não era monstruoso, nada como o pintavam.

A mãe só o segurou uma única vez. Acredito que ela se importava com ele, pelo menos na medida que é possível se importar com alguém que não queremos conhecer. Os médicos disseram que ele precisaria de atenção constante, medicamentos, tratamentos, e que ele poderia crescer diferente das outras crianças. Ela passou a noite na beirada da cama, ainda com o sangue entre as pernas, que ela se recusava a deixarem limpar. Ela olhou para o berço no qual o bebê ofegava. Os nós dos dedos acariciaram a bochecha dele, e os lábios depositaram um beijo em sua testa longo o bastante para dizer adeus. Ela foi embora antes de o sol nascer e nunca mais foi vista.

No seu segundo dia de vida, Sam já estava sozinho.

O motivo de ele não poder brincar com as outras crianças é simples. É o mesmo motivo pelo qual ele não pode interagir com os outros pacientes a não ser por uma divisória de vidro. É o motivo pelo qual todos os que entram em seu quarto precisam usar máscaras e luvas.

O corpo de Sam não consegue se proteger. Não possui nenhum escudo. Um resfriado que passaria em uma semana seria capaz de matá-lo em um dia.

Tudo que ele conhece do mundo é o hospital. É tudo que ele pode sentir sem algo no caminho.

Às vezes, eu o encaro enquanto brincamos com as plantas e me pergunto se ele gostaria de estar em outro lugar. Os contos de fada de Sam se passam em reinos mágicos, lugares menos clínicos e repetitivos que um hospital. Eu pergunto:

— Sam, você quer um castelo? Quer florestas encantadas e o alto-mar como o de suas histórias?

Sam emite um ruído depois de ouvir a pergunta, arrumando os vasos no parapeito.

— Já vivemos em um castelo — diz ele. — As florestas são para nossas aventuras. — As aventuras que ele quer viver comigo. — E não precisamos do mar. O mar é assustador. Li um livro sobre isso. No mar tem uma baleia gigante.

— Uma baleia gigante?

— Uma baleia gigante. — Ele desce para ficar na minha altura. — No livro, ela come um barco inteiro e todos os marinheiros também.

Meu rosto se entristece.

Sam ri da minha expressão.

— Não precisa se sentir mal, não é de verdade. De qualquer forma, não consegui ler o livro porque as palavras são muito difíceis. A enfermeira Ella que me contou essa história.

Suspiro, aliviada, e Sam dá uma risada. Ele sempre fica entretido comigo, sempre. Estamos brincando juntos há um ano, e raramente ele não ri quando eu não entendo algo.

Sam pode brincar comigo, sem máscaras nem luvas.

Ele é energético. Curioso. Gosta de encostar nas coisas. Quando pelos começam a crescer nos meus braços, ele passa os dedos pelos poros. Ele pressiona as juntas dos meus ombros, dos pulsos e tornozelos, me perguntando se eu cresci durante a noite. Golas, barras e mangas são brinquedos para ele. Ele as agarra e brinca com o tecido, perguntando se ele pode me tocar, sentir a pele do pescoço ou da minha barriga.

As crianças exploram a parte física. É como tomam consciência de si mesmas. Porém, o corpo de Sam pertence à medicina. É um recipiente, algo que leva a mente dele de um lugar a outro. Parafusos estão faltando, e as partes não estão bem encaixadas. Sam diz que o corpo nem é *dele*. Pertence à doença. É um problema para os médicos resolverem e um motor que os enfermeiros precisam manter funcionando. A relação de Sam com seu corpo é passiva, mas, desde que nos conhecemos, diz que está aprendendo a aceitar isso. Pergunto o motivo. Ele sorri e responde que, sem o corpo, não poderia me sentir.

Pelas manhãs, Sam cumprimenta suas coisas quebradas. Passa por todos os quartos que consegue, acenando para os enfermos. Eu o acompanho. Durante as tardes, brincamos juntos no quarto dele. À noite, comemos pão doce e pudim no telhado, não importa qual seja o clima. Esses são nossos momentos entrecortados. O restante pertence ao recipiente de Sam e seus consertos.

Passei tanto tempo observando Sam. Viver com ele é diferente. Ele conversa e toca sem hesitar. É mais difícil para mim.

Esse corpo não parece ser meu. É uma rebelião grande demais existir com ele. Tocar em Sam, entrelaçar nossos dedos, passar o dedão dele na palma da minha mão, sentir o pulso dele batendo contra o meu; tudo isso parece uma indulgência. Sam nunca pensa nisso. Aceita meus toques, e percorremos o corredor para testemunhar as histórias que o hospital tem para contar.

Um dia, no meio de uma das muitas lições de Sam sobre como ser um cavaleiro, ele para do lado de fora de um quarto específico. Dentro está uma mulher, os pés cheios de ataduras. A dor repuxa seus cantos, fazendo as sobrancelhas curvarem e o nariz franzir.

— O assassino dela se chama diabetes — sussurra Sam, na ponta dos pés para olhar pelo vidro.

— O assassino dela?

— Uhum — concorda Sam. — Ela é a moça boazinha que deu pão doce para a gente, lembra?

Preciso de um momento, mas eu me lembro. *A moça boazinha*. A primeira coisa que notei sobre ela foi que ela tropeçava quando andava e que sempre bebia muita água. O que Sam notou foi o calor dela e que ela fazia questão de passar no quarto dele para levar doces.

Ele segura minha mão.

— Não se preocupe, minha doce Sam — diz ele. — Ela é forte. Ela vai melhorar.

Minha doce Sam. É assim que ele me chama. *Sam* porque dividimos o mesmo nome. *Doce* porque ele diz que eu nunca o deixo amargo. E *minha* porque eu sou dele. Aquelas três palavras se tornam meu chamado, uma fonte de conforto como seu toque e os feixes amarelos em seus olhos.

As lembranças do vermelho esparramado por pele e chão não se foram. A violência continua passando por essas paredes. Encontra novas formas para se transformar. A doença também, de forma habilidosa. Eu já observei tantas pessoas sucumbirem a essas coisas, mas Sam me implora para proteger o castelo e todo mundo dentro dele mesmo assim. Ele me implora para fazermos isso juntos.

Tudo que eu quero é fazê-lo feliz.

Então fico fingindo.

Finjo durante semanas, enquanto a moça boazinha piora de saúde, que até acredito em Sam quando ele me diz que vai ficar tudo bem e que não devo me preocupar, que ela é forte e que ela vai conseguir. Sam não ignora o fato de que ela está se transformando nos traços do próprio esqueleto sob o lençol. Ele reconhece que ela parece pior, mas, em vez de desistir, ele leva os vasos de plantas até lá e os mostra para ela pela janela. Ela mal consegue virar o rosto, mas um breve momento de alegria interrompe a sua imobilidade.

Mais semanas se passam, e todas as manhãs Sam e eu cumprimentamos nosso povo doente, e todas as manhãs levamos pão para a mulher. Ela não pode comer. Sam não sabe disso, mas eu não conto. Já que ele não pode passar pelo vidro, sou eu que entrego os presentes. A mulher, que mal está viva, tenta me agradecer. Eu aceno a cabeça e a desejo tranquilidade. Sam diz que ela vai sarar. Eu minto e digo que acredito nele.

No primeiro dia do verão, apesar da agonia e das muitas tentativas de seu assassino de puxá-la para o outro lado, a moça boazinha que leva doces para Sam se senta. A pele dela fica mais iluminada. Ela me vê passando e, com a força com que lutava para ficar viva, ela acena. Eu aceno de volta.

Eu preciso contar a ele.

Quase estou tentada a sorrir, a imitar a expressão que ele vai ter quando receber as notícias. Ele vai pular para fora da cama e sair correndo no corredor sem se importar com quem está no caminho. Ele vai gritar. Ele grita quando está empolgado. Só que, quando chego ao quarto de Sam, ele não está na cama. Ele sequer está no quarto.

No corredor, um barulho interrompe o silêncio. Ali, muitos sons são habituais. As rodas e engrenagens de uma maca sendo levada às pressas por passos tempestuosos. Códigos, sinais, maquinário, conversas. Esse barulho é diferente. Mais sutil. Corro na direção dele, o peso do desconhecido pesando na garganta. Ouço o ruído de novo, mais alto dessa vez. Vem do armário de suprimentos, o grande, que normalmente fica trancado.

Quando abro a porta usando meu corpo inteiro, um arroubo de risadas irrompe. O riso pode ser lindo e espontâneo. É uma das minhas coisas favoritas de ouvir, porque é tão *a*normal ali. Esse riso é tudo menos lindo. É premeditado, soberbo, e sai da boca das crianças que estão batendo em Sam.

Ele protege a cabeça por instinto, os cotovelos sob o queixo, os braços cobrindo as orelhas. Um dos meninos mais altos, careca, pisa no ombro dele. Sam choraminga, sem querer, os dentes trincados, os músculos retesados. As prateleiras lançam sombras, e a falta de luz delimita formas e ações borradas.

Nada pode obstruir as palavras dos garotos enquanto cospem suas provocações cruéis. *Onde estão os chifres e presas?* Eles batem nele mais quando ele não responde, o colocam contra a parede e o seguram. *Por que você tem o seu próprio quarto? Por que você ganha tratamento especial?* Um menininho, mais novo até do que Sam, fica observando.

— Não toquem nele — diz ele.

É menor que o resto, tentando puxar os meninos mais velhos para longe, a culpa pesando na língua.

— Não toquem nele. Ele pode matar a gente. É perigoso. Podemos morrer.

Sam estremece como se tivesse acabado de levar outro soco.

Os meninos não acabaram. Qualquer movimento que ele faça é o suficiente para continuarem. Outro tenta agarrá-lo pela gola. Eu coloco a mão nele e o empurro para longe. Ele cambaleia de volta para sua manada, os outros meninos seguindo.

Fico parada na frente de Sam.

As crianças, duas delas usando camisolas de hospital, e as outras, as próprias roupas, estão todas doentes, assim como Sam. O mais velho vai morrer logo. O verde pálido da pele é um sinal, e ele está aqui há mais tempo. Outro tem um pouco mais de carne nos ossos, mas os pulsos estão trêmulos e os olhos arregalados. O punho dele está machucado pelos socos. Ele engole em seco, e, apesar de não saber exatamente como sei disso, tenho certeza de que ele vai morrer dentro de algumas semanas. Os outros vão embora logo, pacientes de internação temporária, levando cicatrizes pequenas e outros tratamentos que o mundo lá de fora tolera.

Nunca nos falamos, mas eu os conheço. Eu já os observei.

Não são cruéis. Deixaram que a crueldade os consumisse. Rapidamente são cuspidos para fora ao me verem. Eu não os assusto. Não me conhecem. O que os assusta é que, como todo mundo, sentem que já me conheceram antes.

Meu olhar, meu silêncio, minha determinação em não me mexer é o suficiente para impedi-los. Eles se dispersam, correndo para fora da despensa, quase derrubando prateleiras no processo. Aquela correria provoca uma respiração trêmula em Sam, como se ele estivesse segurando o fôlego desde que começaram a bater nele.

Assim que estão longe de vista, eu me ajoelho, afasto os cabelos de Sam e verifico seus ferimentos. Ele está com as mãos na barriga, estremecendo quando me aproximo. Os lábios estão rachados, e um inchaço escuro aparece na lateral do rosto.

— Não se mexa muito — murmuro.

Sam assente, a língua passando pelo lábio. O gosto de cobre o faz franzir o cenho, e quase fico aliviada pelo maior desconforto ser o gosto amargo.

Eu o levo de volta para o quarto. Nós somos quase do mesmo tamanho, mas o que me falta em coragem tenho de sobra em força. Sinto uma necessidade de apertá-lo, de demonstrar meu alívio. Em vez disso, sou carinhosa. Seguro-o com cuidado, como faria com uma caixa ou uma bandeja de comida.

Sam sussurra um pedido de desculpas na minha camiseta e me agradece.

Eu digo a ele que fique quieto.

Ele fica por mais alguns passos.

— Por que eles me odeiam? — ele pergunta, por fim.

— Não te odeiam — falo, como se fosse uma promessa.

— Eles me machucaram. — A voz dele fraqueja. — Por que me machucam?

— Porque são fracos — eu explico. — Machucar você dá um poder para eles. Ou a ilusão disso.

— Eles querem poder? — pergunta Sam. — Como os reis e as rainhas do mal nos contos de fadas?

— Não. — Faço que não com a cabeça. — Mais como… marinheiros — digo, entrando no quarto dele. — É mais fácil fingir que você, alguém tão pequeno e fraco quanto eles, é o inimigo, quando tem uma baleia rondando o barco.

Coloco Sam com cuidado de volta na cama. Pergunto se a barriga dele ainda dói. Ele assente, trêmulo. Digo que vou chamar ajuda. Ele choraminga quando tento ir embora, mas o som desaparece no fim. Os olhos dele começam a se fechar, tremulando, a consciência se perdendo.

— Sam? — eu chamo, mas ele não me ouve.

Ele desaparece, sendo tomado por um ataque. Deve ter batido a cabeça no armário. Um ataque epilético passa pelos nervos, convulsionando todo seu corpo.

Grito chamando alguém, qualquer pessoa, segurando Sam de lado. Grito com tanta força que sinto a garganta rasgar. E, quando o ataque epilético termina, o coração de Sam para de bater.

Posso sair do meu corpo quando quiser. É assim que posso te contar coisas que eu não deveria saber. É assim que posso ser uma narradora mesmo nas cenas da qual não faço parte.

Um corpo é somente uma coisa por meio da qual podem me reconhecer. Tudo que preciso fazer é ficar completamente imóvel, e então eu viajo. Atravesso as paredes, o teto, as janelas, qualquer lugar. Posso ficar como um espectro em qualquer lugar por aqui, não só no hospital, mas até onde a sua influência se estende.

Nos termos mais simples, sou uma alma como todas que Sam gosta tanto de cumprimentar. Sempre consegui observar e ver, mas nunca vivi. Não tenho uma vida como as pessoas. Sou uma narradora. Narradores observam.

Só que fui ficando gananciosa. Já tinha histórias sanguinolentas e violentas demais para contar. Foi por meio de Sam que aprendi a criar histórias pacíficas.

Já faz treze dias desde que a mulher que eu tinha certeza de que ia morrer melhorou, e já faz treze dias desde que Sam está inconsciente.

A porta abre com um rangido, deixando passar um feixe de luz quando a mulher entra. A luz brilha sobre Sam, passando pela minha sombra na cadeira ao lado dele.

A mulher veste a tristeza sob sua máscara. De luvas, ela me entrega dois pães doces embrulhados em papel-manteiga. Ela me diz que os fez para ele, para quando ele acordar.

A mulher, em sua bondade, acabou de cometer um erro.

Ela disse *quando*. *Quando* Sam acordar. Aquela única palavra poderia conter tanto poder se não fosse uma mentira. Quero acreditar, olhando para os olhos fechados e o corpo silencioso, que ele vai acordar, mas o tempo não me garante um *quando*. Não é generoso assim. Ele me concede um *se*...

Às vezes, no meio da noite, eu choro. Uma lágrima, lenta e pequena, escorre pela minha bochecha e vai parar no queixo. Eu a pego com um dedo, sinto aquela umidade e o gosto de sal. Então, mais lágrimas enchem meus olhos. Escorrem enquanto eu me pressiono contra a cama de Sam e coloco o rosto em seu travesseiro. Eu costumava tocar o cabelo, o nariz e as mãos dele, mas não consigo mais. Estão frouxas, esvaziadas dele. Em vez disso, imploro silenciosamente para a escuridão.

— Acorde. — Mais uma vez, mais alto. — Acorde, por favor. — Egoísta. — Acorde, Sam, por mim.

Ele não acorda. Ele está em outro lugar, em outro castelo, em uma floresta encantada, nadando em um mar em que uma baleia continua o cercando, cercando, cercando.

— Doce Sam? — Uma voz. É leve, fraca. A garganta que a cria não é usada há um tempo. — Minha doce Sam, acorde.

Abro meus olhos e encontro um quarto escuro e parado. O ventilador zumbe acima, uma máquina de infinidade, mas, quando ergo o olhar, a máscara que era usada como respiradouro não está sendo usada. Sam a afasta do rosto.

Ele está acordado. Sam está acordado, os olhos quase fechados, mas ainda brilhantes, cheios de luz e vida e cheios *dele*.

Eu estremeço, me erguendo da cadeira tão abruptamente que ela cai atrás de mim.

— Estou aqui — digo, segurando os lençóis, tirando a máscara por inteiro.

A máscara engancha em seu cabelo, fazendo-o estremecer.

Aliso o cabelo pedindo desculpas, mas, ao mesmo tempo, estou aliviada. Aliviada que ele consegue expressar qualquer coisa, mesmo que seja desconforto. Fico tão aliviada que o rosto dele faz uma carranca e o corpo dele se sobressalta por reflexo. Fico aliviada que o peito sobe e desce sozinho, os sons do ventilador silenciados pela respiração.

— Minha doce Sam — ele repete, uma curva cansada nos lábios revelando dentes felizes e tortos. — Minha doce Sam, você pode segurar minha mão? Não estou me sentindo bem.

— Sim — eu digo, apesar de ser mais um murmúrio.

A palma dele encontra a minha, a pele fria, mas irradiando vida. Os machucados e feridas se curaram enquanto ele dormia, mas ainda há uma marca no pulso, uma cicatriz.

— Você está tão quente — diz Sam, e, como água, a luz dele flui pelas minhas veias.

— Olha — eu digo, erguendo nossos dedos, mostrando nosso elo. — Nossas mãos estão se beijando.

A franja de Sam cai sobre os olhos, então eu a afasto com delicadeza. Ele suspira e segue meu toque, recostando na minha mão.

— Você está com dor? — pergunto.

— Não — responde ele. — Minha cavaleira está aqui.

Ele está mentindo. Nós dois sabemos disso, mas não falamos nada. Ele conseguiu se manter com vida por meio de diversos tubos; um acesso intravenoso para receber líquidos, fluidos isotônicos para manter o sangue equilibrado e outro acesso para nutrientes. Acordar assim tão repentinamente é chocante.

Sam vomita no chão. Seguro o torso dele para que ele não vomite em si mesmo. O estômago está vazio, e a bile queima a garganta e a língua.

A enfermeira, Ella, entra com pressa para cuidar dele. Dois médicos entram também. Eles não perdem tempo em apontar lanternas para os olhos de Sam e fazer perguntas demais de uma vez só. Eu me encolho contra a parede. Sam fica olhando para mim o tempo todo em que é examinado.

— Obrigado por me proteger — diz ele, quando os médicos vão embora.

Eu passo a ponta do meu dedo sobre a cicatriz no seu pulso.

— Sempre vou te proteger — eu digo, sentando na cadeira, encarando nossas mãos.

— Você foi ver nossas estrelas enquanto eu estava dormindo? — pergunta Sam. — Vão ficar tristes se ninguém disser boa noite para elas por muito tempo.

— Não estão brilhando hoje — eu digo a ele.

— Tudo bem — diz Sam. — Vão brilhar amanhã.

O amanhã já está aqui. O amanhecer pinta a linha do horizonte distante, os pretos se transformando em azuis para anunciar o dia. Eu fico tremendo, pensando que seria o décimo quarto dia na contagem da minha cabeça. Que, se ele não tivesse acordado, eu ainda estaria naquela cadeira, me perguntando se algum dia acordaria.

— Sam? — pergunto.

— Oi?

— Posso... Posso te dar um abraço?

Sam assente e, quando subo na cama, ele me abraça. As mãos dele descem pelas minhas costas, segurando minha camiseta, sentindo minha pele, minha coluna e a pele embaixo.

— Minha doce Sam, não chore por mim — diz ele enquanto sente minhas lágrimas que não sei como controlar caírem em seu ombro. — Eu sou forte. Vou sair dessa. Ainda temos muitas aventuras para viver.

— Como você sabe? — pergunto. — Como sabe que vai conseguir sair disso? Como sabia que a mulher ia melhorar?

— Eu não sabia — diz Sam, o queixo encaixado no meu ombro. — Só tinha esperanças de que ela iria.

Eu queria uma resposta. Queria, como quero desde que nasci, uma solução, uma forma de derrotar os três ladrões que se escondem no meu lar e arrancam sua vida. Só que, quando Sam fala, ele me dá a única coisa que eu não consigo entender. Ele me dá outro cadeado, em vez de uma chave.

— Esperança? — A palavra parece antiga, uma verdade do mundo, e ainda assim tão jovem, como um segredo.

— Uhum — concorda Sam. — A esperança é como... — Ele se remexe, o queixo agora contra meu ouvido em vez do pescoço. — Esperança é como esperar o sol nascer — diz ele, olhando pela janela e cumprimentando o céu. — Não sabemos se as estrelas vão brilhar nem se o sol vai estar aqui amanhã, mas eu confio nas estrelas. E também confio no sol.

— Não entendo — digo.

O coração de Sam bate contra o meu. O sangue correndo pelo pescoço dele, o batimento cardíaco que consigo sentir, me acalma. O seu calor e sua vivacidade — tudo parece incerto, mas o coração dele, mesmo que eu tenha tanto medo de que pare, continua a bater.

— Eu também tinha esperança por você, antes — diz Sam depois de um tempo. — Eu sonhei, com todo meu coração, para alguém no mundo existir, alguém que fosse meu.

Ele me segura com mais força. As mãos passam pelo meu cabelo, e uma lágrima escorre pelo rosto dele.

Enquanto ele me toca, eu só consigo pensar que as mãos dele são minhas, assim como os lábios que beijam minha bochecha e as palavras que ele fala são meus. Que ele é meu. Minha luz, meu motivo. Eu me pergunto se meu desejo por respostas virou realidade. Eu me pergunto se somos os desejos uns dos outros.

— Não entendo.

— Tudo bem — sussurra Sam. — Não precisa fazer sentido.

Nós não falamos nada depois disso.

Ele só beija meu rosto até o sol nascer.

16
agora

O outono desce sobre nossa cidade. Os verdes vibrantes desbotam para alaranjados e vermelhos quentes, tons de amarelo florescendo no frio.

Coloco os braços ao redor da cintura de Hikari. Melodias como as notas de um piano escapam dela em ondas, um vestido solto cobrindo as pernas desnudas. Ela dobra as camisetas recém-lavadas de Neo e os moletons (a maioria não pertence a ele), colocando cada item no parapeito.

O suéter é a única coisa que cobre as ataduras que preenchem seu braço. Nós compartilhamos o mesmo corte de cabelo, o dela em um tom de preto, o meu como grama recém-nascida. Depois de "aterrorizar" meu escalpo, como Eric descreveu, ele cortou o resto com a máquina.

Naquela noite, Hikari e eu dormimos na cama dela. Eu a abracei a noite inteira. Ela me disse que estava bem, que, se eu quisesse ir embora, eu poderia. Eu sacudi a cabeça e a puxei para mais perto. Na manhã seguinte, acordei com os dedos dela desenhando padrões no meu rosto enquanto os primeiros raios de sol entravam pelas cortinas. Ela sorriu. O sorriso era como o amanhecer depois de uma tempestade.

— Sam? — diz Hikari.

— Oi?

— Está fazendo aquilo de novo.

Eu me atrapalho com os dedos dela, observando como se entrelaçam nos meus. O cheiro do sabão e a maciez do pescoço fazem meu queixo querer se enganchar no ombro dela.

Tocar em Hikari é diferente de tocar nas outras pessoas. Um estranho pode me tocar ao passar por mim no corredor. Uma enfermeira pode roçar no meu braço ao me entregar algo. Só que esses são toques breves, toques intermediários. Tocar em Hikari pela primeira vez foi como estar em um eclipse, ver o nascer de uma estrela, mas quanto mais o tempo passa, o eclipse se torna o comum. Confortável. Ritualístico.

— Você está me distraindo.

Ela dobra uma camiseta de Neo e a coloca de lado, começando a dobrar outra, a língua aparecendo entre os dentes ao se concentrar.

Eu dou uma risada.

— Não distraio ninguém. Você é só bagunceira.

— Você *causa* distrações. E é grosseira.

— Não de propósito — reclamo.

— Definitivamente de propósito.

Distraída, coloco minhas mãos sobre a barriga dela. Está quente. O pulsar do sangue bate acima do osso do quadril.

— Gosto de distrair você — provoco.

— Eu gosto quando você deixa os seus braços quietos — sussurra ela, virando a cabeça para que nossos rostos estejam a centímetros um do outro.

— Que braços? — sussurro de volta.

— Grossa.

— Bagunceira.

— Que nojo! — Neo joga uma caneta em nós. — Já é ruim eu ter que ficar vendo vocês duas nessa coisa de casalzinho fofo, agora tenho que ouvir também?

Ele aponta para o botão de emergência que chama as enfermeiras.

— Vou apertar o botão. Não me testem.

— Desculpa, Neo. — Hikari ri.

Neo revira os olhos, tirando outra caneta do porta-lápis no canto da escrivaninha, voltando ao trabalho. A escrivaninha foi um presente de aniversário de Eric para que ele pudesse parar de ferrar com as próprias costas, segundo o enfermeiro. Também foi um presente de parabéns porque Neo e Coeur estão quase terminando de escrever seu livro.

Eu sei que isso está deixando Neo nervoso.

Ele coça a cabeça na parte em que o cabelo dele foi reduzido a uma única camada de penugem. Depois que Hikari e eu raspamos nossas cabeças, isso criou uma força unificadora. Os cachos de C já estavam curtos, mas ele se sentou no banquinho depois de mim, como um menininho animado para cortar o cabelo pela primeira vez. Mas, de longe, a mais entusiasmada foi Sony. Depois que o cabelo foi raspado até virar uma camada fina de vermelho, ela praticamente jogou Hikari no chão implorando a ela que desenhasse as duas juntas.

No fim, não houve muito tempo para isso. Depois da nossa tentativa fracassada de fuga, o pulmão de Sony decidiu que se fortificaria para algumas corridas. Desde então, ela está morando no apartamento de Eric.

Do lado de fora do quarto de Neo, eu a vejo pelo vidro. A animação dela cativa a criança com quem está falando. O menino ri, as bochechas curvando abaixo dos olhos. Sony aperta o nariz dele e o abraça, os pés batendo nos azulejos quando faz isso. Quando a mãe do menino o segura pela mão, Sony ajusta o casaco e o gorro na cabeça dele. Ela diz adeus, as palavras de *vou sentir saudades* que ela fala o acompanhando até em casa.

— Meus piratas e compatriotas, tive uma epifania — diz Sony, chutando a porta de Neo para abri-la, a mochila sem o tanque de oxigênio e sem tubos de respiração para adornar seu rosto.

Elae entra depois dela antes que a porta feche, miando enquanto pede atenção ao se enroscar nas minhas pernas e nas de Hikari.

— Eu sou um desperdício de energia, de acordo com alguns — diz, se referindo a Eric — e acho que é hora de me aposentar dos meus dias como ladra.

— Como assim? — pergunta Hikari, como se uma tragédia tivesse acabado de acontecer.

Ela tira minhas mãos dela e se apressa para a sua colega de ladroagem.

— Você não quer mais roubar? É o apocalipse chegando?

— Infelizmente não — diz Sony, acenando para o ar. — Mas não sei, pensei que talvez eu devesse arrumar um emprego, sei lá.

— Sony — eu digo. Ela se inclina na cama de Neo. — Quer trabalhar com as suas crianças?

— Isso — diz ela.

O pensamento das crianças com quem ela brinca na ala de oncologia faz o sorriso dela aumentar.

— Eu me sinto feliz aqui.

— Graças a Deus — resmunga Hikari, caindo em cima de Sony. — Achei que você ia me trocar por um trabalho em uma firma qualquer.

Sony dá uma gargalhada.

— Ah, tá, como se alguém fosse me contratar. Eu me esforço muito para ser insuportável. — Ela abraça Hikari e dá vários beijos no rosto dela. — Vou fazer Eric me arrumar o emprego. Nós temos gente resmungona e enfermeiros resmungões para irritar juntos. Eu nunca deixaria vocês fazerem isso sozinhos.

— Promete? — pergunta Hikari, fazendo biquinho.

— Óbvio. Ah, bebê! — Tanto Elae quanto Neo se sobressaltam ao ouvir o tom de voz aumentado de Sony, os pelos na nuca se arrepiando. — Você está quase terminando! — Ela comemora, indo até a escrivaninha. — Esse moletom aí é meu?

— É meu — diz Neo, possessivo, segurando o moletom. — O que é que você quer?

Sony tira algo da mochila, um punhado de folhas, segurando todas as cores diferentes como se fossem cartas de baralho.

— Trouxe isso do parque.

Neo franze a testa.

— Por quê?

Sony não responde. Ela as deposita gentilmente na escrivaninha, e então violentamente pega a metade de cima do manuscrito e a carrega nos braços.

— Ei! — Neo berra.

Sony dá um pulo para fora do alcance, pulando de volta na cama dele e segurando os papéis muito acima da cabeça.

— O que você acha que está fazendo?

— *Quid pro quo* — eu digo.

Neo me lança um olhar mortal.

— Cala a boca, Sam.

— Hikari, você devia desenhar a capa — diz Sony.

— Ninguém vai desenhar nada, ainda não está pronto.

— Não vejo a hora de ver isso na estante, Neo — suspira Sony, passando pelas páginas como se tivessem sido escritas com tinta dourada. — Aí vou poder contar para todo mundo que fui a primeira a ler.

O rosto de Neo enrubesce.

— Tanto faz — murmura ele. — Só não perde isso.

Neo tem ganhado cor desde a chegada do outono. As comichões na pele e os ataques de dor diminuíram. Ele não está cuspindo os remédios nem tirando o acesso intravenoso desde que C recebeu alta. A anorexia continua uma batalha constante. Há dias que ele encara o prato, desmanchando tudo até parecer demais, e ele precisa empurrar para longe. A única vez que ele chega perto de terminar as refeições é quando nós comemos com ele. E quando C leva maçãs para ele.

C está de cama, perpetuamente ignorando o fato de que deveria estar de cama. Como ele mora muito perto do hospital, ele *raramente* fica de fato na cama. Se está na cama, é do lado de Neo, dormindo de boca aberta e murmurando em seus sonhos. Fora isso, age como se tudo estivesse certo no mundo. Como se não estivesse se aproximando do topo da lista de transplante. Ele caminha com Hikari, pedindo desculpas aos padeiros quando ela rouba alguma coisa e pagando por seus atos criminosos. Ele anda em círculos enquanto lê a história dele e de Neo, esmiuçando cada detalhe. Ele dança com a gata e joga jogos de tabuleiro com Sony, meio presente, meio em outro lugar.

Os pais já tentaram de tudo. Trancar a porta. Tirar as chaves do carro. Dar sermões. Avisos. Ultimatos. Nada funciona. C sempre dá um jeito de voltar para nós.

— Tudo bem, Sam? — pergunta Hikari.

Eu estou encarando o rosto dela. Faço isso muito.

A pele dela *perdeu* cor. Está um tom cinzento, como pergaminho se transformando em cinzas. É por isso que eu a seguro assim. Ela está doente, e eu não estou mais de olhos fechados para ignorar isso. Eu me preocupo com seus acessos de tosse. Com a bateria de exames que a deixa exausta e dormindo por dias.

— *Nós* podemos ler hoje à noite? — pergunto, passando o dedão pelo lábio inferior de Hikari, admirando o volume.

Ela dá um sorrisinho, imitando meu gesto.

— Na maca solitária, às seis?

O conforto passa por mim por meio da voz dela, já que é sempre sedosa e cheia de flerte, mas nunca foi minha até agora.

— Uhum — eu concordo.

Passo minhas mãos pelos braços dela, pela curva de ataduras que acabam no pulso. O animal no fosso não ousou morder desde aquela noite regada a sangue. Quando alguma outra sombra tenta se esgueirar na cabeça dela, ao me ver de guarda, volta para escuridão com a baba pingando entre os dentes.

A porta de Neo se abre. Sony se levanta. Hikari e Neo abrem sorrisos, esperando C entrar, deixando uma trilha de sapatos, mochila e casacos.

Só que não é C.

— Pai? — Neo sussurra.

Um homem entra com a postura de um soldado, ajustando o casaco. O cabelo exibe um corte curto e ordenado, o rosto esculpido e largo. Quando fecha a porta, o silêncio recai sobre o quarto.

Seguro a mão de Hikari por reflexo, puxando-a para mais perto.

— Olá — diz o pai de Neo, agradavelmente surpreso ao ver o número de pessoas no quarto. — Vocês devem ser as amigas de Neo.

Não era para ele estar aqui hoje. A presença dele é como um barulho em um arbusto, um galho quebrado, nossos ouvidos atentos como os de cervos pressentindo a presença de um lobo.

Sony sai da cama, segurando a pilha de papéis no quadril como se pertencesse a ela. Hikari não diz nada. A mandíbula está cerrada, a atenção dela repousando sobre a caixa de livros no canto do quarto.

— É um prazer te conhecer, senhor. Sou a Sony, essa é Hikari — diz Sony. A voz que normalmente ressoa como sinos está calma, trêmula.

Ela dá um passo para trás, a timidez um sintoma da cautela.

— Aquela é a Sam.

— Sam, isso — diz o pai de Neo. — Você que traz os jantares de Neo.

— Pai — sussurra Neo, as mãos segurando a beirada da cadeira com firmeza.

— Não precisa ficar envergonhado. Fico feliz que você está socializando. — Ele passa por Sony e esfrega os ombros do filho.

Sony encara a mão do pai como se fosse uma faca raspando a superfície da pele de Neo.

Neo fica tenso diante do toque, o olhar fixo no rejunte dos azulejos.

— Nem tinha certeza de que Neo tinha amigos até agora. — O pai dá tapinhas na cabeça dele como um cachorro, mas para quando nota a mudança. — O que aconteceu com o seu cabelo?

— A mãe de Neo está vindo? — pergunto.

Estou enrolando, tentando ganhar tempo. Ou ao menos tentando fazer um acordo.

A distração parece funcionar. Ele olha para mim, surpreso, como se lembrasse de que eu era mais dócil. Talvez eu fosse. Interferir é um pecado grande por causa de quem eu sou, mas foi Neo quem me disse que eu deveria entrar nas páginas da história.

— Não — responde ele. — Eu acabei de voltar de viagem, e ela precisava resolver umas coisas para os primos de Neo…

A tensão se curva ao redor da interrupção. O pai de Neo finalmente nota o trabalho esparramado pela escrivaninha. As centenas de páginas escritas a mão no canto. A caneta no colo de Neo.

Ele suspira, os ombros afrouxando e o rosto ficando mais duro quando passa uma mão pelo queixo e lê algumas das frases expostas na página.

O silêncio atravessa Neo. Ele fecha os olhos como se estivesse se preparando para um impacto.

— Os primos de Neo também são acadêmicos? — pergunta Hikari. Ela está em pé e tranquila, os braços cruzados e um certo tom de desafio na voz.

— Sony está pensando em arrumar um emprego aqui e ajudar com as crianças. Neo a está ajudando a melhorar sua técnica de escrita para escrever a carta de apresentação.

Hikari é uma mentirosa hábil, mas aquele homem conhece o filho que tem.

— Ele sempre foi inteligente, isso é verdade — diz ele, olhando diretamente para Hikari.

Comprar uma briga com alguém como ele é perigoso. Jogar uma isca é muito pior. Hikari não parece se importar. Ela o desafia com nada além de um olhar a ver o que acontece se ele a desafiar.

— Não quero ser grosseiro. — O pai de Neo não se importa com a escrita. — Mas vocês poderiam nos dar um pouco de privacidade?

Ele se importa com o desacato de Neo, em qualquer formato que tome.

O coração de Sony parece hesitar no peito. Ela tropeça nas próximas palavras, ficando ao lado da cadeira de Neo.

— Hum, na verdade…

Neo agarra a manga dela com tanta força que ele treme. Está mordiscando a parte interna da bochecha, olhando para ela de canto de olho. Uma mensagem silenciosa passa entre eles, um sinal que pode significar apenas uma coisa.

Sony não quer ir embora. Nenhuma de nós quer. Porém, a decisão é de Neo.

— Tá bom — sussurra ela.

Ela aperta a mão de Neo por cima do moletom, mordendo a língua enquanto cuidadosamente vai embora.

Hikari não faz nenhuma pergunta antes de pegar a caixa de papelão no canto, cheia dos livros de Neo.

— Sony, não esquece seus papéis — diz ela, limpando a escrivaninha com uma braçada. Os papéis são colocados dentro da caixa, seguros.

— É mesmo — diz Sony, ajudando Hikari a coletar as outras folhas soltas.

Eu não me mexi de onde estou. Encaro o pai de Neo, as lembranças voltando a passar na minha mente como trechos de filmes. Cada memória que consigo pensar de Neo sorrindo é seguida por aquele homem e suas transgressões. É quase como se ele conseguisse sentir a felicidade de Neo no ar. E, se não parte dele, ele encontra uma desculpa para destruí-la.

— Sam — diz Hikari, fazendo um gesto para eu seguir.

Só há uma pessoa que possivelmente poderia desafiar o orgulho de Neo, e eu reconheceria os passos dele em qualquer lugar do mundo.

Hikari sussurra:

— Sam...

— Espera só um segundo.

Quando a porta se abre pela segunda vez, é acompanhada de uma melodia assobiada. C entra usando um cachecol em formato de fios emaranhados de fone de ouvidos e uma jaqueta da escola, cantarolando uma melodia.

— Neo, recebi a nota do meu trabalho. Ainda não foi nota máxima, mas finalmente entendi para que serve o ponto e vírgula. Acho. Talvez. — Ele chuta os sapatos, se equilibrando no batente. — Desculpa o atraso, aliás. Meus pais estavam em casa, aí precisei sair pela janela e pegar a caminhonete do...

C para no meio do quarto. O trovão em seu peito se transforma de forma audível.

— Coeur — diz Neo. Ele tenta engolir o medo, descartando-o. — Pode ir. Eu te encontro depois.

— Coeur — repete o pai de Neo, como se lembrasse de ouvir um nome semelhante, mas sem saber a origem. Ele nota a jaqueta e abre um sorriso contido. — Você é da escola de Neo. É atleta?

C precisa de um instante para encontrar sua voz.

— Eu era — diz ele. — Não sou mais.

O pai de Neo deve ter visto o nome de C nos jornais, deve ter ouvido falar do menino que quase se afogou e que disseram que nunca mais poderia nadar. Rapidamente o reconhece, pigarreando, constrangido.

— Isso mesmo. Sinto muito.

— Não precisa — diz C. — No fim das contas, acho que sou mais um leitor.

— Coeur — diz Neo, praticamente tremendo na cadeira. — Eu já vou sair. Pode ir.

Uma coisa que C e eu sempre tivemos em comum é o ponto dos nossos outros lugares. O meu se dá atravessando coisas inanimadas. O de C é em sua mente. Ele se retira para dentro da consciência, porque lá é um lugar tranquilo onde a realidade é o que ele quer que seja. É um mundo onde as mentiras se transformam em verdades, e C pode contar a si mesmo qualquer história para encaixar em uma narrativa confortável.

Consigo ver tudo isso em sua cabeça. Aquelas mentirinhas.

O dia em que ele passou por uma cena aparentemente inocente. Neo e os meninos do time de natação ao lado dos armários. A quantidade de hematomas encontrados no corpo de Neo, os mais sutis e os mais sérios, cada tom de cor estranho. Todas as vezes que ele entrou no cercado do seu cordeiro e encontrou a mesma sombra de um lobo na parede, e mesmo assim não fez nada.

C fecha a mão na alça da mochila e agora ele está presente por inteiro.

— Não, acho que vou esperar por aqui — diz ele, virando-se e pegando a cadeira extra ao lado da cama, colocando-a ao lado da escrivaninha.

— Hum, Coeur. — O pai de Neo pigarreia. — Neo e eu precisamos conversar sobre umas coisas, se não se importa...

— Eu não me importo — diz C.

Ele imita o mesmo tom educado e baixo que o pai de Neo usa. Ele tira um caderno e o celular da mochila e coloca os fones de ouvido, fingindo que está fazendo lição de casa, e então indica o ouvido.

— Não escuto muito bem de qualquer forma.

— C, vamos — diz Hikari, pegando o ombro dele.

— Meu jovem...

— Sim?

— Escute o que sua amiga diz — o pai de Neo baixa a voz. — Antes que eu precise chamar a segurança.

A voz de C abaixa mais ainda.

— Não vou deixar ele sozinho com você.

O pai de Neo olha para o filho.

— O que você tem falado para eles?

— Nada — responde Neo, entrando em pânico. — Eu não disse nada.

— Ele não precisou dizer nada — diz C, inclinado na cadeira. — No segundo que você não estiver prestando atenção e deixar as cortinas abertas ou colocar um hematoma em um lugar mais visível, *eu* é que vou chamar a segurança.

C nunca foi ousado. E, como ele disse, ele não é mais um atleta. Seu coração está nas últimas, e a pele dele se machuca com um mero peteleco.

— Pai?

Neo tem familiaridade com o olhar irado que mancha a visão do pai. Ele passa o braço por Neo, e então ergue C pelo colarinho.

— Pai, não! Por favor! — Implora Neo, choramingando.

Sony e Hikari tentam dar um passo para a frente, mas C gesticula para não se envolverem.

— Por favor, não machuca ele — Neo diz, choroso. Ele agarra a barra do casaco do pai, os dedos tremendo. — Pai, só pega meus livros, todo o resto, só deixa ele em paz, por favor...

— Silêncio! — o pai de Neo berra, o braço que não está segurando C erguido como um machado que ameaça cortar.

Neo estremece, escondendo o rosto.

— Toque nele de novo — diz C, sem fôlego. — Vai. Me dê um motivo.

O pai de Neo se vira, presumivelmente para agarrar Neo e mostrar a C exatamente quem é que manda. Hikari e Sony soltam um grito de meio segundo quando ele faz isso. Só que, em vez de agarrar Neo, sou eu quem ele encontra.

Por reflexo, o pai de Neo pega no meu ombro para me empurrar, mas eu não me mexo.

O quarto fica silencioso. De repente, o pai de Neo parece incerto.

— Eu sei que é estranho. Sou mais forte do que pareço — digo, segurando as costas da cadeira atrás de mim.

O pai de Neo olha para mim daquela forma que todo mundo olha quando sentem aquela sensação estranha no âmago. A sensação de que me conhecem e de que já encontraram comigo antes. Que, de alguma forma, tenho mais poder do que pareço ter quando me encaram de longe.

Consigo sentir seus pulmões. Consigo sentir o coração acelerado enquanto a expressão de espanto no rosto dele lentamente se transforma de volta em raiva.

— Entendo por que você faz o que faz — eu digo.

Ele quer controle e, quando ele não tem, usa a violência para conseguir de volta. O padrão é comum. Uma regra que a humanidade ignora há séculos, porque nenhum deles consegue entender que não adianta.

— O controle não existe, senhor. Só a incerteza. — Me ocorre então que ele não entende a seriedade do que estou dizendo. Que é tudo verdade, e nada disso é zombaria. — E, a não ser que você saia agora, não tenho certeza se vai conseguir sair daqui sem ser acompanhado por um segurança.

Eu coloco a mão sobre o botão do chamado da enfermeira conectado à parede. O botão pisca, vermelho. O pai de Neo olha de soslaio. As cortinas não estão totalmente fechadas, e, mesmo pelos buracos da persiana, é possível ver Eric na estação, rabiscando em um papel e verificando seu pager.

O pai de Neo me solta. Ele passa a mão pelo rosto, assim como fez quando entrou. Ele endireita a jaqueta, olhando para Neo, que está encarando o chão, apertando o pulso com tanta força que a mão deve estar dormente.

— Foi meu erro deixar os médicos manterem você aqui por tanto tempo — diz ele. — Eu mesmo deveria ter lidado com os seus chiliques.

Ele deixa a ameaça pairar no ar, do tipo que faz uma última onda de medo passar pelo peito de Neo.

— Eu vou voltar com a sua mãe.

No momento que a porta do quarto se fecha, todos soltamos um suspiro audível, como um músculo retesado que finalmente conseguiu relaxar.

— Você está bem? — Hikari pergunta, me abraçando.

Neo estremece na cadeira, as mãos fechadas em punho contra a boca. Ele tenta engolir a bile, petrificado.

O único motivo do pai de Neo não ter arrastado o filho pelo cabelo é porque ele *precisa* da mãe de Neo. Foi ela que assinou todos os papéis quando Neo deu entrada no hospital para tratar a anorexia, e os médicos só recomendam que ele volte para casa quando o peso dele chegar a um patamar bom e ele estiver comendo regularmente.

— Neo, está tudo bem, você está bem — diz C, se ajoelhando na frente da cadeira. Ele retira as mãos de Neo dos lábios dele.

Sony toca as costas dele.

— Vamos ligar para a sua mãe — diz ela. — Ela vai poder acalmar seu pai. Ela vai cuidar de você.

— Não, ela tem medo demais dele — choraminga Neo.

A raiva de C se inflama, como se ele fosse fisicamente capaz de ir atrás do pai de Neo para terminar o que tinha começado.

— Dane-se. Vamos contar ao Eric, nós temos provas...

— Não, ele vai me matar. Ele vai me matar — diz Neo, e o que parte meu coração é que ele parece genuinamente acreditar nisso.

— Ele não vai encostar nem mais um dedo em você — rosna C. — Não enquanto eu estiver respirando.

As cores aconchegantes voltam a entrar no quarto, a tensão que o pai de Neo trouxe consigo se esvaindo gota por gota. Sony, Hikari e C tentam reconfortar Neo, mas ele está preso ali. Preso em um ciclo perpétuo de se perguntar qual será a próxima dor que seu pai vai causar.

A janela maior que estava pronta para dar suas boas-vindas cintila, como se o sol estivesse olhando através de uma lente. Eu me viro para a expansão da nossa cidade que se estende além da ponte.

A água ruge no outono, o rio cheio depois das chuvas do fim do verão. É no inverno que elas ficam mais calmas e pretas. Praticamente ouço as cascatas, a força estarrecedora daquela travessia que sempre conseguiu me rejeitar.

Hoje, eu não tenho medo de encará-lo. O pavor que revira meu estômago sempre que eu o vejo não aparece. Em vez disso, consigo ver além, o semblante de algo que C e Neo chamam de Céu se formando, em uma possibilidade que *eu* costumava rejeitar.

— Podemos fugir — digo.

C faz um barulho.

— Sam, essa não é a hora...

— Estou falando sério. — Eu me viro para encarar meus amigos. — Nunca de fato conseguimos fugir aquele dia.

— Sam. — Hikari me olha através dos óculos, preocupada. — Tem certeza?

— É o que vocês queriam, não é? — pergunto. — Ainda querem?

Eles trocam olhares, como se quisessem verificar que não enlouqueci. Neo volta para a realidade, encarando meu rosto. Ele sabe que eu quero salvá-lo. Ele sabe disso, e, mais que isso, que eu quero ficar ao lado dele.

— C — eu digo. — Você está com a caminhonete do seu pai?

— Sim — ele responde, tilintando as chaves no bolso dele.

O cartão de acesso de Eric ainda está no meu bolso. Eu tiro o cartão, jogando-o no ar como Sony faria com um maço de cigarros.

Sony dá um sorrisinho. Ela olha para Neo, esperando a última palavra.

— Agora?

Neo pondera, mas seja em uma cadeira de rodas, de muleta, ou com os próprios pés, ele nunca conseguiu escapar do ímpeto de nossas missões. Ele fica em pé, as pernas bambas como as da escrivaninha, encarando a história que salvamos.

— Agora.

17
lágrimas de felicidade

— A POSTO CORRIDA ATÉ O carro!
— Sony, para de correr! — eu grito.

A risada dela vibra pelo corpo como arrepios, os tênis brancos sujos batendo contra a calçada. A saída dos fundos não fica cheia essa hora do dia. Conseguimos passar por ela sem ninguém nos parar e perguntar aonde achávamos que estávamos indo.

O capuz de Neo esconde o seu rosto enquanto ele se apressa levando os papéis apertados contra o peito. C vai logo atrás dele, atrapalhado com as chaves do carro.

— Droga... droga... droga — ele pragueja baixinho, finalmente conseguindo destrancar as portas. Neo sobe no assento da frente da caminhonete enquanto Sony se joga no banco traseiro.

Hikari voltou correndo para dentro para pegar algo importante, segundo ela. Continuo olhando para trás, esperando-a voltar correndo para cá.

— Você sabe dirigir, né? — pergunta Neo.
— Claro — diz C.
— Claro?
— Eu sei dirigir.
— Mas você tem carteira, né?
— Eu fiz a prova.
— E *passou*, certo?
— Neo, é grosseria perguntar às pessoas sobre as notas que tiraram nas provas.
— É grosseria se a gente morrer em um acidente.
— Ali a Hikari! — grita Sony, apontando da janela.

Com o vestido de verão cobrindo as pernas e correndo na nossa direção, Hikari ergue um braço, o prêmio em mãos. A espiral de metal do caderno reflete a luz, a primeira página arrancada. Hikari sorri para mim do outro lado do vidro. Um sorriso vitorioso e contagiante.

C dá partida.

Hikari não se dá ao trabalho de abrir a porta. Ela se atira pela janela aberta, entrando no carro, com as pernas acabando no meu colo. Damos gritinhos ao mesmo tempo. Os óculos dela quase caem.

— A Lista! — grita Sony.

— *Nossa* Lista! — Hikari ofega, passando por mim para dar um beijo na bochecha de Sony, e então grita: — Bora, C!

Neo dá uma fungada, se preparando para o pior.

— Coloquem os cintos de segurança.

— Põe uma música aí! — Sony ergue os dois braços, dando pulinhos no assento.

C liga o rádio, o motor rugindo enquanto sai da vaga de estacionamento e vai para a rua. A virada é um pouco dramática, mais parecendo uma guinada. O passe de visitantes no painel voa para o lado oposto. Neo aperta um freio imaginário com os pés, segurando-se na porta e no banco como se a vida dele dependesse disso.

— Quer segurar minha mão? — pergunta C.

— Quero suas duas mãos no volante. Olha para onde você vai! Coeur! — Neo tenta protestar, mas, antes de conseguir, C entrelaça os dedos dos dois e leva a mão de Neo aos lábios.

C encara Neo de soslaio com um sorriso torto no rosto e sussurra:

— Vamos passar um dia inesquecível e romântico na praia.

Neo não enrubesce da forma como esperado. Em vez disso, olha diretamente para o perfil de C, com uma gratidão silenciosa no olhar.

Conforme a caminhonete anda pela rua, o hospital vai se encolhendo no espelho retrovisor.

Olho novamente para trás, dessa vez para os prédios que engolem a imagem do meu lar. Um calafrio nervoso me percorre. Quanto mais longe vamos, mais acho que estamos cometendo um erro.

Consigo ouvir a água, a ponte da qual nos aproximamos a cada segundo que passa. Consigo ouvir a neve, as sombras, tudo que sussurra que estou violando uma lei da natureza, que estou me afastando demais do meu mundo, que estou saindo do meu palácio.

Nós nos aproximamos da ponte, e meu corpo inteiro fica tenso. C entra em outra pista. Eu me preparo para um impacto enquanto passamos por um túnel que nos leva ao outro lado do rio.

Agarro a mão de Hikari e pressiono meu rosto contra o seu peito. Meu instinto de protegê-la da escuridão se sobressai. Ouço ecos do que já foi e do que virá. Então, fecho os olhos, e as sombras nos abraçam.

— Sam — sussurra Hikari, os lábios no meu ouvido. — Sam, olha.

Quando ergo o olhar, percebo que ninguém mais está no túnel com exceção de nós. A caminhonete de C está percorrendo uma estrada solitária. E, acima, as luzes piscam em faixas no teto, movendo tão rapidamente que mal dá para ver.

C continua dirigindo, passando o dedão de um lado para o outro nos nós dos dedos de Neo no câmbio. Neo deixa o ar frio acariciar seu rosto, inclinando-se contra o banco de olhos fechados. Sony dá uma risada, colocando a mão para fora da janela como se pudesse agarrar a liberdade.

Hikari me segura, inclinando a cabeça contra a porta e encarando as luzes cavernosas. Ela não tem cabelo para esvoaçar ao redor dela. Mesmo assim, o vento não perdeu o encanto que sente por ela. Gosta dela da mesma forma que gostava antes, no telhado na noite em que nos conhecemos.

— Você é linda — sussurro.

Hikari lentamente ergue a cabeça, ainda balançando com a música. Ela coloca os pulsos atrás do meu pescoço.

— Você também, meu lindo conjunto de ossos — ela murmura de volta.

— Não sou mais só ossos — eu digo, me inclinando contra ela quando ela tenta se afastar. — Você me fez viva.

— E só estou começando — diz Hikari. Ela beija meu nariz, um beijo rápido. — Eu ainda vou fazer você sonhar, Yorick.

Saímos do túnel do outro lado do rio.

Não temos provisões, nem maçãs roubadas, nem plano B. Nossas únicas posses são feitas de tinta e papel e as roupas que usamos. Não temos rumo, mas as aventuras sem rumo se tornam as melhores histórias.

É isso, eu penso, *essa é nossa fuga.*

———

Nossa primeira parada não é planejada. Estávamos dirigindo enquanto ouvíamos rádios de rock clássico quando C disse que estava com fome. Neo diz que só tem cinco dólares na carteira. Hikari diz que tem dez. Sony diz que tem noventa centavos (Sony é uma parasita, como bons ladrões devem ser. Os noventas centavos são de uma fonte na qual ela decidiu nadar um dia só porque quis).

C conduz a caminhonete para um estacionamento com diversos restaurantes e lojas, todas as fachadas grudadas umas nas outras.

Nunca estive tão longe do hospital. Portanto, nunca tive a sorte de sentir o cheiro de um restaurante de fast-food. O aroma de batata frita é etéreo, feito de calor e sal. Nós comemos as batatas no carro.

Hikari fica com ketchup no rosto. Eu zombo disso, e então ela tenta enfiar batatas na minha boca para me calar. Sony fica jogando brincadeiras de estrada com Neo. Ele acaba comendo metade da porção dele e dando o resto para ela. Ela come feito um animal faminto, a boca um buraco negro devorando hambúrgueres.

Assim que Sony termina de morder um pedaço do tamanho de uma bola de tênis, ela grita.

— Está tudo bem? — pergunta C.

Hikari instintivamente estica a mão sob o assento para pegar o tanque de oxigênio que trouxemos para caso de emergência.

— Você tem merda na cabeça? — berra Neo.

— Olha! — As mãos gordurosas de Sony pressionam o vidro quando ela aponta para o prédio ao lado do nosso restaurante.

———

— Oi. Posso ajudar? — O homem atrás do balcão tem um único piercing no nariz e uma trilha de tinta que segue do pescoço até o maxilar e as clavículas.

Ele está sentado com uma revista equilibrada na perna cruzada, a atenção desviando para as cinco pessoas quase sem cabelo que acabaram de entrar no estúdio.

— Queremos cinco tatuagens, por favor! — Exclama Sony.

— Hum, tá — diz o homem, olhando para nós cinco como se não tivesse certeza se fugimos de um culto ou se o corte de cabelo raspado está na moda. — Vocês já têm um desenho em mente? O custo...

— Ah, não, não temos dinheiro — diz Sony.

O homem fica boquiaberto, sem falar nada por um instante.

— Mas querem se tatuar? — ele pergunta.

— Isso! — Sony confirma. — Estamos tragicamente doentes. Neo, esse coitado enfermo aqui, provavelmente vai cair morto amanhã.

Neo cumprimenta com um aceno de cabeça.

— E aí?

— Hum, chefia! Preciso de ajuda aqui!

Por trás de outra parede surge um homem consideravelmente mais careca do que nós, que entra na recepção.

— Que porra você quer, Carl?

Carl aponta para nós, sem saber o que fazer.

— Eles não têm dinheiro.

O Careca ergue uma sobrancelha.

— Não têm dinheiro?

— Temos seis dólares e noventa centavos — diz C.

Sony dá uma risadinha.

— Ha. Meia nove.

— Vão embora — diz o Careca, e então se vira de novo para Carl. — Pronto. Foi difícil?

— Mas... eles estão tragicamente doentes — argumenta Carl.

— E daí? — O Careca dá um pescotapa em Carl da mesma forma que Eric faria. — A gente não faz caridade.

Sony pigarreia. A essa altura, os outros tatuadores no estúdio já começaram a olhar na nossa direção.

C se inclina na direção da nossa destemida líder.

— Sony, antes de abrir a boca, por favor, lembre-se de que eu nunca apanhei antes, e eu não sei se vou lidar bem com isso.

Neo aperta o manuscrito contra o peito, cutucando C com o cotovelo.

— Tudo bem. Eu te ensino.

— Senhor! Um momento de sua atenção — chama Sony.

Hikari olha para mim.

— A gente vai ser preso, né?

— Podemos até não ter um método de pagamento, mas o próprio dinheiro é uma farsa! — Começa Sony, de uma forma bastante teatral. — Uma história vale muito mais do que uma nota amassada. O dinheiro é uma ilusão da segurança. E, tudo bem, o dinheiro não compra felicidade, porém, mais importante do que isso, não pode *substituir* a felicidade. Não pode substituir uma lembrança de dançar no telhado ou a adrenalina que sentiu ao fugir com seus amigos. Então todos concordamos que uma nota amassada vale de algo para a sociedade. Sabe o que é se conformar com o que a sociedade impõe? É ser covarde. Olhe só para nós! Claro, nossas doenças não nos tornam quem somos, mas doenças são como mascotes. Quando está com um em público, algumas pessoas têm nojo, outras tem curiosidade, mas todo mundo está olhando. É tudo que veem. E a morte é uma mascote que carregamos algemada pelo pulso. O que eu estou dizendo é que não temos o luxo de sermos covardes. Somos como todo mundo. Como você, até. Sabemos que o valor de hoje é infinitamente maior do que o valor de amanhã. Então corra um risco! Faça um investimento ruim e tatue algumas pessoas que têm partes do seu corpo faltando, e que se dane a riqueza! Porque você sabe em seu coração que compartilhar essa história e algumas risadas vai valer mais do que ganhar alguns trocados. Agora, você vai fazer uma caridade, ou não? Porque eu estou prestes a desmaiar por falta de ar, então eu realmente preciso me sentar.

O rosto de Sony hesita quando ela apoia o corpo no balcão. Hikari ajuda Sony a continuar em pé, segurando-a por trás, enquanto o Careca nos encara, espantado. Ele pisca algumas vezes, boquiaberto.

Então, por fim, ele volta ao escritório, pega um casaco e resolve sair.

— Você. Sente naquela cadeira — diz ele para Sony. — Carl, você atende.

— Chefia?

— Eu preciso de uma bebida.

— Sony causa esse efeito nas pessoas — diz Neo.

Hikari e eu trocamos um olhar e damos de ombro. Nenhum de nós fica chocado diante das habilidades de enrolação de Sony. Só ficamos impressionados que funcionou.

Carl nos leva para uma das cadeiras hidráulicas. Sony se joga lá, estremecendo em empolgação. Carl coloca luvas e pega os materiais.

— Hum, isso foi incrível, aliás — diz ele.

Sony o encara.

— O quê?

Carl aponta para o balcão da recepção.

— O que você falou.

— Ah, isso? — Sony dá um sorriso brilhante. — Eu roubei de um livro.

— Tudo é sempre roubado dos livros — diz Carl.

— Tudo é roubado — corrige Sony, dando um cutucão no piercing do nariz dele como se fossem melhores amigos, e não completos estranhos, apesar de Carl não parecer se importar. — Ou vai ser roubado. Por nós. Nós somos ladrões de marca maior.

Carl dá um sorriso.

— Onde quer a tatuagem, querida?

— Bem aqui. No meio — diz Sony, tirando o moletom e apontando para o lugar entre as clavículas, no topo do esterno.

Carl assente e explica o processo, dizendo que pode doer um pouco e que, se ela estiver tomando algum medicamento, ela deveria dizer agora antes que ele comece o processo.

Sony e C prestam muita atenção. Neo parece meio distraído, perdido na própria cabeça. Ele apoia o queixo no manuscrito contra o peito, engolindo em seco.

Sony olha para Neo de soslaio, e então encara o bolso do moletom, aquele que Neo está vestindo. Um dos seus sorrisos travessos ilumina seu rosto.

Ela interrompe Carl no meio do discurso e o puxa para mais perto. Carl gagueja com as palavras e rapidamente se cala quando Sony sussurra no ouvido dele:

— Precisa dizer isso aqui, tá, vou cochichar.

Não ouço o resto, mas Carl ergue o olhar para ela enquanto ela fala, como se estivesse memorizando as palavras.

— Certo. — Ele assente quando ela termina. — Quer algum desenho junto, ou só uma frase?

— Um desenho? — Sony inclina a cabeça para o lado, os joelhos dobrados e os tênis brancos sujos tamborilando no assento da cadeira.

Nosso primeiro encontro aparece nas minhas lembranças. Os mesmos sapatos para sempre nos pés, a mesma coragem e o mesmo temperamento, não importa quanto consiga respirar. A mesma atitude alegre, passional e descuidada que sempre teve, o espírito de uma criança no corpo de uma ladra.

— Tenho uma ideia — eu digo.

Sony abre um sorrisão.

— Ótimo! Não me conte! Quero que seja surpresa! E é melhor não ser a cara do Eric.

— Não é — eu falo, prometendo.

Sussurro minha ideia no ouvido de Carl. Ele tira um bloquinho de desenho e faz o esboço de uma versão simplificada do meu pedido. Eu digo que parece bom, e então ele imprime o estêncil.

— Lembra que vai doer um pouco, tá? — diz ele.

— Manda bala! Não tenho medo de nada.

Carl ri.

— Não duvido disso. Tente não se mexer, querida.

Sony assente, dando uma risada com o apelido carinhoso.

Enquanto Carl trabalha, Hikari e eu exploramos as paredes pintadas de grafite do estúdio. Cores alegres se destacam nas paredes escuras, desenhos como nunca vi antes. Hikari segura minha mão e aponta para os seus favoritos. Eu pergunto que tipo de deuses são os tatuadores em sua religião boêmia. Ela abre um sorriso por cima do ombro, os lábios retorcidos como se ela quisesse tentar conter seu divertimento. Ela não responde. Os braços, porém, a denunciam. Eles se esgueiram e se entrelaçam nas minhas costas enquanto ela recomenda que eu tatue definições de coisas na minha mão, para me lembrar de palavras pretenciosas do latim. Eu digo que ela deveria tatuar os próprios desenhos para viverem para sempre. Ela me diz que às vezes eu sou mais generosa do que as provocações dela permitem.

— Como está indo, Sony? — pergunta C.

— Eu tô ótima! — grita Sony.

Segundo ela, só podemos olhar quando estiver terminado, então ficamos escutando do outro lado do estúdio. Ela dá uma risada.

— Parece um ultrassom, só que pinica.

— Então o que você faz? Está na faculdade? — Carl pergunta.

— Nem. Eu só cuido de crianças. A maior parte fica na creche ou na ala de oncologia. Logo vai ser meu trabalho.

— Parece divertido.

— É superdivertido! As crianças são ótimas. Às vezes elas são babacas, mas são sinceras e engraçadas e meio doidas. Nunca é chato.

— Eu sei como é. Tenho quatro irmãos mais novos. São uns monstrinhos, mas eu os amo.

— Aqueles quatro são meus monstrinhos — diz Sony.

Vejo o dedo dela apontando para nós.

— Ah, é?

— É — diz Sony. — São minha família.

Carl e Sony continuam conversando enquanto a máquina fica zumbindo. Hikari diz que Carl está apaixonado. Eu pergunto como ela sabe disso, e ela responde que ele está com a mesma cara que eu quando a conheci no telhado. Eu digo que estava igualmente apaixonada e assustada. Ela diz que Sony é tanto assustadora quanto linda.

C concorda. Ele folheia revistas velhas, um fone de ouvido tocando música, como é seu estado natural.

Neo, por outro lado, ainda parece perdido. Ele está no quarto do hospital, fixado na cadeira, a figura do pai pairando acima dele. O único sinal de vida, além de encarar a janela, é o indicador e o dedão se fechando em um círculo ao redor do punho de forma metódica.

— Neo? — C coloca a mão no joelho de Neo. — Aonde você foi?

— Meu pai vai ficar puto com isso. Ele vai vir atrás de mim. Sabe disso, né? — pergunta Neo, segurando os papéis com tanta força que a beirada do maço começa a dobrar.

— Ei — diz C. — O que eu disse? Ninguém vai nos alcançar.

— Eu não me importo com o que ele fizer comigo — retruca Neo.

C fica de pé, a altura muito acima de Neo, tomando conta dele da mesma forma que sempre fez quando Neo estava dependendo das muletas ou da cadeira de rodas.

— Ele não vai machucar nenhum de nós. Não aqui.

C segura o rosto de Neo com as mãos. O rosto de Neo é tão pequeno comparado às mãos de C. Elas praticamente o abraçam. C sorri enquanto faz o gesto, cutucando as bochechas de Neo. Mesmo que Neo esteja no processo de criar rugas entre as sobrancelhas, dá para ver que isso o acalma.

— Você também vai fazer uma, né? — pergunta C.

Os lábios de Neo se curvam, enojados.

— Uma tatuagem?

— Isso. Quando você for um autor famoso e for antipático com todos os seus fãs em uma sessão de autógrafos, vai precisar de algo para se lembrar da gente.

As palavras de C parecem acionar uma alavanca, atingindo o rosto de Neo. Ele afasta as mãos de C do rosto e se vira.

— Você é um idiota — diz ele, baixinho.

C fica na defensiva.

— Uma tatuagem não é uma coisa tão impensada assim, Neo...

— Você é um idiota se acha que eu poderia te esquecer — diz Neo simplesmente, ofendido. — E não fique agindo como se você não fosse ficar pegando no meu pé em todas as sessões. É o nosso livro. Não é só meu.

Neo e suas palavras são um caso proibido. Uma paixão roubada. Sua linguagem e seu ofício estão ardentemente apaixonados. Dá para sentir o elo irradiando de cada gota de tinta que já foi pincelada por ele e que ainda será.

— Acabamos aqui, pessoal — diz Carl.

Hikari e eu somos as primeiras a ver a tatuagem. Sony se senta, admirando-se no espelho que Carl está segurando, para que possa ver a beleza sutil do símbolo que vai viver tanto quanto ela.

— Neo — diz C, deixando o espaço para nosso poeta ver. — Olhe.

Sob a coroa das clavículas de Sony, entalhadas onde o seu coração e os pulmões se encontram, está um par de asas acima das palavras de uma promessa.

O tempo vai acabar   A doença vai deteriorar   A morte vai morrer

Neo fica boquiaberto, os olhos suavizados.

— É para você — diz Sony. — Foi a primeira coisa que você escreveu na nossa Lista. — Ela encontra os olhos de Neo.

Neles, cada arquejo, cada risada e cada lágrima derramada das reações de Sony às histórias de Neo estão vivos.

— Você sempre disse que queria que um pedacinho seu fosse imortal.

As mãos de Neo tremem ao envolver suas histórias. Seus filhos foram despedaçados, tomados por garantidos, maltratados e atirados como cadáveres no rosto dele — e ele se lembra de tudo. Porque o mar dele é espesso com o sofrimento, e somos nós as pessoas com quem ele escolheu remar.

Neo joga a sua história nos braços de C, abafando um soluço. Ele cobre a boca com a mão ossuda e, sem hesitar, abraça Sony.

— Bebê chorão — sussurra ela, abraçando Neo enquanto ele chora no ombro dela.

Sony estica a mão para o bolso do moletom dele (dela, na verdade), retirando de lá um pedaço de papel rasgado.

— Prometi a você lágrimas de felicidade, lembra? — diz ela. — Eu te disse desde o começo que você é um pilar. Você achou que eu estava zoando?

— Você é uma imbecil — Neo diz, se atrapalhando, as lágrimas encharcando a camiseta de Sony.

Sony retribui o abraço e o beija na cabeça.

— Eu também te amo, bebê.

— Hikari, segure minha mão — C diz, soltando o ar.

Ele aperta a cadeira hidráulica, assim como Neo estava fazendo enquanto C dirigia a caminhonete.

— Respira fundo, cara — brinca Hikari, acatando o pedido.

— Não ri de mim — avisa C.

— Não estou rindo.

— Está, sim.

— Você é um cara engraçado.

— Está pronto? — pergunta Carl.

C dá um guincho.

— Não. Pode contar até três?

— Ele está pronto! — diz Sony, dando pulinhos, usando os ombros de Carl como apoio.

C tirou a camisa para o processo, expondo o circuito do corpo. Ao longo da memória distante de músculos, o coração pulsa sob as linhas destacadas das veias. Raios e trovões erguendo-se de um órgão gentil.

C suspira, colocando a cabeça para trás. Sony tenta distraí-lo do ultrassom que pinica fazendo uma leitura dramática do manuscrito de Neo.

Durante um pedaço particularmente doloroso, reações audíveis ecoam pelo zumbido silencioso do estúdio. Confuso, Neo olha em volta e percebe que todos os presentes estavam ouvindo. Ele engole em seco sua incredulidade, reprimindo um sorriso que eu nunca soube que poderia ser tão radiante vindo dele.

C recebe a mesma tatuagem da escrita de Neo no mesmo lugar onde Sony tatuou e um par de fones de ouvido em cima do texto. Neo é o próximo, a mesma passagem e um livro aberto a coroando.

Hikari e eu observamos mais afastadas. Ela tira o moletom para ser a próxima. Envergonhada, ela repuxa as ataduras e esconde os braços atrás das costas. Seguro as mãos dela nas minhas, entrelaçando nossos dedos. Fico parada atrás dela, escondendo os braços entre nós para que ninguém os veja.

— Você nunca me disse de onde é essa cicatriz — sussurro, traçando a linha grossa e retorcida que vai do ombro ao topo do peito.

— Quando eu era pequena, tinha uns amigos imaginários — começa ela. — Eu sempre corria atrás deles na floresta atrás do quintal. Subia em pedras, nas árvores, em tudo. Um dia resolvi subir perto demais do sol, e... — Hikari infla as bochechas, e aquela linha branca parece se destacar. — Quando fiquei mais velha tive amigos de verdade, mas não *pareciam* reais. Eu me sentia mais próxima do meu ursinho de pelúcia imaginário. Nunca me conectei com ninguém, ou acho que ninguém nunca se conectou comigo. Enfim, ficou claro que eu era o problema, então, com cada pessoa que eu conhecia, eu agia um pouco diferente.

Como se a identidade pudesse ser reescrita para atender aos desejos dos outros. Uma coisa a ser resolvida, em vez de cultivada.

— Com o tempo, eu fui percebendo que criar uma personalidade nova pra cada amizade tinha um efeito temporário. Até dá para fingir, mas a gente sempre volta a ser quem é de verdade. — Hikari umedece os lábios.

Os dedos ficam repassando um pedaço de tecido da minha camiseta. Os olhos se afastam do presente, uma tristeza não muito diferente daquela que a tomou na noite que me contou sobre sua infância passando sobre o rosto como um fantasma.

— Então eu comecei a agir como eu mesma. Um monte de gente achava que eu era esquisita, mas eu gostei de ser eu mesma por um tempo. Reabri essa cicatriz subindo exatamente a mesma árvore.

Hikari tenta rir, mas a memória alegre está manchada com um azedume, uma mentira que se estica para encobrir a verdade.

— Fez um galho novo — diz ela.

A alegria desaparece. Os olhos dela desfocam, passando além de mim, vendo nossos amigos.

O arrependimento se assoma nos olhos dela, originando das ravinas sob as ataduras. Todos os outros galhos que marcam o corpo dela e fazem calafrios percorrerem sua espinha.

— Você sabe que eu não *gosto* de me machucar, né, Sam? — sussurra ela.

— Eu sei.

— É tipo uma libertação — continua ela. — Quando as coisas ficam demais e eu posso só transferir a dor para outro lugar, e...

Ela olha para as mãos como se o sangue de outra pessoa estivesse ali nos seus dedos, em vez do próprio.

— São só cicatrizes — eu digo, beijando o pulso dela. — Como as partes essenciais de nós mesmos que são só para o olhar dos espelhos e amantes.

Ela pisca, voltando para mim aos poucos, e então completamente. Eu encosto a testa na dela, me perguntando se alguma vez sequer existiu a força para eu ficar longe dela.

— Você é minha amante? — pergunta Hikari.

— Você é meu espelho. — Cutuco os óculos dela, provocando risadas.

— Eu não sabia que você gostava dos meus óculos.

— Acho que talvez eu precise do meu próprio par.

— Você bem me disse que a esperança era míope.

— Eu sou sua esperança, Hikari?

— Eu sou seu desespero, Sam? — Ela sorri.

Um sorriso confortável aparece em meu rosto enquanto ela passa o dedão pela curva dos meus lábios.

— Eu vou desenhar isso para nós — sussurra ela.

— Desenhar o quê?

Os lábios dela encontram os meus, a distância como a luz que admira a escuridão.

— O momento que o desespero se apaixonou pela esperança.

18
antes

Sam faz a repetição ser algo novo. Ele faz os anos se passarem em um segundo.

— O sol nunca amanhece do mesmo jeito — ele me diz enquanto o sol se curva sobra a Terra como uma auréola.

Silhuetas dos pedreiros trabalhando brincam com suas orquestras de metal e maquinário do lado de fora da janela de Sam.

Todos os dias eles dão continuidade à construção, até que nosso município se torne uma cidade. O processo é gradual, mas parece instantâneo. É a mesma sensação de quando me dou conta de que Sam está crescendo tão rápido quanto nosso lar.

Pálido e magricela, ele começa a ser preenchido. Os ossos se esticam furiosamente durante a noite. Os olhos cor de mel se acomodam em maçãs do rosto que ficam mais magras. A voz dele começa a falhar, e os ombros alargam. O temperamento dele fica imprevisível, terrível, e também cheio de inconstâncias.

Por mais que tudo tenha mudado, Sam ainda é uma criança. Pelas manhãs, ele acorda comigo e me faz cócegas. O café da manhã dele fica intocado, a não ser que tenha pão doce e pudim no prato. Ele mente sobre coisas pequenas, como escovar os dentes ou fazer a lição. E a sua curiosidade é insaciável como sempre foi.

— Doce Sam — sussurra ele. — Doce Sam, acorde.

Meus olhos abrem. O rosto de Sam lança uma sombra sobre o meu, bloqueando a luz do sol. O calor do verão o deixa mais sonolento e lânguido. Ele se inclina para mais perto, a voz suave no meu queixo, os lábios apenas a centímetros do meu nariz.

— Você é tão linda.

— O que isso significa? — pergunto.

— Significa que eu gosto de olhar para você — diz Sam. Ele se aproxima mais, suspirando e alongando os braços como um gato. — Eu gosto de estar com você.

Os dedos dele traçam a gola da minha camiseta, sobem no pescoço, cutucam meu rosto.

Sam ainda não pode tocar em outras pessoas. As outras pessoas não podem tocar nele. Eu sou a única exceção. Na maior parte do dia, ele fica confinado no quarto. Ele chama o quarto de sua bolha, seu aposento, e, nos dias mais tristes, sua jaula. Ele passou tanto tempo olhando pelas divisas de vidro que acho que ele começou a se ressentir delas. Era mais fácil fingir que o quarto era o mundo todo quando ele não era alto o suficiente para ver o lado de fora.

— Eu também gosto de estar com você — digo.

Sam emite um ruído feliz e cansado.

A enfermeira Ella me explicou a doença de Sam há muito tempo. Ela disse que era simples, mas que também não era. Ela disse que ele era normal fisicamente e cognitivamente de todas as formas, exceto uma. Disse que o corpo dele não conseguia se proteger. Disse que esse era o nosso trabalho.

— Se eu vir uma marca de sujeira nessas calças, vou eu mesma fazer com que você as lave no rio, meu jovem! — grita ela, sentada no banco do parque enquanto Sam e eu corremos juntos pelo campo.

A enfermeira Ella é uma mulher disciplinada e dura. Ela prende o cabelo em um coque firme, e o seu uniforme branco está sempre passado e limpo. Estou convencida de que as suas costas não se curvam e que as mãos são feitas de ferro.

— Bruxa velha — sussurra Sam, rindo, mostrando a língua para ela e me puxando.

Ella abre o jornal com um grunhido insatisfeito.

Sam está sob os cuidados de Ella. Quando ele era pequeno e agitado, nenhuma outra enfermeira conseguia lidar com ele. Enfermeira Ella não se deixou intimidar. Ela lavava as mãos com vigor e então marchava para o lugar onde Sam tinha se metido. Ela o agarrava pela gola da camisa e o arrastava de volta para o quarto, e avisava que os menininhos que não tomam seus remédios não podem crescer e virar cavaleiros fortes. Ela dizia a Sam que, se quisesse pudim e pão doce, ele precisaria se manter limpo, arrumar o quarto e obedecer.

A enfermeira Ella era boa em fazer acordos.

Ela é boa em manter Sam seguro.

Ela contou a Sam todos os contos de fadas que ela conhecia. Ela lê para ele e bate nele com a capa do livro se ele interrompe. Ela costurou uma máscara para ele, disse a ele que não perdesse e que sempre deveria usá-la cobrindo o nariz e a boca. Ela dá broncas com frequência. Ela o faz sentar e pensar no que fez.

Quase todos os dias, Sam diz à enfermeira Ella que ela é chata e malvada e uma bruxa velha. A enfermeira Ella diz que não se importa.

Mas ela se importa, tanto quanto eu.

Para alguém na posição de Sam, deixar de viver é uma precaução, ela me contou uma vez, olhando para Sam pelo vidro enquanto os médicos o faziam deitar de lado para examinar seu corpo. *É isso que aqueles tolos de jaleco branco me contam.* Ela soltou o grunhido insatisfeito de sempre. *São pessimistas, todos eles, mantendo essa criança presa aqui para sempre. Não é bom. Ele precisa viver. Quando se chega à minha idade, viver é desagradável. Venha comigo.*

Aonde vamos? Perguntei.

A enfermeira Ella nunca respondia às minhas perguntas. Ela só disse a mim que a seguisse rápido.

Ela leva Sam e a mim todos os sábados para fora, não importa qual seja o clima. Ela se certifica de que Sam está com luvas e máscara. Ela disse que deveríamos dar as mãos para atravessar a rua. Ela nos leva à padaria, à banca de jornal e ao parque.

Sam finge que levou uma ferida mortal quando cutuco meu galho entre as costelas dele. Ele revida o golpe, a espada golpeando minha perna. Eu pulo sobre ela, caindo desequilibrada na grama.

Sam ri. Ele diz que pareço uma boneca de pano. Então joga o galho longe e se senta ao meu lado, tentando recuperar o fôlego. O calor se acumula sob a máscara em dias como esse. O suor escorre da testa, e os pulmões imploram por um ar mais fresco. Sam toma cuidado para não tocar o rosto apesar de tudo isso. Ele não tira a máscara nem fica a ajustando no lugar. Em vez disso, fecha os olhos e deixa as sombras das árvores e o som distante de construção abafarem sua respiração ofegante.

A enfermeira Ella está sentada no banco, com as costas retas e as mãos de ferro, olhando para nós de vez em quando. Ao redor dela, as pessoas existem em um mundo que quase nunca vejo.

O parque está cheio hoje, cheio de cores e pássaros e pessoas passando, de bicicleta, a pé, aos pares, com mascotes, alegres.

Uma mulher vestida com camadas demais atira farelo de pão no caminho, e as pombas se aglomeram ao seu redor. Um velho limpa a boca do neto cheia de sujeira com um lenço. Meninas apressadas passam de braços dados, as mochilas balançado nas costas.

Atrás delas, um casal está de mãos dadas, os dois se inclinando na direção um do outro, trocando apelidos carinhosos e sorrindo. A menina dá uma voltinha, e seu vestido esvoaça, o menino a rodopiando pela mão. Não prestam atenção no parque nem no mundo ao redor. O caminho é só uma estrada batida, e os civis ao redor são apenas pano de fundo em sua peça.

O vento sopra, e as folhas farfalham acima. O menino toma o rosto da menina nas mãos, os narizes se encostando. Ela lhe dá um beijo. As bochechas do menino ficam coradas.

A menina dar cor ao menino me faz sorrir.

Eu me pergunto se Sam sente o mesmo. Só que Sam não está sorrindo para a visão. A máscara esconde a boca, mas seus olhos não têm vida.

A mulher que atira migalhas para os pássaros olha para ele, retraindo o rosto diante da máscara e das luvas. Ela sente um calafrio e volta a atenção para sua revoada. O velho segura a mão do neto e se apressa ao passar por Sam, desviando ainda mais do que faria com qualquer outro estranho. As estudantes param e olham, os passos desacelerando enquanto sussurram e encaram.

Sam rapidamente vira o rosto do caminho. Ele passa os cotovelos em cima dos joelhos, escondendo o rosto, fechando o punho para esconder as luvas embaixo da calça. Depois de um segundo se atrapalhando, ele me puxa e me arrasta para um esconderijo atrás dos arbustos.

— Sam? — digo. — O que aconteceu?

— As pessoas estão olhando para mim — sussurra ele. O dedão passa pela cicatriz no pulso, a que ele recebeu anos atrás no canto escuro do armário. — Todo mundo acha que eu sou diferente.

Todo mundo. As crianças do passado? Algumas estão mortas; outras já foram para casa. O que deixaram para trás é uma marca muito maior do que uma linha branca no pulso.

Sam me solta, sem fôlego, parecendo consciente de si. Até na sombra, atrás dos arbustos, ele se encolhe, tentando ficar menor, como se não quisesse existir.

— Você *é* diferente — eu digo. O olhar de Sam passa do chão para mim. Eu sorrio, assim como a menina que sorria para o namorado. — Ninguém mais tem o sol nos olhos.

Sam pisca. O sol passa pelas folhas que lançam sombras que brincam na brisa, como se para provar meu ponto. Brincam no rosto dele da mesma forma que os raios de luz o beijam pela manhã.

— Você é lindo — eu digo, meus dedos passando pelo rosto dele, traçando a mandíbula que fica mais demarcada quanto mais velho ele fica. — As pessoas gostam de olhar para você.

Os transeuntes continuam seus dias e deixam apenas um pedaço vazio de grama. Eu me pergunto quanto não veem e como não notam toda a alegria que existe sob a máscara de Sam.

— Você acha mesmo? — pergunta ele.

O arbusto nos aproxima mais. Nossos joelhos roçam uns nos outros, o quadril dele cutucando o meu. Ele olha para mim como se todas as pessoas do outro lado não existissem mais.

— Claro que acho.

Sam não sorri. A pele ao redor dos olhos não enruga. Em vez disso, ele acaricia meu braço, as pupilas expandindo. A curiosidade dele explora mais livremente do que antes. A vergonha que ele tinha quando acidentalmente tocava na minha barriga ou nas costas ou qualquer lugar que as roupas cobrem se dissipa. A hesitação se dissipa junto.

Sam abaixa a máscara.

Eu entro em pânico, esticando a mão para colocá-la de volta no lugar, mas ele me impede. Ele segura meus pulsos e se inclina para que nossas testas se beijem.

— Sam, você vai ficar doente...

— Não me importo — sussurra ele.

Ele fecha os olhos. Ele respira o meu ar, soltando minhas mãos e segurando meu rosto. Os movimentos dele são hesitantes, incertos, mas impacientes ao mesmo tempo.

Coloco minhas mãos no peito dele. O batimento cardíaco está mais acelerado e forte. Fica ainda mais quando ele se inclina, tão perto que nossos narizes se tocam, e os lábios dele quase passam de leve pelos meus.

— Sam! Saia daí agora mesmo! — A voz da enfermeira Ella ecoa como um sino de igreja. Se os sinos de igreja fossem assustadores.

Sam se agacha, colocando a máscara de volta no rosto. Ele me arrasta pelo braço de novo, me fazendo correr.

— Vamos, vamos, vamos logo! — ele grita.

Quase tropeçamos um no outro e nos galhos, e saímos do esconderijo inteiros. Juntos, corremos, e Ella segue atrás de nós. Sam ri o tempo inteiro, pulando sobre o caminho, passando pelas árvores, certificando-se de que eu ainda o acompanho.

Paramos logo antes de cair em uma poça de lama, mas o vento tem outras ideias. Perdemos o equilíbrio e caímos, juntos. A lama se revolta, encharcando a nossa roupa. Sam se senta para ver se eu estou bem. Assim que ele vê que só estamos sem fôlego e cobertos de lama, o sorriso finalmente curva o rosto, marcando a pele ao redor dos olhos.

Ele parece feliz. Mesmo que seja uma coisa breve, um ponteiro marcando um segundo no relógio, o momento se enche de raios de luz. O tempo que Sam se perde dentro da cabeça, preso ensimesmado, encarando o vidro, parece insignificante ali.

— Ah, seus sujinhos! — grita a enfermeira, batendo os pés até a beirada da poça de lama e colocando as mãos na cintura. — Vou precisar lavar vocês com a mangueira como se fossem cachorros! Saiam! Já!

Sam e eu lhe obedecemos, saindo da lama, nos encarando de soslaio no processo, trocando risadinhas.

A enfermeira Ella nos arrasta de volta pela orelha enquanto nos dá um sermão atrás do outro. Ela nos deixa do lado de fora da porta, dizendo que espere por ela, a não ser que queiramos jantar só espinafre o resto da semana. Ela volta com baldes de água e os vira em cima das nossas cabeças. Sam e eu damos gritos e estremecemos. Ella esfrega nossas cabeças com o que parece ser uma vassoura pequena.

Depois que nossa pele está vermelha e cheirando a sabão, a enfermeira Ella grunhe.

— Que bobajada de criança.

— Não sou mais criança, enfermeira Ella — diz Sam, inclinando-se para a frente. — Logo vou ser mais alto que você.

— Bem, até você aprender que não é para brincar na lama, vou te ver como uma criança — diz Ella.

Ela joga toalhas sobre nossas cabeças e nos manda entrar quando estivermos secos. Antes de ir, ela mede a temperatura de Sam, soltando um suspiro profundo quando o termômetro exibe um número normal.

Acho que ela é uma boa pessoa.

Boa e malvada, mas ainda assim boa.

— Sam — eu digo. — Acha que podemos ter mais aventuras assim?

Ele olha para o horizonte, para além do parque e da padaria e da banca de jornal. Através das construções que se erguem no céu e o seu barulho.

— Podemos fugir juntos — ele diz. — Só eu e você. Mais ninguém. Que tal?

Eu engulo em seco, as paredes do hospital e todas as pessoas lá dentro me puxando. Penso em tudo que estaria deixando para trás ao fugir. Mas então penso no rosto de Sam enquanto nos escondíamos no arbusto. Penso em sua risada na lama, e nos lábios dele tão perto de roubarem os meus.

— Isso vai fazer você feliz? — pergunto.

— Vai — responde ele.

— Promete?

— Prometo. — Sam me puxa pela cintura, enganchando a cabeça no espaço do meu pescoço, esticando os braços como um gato em um telhado. Ele beija minha bochecha e sussurra: — Você me faz tão feliz, minha doce Sam.

19
céu

A PERIFERIA DA cidade acompanha a linha costeira. O mar se mistura às fachadas dos penhascos desgastadas, aos pássaros voando em formato de seta e acompanhando o ritmo das ondas. Seguindo pela estrada que dá em uma baía aberta, olho para um mundo que nunca vi com meus próprios olhos.

— Esse é o mar? — pergunto, me inclinando sobre Sony, colocando as mãos na janela.

— É tão bonito quanto você imaginava? — pergunta Hikari.

Uma meia-lua marca sua pele acima da nossa promessa irrevogável. Na minha, um meio sol espelha a imagem dela.

Saímos do estúdio e agradecemos a Carl pelo trabalho duro. Carl agradeceu a nós pela história. Então, tímido, puxou Sony pelo ombro e perguntou se ela ligaria para ele um dia desses.

Sony deu um sorrisinho, como fazem os diabinhos. Ela agarrou Carl pelo rosto e o beijou com tanta força que ele quase caiu para trás no balcão. A liberdade vem em graus, e Sony aproveita qualquer temperatura que a liberdade decide escolher. Depois que ela encerrou o beijo, escreveu o seu número na palma da mão de Carl e então nos seguiu.

O oceano nos cumprimenta com um aroma salgado e pungente. Nós o cumprimentamos com nossas vozes, gritando e cantando, e versões terríveis de músicas clássicas de rock. As janelas abaixadas. Música no último volume. Sem nos importar com o que deixamos para trás.

Com nossos seis dólares e noventa centavos que sobraram, estacionamos a caminhonete no calçadão e convencemos uma mulher baixinha de chapéu branco e um carrinho a nos vender sorvete por metade do preço. Ela nos chama de crianças desgraçadas e nos entrega as casquinhas.

Hikari aponta para o mar que tenta chegar à costa com a espuma branca. Na praia, os grupos tentam manter seu zelo de fim de temporada. As pessoas dançam ao lado de bares com o cheiro familiar de cigarros e álcool.

Depois de tomar o sorvete, Sony passa o que sobrou da casquinha para Neo. Ela arranca os tênis brancos sujos e os deixa na calçada quando pula na areia. Sem esforço, ela se mistura à multidão daqueles que negam o fim do verão.

Os desconhecidos olham duas vezes, surpresos por aquela beleza brutal. A camada fina de penugem laranja e as constelações que dançam no nariz. C desce enganchado a Neo. Os desconhecidos olham duas vezes enquanto o pequeno corpo da força anda em compasso com a gentil batida da compaixão. Eu introduzo Hikari com seu vestido florido àquela cena. Ela tropeça, mas eu a seguro, entrelaçando nossos dedos, dançando da única forma que sei, com ela me guiando pela mão. Os desconhecidos olham duas vezes, não procurando uma indicação do tempo perdido, doenças repulsivas nem morte. Olham para nós duas vezes porque somos crianças perdidas no momento e uns nos outros.

Corremos até a praia, até chegar a um pedaço inabitado, exceto por gaivotas que mergulham em busca de peixes e outros bichinhos na areia.

O vento é feroz. Sony dá um grito, esticando os braços nas laterais do corpo. Eu corro com ela, tremendo enquanto enfiamos os pés na água. Ela declara que aquela praia, desde as dunas de grama até a profundidade do mar, é toda nossa.

As ondas que presenteamos com nossa dança bagunçada e falta de cabelo nos encorajam. C tira as calças e a camiseta sem vergonha alguma e entra no mar. O peito e o plástico protegendo a tatuagem ficam acima da superfície enquanto ele boia com sua velha amiga, pegando o mar nas palmas das mãos e molhando o rosto com um suspiro.

Conchas do mar afundam os bolsos de Sony enquanto ela e Hikari pescam no raso como pescadores em um canal. Estão encharcadas da cintura para baixo, mas não parecem se importar. Sony torce o tecido do vestido de Hikari e dobra suas calças antes de se sentarem na areia, sujas e felizes enquanto organizam seus tesouros.

Perseguido sem misericórdia por C e por mim, Neo coloca o capuz do moletom na cabeça e continua de camiseta e calça. Ele finge ficar bravo quando nós o arrastamos até a água. Depois que a metade de baixo fica imersa nas ondas, um calafrio violento percorre seu corpo. Ele coloca os braços ao redor do pescoço de C para se aquecer, os dois sorrindo um para o outro. C rodopia na água assim como fez na areia, sorrindo no pescoço de Neo.

Levo pedras de volta para Hikari. Elas brilham, algumas com uma única linha branca as cercando, como uma corda rasgada no meio. Também levo um pequeno caranguejo com uma pinça faltando, que estava preso a uma concha. Juntas, nós o levamos de volta ao oceano, observando enquanto ele volta a se esconder no mar.

Mais tarde, em uma pilha de roupas secas nas dunas, Sony, C e eu distinguimos as ilhas distantes, dando nomes a navios solitários no horizonte. Neo e Hikari escrevem e desenham na Lista. Marcam cada pedra, concha, ilha e navio. O vento dá palpites na nossa conversa, virando páginas em discordância e fazendo cócegas nos nossos narizes quando está satisfeito.

Meus amigos riem, preenchendo páginas e mais páginas, sem nenhum momento de tédio. Eles sorriem, se abraçam, se beijam, correm, falam, cantam, gritam, nadam, brincam, criam e amam sem nenhuma restrição.

Com um lápis entre os dentes, Hikari anda comigo até a beirada de espuma da praia e me entrega um desenho. Três crianças dançando juntas em uma multidão anônima. As expressões são suas, mas são reais. Eu encaro o desenho, os dedos como espectros passando pelo rosto dos meus amigos. É um único instante, mas, por meio do seu dom, está gravado na eternidade.

Sorrio. Porque esse único momento é algo que não pode ser roubado.

Quando Hikari se vira de novo para o mar, a brisa flerta com sua figura. O vestido agarra nas curvas, o tecido molhado grudando nas pernas. Minhas mãos exploram o quadril dela, puxando-a contra mim, o papel em mãos.

Traço as linhas do rosto dela. Ela morde os lábios azuis e inala aquele ar novo que poderia ter sido carregado ali do outro lado do mundo. Eu a imito. Nossas tatuagens se tocam, uma faísca de eletricidade trocada por nossos corações.

— Hikari — suspiro.

Ela passa os dedos pela minha cabeça, o relógio no pulso passando grãos de areia no meu pescoço.

— Sim, Sam — ela sussurra, e, rodeadas pelas pessoas que amamos, percebo que é sempre assim que as coisas deveriam ser.

Nossos inimigos não podem tomar esse lugar.

Não podem tomar esse dia.

Nos braços de Hikari, me esqueço do que sou e de onde vim. O conceito de lar não tem mais gravidade alguma. Saí de órbita e escolhi seguir meteoros sem nenhum destino, exceto traçar meu próprio rumo.

Não tenho medo do que a vida é nem da existência. Observo e ainda assim sorrio, abraço, beijo, corro, falo, canto, grito, nado, brinco, crio e amo mesmo assim.

Esse lugar — esse local exato onde a terra e o mar se encontram é onde o mundo nasceu. É onde o tempo acaba, a doença deteriora e a morte morre.

Porque o mundo foi construído para crianças que sonham com a vida e foram destroçadas pela perda. É o mundo deles e é o meu. É nossa reivindicação, e é nossa colheita. Nesse lugar, a liberdade nos toma pela mão, e dançamos com o ritmo que ela dita nessa areia fria e áspera, e nas águas selvagens e acolhedoras.

No livro das nossas vidas, em uma única página dedicada à sua criação, nós declaramos esse o nosso Céu.

Quando a noite cai, voltamos para a caminhonete do pai de C. As nuvens se dissipam com a escuridão, revelando um céu preto pintado com uma camada de estrelas. Felizmente, um roubo de C nos rende cobertores amarelos para aquecer nossa pele encharcada.

Ficamos deitados na caçamba como sardinhas mal encaixadas. Estamos entrelaçados, uma massa de corpos aconchegados uns nos outros, tiritando e rindo. Sony está no meio, Hikari e Neo segurando nela como se fossem bebês enquanto C e eu ficamos nas pontas.

Nossas histórias fluem entre nós. Algumas são histórias bem-humoradas que são interrompidas por risadas, já que sabemos como acabam. É como uma piada que não precisa de uma última frase. Um conjunto comunitário de memórias que conduz a novas histórias.

— Não dá para acreditar que você beijou o Carl — diz Neo.

Sony sorri de um jeito que dá para ver que ela está pensando em fazer isso de novo só pela diversão.

— O Carl é legal — diz C, os braços cruzados atrás da cabeça como um travesseiro.

Estou prestes a acrescentar que Carl também é muito habilidoso no seu trabalho, mas então Hikari diz:

— Ele é bem bonitinho.

Agora, fico menos animada para dizer qualquer coisa.

Olho para ela, apoiada no meu cotovelo enquanto franzo o cenho. Ela revira os olhos para mim, apertando minha bochecha.

— Deveríamos chamar o Eric da próxima vez — diz C.

Hikari dá uma risada.

— Ele brigaria com os peixes por nadarem perto demais da praia e ficaria xingando as gaivotas por voarem perto demais da areia.

— Ele xingaria a areia por ser areia — comenta Neo.

Sony dá tapinhas na testa dos dois.

— Ah, shiu, ele ia gostar. No fundo.

— Ele ia gostar porque nós gostamos — eu digo, o único peixe sentado daquele cardume, escutando as ondas que nunca dormem enquanto a maré as repuxa.

Fico imaginando Eric no centro daquela praia noturna, nos observando brincar enquanto as gaivotas voam acima e o sal espirra nas nossas línguas e a música toca no calçadão.

— Já pensou em transformar as batidas do seu coração em uma música? — sussurra Neo, aninhado no peito de C, o ouvido pressionado naquele vale vazio.

— Você escreveria a letra? — pergunta C.

Neo dá de ombros.

— Podemos escrever juntos.

— Eu ia gostar — sussurra C.

— Depois da nossa história?

— Isso, depois da nossa história.

Sony estica os braços, bocejando.

— Neo — diz ela, cutucando o ombro dele —, vamos ler mais um pouco do manuscrito. Quero saber o que acontece depois.

Só que, quando Sony olha, C coloca um dedo nos lábios, mostrando que o nosso poeta está adormecido. Ele se remexe nos braços de C, virando-se para se acomodar em Sony também.

— Amanhã então — sussurra ela, dando um beijo na testa de Neo.

C abraça os dois, apertando minha mão e o braço de Hikari, antes de todos eles adormecerem.

— Olha, Sam — diz Hikari, ainda acordada. Ela olha para a galáxia esparramada, uma pintura que é só nossa. — Suas estrelas estão brilhando.

Estão mesmo. E seu brilho está refletido nela.

Puxo o cobertor amarelo para cobrir os ombros de Hikari, arrastando meu toque pelo corpo coberto para me certificar de que ela está aquecida. O olhar sonolento dela me encontra. A alegria de hoje paira nas cores, um líquido que não pode ser dissolvido com o passar do tempo.

— No que está pensando, Yorick? — pergunta ela.

— Que você e eu fomos feitas uma para a outra.

— Fomos?

— Não.

Ela dá uma risada.

— Você é um príncipe, e eu sou só a caveira de um bobo da corte sem nome — eu a lembro.

— Não existe nada sem nome — diz ela. — Nem mesmo ossos.

— Hamlet não diria isso.

— O que Hamlet diria?

— Ele diria que a caveira é idiota por querê-lo. Por pensar que é qualquer coisa além de uma caveira.

— Hamlet nunca diria isso para seu amigo.

— E o que é que Hamlet sabe? Ele é amigo de uma caveira.

Ela dá outra risada, passando os dedos pelo meu rosto. Fico tentada a envolvê-la, respirar o aroma exalado da pele do seu pescoço e simplesmente chegar tão perto dela que a distância vire um conceito esquecido.

— Hikari — sussurro, pensando no desenho dos nossos amigos, ainda guardado no meu bolso. — Se você pudesse voltar no tempo e não subir naquela árvore ou ir para o lago ou qualquer que fosse que te trouxe até aqui... — Fico segurando a mesma mão que me salvou daquela rua e me lembrou que estar viva é me sentir da forma como me sinto agora. — Você voltaria?

— Não — diz Hikari sem hesitar nenhum segundo, balançando a cabeça. — Não, eu estou feliz aqui. Com eles. Com você. — Ela olha para as estrelas de novo, e então para mim, sem sombras deixadas pela noite. — Eu estou feliz — ela repete.

Aquilo preenche o vazio dentro de mim, e o que antes era uma casca vazia, uma silhueta de uma pessoa, agora está cheia. Tiro os óculos dela e os deposito com cuidado sobre seu peito. Agora não há nada no caminho, nem mesmo um espelho. Fantasio beijar os lábios dela só para sentir o gosto daquelas palavras.

— Que foi? — Hikari sussurra, me imitando, os dedos acariciando minha bochecha.

— Você se lembra daquela noite no jardim que roubamos uma corrida? Você me perguntou o que eu achava da vida.

Eu quero dizer a ela que eu nunca senti como se tivesse uma vida. Só que também quero dizer que, se isso é viver, então uma vida com ela é a única coisa que eu quero.

— Preciso te contar uma coisa, Hikari — digo. — Sobre mim.

Hikari hesita, esperando que eu continue, mas de alguma forma as palavras perdem seu formato antes que eu possa encontrá-las. Eu a encaro por muito tempo. A afeição que ela sente é medida por olhares de provocação, presentes que só nós compreendemos o significado e noites compartilhadas olhando livros. Não consigo encontrar a força para desperdiçar tudo isso. Ainda não.

— Tem um sonho nos seus olhos, minha Yorick — diz ela, e decido que vou contar a verdade mais tarde.

Que o agora não precisa de nenhuma repetição do passado, e o futuro não precisa de um presságio.

Ainda temos tempo.

Seguro a mão dela, que está sempre tão ansiosa para explorar, e beijo os nós nos dedos de Hikari, a palma da mão, o pulso, e todas as pequenas cicatrizes contidas ali.

— Sonho com essa vida — sussurro. — Nós. Juntas. Por todos os amanhãs que ainda vão vir.

Hikari me beija, me puxando de volta para a caçamba. Eu a beijo de volta, os braços do lado da cabeça dela. Enquanto a promessa dela continua naquele pedaço rasgado de papel, entre nossas carícias ela diz:

— Então todos os meus amanhãs serão seus.

———

Eu não acordo com o sol.

Acordo com o som de um embate e uma respiração ofegante.

Alguém está tentando respirar, de forma desesperada, mas o ar não entra. É interrompido, preso em um acesso de tosse.

O ar é um meio necessário para a troca entre o corpo e o ambiente em que o corpo está. Não é um recurso infinito, e aqueles que não possuem mais os meios para coletá-lo só têm um destino.

É isso que me acorda quando o sonho acaba.

Acordo com Sony se afogando de dentro para fora.

— Sony?

Hikari, C e Neo acordam simultaneamente, um rebanho ouvindo o choro de um membro machucado na noite.

— Meu Deus do céu, Sony! — grita Hikari.

Sony está deitada de costas, os olhos arregalados e amedrontados, as unhas enterradas na caçamba da caminhonete, o peito afundado. Pontos de inchaço aumentam no seu lado direito enquanto ela cospe sangue e mancha o queixo.

— C, coloque ela no banco detrás. Neo, ligue o carro — eu dou as ordens, e todo mundo se mexe rapidamente, como médicos passando pelo corredor quando uma chamada de emergência ressoa no comunicador.

Hikari choraminga. C se apressa e pega Sony. Abro a porta traseira e me atrapalho com o tanque sob o banco e a máscara de oxigênio.

C coloca Sony sentada, e ela se encosta em mim. Hikari está chorando de medo, as mãos tremendo enquanto me ajuda a colocar a máscara no rosto de Sony.

O motor ruge, e os faróis iluminam o estacionamento vazio quando Neo gira a chave na ignição. Ele pula para o banco do carona para dar lugar a C. Ele estica o braço para trás, tentando pegar a mão ou o joelho de Sony, ou alguma coisa em que possa segurar, sem se dar ao trabalho de colocar o cinto de segurança.

— Sam… Sammy — Sony tenta falar.

As cordas vocais estão mergulhadas. O corpo está frio e fraco, e ainda assim trabalhando. Um corpo possui respostas automatizadas para se manter com vida. O único pulmão de Sony vai continuar enchendo e esvaziando até não ter mais solução, não importa o que o consuma.

— Aperte nossas mãos, Sony. Respire fundo — eu digo, segurando o pescoço dela reto, mantendo o caminho para o pulmão o mais livre que consigo.

Ainda é noite, e as estradas estão vazias. C pisa no acelerador, lembrando-se da rota mais rápida até o hospital.

Sony cospe mais sangue e pus. Não tem força para inclinar a cabeça, então tudo acaba caindo no próprio colo. Hikari tenta limpá-la da melhor forma que consegue com o próprio moletom. O pânico estremece tanto as mãos quanto a voz.

— Hikari? — geme Sony.

— Tô aqui, Sony. Só aguenta firme, tá?

Sony dá um sorriso delirante, o corpo completamente mole nos meus braços.

— Você é sempre tão quente — diz ela.

— Sony? Sony, fica acordada! Sony! — grita Hikari, mas os olhos de Sony já reviraram.

20
asas

A REALIDADE NÃO é bondosa com aqueles que tentam rejeitá-la. Arruma um jeito de se jogar sobre você, não com uma faca nas costas, mas perfurando um pulmão, encarando diretamente com um olhar desgostoso por ter sido deixada para trás.

Um metrônomo é tudo que a realidade deixa para trás, com a lâmina passando pelo chão. Pulsa na forma de um monitor de sinais vitais, desenhando uma linha contínua de montanhas verdes na tela.

Nós nos apegamos a isso, a batida que desacelera a cada hora que passa, com medo de que, se deixarmos de lado, vai ficar mais relaxada e a batida vai se transformar em um bipe constante e infernal.

Eu me endireito na cadeira, tomando cuidado para não fazer barulho. A UTI é barulhenta fora desse quarto, mas, com a porta fechada, dá para ouvir até um alfinete cair. Neo, C e Hikari dormem em três cadeiras encostadas na parede que fica de frente para a cama. Caíram no sono quando os médicos foram embora.

A aceleração intensa da caminhonete, os gritos cheios de horror, Sony se afogando — tudo está ali em seus sonhos, atormentando-os. Chegamos ao hospital quando Sony já estava entrando e saindo da inconsciência. Trouxeram uma maca e a tiraram dos braços de C.

Apesar da incapacidade de Hikari de lidar com o medo e o pânico no momento, ela conseguiu se acalmar o bastante para ligar para Eric da caminhonete. Ele já estava esperando na emergência quando levaram Sony na maca e ele fez algo que eu nunca o tinha visto fazer.

Ele congelou.

Viu o sangue e ouviu o esforço que Sony fazia, e simplesmente parou.

Um grupo de pessoas a rodeava. Abriram um buraco no peito, e um gêiser de líquido saiu de lá. Então a levaram para longe, gritando códigos de emergência, enfiando agulhas nela e fazendo nossa Sony desaparecer, ainda sem conseguir respirar.

Ficamos trêmulos. Hikari enterrou o rosto no meu peito, os punhos fechando ao redor da camiseta enquanto ela se segurava em mim.

Eric tentou correr para onde a estavam tratando, gritando com enfermeiros e médicos que não conheciam o histórico de Sony, os tratamentos, nada.

Precisaram expulsá-lo da sala. Neo, C e Eric ficaram encarando o corredor que levava à UTI e enquanto esperamos durante um tempo infernal, em um lugar infernal, até um médico sair de lá.

Agora Sony está em um quarto que só posso descrever como sendo azul. Um emaranhado de tubos está enganchado no nariz. O peito é um conjunto bagunçado de equipamentos médicos. Deve ter sido alguma infecção, trabalhando sorrateira sem sintomas até que puxou um ralo e então causou um dilúvio no campo de batalha.

— Fomos pegos, hein?

Ergo o olhar para ver a fonte de uma voz áspera. Está fraca, pedras parecendo raspar no fundo da garganta, mas carrega consigo uma melodia conhecida. Sony está ali, atrás daqueles olhos quase fechados. Uma chama queimando baixa, mas ainda ardendo.

Eu pego a mão dela, quase rompendo o sistema frágil de tubos conectado a ela.

— Sempre somos pegos — sussurro, apertando sua mão.

Ela não aperta de volta. Acho que não consegue. Não consegue se sentar nem se mexer. Mal consegue virar a cabeça.

— Não estragaram minhas asas, né? — pergunta ela.

A tatuagem não está visível sob as ataduras, mas as asas eram jovens demais para passar por tanta coisa. Tudo que sobrou foram penas de tinta arrancadas e caídas sob as clavículas.

— Não — eu digo. — Não estragaram.

— Que bom. — Sony sorri. — Sempre quis ter asas.

Eu assinto, acariciando os nós dos dedos dela.

— Você disse isso para mim na noite em que nos conhecemos, lembra?

— Claro que lembro — responde ela. — Você nunca tinha comido chocolate. Sua esquisita.

— Você me apresentou a doces, sorvete e batata frita também.

— Meu Deus, eu sou uma má influência.

Eu dou uma risada. Ela também quer rir, compartilhar aquilo comigo, mas acho que essa também é uma das coisas que ela não consegue fazer agora.

Sony percebe a tristeza que aquilo causa em mim. Ela tenta ao máximo fechar os dedos sobre os meus. Eles tremem, sem conseguir aplicar pressão, mas o sorriso dela é muito maior que a fraqueza.

— Foi um dia bom, né, Sammy? — sussurra ela.

— Foi, sim.

Queria poder dizer que a pele dela ainda cheira a sal, e que as bochechas ainda estão queimadas de sol. Queria poder dizer que as pessoas se lembram de quem elas são nesses momentos, mas elas não se lembram.

Sony chegou a um ponto da doença que ela não se parece mais consigo mesma. As sardas são quase invisíveis, a pele pálida e repleta de suor. Qualquer animação, qualquer covinha que poderia levar alguém a crer que ela era sorridente se foi. Os braços e pernas estão moles por falta de oxigênio. Tudo que resta para lutar é aquela metade do peito que continua subindo e descendo, de novo e de novo, sem desistir daquele jogo.

— Há quanto tempo você sabe, Sony? — pergunto.

Ela engole em seco, mas aquilo dói, como cortar as amígdalas com uma lâmina.

— No dia que você caiu na rua, senti um negócio na garganta. A dor no peito veio depois. Aí, quando eu tropecei, eu soube — diz ela. — Não sei como, mas eu só soube.

Ela me lança um olhar que parece um pedido de desculpas, do tipo que se dá quando guarda um segredo tão monumental quanto esse.

— Você nunca disse nada...

— Não tinha nada para dizer.

Ela fala como se o assunto fosse impossível de resolver. Como se qualquer medida preventiva fosse inútil e ela teria acabado ali de qualquer forma.

— Sammy, na noite que a gente se conheceu, eu te contei do acidente da trilha, lembra?

As palavras de Sony se atropelam, arrastando um pouco por causa dos remédios, mas consigo entender. Ela tenta mexer o braço para ficar mais perto de mim. As lágrimas enchem seus olhos enquanto ela faz esse esforço, não por causa dessa dor, mas de uma mais antiga.

— Eu menti para você. Desculpa.

— Não precisa pedir desculpas — sussurro, limpando as gotas de suor da sua testa com a manga da camiseta.

— Mas preciso, sim. Eu sinto muito mesmo. Eu era muito nova e eu não sabia o que fazer — ela choraminga.

Neo, C e Hikari se remexem, mas não acordam.

— Sony, está tudo bem — sussurro.

— Eu fiquei grávida — diz ela.

E, então, eu lembro com mais clareza. Os machucados nas pernas e os pontos que ela levou no rosto. A raiva. A forma como ela ficava tocando na barriga.

A respiração de Sony hesita, a saliva escorrendo pelo queixo. Limpo com a manga de novo, mas Sony continua falando, tentando cuspir tudo como se fosse uma comida que está dando náuseas.

— Minha mãe teria entendido. Ela teria me ajudado a criar o bebê, mas eu não conseguia. Não consegui contar para ela. A noite que eu te conheci eu tinha pegado o carro, e aí dirigi até não estar mais na estrada.

Na noite em que nos conhecemos, Sony tinha feito exames. Exames que mostraram um trauma no pulmão esquerdo. O pulmão que precisaram retirar.

— Sony. — Minha voz treme. — Por quê?

As fugas de Sony, aquelas nas quais ela fugia do olhar de vigia de Eric, nunca pareciam ter um propósito, mas tinham. Ela nunca roubava para si. Roubara para as crianças. Passava tempo com elas. Não porque estavam doentes, mas porque Sony era assim. Como uma criança, ela é curiosa e intensa, e de uma beleza brutal. Vive pelas corridas, pela adrenalina e pelos jogos. Resgatou uma gatinha machucada e lhe deu um lar onde pessoas machucadas vão para se curar simplesmente porque ela é assim.

— Você viu como isso acabou com a minha mãe? — ela pergunta. — Ter que me ver me tornar só metade do que eu costumava ser?

— Sua mãe adorava você. — Eu balanço a cabeça. — Cada partezinha sua.

— Eu não consegui — diz Sony. Os materiais mantendo-a viva grudados no peito viram um borrão na sua visão periférica. — Eu só não podia arriscar saber que a criança talvez acabasse sendo como eu. Não seria justo.

Sony ama crianças. É só agora que eu entendo quanto ela amava a criança que nunca teve.

Todas as fantasias que já tive de Sony como uma mulher adulta começam a desaparecer, como uma fotografia velha que nunca tirei, sumindo. Eu a vi em um lugar distante de um futuro inexistente. Eu a vi com uma pessoa que a amava e uma criança nos braços. Ela soprava beijos infinitos, aninhando um bebê com o mesmo cabelo ruivo vivo da mãe e sardinhas que dançavam quando ria.

As lágrimas escorrem pelo queixo de Sony enquanto ela imagina aquela fantasia comigo. Então, começam a escorrer pelo meu rosto também.

— Seria só uma chance — sussurro.

Sony sorri. Um sorriso de aceitação, marcado pela tristeza.

Ela sabe que seria só uma chance.

Só que a chance existir já era o bastante.

— Eu queria te contar — diz ela. — Queria contar que, mesmo se me arrependi de algumas coisas, os últimos dois anos aqui com você não estão nesses arrependimentos.

Ela aperta minha mão mais forte dessa vez. Então, ela olha para além de mim, para nossos amigos.

— Você vem em segundo lugar na linha de comando. Precisa mantê-los na linha, tá? — diz Sony. — Ah, não chora, Sammy.

Ela ergue o braço. Eu a ajudo, segurando a maior parte do peso enquanto ela descansa a palma da mão na minha bochecha.

— Foi um dia bom.

Eu me engasgo com a respiração, sentindo a garganta molhada.

Hoje vale infinitamente mais do que o amanhã. Só que o amanhã de Sony tinha uma carreira, o fim do manuscrito de Neo, um olhar no espelho para uma tatuagem nova e uma infinidade brilhante de futuros que por direito pertencem a ela.

Eu sabia que um dia que não continha amanhãs viria.

Eu sabia e, mesmo assim, eu choro.

Somos sortudos, eu penso. *Hoje foi um dia bom.*

Sony e eu sustentamos o olhar uma da outra, e eu sussurro:

— Só queria poder ter te dado mais.

Eric volta alguns minutos depois, segurando Elae nos braços. Ele está ofegante e rapidamente coloca a gata nas pernas de Sony. Ele verifica todos os sinais vitais, murmurando para si, obcecado com os mínimos detalhes.

Sony só está semiconsciente. Ele acaricia a cabeça dela, fazendo todo o tipo de pergunta em voz baixa. Neo, C e Hikari acordam, e todos tomam cuidado para não a sufocar.

Eu fico em pé e abro espaço enquanto os outros se reúnem ao redor da amiga.

O tempo, para fazer uma gentileza, desacelera. Fica parado ao meu lado, observando, assim como faz desde que eu nasci. Não sussurra nenhuma crueldade nem insulto. Passa a mão pelas minhas costas e desacelera o metrônomo, segurando-o ao máximo até que aquela última nota seca inevitável ecoa.

— Sony? — Hikari chora. — Não! Sony, não!

Eric grita para sairmos dali. Os médicos de Sony entram no quarto.

Hikari fica tão desolada que eu preciso carregá-la para fora. C chora, nos seguindo, cobrindo o rosto.

Neo é o último a ir embora. Fecha os olhos para os gritos e beija o rosto de Sony. Quando é empurrado para fora do quarto, leva Elae consigo.

Choramos juntos no corredor vazio, tirados do azul e do frio. Quando nos jogamos no chão, há o peso inevitável de algo faltando, como um braço amputado de nossos corpos.

Do lado de fora da janela quadriculada, assisto, com a visão embaçada, a Sony respirar pela última vez. Quando ela fecha os olhos, eles nunca mais se abrem.

A morte não é brincalhona.

A morte é repentina.

Não tem um gosto pela ironia nem por motivos.

Ela toma, direta e simples, e não tem truques na manga.

Mas ao menos,

dessa vez,

a Morte é bondosa o bastante para esperar por um adeus.

21
antes

Ela tem o tamanho de um bastão de manteiga. A enfermeira Ella a chama de Bebê Manteiga. Ela nasceu há seis semanas, ou seja, seis semanas mais cedo do que deveria. Hoje é o dia em que ela *deveria* ter nascido.

A mãe dela também é uma enfermeira. Diferente de Ella, o rosto dela é como cetim. A barriga enche o vestido, os braços e pernas são pesados. Ela mede os sinais vitais de Sam quando Ella está em casa, uma criatura muito mais gentil que o suborna com canções de ninar em vez de sermões.

O bebê tem toda a suavidade dela.

— Ela é tão pequena — sussurro.

— Cuidado. Isso, segure ela, bem assim — a mãe diz.

Ela arruma a trança que desce pelo ombro.

Nunca segurei um bebê. Já conheci tantos, já os vi enrolados em cobertores e amamentando no peito das mães, mas nunca tive a responsabilidade de segurar um.

Ajusto o capuz de tecido com mais cuidado sobre a cabeça do bebê, apoiando o pescoço com o meu cotovelo. Ela emite um chorinho. As mãozinhas gorduchas se fecham ao redor do meu dedo.

Que criatura incrível ela é. Uma nova vida que sabe apenas como respirar e amamentar, envolta em um corpo tão frágil quanto porcelana. Eu a coloco de volta no berço, mas ela é uma coisinha ávida. Puxa meu cabelo, dando gritinhos e risos, as pernas gordas chutando o ar.

— Ela gosta de você. — A mãe dá um sorriso, pressionando um beijo casto na minha bochecha. — Pode vir visitar quanto quiser, tá?

— Tchau, Bebê Manteiga — sussurro.

Abaixo a cabeça, e, depois que eu saio do quarto, a bebê continua sorrindo sem dentes por cima do ombro da mãe até eu ir embora.

— Bam! Ganhei de novo!

Henry é um dos costumeiros, segundo a enfermeira Ella. Ele mora em um chalé próximo ao rio. Não tem filhos nem família. Então, quando uma infecção na perna o atacou no seu aniversário de oitenta anos, ele não tinha nenhum lugar para ficar, a não ser conosco.

Eu gosto de Henry. O cabelo dele é grisalho, como a fumaça branca que sobe do cachimbo pendurado em seus lábios. Aquela coisa é uma extensão do seu corpo, outro braço. Ele nunca é visto sem o cachimbo. Quase todas as cinzas caem do furo do tabaco quando ele ri das próprias piadas.

— Seu velhaco — diz Sam, jogando as cartas na mesa entre eles.

Estamos na sala das enfermeiras. Tecnicamente os pacientes não podem entrar, no entanto, Sam e Henry são os residentes que gostam de aprontar, e eu sou a mão direita dos dois. Onde mais poderiam fazer sua jogatina sem interrupções, senão justamente no lugar onde as enfermeiras jamais esperariam encontrá-los?

Henry dá de ombros, dando uma risada vitoriosa e soprando fumaça no rosto de Sam.

— Sorte no jogo, meu garoto. Sorte no jogo — cantarola ele.

— Até parece. — Sam joga um braço no encosto da cadeira. — Você estava escondendo esse rei nas suas rugas, disso eu sei.

— Uh-oh. — Henry puxa um trago do cachimbo, pegando as cartas. — Parece que temos um mau perdedor por aqui. Rápido! Melhor pegar um pouco de gelo antes que o ego dele fique ferido demais.

Sam tenta não rir.

Ele também gosta de Henry. Certa noite, Sam estava passando pelo quarto dele, de luvas e máscara, quando ouviu uma série de murmúrios irritados do outro lado da parede. Sam colocou a cabeça para dentro do quarto e se deparou com um senhor encarando o nada, falando com o ar, com duas muletas encaixadas sob as axilas.

— Você aí! — berrou ele, usando uma das muletas para apontar para Sam. — Entre logo aqui. Isso é uma emergência.

— Você se machucou? — perguntou Sam, apressando-se para ajudá-lo. — Precisa de um médico?

— Um médico? Está tentando me matar? Não, não, menino, é muito pior do que uma ferida. Eu estou muito entediado. Entediado além da conta. Se precisar ficar nesse quarto mais um segundo sem nada interessante para fazer, é capaz de morrer aqui mesmo.

— Bom. — Sam coçou a nuca, exalando em parte aliviado, em parte por divertimento. — Isso não pode acontecer.

— Não mesmo! — Henry bateu com a muleta no chão e retirou uma pilha de moedas do bolso. — Gosta de baralho, menino?

— Claro, senhor.

— Excelente! — Sem se dar ao trabalho de contar o dinheiro, ele colocou tudo na mão de Sam. — Vá comprar um. Aquela bruxa da enfermeira me tomou o último. Aproveite para comprar uns doces para você no caminho.

Sam nunca foi de rejeitar um afazer. Ele não pediu permissão para a enfermeira Ella. Ele simplesmente me levou junto, aproveitando qualquer desculpa para sentir o vento no rosto e apostar uma corrida pela rua. Voltamos com um baralho novinho em folha da loja de conveniência. Quando Sam tentou devolver o troco para Henry, o senhor acenou para afastá-lo e disse a Sam que ele deveria usar o dinheiro para algo útil, como apostas de jogo.

Apesar de que Henry, assim como Sam, nunca sai do hospital.

Os corpos ficam mais fortes com a idade, e então definham, voltam para o estado de fraqueza de quando eram do tamanho de bastões de manteiga. Henry discorda dessa visão sobre a existência. A mente está inteira, e ele tem sua memória. Sob o cachimbo e o cabelo grisalho, ele ainda é jovem, um garoto no auge, pronto para dançar, ir a festas e apostar dinheiro com todos os outros.

— Menina — diz ele, acenando para mim. — Venha embaralhar, minha artrite está pegando fogo.

— Não, não venha, não — adverte Sam. — Não quero que você me veja sendo humilhado.

Mesmo assim eu vou. Sam me encara por cima da máscara enquanto embaralho as cartas. O amarelo brilha com feixes de âmbar. O único idioma que a luz conhece é o das travessuras. Ele me dá uma piscadinha, colocando a mão embaixo da mesa, e então passando-a pela parte de trás da minha coxa.

— Eu mal comecei, menino — diz Henry. — Você deveria ter me visto durante a guerra. Jogávamos vinte-e-um em troca de frascos de uísque. Nem o meu sargento conseguia ganhar de mim.

— Ah, é? — provoca Sam. — E como é que um jogador bonzão igual a você veio parar em um lugar como esse?

— Ah, o tempo é um amigo péssimo e um jogador de cartas astucioso. É o único apostador que conseguiu me vencer.

Devolvo o baralho para Henry. Algumas cartas passam pelos meus dedos.

— Ha, você se atrapalha dando as cartas. Obrigado, querida.

A risada constante de Henry hesita por um momento. Ele estreita os olhos, virando meu queixo com cuidado para ver meu rosto com mais clareza.

— Já nos conhecemos antes? — ele pergunta.

Eu sorrio para ele assim como sorrio para a bebê manteiga, balançando a cabeça.

— Acho que não, senhor.

— Ah, que pena. — Henry dá um tapinha na minha bochecha. — Você tem um rosto bonito.

Henry já me disse isso antes. Ele também já me fez essa pergunta. Porque, de certa forma, ele e eu *de fato* nos conhecemos, há muito tempo.

Eu tenho muita consideração por Henry. As histórias sobre os dias no exército e a guerra são eco das lembranças que compartilhamos. Afinal, Henry não comprou esse cachimbo; ele o roubou de um amigo. Um amigo que perdeu num dia sangrento, assim como a carne e os ossos que ficavam abaixo do joelho direito.

— Outra partida! — Exige Henry, ajeitando a cadeira, batendo na sua única perna.

— Está bem — suspira Sam. — Mas só uma.

— O que é que há? — Henry provoca, começando a dar a mão do jogo. — Está com medo?

— Com medo de perder todo meu trocado.

Sam e Henry jogam outra partida. Enquanto isso, Henry murmura canções antigas, fuma e fala sozinho. Às vezes, eu o pego tendo conversas murmuradas inteiras só com o ar. Eu me pergunto se é um hábito que desenvolveu enquanto morava sozinho. Eu me pergunto se está falando com alguém específico, um fantasma que compartilha seu cachimbo.

— Arrá! — Ele comemora, jogando os braços acima da cabeça o mais alto que consegue. — Ainda sou o bom.

— Ele está roubando — diz Sam, se atirando na própria cadeira. — Não está? Ele tem que estar roubando.

— Acho que você só joga mal — eu brinco.

Sam estica o braço embaixo da mesa e dá um beliscão na parte de trás do meu joelho. Eu estremeço, dando um tapa nele. Ele passa a mão pelo cabelo, as mechas bagunçadas, caindo sobre a testa.

Sam ganhou confiança ultimamente. Ele ainda age como uma criança, mas agora quase desfila ao andar. Os médicos e enfermeiros dizem que ele é bonito e logo vai partir corações. Ele fica mais confiante com os elogios, e as reinações da infância agora são fatais.

— Seu safado!

É claro que a enfermeira Ella não tira dias de folga. Ela entra marchando na sala, os punhos na lateral do corpo, a passos rápidos e mal-humorada.

— Não avisei para deixá-lo em paz?

— Desculpe, enfermeira Ella — diz Sam. — Nós já estamos indo embora.

— Ela estava falando comigo. — Henry abre um sorriso.

— Cale-se, peste. Precisa usar a máscara perto dele, está me ouvindo? E apague já isso. — A enfermeira Ella tira uma agulha do avental, dando petelecos nela com o dedo do meio. — Aqui, os seus remédios.

Ela esteriliza um espaço no braço dele, encontrando a veia com a eficiência de uma máquina.

— Que mulher exigente — diz Henry, sequer estremecendo diante da injeção. Ele estica o pescoço, analisando as feições pétreas de Ella. — Eu deveria me casar com você.

Ella grunhe, insatisfeita.

— Como se eu fosse me casar com um apostador.

— Tudo na vida é uma aposta, querida, até o amor.

Henry suspira. Ele estica o braço para pegar algo. As muletas estão recostadas nas costas da cadeira. O cachimbo está na boca.

Eu me ajoelho, e a mão vazia dele encontra a minha.

— Quer jogar outra partida amanhã, senhor? — pergunto.

— Você é uma menina doce — diz Henry, dando tapinhas no meu rosto. — Não é, Sam?

Meu cavaleiro e eu trocamos um olhar.

Sam exibe o orgulho no seu amarelo.

— Sim — diz ele. — Ela é, sim.

———

Volto com Sam para o quarto quando o céu fica escuro. Henry atormentou a enfermeira Ella até que ela nos deixasse ficar mais tempo. Ela concordou desde que prometêssemos que iríamos para a cama sem discussão depois. Henry contou mais histórias, suas aventuras, o tipo de conto de fadas com um toque de realidade que captou a atenção de Sam até o fim.

— Vejo você de manhã? — pergunto, quando chegamos ao quarto de Sam.

Sam e eu quase nunca ficamos separados. Desde o nascer ao pôr do sol, comemos, brincamos, estudamos com as outras crianças, passamos por tratamentos e exames, vamos lá fora mesmo sendo proibido, levamos bronca, visitamos outros pacientes e participamos da jogatina com Henry, tudo isso juntos. As enfermeiras dizem que parece que nascemos grudados.

Quando Sam vai dormir, ele exige atenção antes. Passa os braços pela minha cintura, as mãos passando pelas minhas clavículas, pressionando-me contra ele. Às vezes, ele me segura por alguns minutos, murmurando bobagens — que eu tenho um cheiro bom, que ele quer me morder pela máscara sem motivo nenhum, que eu deveria entrar escondido no quarto dele para podermos dormir na mesma cama como fazíamos quando éramos crianças.

Naquela noite, Sam não me abraça nem murmura nada. Ele me diz para ficar quieta, me agarra pelo pulso, e então me arrasta pé ante pé pelo corredor.

— Sam? — Tropeço ao entrar na sala das enfermeiras atrás dele. — O que estamos fazendo?

— Shiu — sussurra ele.

Está completamente escuro. Sam tateia sem ver até chegar a uma maçaneta que eu sempre pensei que dava para um armário.

— Aonde vamos? — pergunto.

— Henry me contou sobre essa saída. É surpresa — diz ele.

Ele destranca a porta, que, milagrosamente, dá para o mundo lá fora. A noite lança uma sombra azul sobre nós. Sam fecha a mão ao redor do pulso como o bebê faz ao redor do meu dedo, a pele em volta dos olhos tão enrugada que eu sei que ele está sorrindo de orelha a orelha debaixo da máscara.

— Vamos lá — diz ele.

O barulho dos sapatos de Sam ecoa na água da calçada vazia. Postes de luz lançam auréolas douradas no concreto, fazendo as poças parecerem oleosas. Sam me leva junto passando por cima delas, pulando para evitar aquelas nas quais afundaríamos.

As pernas dele são compridas e magras, mas são poderosas. Os músculos esticam como elásticos para acomodar a impaciência contida em seus ossos. Elas o carregam junto comigo pela rua até chegar a uma clareira, a grama molhada por causa da chuva que acabou de cair.

Alguns anos atrás, Sam não conseguia correr longas distâncias, mas ele cresceu como qualquer outro garoto. Agora ele ajuda Henry a levantar da cama pelas manhãs. Carrega caixas dos armários para o balcão da recepção. Ele me carrega às vezes e se lembra dos dias em que eu costumava carregá-lo nos braços.

A clareira acaba ao lado de um prédio que em muito se parece com o nosso hospital. Adornado de tijolos, de vários andares e janelas quadriculadas. Só que, em vez de ter um pedaço da cidade como porta de entrada, esse lugar se desdobra em um pátio, que está repleto de luzes pisca-pisca, barracas e uma centena de adolescentes com roupas de festa.

Sam me leva até mais perto, onde uma cerca marca um jardim de árvores jovens. A música da banda vem até nós, vozes e instrumentos abafados pela distância.

— O que é isso? — eu pergunto, um pouco da adrenalina restante fazendo minha voz tremular.

— Uma festa da escola — responde ele, entretido com meu espanto. — Ouvi umas meninas falando sobre isso no parque outro dia. Sei que não podemos entrar, mas pensei que…

Sam engole em seco. A festa acaba ali na cerca. Ilumina as roupas dele, que eu não tinha notado mais cedo: calças novas que a enfermeira Ella comprou para ele e uma camisa abotoada até o pescoço. Os meninos da festa estão usando ternos, gravatas e roupas do tipo que Sam nunca nem chegou perto. Ele pragueja baixinho como se tivesse feito algo errado e tenta arrumar as mangas.

— Sam — eu digo, segurando as mãos dele para ficarem imóveis.

Ele encara as luvas e a separação que demarcam. Passo meus dedos sob elas, acariciando a pele do pulso.

— O que você estava pensando?

— Hum… — ele gagueja, e o som produz algo quente no meu peito.

A confiança dele ainda fraqueja de vez em quando. Às vezes, os ataques de vergonha da infância voltam para tingir suas bochechas de rosa.

Sou eu dessa vez que sinto o ímpeto de provocá-lo.

— Você queria dançar comigo? — pergunto, dando um único passo à frente, imitando aquela cena que estamos invadindo.

Sam enrubesce mais, o calor palpável. Passo as mãos dele pela minha cintura, segurando seus ombros.

— Nós nunca dançamos direito — diz ele, sua respiração exalando o ar conforme eu começo a me balançar.

— Dançamos, sim.

A enfermeira Ella costumava ligar o rádio e nos deixar ouvindo. Sam balançava a cabeça no ritmo da música. Pulava na cama. Puxava a saia de Ella, pedindo para dançar conosco. Quando ela o espantava com o jornal, ele me ensinava os passos que ele lera em um dos contos de fada, dizendo que éramos cavaleiros em um grande salão de baile.

— Você se esqueceu? — pergunto.

— Não, eu só… — Os dedos de Sam flexionam, como se ele quisesse me tocar mais, como se ainda houvesse muito espaço entre nós. — Espere aí.

Ele tira as luvas, colocando-as no bolso.

— Sam, estamos do lado de fora — aviso, meus dedos em volta do colarinho da camisa dele.

— Shiu, vamos ser pegos se você continuar falando.

Sam sorri. Ele suspira, aliviado, passando os dedos pelo meu queixo, meu pescoço, passando as mãos de volta pela minha cintura e me puxando para mais perto dele. Ele recria uma memória de alguns anos atrás quando era um pouco menor, mas travesso como sempre. Uma na qual nós nos escondemos nos arbustos da nossa carcereira e dos passantes que encaravam.

— Você é um bobo — sussurro.

Sam se mexe no compasso da música, um ritmo gentil que seguimos juntos.

— Você é meio ruim nisso — ele provoca.

— Você também — respondo no mesmo tom.

Dançamos e trocamos farpas durante algumas músicas. A conversa fiada e os copos tilintando não nos distraem. Mesmo se Sam e eu raramente estamos separados, raramente também ficamos sozinhos. Aproveitamos o tempo e a escuridão.

— Doce Sam — sussurra ele.

— Sim?

O toque dele passa pelas minhas costas, os olhos suaves, derretidos.

— Vamos fugir juntos, como conversamos — diz ele. — Só eu e você.

Meu corpo fica tenso.

— Todas essas crianças ali, eu não invejo nenhuma delas — Sam continua falando, a voz no meu ouvido, a máscara esfregando minha têmpora. — Não preciso de nada ordinário. Henry fugiu com o amigo para entrar no exército quando era só um pouco mais velho do que nós. Não preciso de mais ninguém a não ser você. Então vamos só fugir. Podemos dançar juntos todas as noites, podemos cuidar das plantas que você quiser e vamos dividir uma cama e ver o mundo. Vamos fugir, meu amor. Como agora, só que para sempre.

— E o nosso castelo? — sussurro.

Meus braços e pernas parecem presos com a música, mas não estou mais ali. Estou espalhada pelo chão, o corpo do hospital, os tijolos, o concreto e a alma do prédio me puxando de volta.

— Precisamos proteger nossos pacientes, lembra?

Sam não responde. A respiração dele muda de ritmo, uma decepção mais silenciosa que pesa no meu ombro.

Enterro meu rosto no pescoço dele. Respiro o seu perfume, as notas reconfortantes do nosso lar marcadas em sua pele. Nós nos esgueiramos, perambulamos pelas margens, mas nunca fomos embora para sempre. Sam *não pode* ir embora para sempre. Mesmo com as barreiras, com a máscara e as luvas, ele não pode sobreviver sem os remédios.

Ele não pode ser como as pessoas do outro lado da cerca.

— Você está certa — diz Sam, passando as mãos pela lateral do meu corpo.
— Vamos esperar até ficarmos mais velhos, até eu ficar mais forte.

— Você ficou triste? — eu pergunto, encarando-o.

— Não. — Ele pressiona minha mão contra a bochecha com a máscara.

— Promete?

— Prometo.

— Quero que você seja feliz — eu digo, sentindo certo desespero. — Ainda podemos ter aventuras — eu digo, como se estivesse tentando compensar aquele arrependimento no rosto de Sam. — Podemos comer pão doce e pudim todos os dias, e aí... jogar baralho. Vamos tomar banho de sol todas as manhãs e brincar no parque e...

— Doce Sam — interrompe ele.

— Sim?

Sam se inclina, e nossas testas se tocam. O ar é úmido, espesso e frio. Sam respira o ar e coloca a máscara debaixo do queixo. Eu estremeço, mas eu sei que não adianta tentar pará-lo. Ele quase fecha os olhos, como se o sol estivesse se pondo atrás de um morro.

— Posso te beijar? — pergunta ele.

Os casais dançando do outro lado da cerca seguram uns aos outros. Perdem-se na música. Podem até beijar as bochechas e deixar os narizes se tocarem.

Só que nenhum deles olha para o outro da forma que Sam me olha.

— Pode — eu digo.

E Sam não hesita.

No começo é atrapalhado, ávido, mas o seu carinho não hesita. Ele coloca o braço nas minhas costas, e a outra mão segura minha nuca. Passo os dedos entre as mechas de cabelo dele, o calor passando entre nós como um vapor. A conversa, a dança e o canto — o barulho de tudo que não somos nós — se dispersam até ficarmos convencidos de que ninguém além de nós existe.

Sam nunca beijou antes. Eu também não. Ainda assim, não é o que nenhum de nós imagina que seria. Como todas as coisas entre nós, é eletrizante no começo, uma coisa grandiosa e reveladora, uma chama se aconchegando para virar um fogo confortável. Logo, Sam está sorrindo, os olhos inteiramente iluminados.

— Você é meio ruim nisso — provoca ele.

— Me desculpa.

— Estou brincando.

Ele me levanta do chão, propositalmente caindo para trás na grama molhada. Dou um gritinho com a boca dele colada na minha, as risadas ecoando no peito sob mim.

— Uau — suspira ele, me beijando de novo, acariciando a pele das minhas pernas e do meu torso.

— Que foi?

— Nada. Só continua me beijando — ele pede, bicando meu rosto como se fosse um pássaro.

Ele me dá beijos na testa, na bochecha, no queixo, no nariz, nas pálpebras.

Quando ele deita a cabeça, me mantém ali consigo, nossos corações saciados batendo em uníssono.

— Olha — sussurro, apontando para o céu. — Nossas estrelas estão brilhando.

— Sim, doce Sam — sussurra ele. Ele alonga os braços como um gato no telhado, beijando minha bochecha. — Nossas estrelas estão brilhando.

22
coisas quebradas

Hikari vomita. Esfrego as costas dela enquanto o ácido queima a garganta e o corpo sacode com a tosse. A cabeça dela fica pendendo depois do ato.

— Sinto muito — eu digo, me certificando de que ela lave a boca com água e engula o remédio depois, não importa quanto isso seja doloroso.

— Não precisa ficar pedindo desculpas — Hikari diz.

Levo Hikari até a cama, e ela tenta dar um sorrisinho irônico.

— Você agora está mais para enfermeira do que amante.

— Você está sempre brincando, né? — provoco.

Ela ergue os braços e permite que eu tire a camiseta dela. Ela perdeu peso. As costelas lançam sombras esqueléticas nas laterais. Jogo a roupa suja no cesto e pego uma camiseta da pilha de roupa limpa. Ela balança a cabeça, então pego outra. Ela assente com a terceira escolha, uma blusa preta de manga comprida que esconde marcas que ainda não se curaram.

Eu a ajudo a vestir a camiseta, aliso suas calças e a ajudo a colocar os sapatos. Ela já disse várias vezes que ela consegue fazer isso sozinha, mas o inchaço perpétuo das pernas faz com que seja difícil andar ou ficar em pé por períodos longos.

Eu consigo listar os sintomas o dia todo, como uma versão da ficha de Hikari. Cuidar dela é parte do meu dia. Antes daquela noite na antiga ala de cardiologia, eu gostava da passividade. Gostava de escutar, observar, ficar ao lado dela. Depois daquela noite, gosto de ficar *com* ela. Física, mental e emocionalmente, em um nível que transcende a proximidade. Isso é parte dessa escolha. Como comer e dormir, é uma necessidade que eu aprecio.

— O que é isso? — pergunta Hikari, apontando para a mesa de cabeceira. Nela está um novo vaso com brotos vermelhos saindo das folhas que roubei do jardim.

Coloco o vaso nas mãos dela e a deixo observar com seus olhos sonolentos.

— Para acrescentar à sua coleção.

Hikari sorri. É um sorriso fraco, mas ao menos ela está tentando.

— Eu te beijaria se eu não estivesse tão nojenta — sussurra ela.

Coloco as mãos no joelho e dou um selinho nos lábios dela, tirando a suculenta das mãos e a colocando do lado de todas as outras plantas no parapeito.

— Já é hora? — pergunta ela, olhando para os tênis.

Eu me ajoelho diante dela e amarro os cadarços, percebendo a tristeza em seus olhos.

— Posso pedir a Eric para irmos amanhã.

— Não. — Ela sacode a cabeça, ficando em pé. — Não, vamos nessa.

— Tem certeza?

— Tenho — diz ela, e então eu a guio para fora do quarto.

―――

Sony faleceu há seis dias.

Nas primeiras três noites, Hikari chorou. Foi do tipo de choro violento, no qual a dor se debate em ondas firmes e soluçantes em seu corpo. Então, diminuiu até virar silêncio, e as lágrimas caíam sem ter uma voz por trás delas.

Os últimos três dias foram secos, mas há momentos de fraqueza para Hikari, porque você não perde alguém só uma vez. Você os perde ao ouvir uma música que lembra o sorriso deles. Ao passar por um lugar de costume. Ao rir de uma piada que teriam gostado de ouvir. A perda é constante e infinita.

Eu seguro a mão de Hikari quando passamos pelo quarto de C. Por meio da parede, consigo ouvir os pais dele falando francês. A raiva que sentiram por C ter roubado a caminhonete do pai e fugido não durou muito depois que descobriram sobre Sony. O que sobreviveu foi a preocupação, que atravessa toda a linguagem.

— *Coeur, t'es pas censé te promener, allonge-toi, je t'en supplie* — diz a mãe.

Ele está quase no topo da lista de transplante agora. Não é para ele ficar em pé, que dirá se exaurir. Só que, no instante em que ele vê a hora no relógio, ele arranca o canal intravenoso e sai da cama.

Ele pega a jaqueta e começa a vesti-la mesmo que a mãe o agarre pelos ombros, implorando para que ele sente.

— *Je vais chercher Neo. Tu peux être au téléphone avec lui. Je comprends que tu sois en deuil, mais tu dois rester ici maintenant…*

— Ela é minha amiga, *maman*. Você pode vir comigo ou pode ficar, mas eu vou.

O pai de C fica observando da cadeira no canto do quarto, as mãos no rosto. Ele não se apressa para impedir o filho nem para ajudar a esposa. Acho que ele e ela estão em estágios diferentes da aceitação. A mãe de C ainda tem fé nos remédios e na possibilidade do transplante. O pai de C vê o filho definhando para uma versão mais fraca do que costumava ser a cada dia.

— Coeur! — grita a mãe.

— *Chèrie, laisse-le* — diz o pai. Ele fica em pé, pegando os casacos. — Coeur, você pode ir, mas nós vamos juntos.

— *Merci, papa* — agradece C.

Ele abre a porta para Hikari e para mim.

— Prontas? — ele pergunta.

— Sim.

Ele assente, um pouco distraído.

— Onde está Neo?

Os pais de Neo não entraram em contato desde nossa fuga. Quando Sony morreu, ele foi levado de volta para o quarto e não saiu de lá desde então. Hikari e eu tentamos fazer uma visita, mas ele não abre a porta. C sequer teve a chance de sair do quarto até agora.

Ele não perde tempo batendo na porta. Só irrompe no quarto de Neo sem nenhum aviso.

— Neo? — Ele chama. — Precisamos ir agora. Eu…

A cama de Neo está vazia. Em vez disso, um menino está engatinhando no chão, procurando *embaixo* da cama, perto, vasculhando cada canto do quarto com um olhar frenético.

C para.

— O que você está fazendo?

Neo não se dá ao trabalho de cumprir com as formalidades. Ele sequer dá atenção para a gente.

— Elae — diz ele, sacudindo os lençóis.

— Quê?

— A gata — diz ele.

Agora que noto que o cabelo dele não está penteado e parece que não troca de roupa há um tempo. O moletom que usava na noite do episódio de Sony está no canto do quarto, dobrado, porém sem lavar, e o sangue mancha as barras.

— Ela estava bem aqui — murmura Neo para si, procurando os mesmos espaços de novo e de novo como se Elae fosse aparecer ali se ele olhasse vezes o bastante. — Preciso encontrá-la.

— Neo, depois vemos isso — diz C. — Precisamos ir agora.

Só que C não é o único que parece desconectado da realidade. Ao ouvir as palavras, Neo finalmente ergue o olhar.

— Eu não posso sair — diz ele.

C franze o cenho.

— Quê? Por que não?

— Eu não comi.

A cabeça de Neo pende, não por vergonha, e sim por preocupação. Então C nota que os remédios e a bandeja de comida estão intocados na mesa de cabeceira, e ele não é tão gentil quanto costuma ser.

— Então coma — ele ordena.

Neo encara C, os olhos parecendo desfocados, os dedos formando um laço no pulso. Ele se torna uma estátua, intocada. Parece que, se tocar nele, vai entrar em combustão, os nós retesados dos músculos vão soltar e ele irá se desfazer por completo.

— Preciso achar a Elae — sussurra ele.

Então, ele volta a procurar nos mesmos lugares.

— Neo — diz C. — Isso é importante.

— Não vai fazer diferença. Eu não posso sair. A gente foi longe demais dessa vez e eu não posso. Não tem nada que eu possa... Elae, cadê você? Vem aqui.

— Neo...

— Preciso achá-la! — A voz de Neo fraqueja. Ele se vira para nos encarar, a respiração curta e ofegante, o mármore da estátua rachando. Uma camada de lágrimas preenche os seus olhos.

— Neo — chama Hikari.

C e eu nos viramos para vê-la parada na porta, pegando uma gata desajeitada nos braços.

— Neo, ela está bem aqui, olha só — diz ela.

Neo para, aturdido.

— Elae — sussurra ele, esfregando os olhos com a manga da camiseta.

Hikari entrega a gata para ele. Neo suspira, aliviado, as sobrancelhas levantadas enquanto seus lábios tremem.

— Desculpa por ter sido malvado — diz ele, abraçando-a. — Me desculpa. Não foge de novo.

Elae mia para ele.

Neo funga, verificando a orelha machucada, o cotoco onde a quarta perna deveria estar. Ele cede sobre o próprio peso, como se as pernas estivessem carregando um peso grande demais e não suportassem mais.

— Neo... — C tenta mantê-lo em pé, mas é Hikari quem o segura, como um batente no qual ele se inclina enquanto escorrega até o chão.

— Não parece real — diz ele, a voz abafada no pelo de Elae. — Parece uma piada. Parece uma das piadas dela. — Ele respira fundo, como se estivesse se afogando. — Ela me deixou com a gata. Veio um advogado e colocou os papéis na mesa. Ela me deixou as roupas também. Me deixou essa gata idiota e as roupas e os tênis. Ela sabia que ia morrer e eu fui cruel com ela e nada disso parece real.

— Está tudo bem — sussurra Hikari, abraçando-o.

— Eu só fico fingindo que ela está em algum lugar roubando uma loja de brinquedos ou apostando corrida com um mendigo ou sei lá. E aí tem *isso* e....

— Ele faz um gesto com o braço para uma mala fechada e os tênis brancos sujos em um canto escuro. — As crianças perguntaram quando é que ela volta, porque ela não terminou de ler uma história para eles, e aí eles olham para mim e perguntam quando é que a senhorita Sony vai voltar.

Ele olha para Hikari, as lágrimas de culpa escorrendo pelas bochechas.

— Ela não terminou a história — repete ele, escondendo o rosto no ombro de Hikari. — Ela nunca pôde ler o final.

— Está tudo bem — repete Hikari, esfregando as costas dele para cima e para baixo. — Está tudo bem. Ela está com a mãe dela agora. Ela está com a mãe dela e não está mais sozinha.

— Oi — diz Eric.

Ele entra vestido com as próprias roupas, uma camiseta amassada, uma jaqueta velha e a insônia estampada nos olhos. Ele ajeita o cabelo bagunçado e pigarreia.

Encaramos a caixa que ele traz nas mãos.

Ele olha para Neo.

— Eu liguei pra sua mãe. — É uma palavra curta de aprovação. Ele abre a boca e fecha de novo, e então gesticula para o corredor. — Vamos.

———

O caminho é feito em silêncio, bem diferente da nossa última viagem de carro. Do lado de fora da janela, o oceano brilha da mesma forma que fez quando o vi pela primeira vez. As gaivotas voam em seus caminhos, o vento surfando nas ondas.

Por mais que a morte seja monumental, o mar não dá atenção a isso. Marinheiros demais já morreram em seus braços.

Só que Sony amava o mar. Gosto de pensar que o mar está bravo por ela. Por que mais se romperia contra os penhascos e arrastaria os dedos cheios de espuma até a terra se não fosse pela paixão que acabou de ser roubada do mundo?

Eric estaciona o carro, e os pais de C estacionam atrás dele. A caminhada até a praia é parecida com o percurso do carro.

Nossos pés descalços pressionam a areia. O sal borrifa o nosso rosto e nos deixa vislumbrar o passado próximo. Mais longe no pedaço de areia, consigo ver pessoas entrando no mar, correndo pela praia e sentadas nas dunas.

Eric leva as cinzas de Sony até o lugar onde a terra encontra o mar. Ele não se dá ao trabalho de arrumar as roupas. A água encharca as calças até acima dos joelhos.

Os pais de C esperam na praia. Com a ajuda de Neo e Hikari de cada lado, C vai até a água. É uma água fria, pedras geladas e conchas enterradas na areia.

Eric pergunta se queremos dizer alguma coisa. Nós queremos, e cada um de nós diz algo pequeno diante da expansão vazia. Logicamente, sabemos que Sony não pode nos ouvir, mas na verdade nada disso é para Sony.

Eric acaricia a superfície da caixa. Ele pressiona a testa contra ela e fecha os olhos. Um momento se passa, e eu me lembro dos dias que Sony dormia conectada a um ventilador. Eu me lembro de como ele costumava chorar e tentava engolir tudo para ela não acordar. Eu me lembro dos sussurros que eu não conseguia decifrar todas as noites em que ele a arrumava para dormir. É só agora que eu estou ouvindo mais de perto que percebo que não eram versões de boa noite nem outros lembretes para ela ficar viva, nem qualquer coisa que remeta a uma relação entre enfermeiro e paciente.

Eram os *eu te amo* reservados a um pai.

Eric abre a caixa.

— Boa noite, Sony — sussurra ele. — Espero que você encontre seu tudo.

As cinzas dela se esparramam, livres, no formato de asas. O vento carrega a nuvem cinza para o céu, uma chuva de pó caindo sobre as ondas que fazem a sua passagem para o outro mundo.

Pego as mãos de Eric depois que ele deixa a caixa se afundar na água. Ele limpa o rosto e olha para o horizonte distante, observando Sony se transformar na forma da água.

Quando o frio começa a entorpecer os dedos, Eric volta para a praia. Ele senta na areia, e Neo e C vão com ele.

Hikari fica um pouco mais no raso. Fico com ela, ajudando a devolver as conchas nos bolsos para seu lar. A única coisa que ela guarda é a pedra preta com a qual eu a presenteei. Ela traça a marca branca com o dedo.

— É sempre assim? — ela pergunta. — As coisas só acontecem e não podemos fazer nada?

Uma risada ressoa, distante. Hikari vê as silhuetas dos desconhecidos brincando na praia. Eles correm até a água, gritando por causa da temperatura. Um abraça o outro, jogando água e rodopiando. A risada é como uma música que toca muito longe, uma história distante demais para ser lida.

— Eu nem conheci Sony por tanto tempo assim — diz Hikari, colocando a pedra de volta no bolso. — Parece que eu comecei a amá-la e nunca consegui terminar.

Quero dizer a ela que o amor é uma coisa que nunca termina. Não é algo cronológico. O amor que ela tem por Sony é baseado em trocas de afeto, aventuras animadas e nos pequenos pedaços de amizade que as pessoas subestimam. Não acaba simplesmente porque precisamos dizer adeus.

Hikari suspira. Quando faz isso, parece estar mais leve, não tão pesarosa quanto antes.

O luto pode ser destrutivo, um parasita que precisa ser expulso, a água que transborda por um dique, mas, como a maioria das coisas necessárias e terríveis, pode ser compartilhado. O tempo é bondoso com o luto. Ele o leva aos poucos, pedacinho por pedacinho, até a tristeza ser uma canção de que se recorda a melodia, mas não se ouve mais.

Pego Hikari pelo pulso, tirando sua mão do bolso. Ela ainda segura a pedra. Passo a mão pelo braço e entrelaço nossos dedos para que a joia possa ser aninhada, em vez de só segurada com força.

— Olha, Sam — diz ela.

Com nossas mãos unidas, ela aponta para a tarde que vira a noite. O céu beija o nosso mar raivoso com tons de dourado e vermelho, rompendo as nuvens para acariciar as ondas.

— O mar está em chamas.

Antes de irmos embora, C tem um ataque de pânico.

Ele chora, e a luz do pôr do sol lança sombras no seu rosto. Ele se protege com a mão, e a outra segura a de Neo. É o tipo de choro que o sacode por inteiro. O tipo de choro que aperta o peito, e ele escolhe lutar contra isso em vez de deixar tudo escapar.

— Aqui, senta aqui — diz Neo.

Ele leva C até o gramado ao lado do estacionamento. C tropeça enquanto anda, as pernas tremendo. Ele cai de quadril e quase leva Neo consigo.

— Fique aqui — diz Neo. — Vou chamar sua mãe.

— Não, não vai — implora C.

Ele agarra Neo pelas calças e passa os braços ao redor das pernas, escondendo o rosto na barriga de Neo, os olhos fechados.

Neo deixa que faça isso, segurando-o pelos ombros.

— O que foi?

— Eu não consigo — diz C. — Não consigo voltar.

— Do que você está falando?

— Não quero desistir, Neo. — As palavras de C ficam úmidas, a testa franzindo a cada respiração. Ele sacode a cabeça, engasgando no ar, a voz de uma criança correndo de um pesadelo. — Quero ficar com o meu coração.

A palavra é praticamente uma maldição quando escapa da boca de C. Neo acaricia a cabeça e as costas dele, tentando reconfortá-lo, mas para assim que ouve a palavra.

— Coeur — diz ele.

— Quero ficar com ele. — C aperta Neo mais forte. — Não quero outro.

Neo tenta se desvencilhar de C, mas sem sucesso.

— Coeur, para.

— Não vou fazer isso. — C balança a cabeça, sufocando contra o moletom de Neo. — Não vou passar por isso, eu não consigo.

— Coeur. — Neo se debate, empurrando e sacudindo. — Você não está pensando direito…

— Não posso, Neo.

— Coeu…

— Não consigo…

— Coeur, você vai morrer! Você está me ouvindo? Você vai morrer. — Neo empurra C com os ombros e o segura ali. — Seu coração não dá mais conta do corpo, e não dá para fingir que não tem nada errado e ficar esperando até ele parar de bater.

— Não, não… Esse coração é o que me torna *eu mesmo* — diz C, apontando para o próprio peito. Ele encontra o olhar de Neo, um misto de afeição e medo. — Meu coração bate com trovões e relâmpagos, e eu sei que é fraco, mas foi esse aqui que eu dei para você.

Neo aperta a barra da jaqueta de C e faz que não com a cabeça.

— Você não pode fazer isso.

— Eu estou com medo, Neo.

— Eu sei que você está! Eu também estou, mas você não pode só desistir!

— E se esse medo significar alguma coisa? E se o transplante não funcionar?

C estremece, o corpo inteiro arrepiando. Ele coloca as mãos nas de Neo, encarando seus olhos como se nunca tivesse tido a chance de olhar diretamente para ele por tanto tempo, a não ser agora.

— Eu quero estar com você — diz C. — É tudo que eu sempre quis. E se eu nunca tiver essa chance?

Neo, como a rocha que é, não se deixa levar pelas palavras. No passado, ele teria dito que escolher entre possibilidades não é um luxo que pessoas como eles podem se dar. Ele diria que o mundo é fundamentalmente injusto, e que as chances são ilusões de escolhas que o tempo toma para si.

Só que Neo não está mais preso no passado. É o mais forte entre nós, mas também o mais disposto a ser fraco. Ele não luta, não por ele mesmo. As únicas pessoas por quem ele luta são as que estão com ele aqui, agora.

Neo seca as lágrimas de C com os dedos e segura seu rosto.

— Então vou jogar suas cinzas no mar e me atirarei para as ondas.

C pisca, tirando as mãos de Neo.

— Você é mesmo um escritor — sussurra ele. — Você vai ler para mim hoje à noite?

— Sim.

— E vai ficar comigo até eu dormir?

Enquanto C arruma a gola de Neo e esfrega a camisa para limpar a areia, Neo abraça C pelo pescoço, pressionando o nariz contra seu cabelo.

— *Si Dieu me laisse, on sera ensemble pour toujours* — diz ele, e, apesar de parecer a pronúncia incorreta e talvez não estar inteiramente certo, C o abraça.

— Seu sotaque é horrível.

Os dois riem juntos, e, quando C encontra sua força, ele volta para o carro de mãos dadas com Neo.

Todos voltamos para casa, no assento detrás, desconfortáveis, de calças molhadas e sapatos cheios de areia, aconchegados em um único cobertor, deixando que o vento nos beije seu adeus através da janela, enquanto a bomba no pulso de C marca tic, tac, tic, tac, tic...

23
música

Coeur nunca soube do que gostava. As pessoas perguntavam sua cor favorita. Perguntavam se ele preferia brincar no parque ou no quintal. Coeur era indeciso e, como tinha só quatro anos, passava um tempo excessivo pensando nas respostas para essas perguntas. Mas por que ele precisava escolher? Tanto o parque quanto o quintal eram divertidos, e, se qualquer cor acabasse desaparecendo do mundo, Coeur sentiria sua falta.

Com as filosofias indecisas e sua natureza relativamente contemplativa, Coeur se tornou uma criança passiva comparado aos irmãos mais velhos barulhentos. Era do tipo que só acompanhava os outros no que faziam e gostavam. No entanto, conforme ele foi crescendo, descobriu que essa falta de personalidade o fazia se sentir vazio. As crianças no parque tinham seus jogos favoritos. Algumas tinham energia inesgotável e atitudes caprichosas, enquanto outros falavam baixo e eram mais letárgicos. Coeur não conseguia entender o que ele era, então alguma parte dele devia estar faltando.

Ele acreditava que a dor era por causa disso. Os músculos entre as costelas ardiam. Os dentes doíam. A audição ia e voltava já quando tinha dez anos. Coeur nunca reclamou de nada disso. Ele acreditava que era meramente um sintoma de ser vazio.

Quando entrou na adolescência, Coeur descobriu que seus colegas gostavam dele. As meninas diziam que ele era bonito, e os meninos respeitavam o seu tamanho e porte alético. As questões de personalidade se tornaram irrelevantes diante da popularidade.

Para preservar sua reputação, Coeur começou a nadar. Não porque ele gostava, mas porque ser bom naquilo o fazia gostar mais de si mesmo.

Aquele vazio parecia ter sido momentaneamente transposto, preenchido com a água da piscina enquanto nadava. Vencer competições e mais competições mantinha aquele dique cheio enquanto as pessoas aplaudiam.

Ele descobriu que o dique, na verdade, vazava muito rápido.

Quando o pai de Coeur o levou para casa depois de um torneio, dizendo que não teriam mais espaço para troféus, ele segurou o ombro de Coeur e disse que tinha orgulho do filho. Coeur encontrou uma pergunta antiga alojada nos confins de sua mente, como um ralo que era destampado.

Por quê?

Coeur não precisava se esforçar muito para nadar. Ele só era bom porque era alto e naturalmente forte. Ele olhou para o pai do banco do carona, e então voltou a encarar a rua, com medo demais de perguntar em voz alta.

Coeur encontrou coisas para se distrair do vazio. Encontrou a paz em uma vitrola velha que a mãe lhe deu de presente em um aniversário. Ele não falava muito e gostava de ouvir música o dia todo, porque, mesmo que não tivesse nada para dizer, sempre poderia cantar algo. O hábito ficou pior quando ganhou um celular e fones de ouvido. A música se tornou sua companheira constante.

Porém mal era o suficiente. Não dá para viver uma vida inteira preenchida por distrações. Havia um número de músicas limitadas que podiam ressoar o desejo de Coeur de se sentir completo.

Uma vez, uma menina decidiu beijá-lo.

Coeur não era muito bom nas lições da escola. Ele não conseguia entender muito bem os números, e as palavras eram ainda piores. Uma menina da sala dele se ofereceu para ajudá-lo a estudar. Na casa dela, depois de vinte minutos, ela o beijou.

Coeur ficou sobressaltado. Ele nunca tinha beijado ou sido beijado por alguém, e o conceito de um beijo só havia passado por sua mente como algo que as pessoas faziam porque tinham um relacionamento ou porque estavam entediadas.

Coeur esteve entediado na maior parte da vida, mas nunca tinha recorrido a nada sexual para curar isso. Como todo o restante, ele não sabia se gostava de meninas ou meninos ou qualquer outra opção, então era mais fácil ignorar as escolhas. Só que a sensação de *gostarem* dele era boa. Preenchia o vazio quando ela subiu em cima dele, e eles se beijaram até as bocas ficarem inchadas.

— Por que estamos fazendo isso? — Coeur finalmente perguntou a certa altura.

— Porque eu gosto de você — disse ela, beijando o queixo dele.

— Mas... — Coeur a afastou com cuidado. — Por quê?

A menina precisou de um momento. Os olhos dela vasculharam os arredores como se a resposta estivesse em algum lugar daquele quarto. Então ela disse o que Coeur sempre temeu:

— Não sei. — Ela deu de ombros. — Você é fofo e legal — completou ela, sorrindo, inclinando-se para ele de novo.

Coeur segurou os braços dela, parando-a no meio do caminho. Ele engoliu em seco e perguntou se podiam só voltar a estudar.

Coeur não foi à casa de mais ninguém depois disso. Ele logo descobriu que sua postura amigável e silenciosa demonstrava ou uma coisa ou outra quando estava sozinho com outras pessoas. Ou achavam que era um convite para tentar algo físico, ou ficavam incomodados.

As pessoas o chamavam de distraído, dizendo que tinha a cabeça nas nuvens, mas, na verdade, Coeur estava quase sempre prestando atenção. O que ele ignorava eram os próprios problemas.

Ele não tinha dores no peito tão intensas que às vezes parecia que ia morrer. Ele não estava solitário a ponto de chorar de noite na cama. Ele não olhava para o próprio teto enquanto escutava música, se perguntando se era apenas uma silhueta, alguém que era secretamente feito de vidro sem conteúdo algum. Um monstro vazio com um coração que sangrava.

Então, num dia em que o coração dele doía mais do que o normal, Coeur encontrou o seu igual em um menino magricela e baixinho com um temperamento dos infernos, e uma carranca digna de lá.

Coeur se sentava ao lado dele nas aulas de literatura, pegava os livros, e em troca Neo o ajudava a responder às perguntas.

Neo era um conhecedor dos silêncios. Fazia isso com substância, em vez de insegurança.

Havia algo estranho e encantador nele. Ele era bonito, de um jeito diferente. Tinha maçãs do rosto altas, o cabelo bagunçado, a pele muito branca, um nariz pequeno, olhos duros e lábios que Coeur poderia jurar que nunca sorriram nenhum dia da sua vida. Era como uma capa de um álbum fofa e ainda assim elegante aos olhos de Coeur, mas a música era algo com a qual ainda precisava se acostumar.

Neo era irritadiço e impaciente. Um tempo ágil, e uma orquestra tocando agitada.

— Desculpa, eu sou burro — Coeur dizia, depois de se atrapalhar com uma frase.

E Neo dizia:

— Dá para você não pedir desculpas a cada dois segundos? É irritante.

Ou:

— Neo, estou fazendo isso certo?

— Eu já disse que sim, Coeur. Para de encher.

Neo tinha o hábito de chamar Coeur pelo nome completo. Todo mundo da escola o chamava de C, até mesmo os professores. Neo, não. Dizia o nome inteiro. E especialmente quando estava sendo maldoso.

— Coeur. — E dava um peteleco na testa dele. — Presta atenção.

— Coeur. — Jogava um livro na cabeça dele. — Não fica dormindo.

Só que, como nas músicas, Neo sutilmente revelava partes mais tenras de si, como as notas de uma melodia de piano.

— Ei. — Ele cutucou o dedo de Coeur, traçando uma linha na página de um livro. — Não precisa ficar frustrado. Estamos com tempo. É só tentar de novo.

E então:

— Coeur, espera. — Neo o puxava de volta quando estavam saindo de uma aula e colocava a etiqueta de volta dentro da camiseta.

Neo também era engraçado de um jeito sem esforço: um trompete ressoando com uma entrada quieta, mas repentina.

— No livro *O retrato de Dorian Gray*, existe um personagem chamado lorde Henry que diz que uma grande paixão é privilégio dos que não têm o que fazer — disse Neo, enquanto ele e Coeur estavam sentados na detenção por terem conversado demais durante a aula.

Neo lia. Coeur o observava enquanto lia. E, ocasionalmente, Neo dizia alguma coisa, e Coeur sorria e escutava.

— Ele diz que as pessoas só recorrem ao amor porque não têm nada melhor para fazer.

Coeur olhou por cima do ombro para o professor que dormia, e então de volta para o rosto emburrado de Neo conforme passava as páginas do livro. Ele apoiou o queixo nos braços e abriu um sorriso torto, perguntando:

— E se a maior aventura da *minha* vida for me apaixonar?

— Aí você é chato.

Coeur riu. Neo era a pessoa mais inteligente que Coeur já conhecera, mas, ao mesmo tempo, ele simplesmente não sabia captar nenhuma dica. Não que isso incomodasse Coeur, de forma alguma.

Pela primeira vez na vida, Coeur sabia do que gostava. Sabia o que queria. Ele sabia que era distraído, que andava com a cabeça nas nuvens, só meio presente, e ainda assim estava perdidamente apaixonado por aquele seu colega inteligente e maldoso.

O amor não precisa de motivos, mas Neo deu a Coeur o mais simples. Ele via dentro de Coeur, em vez de só por fora. Ele procurava sob a superfície e mergulhava na parte funda da piscina.

Então, um dia, na detenção, quando o professor tinha dormido de novo...

— Neo — sussurrou Coeur. — Por que você gosta de mim?

— Eu não gosto de você. Você é irritante.

— Você me tolera.

— Ligeiramente.

— Então por que me tolera?

Neo ergueu o olhar do livro. O olhar dele não desviou nem ficou buscando respostas. Uma pergunta como aquela não continha uma resposta em algum canto da sala de aula. Em vez disso, estava em Coeur. Em um centro que ele tinha certeza de que estava faltando.

— Você é gentil — disse Neo. — Não o tipo de gentileza que as pessoas só fazem de vez em quando. É bondade de verdade, do tipo que considera, e vem do coração.

Uma timidez repentina pareceu tomar conta de Neo, um toque rosado nas bochechas quando encontrou o olhar de Coeur.

— Você não pegou um livro porque pediram. Você pegou porque sabia que não conseguiam alcançar. — Neo deu de ombros, esfregando o rosto. — E você só é irritante em parte, acho.

— Qual parte de mim é irritante? — sussurrou Coeur, sorrindo como um bobo.

— Primeiro que você é bonito. Chama atenção demais.

— Fofo. Roubou isso de *Orgulho e preconceito*?

— Faça a lição, Coeur — disse Neo, ficando em pé e colocando a mochila nas costas quando o sinal tocou. — Senão vou furar seu olho com a caneta.

— Qual olho?

Neo sorriu, uma risada na maior parte composta de um sopro que escapou dos lábios.

Foi nesse dia que Coeur decidiu que contaria a Neo como se sentia.

— Isso é para uma menina que você gosta? — perguntou a mãe de Coeur mais tarde naquela noite, olhando por cima do ombro do filho enquanto ele escrevia uma carta, uma carta que estava escrevendo e reescrevendo há horas em um canto escuro do quarto.

Coeur fez que não com a cabeça.

— É para um menino.

— Ah.

— Mas eu gosto dele.

— Sim, *chèrie*, isso eu entendi. — Ela deu uma risada, colocando a janta de Coeur no quarto, e então beijando sua bochecha. — Espero poder conhecê-lo um dia.

Coeur terminou a carta, sem estar completamente satisfeito, mas, na verdade, nunca estaria. Não havia uma forma perfeita de descrever o que era encontrar o amor pela primeira vez na vida, exceto talvez explicando como se sentia à vontade perto dele, ou como estava sempre apaixonadamente pensando nele.

Coeur adormeceu horas depois, encarando o teto, segurando a carta contra o peito inquieto, sem pensar no coração, no vazio, nem na solidão.

Ele pensou em Neo.

Só que Neo não apareceu na aula no dia seguinte. Coeur esperou na cadeira, olhando para a porta cada vez que a maçaneta girava, a decepção se acomodando no estômago quando era outra pessoa.

Ele nunca tinha pedido o número do celular de Neo, porque a única vez que ele puxara esse assunto, Neo tinha ficado tenso. Neo disse que o pai dele era um pouco rígido quando se tratava de tecnologia, então ele preferia não dar o número para ninguém.

Então, quando dias longos e excruciantes se seguiram e Neo não foi à escola por uma semana inteira, Coeur foi até a mesa do professor com a carta ainda em mãos quando a classe foi dispensada.

— Com licença, professor? — Coeur pigarreou. — Você sabe onde Neo está?

— Neo? Ah, ele vai ficar fora por um tempo ainda, acredito eu — disse o professor. — O coitado voltou para o hospital.

Coeur precisou de um tempo para processar as palavras, pensando que tinha ouvido mal. Então, um pouco fragilizado, ele perguntou:

— Como assim?

O professor olhou para ele através dos óculos, parecendo curioso. Devia ter notado a angústia de Coeur, a forma como as mãos tremiam de leve, porque ele visivelmente ficou mais tenro, encontrando o olhar do seu aluno e tirando os óculos.

— Sinto muito, C. Achei que vocês dois eram próximos — disse ele. — Neo está doente há alguns anos. É por isso que ele falta tanto às aulas.

Coeur sempre só presumiu que Neo tinha outro compromisso — um clube sobre o qual não falava, uma desculpa para faltar metade da semana — e não... Não algo desse tipo.

O professor suspirou.

— Ele teve um acidente com alguns meninos semana passada. Fico surpreso que você não tenha ouvido falar. Todo mundo na escola está comentando. Ele ficou bastante machucado.

Um acidente. Com alguns garotos.

Coeur pensou na manhã depois da detenção quando entrou na escola. Ele tinha acabado de falar para o treinador que queria parar de nadar, e o treinador tinha gritado, gesticulado loucamente. Coeur não se lembrava de muita coisa a não ser em concordar em participar de um último torneio, e então não faria mais nada.

Ele se lembrava de passar por Neo no corredor, passar por colegas com quem ele não falava de verdade, a não ser nos treinos. Estavam praticamente rodeando Neo, mas Coeur não notou o que estava acontecendo na hora.

Ele viu seus colegas antigos, os que pensavam que ele era legal e atlético, um cara bonito que decorava a paisagem. Ele os viu rodeando a imagem da sua felicidade, da pessoa que talvez não *parecesse* certa na imagem, mas que, nos sentimentos, era a correta.

Coeur tinha uma escolha. Ele podia ir até ali e agarrar Neo pelo braço. Podia tirá-lo do perigo que os colegas potencialmente apresentavam, ou até mesmo perguntar aos "amigos" o que estavam fazendo. Ele podia ter feito diversas coisas, mas Coeur tinha uma afinidade com a indecisão.

— Não deixe isso te abalar — disse o professor, mas Coeur já estava perdido, passando aquela cena de novo e de novo como se pensar no passado pudesse alterá-lo de alguma forma. — Por que não vai visitá-lo? Tenho certeza de que ele gostaria de ver um amigo.

Coeur assentiu e foi embora, a culpa se espalhando pelo corpo como um vírus. Aquilo o consumiu durante as semanas seguintes até que o vazio que Neo havia preenchido se transformou em uma caverna de paredes machucadas e expostas.

Coeur chorou em silêncio naquela primeira noite. Ele se sentiu mal, claro, mas ainda mais do que isso, sentia a falta de Neo. Só que não era bem isso que estava sentindo.

No francês, não se diz "sentir a falta" de alguém. Se diz que essa pessoa está "faltando" em você.

Tu me manques, disse Coeur, em seus pensamentos, pronunciando aquelas sílabas como se Neo pudesse ouvir.

Todas as noites Coeur escrevia cartas para Neo, até estar completamente rodeado por elas. Todas as noites, Coeur repetia a mesma frase de novo e de novo. *Tu me manques tellement que même mon coeur souffre*. Até que, pouco a pouco, o coração dele pareceu adotar as palavras como suas.

Acordar no hospital foi como um golpe do destino. Coeur estava certo disso. Os pais estavam preocupados até quase perderem a cabeça, sem saber o que estava errado com o filho.

Coeur não se importou.

Ele estava vagamente consciente que tinha algum problema de saúde, mas a mente estava preocupada com outras coisas.

Será que Neo estava em algum lugar do prédio? Estava lendo em algum lugar, emitindo opiniões pretensiosas cheias de pequenas ofensas para outras crianças doentes? Será que tinha perdoado Coeur? Aquela pergunta era a mais difícil para Coeur. Ele se remexia na cama, como um cachorro ansioso que queria sair da coleira.

Quando os médicos diagnosticaram a doença de Coeur e como progredia de forma rápida e agressiva, deram ao seu coração uma data de validade. Como se fosse uma fruta que lentamente apodrecia.

Disseram que ele tinha um ano. Um ano, e então Coeur precisaria de outro órgão. Até mesmo nesse caso, ele estava sob o risco de diversos ataques, infecções e outras coisas que Coeur não estava interessado em saber. O que *ele* ouviu foi que ele precisaria ficar no hospital sob observação por mais um tempo, o que o fez sorrir — morbidamente, sob a perspectiva do médico.

— Agora eu posso ir? — ele perguntou, de novo e de novo.

A certa altura, o pai disse que ele deveria ir dar uma volta se os médicos achassem que ele estava bom. Ele perambulou com um propósito, procurando nos corredores, espreitando em um elevador ao qual não devia ter acesso e vasculhado andar por andar, até trombar com uma criatura estranha que estava correndo.

— Meu Deus do céu, me desculpa! — Ele gritou.

A primeira coisa que Coeur me deu foi um pedido de desculpas.

A segunda foi uma história para desvendar.

Ele passou o resto daquele dia em um turbilhão de emoções. Neo *não* o tinha perdoado. Ele não o perdoaria por um tempo. Porém, quando Coeur finalmente conseguiu confrontar sua própria ignorância, o tempo e a amizade entrelaçaram seus caminhos mais uma vez.

Coeur guardou suas cartas. Ele as manteve em sua posse junto a sua história por quase um ano. Já que, no fim, Neo não precisava de uma grande confissão. Não precisava de nada grandioso nem ser levado por um romance proibido.

Nesta noite, Coeur tem o mesmo ânimo de um cadáver. Ele fica deitado na cama, enganchado a uma máquina de oxigenação por membrana extracorpórea. Uma bomba eterna para manter o sangue fluindo. Os sentidos estão entorpecidos pelo remédio. Não pode andar nem ficar em pé nem comer, mas mesmo assim está contente.

Neo fica deitado ao lado dele, a cabeça apoiada no ombro de Coeur. Eles leem livros que já leram antes, escutam músicas que já sabem de cor. Neo aponta para certos trechos que o fazem rir, cantarolando com a melodia.

Quando Neo escreve, Coeur fecha os olhos, pressionando o nariz contra o cabelo bagunçado de Neo. Ele o abraça pela cintura. Os rabiscos melodiosos da caneta o deixam em paz.

A história deles está quase terminada. Considerando o quadro geral das coisas, Neo lê o manuscrito completo para Coeur em um único dia. Os olhos de Coeur nunca deixam o rosto de Neo enquanto ele está escutando.

— O que você acha? — sussurra Neo.

— Acho que o mundo inteiro vai chorar por cada palavra que você escrever.

— Não parece um elogio.

— É sua primeira resenha.

— É minha única resenha.

— Você deveria colocar em destaque na quarta capa.

— "Para meu Coeur" — Neo fala em tom de brincadeira —, "por zoar esse manuscrito antes mesmo de estar pronto."

— Perfeito.

— Ótimo. Vou manter assim. Seu francês idiota.

— Eu queria perguntar, você começou a aprender francês escondido por minha causa?

— Não. — Neo franze o cenho. — Comecei a aprender francês escondido para você e sua mãe não ficarem falando mal de mim pelas costas.

— Minha mãe gosta mais de você do que de mim. — Coeur dá uma risada.

— Bom, *agora* eu sei disso.

Neo abaixa a cabeça, as risadas dos dois se misturando. Coeur se endireita e segura o rosto de Neo para poder continuar o olhando. Os narizes se tocam, as risadas sumindo.

— Nossa história só está começando, Neo — sussurra Coeur.

— Nem vem.

— É só o começo. É sério — insiste Coeur. — Você tem tantas histórias ainda para ler, e tantas ainda para contar.

Coeur coloca uma das cartas no colo de Neo, a primeira que escreveu. Aquela que é longa demais, cheia de erros e tão completamente imperfeita que Coeur não consegue imaginar uma confissão de amor melhor. Neo a desdobra com cuidado, alisando o papel. Ele lê em voz alta, às vezes parando com cuidado quando sente o maxilar doer.

A bondade e a resiliência nasceram nos corpos de dois garotos quebrados, e tudo que eles queriam era mais tempo para ficarem juntos.

Eles não são uma tragédia.

São uma história de amor e perda.

Quando Neo termina de ler a última frase, Coeur sorri. As silhuetas dos dois se unem na escuridão. Coeur acaricia as maçãs do rosto altas de Neo, o narizinho, e os lábios, que agora sorriram para ele mais vezes do que é capaz de contar. Ele admira sua cor favorita nos olhos de Neo e não consegue pensar em outro lugar onde preferiria estar.

———

O cirurgião descreveu o procedimento para os pais de Coeur diversas vezes. A mãe de Coeur está falando com ele agora enquanto aplicam os sedativos para a operação.

Neo, Hikari e eu não podemos entrar, então ficamos aguardando do lado de fora. Nesse momento, os irmãos de Coeur estão revezando para falar com ele. O pai fica segurando a velha jaqueta do time de natação, tagarelando sobre qualquer coisa enquanto Coeur adormece sob o feitiço dos medicamentos.

A mãe é a última a vê-lo antes que a maca seja levada para o corredor. Quando dizem que está na hora, ela sente dificuldade de deixá-lo partir. Coeur é o seu caçula. Seu bebê. E ela precisa deixá-lo com estranhos para que abram seu peito e substituam seu coração.

Assim que a maca é levada para o corredor, Neo fica em pé e se aproxima.

Eric pede à enfermeira que lhes dê um minuto.

— Neo — diz Coeur, um pouco alto demais.

Ele sorri, delirante, enquanto Neo se inclina sobre ele, segurando sua mão.

— Oi, meu Coeur — sussurra Neo. — Como está se sentindo?

— Ótimo — diz Coeur. — Eu amo drogas.

— É mesmo?

— Muito. Mas não experimente, elas fazem mal.

— Se você insiste.

Coeur continua sorrindo, os olhos fechando por alguns segundos, e então abrindo de novo, a cabeça pendendo para um lado e depois voltando.

— Você disse que ia roubar um coração para mim, lembra? Foi você? Foi você que conseguiu para mim? — pergunta Coeur em um sussurro, as pupilas expandindo quanto mais tempo passam focadas em Neo.

Os lábios de Neo se espremem, os olhos umedecendo quando se lembra do pedaço de papel. A promessa.

Para Coeur,
Vou te dar um coração.

Aquele pedaço de papel ainda está guardado no meio da Lista como um marcador de página. Coeur queria guardar em um lugar onde não fôssemos perder.

— Não, não fui eu — diz Neo, passando o dedão por cima dos nós dos dedos de Coeur. — Mas você sabe que sempre teve o meu.

Coeur não está são o suficiente para compreender as palavras ao todo, mas consegue ver o sentimento no rosto de Neo. Ele olha o máximo de tempo que pode com o tipo de alegria que apenas os pequenos prazeres podem oferecer. Segurando a mão dele. Escutando. Vendo. Estando ali.

— Neo, Neo, Neo — sussurra Coeur, como se falasse sozinho.

— Que foi, Coeur?

— Eu amo tanto seu nome — diz Coeur. — É meu nome favorito.

Neo tenta manter a compostura. Ele engole em seco e exala de um jeito frágil e trêmulo. Ele pressiona a palma da mão no centro do peito de Coeur em cima da camisola hospitalar. Os trovões e relâmpagos retumbam logo abaixo.

Neo passa a ponta dos dedos pelo rosto de Coeur. Ele se inclina e pressiona os lábios contra os dele. É um beijo lento e gentil. Coeur o beija de volta, da forma que consegue, os dois se separando exibindo sorrisos corados.

— É melhor você me beijar assim quando eu acordar — sussurra Coeur.

Neo dá uma risada, uma lágrima rolando pelo rosto.

— Prometo.

A enfermeira gentilmente diz a Neo que precisa levar Coeur até a sala de operação agora. Neo assente, segurando a mão de Coeur até ele ser levado pelo corredor.

— Neo? Está vindo? — Coeur chama, apesar do chamado acabar sumindo conforme ele se afasta. — Neo, Neo, meu Neo.

Hikari segura a mão de Neo. Ele não seca a lágrima solitária. Ele a deixa escorrer pelo queixo e fica observando enquanto Coeur desaparece no limbo.

Já disse antes que não estou acorrentada ao meu corpo. Da mesma forma, meu corpo também não está acorrentado às percepções comuns. Pessoas normais não podem entrar em salas de operação, mas já deve imaginar agora que eu não sou nem normal, nem uma pessoa.

— Sam.

— Oi, Coeur — eu digo, parada ao lado da mesa de operação.

Ao meu redor, enfermeiros e técnicos arrumam suas ferramentas. Dois cirurgiões se preparam para entrar. Um instrumentador coloca cada ferramenta que logo será usada nos órgãos de Coeur em uma bandeja enquanto a anestesista faz as preparações.

Todos eles me veem, eu penso. *Simplesmente não pensam que minha presença não é natural. Eles a aceitam como o som de um bisturi arranhando uma bandeja de metal e o brilho da luz da lanterna do cirurgião.*

— Sam — diz Coeur de novo, os olhos quase fechados, mas ainda assim à beira do pânico. — Você precisa cuidar dele enquanto eu estiver aqui, tá?

Eu acaricio a mão dele, aquela que Neo precisou soltar.

— Tá bom.

— Precisa fazer com que ele tome os remédios. Ele... Ele tem... uma dose de noite e duas de manhã. Ele não come se está sozinho, entendeu? Você precisa sentar e... comer com ele, assim ele pelo menos vai se alimentar um pouco. E... E você precisa se oferecer para fazer alguma coisa com ele, senão ele não vai sair da cama. Leve ele para a biblioteca ou os jardins, mas... Mas não deixe ele sentar perto demais dos arbustos, a pele dele fica com alergia. E ele diz que odeia abraços, mas ele não odeia. Ele precisa de abraços. Abrace ele hoje à noite, tá? Abrace ele sempre que estiver triste ou assustado. E...

Coeur para de falar, respirando fundo como se estivesse tentando não chorar.

— Sam, se o pai dele vier, você precisa protegê-lo. Eu... Eu sei que você não faz intervenções, eu sei que é uma das suas regras, mas você precisa protegê-lo. Por mim.

— Eu vou — eu digo, e Coeur sabe que estou falando sério.

— Obrigado, Sam. — Ele sorri, e minha mão solta a dele. — Você é mesmo uma criatura estranha e bela.

A anestesista fica parada ao lado de Coeur e coloca uma máscara sobre a boca e o nariz dele.

— Faça uma contagem regressiva para mim, querido, tá?

— Conta comigo, Sam? — Coeur pede.

Eu assinto.

As lembranças se reviram umas nas outras, não como pedaços de filme, e mais como um livro cujas páginas que vão passando se derretem umas nas outras. No fim, é tudo que as pessoas são. Ossos e sangue e beleza divididos em memórias.

Quatro.

Coeur não pensa nisso enquanto desce até as profundezas de um oceano tão fundo que não consegue mais ver a superfície. Ele não se lembra mais das coisas que fez ou deixou de fazer.

Três.

Ele se lembra de Sony roubando no Banco Imobiliário, das piadas e dos desenhos de Hikari, dos petelecos de Eric, das longas viagens de carro com o pai, dos jogos de esportes aos quais assistiu com os irmãos na TV, da mãe dando uma risada e levando o jantar para ele tarde da noite.

Dois.

Ele não pensa na solidão, no vazio, nem nos corações. Ele pensa nos lábios de Neo e nas risadas que soprou contra o seu pescoço, e nas mãos frias, porém gentis, e nos pequenos sorrisos, e na única lágrima que escorreu pela bochecha da última vez que o viu.

Um.

Coeur se afunda na escuridão.

E seu amor por Neo afunda com ele.

24
antes

Eu não sei o que é o amor.

Alguns dizem que tem duas formas. Que pode ser passional e avassalador. Que te engole e consome, quando a outra pessoa é a fonte do ar. Como uma chama violenta que queima durante uma única noite.

O amor também pode ser gentil e sutil. Uma onda passando na praia em uma tarde tranquila. Que cobre você até ficar confortável com a maré.

Sam começou a me chamar de *meu amor*. Começou como um apelido carinhoso, do tipo que ele sussurrava quando nos beijávamos nos armários ou escondidos embaixo das mesas.

Beijar Sam é viciante. Para alguém que se sente como uma intrusa em seu próprio corpo, é uma conexão através de um ato. Faz eu me sentir como se eu pertencesse. Como se eu pertencesse ali, com ele.

— Meu amor, me conte coisas — diz ele.

— Que tipo de coisas? — eu pergunto.

— Qualquer coisa. Quero ouvir você falar.

— Você tem gosto de remédio — eu digo, e ele sorri, os dentes contra meus lábios.

Talvez seja a minha sensação favorita no mundo todo.

Sam e eu dormimos na cama dele. As pernas dele se enroscam nas minhas quando a escuridão esconde a luz. A cabeça dele descansa no meu peito, a sonolência passando por ele, os lençóis nos cobrindo até o queixo. Antes de dormir, ele passa dois dedos no meu rosto e pergunta:

— Com o que você sonha, meu amor?

— Não acho que consigo sonhar — eu informo.

— Todo mundo sonha — diz ele. — Eu sonho com a gente atravessando o oceano e indo ver o mundo.

— O mundo inteiro?

— Cada cantinho. — Os lençóis se desarrumam quando ele muda de posição. — Com o que você sonha, minha doce Sam?

Fico pensando sobre isso, aproveitando a sensação dos lábios de Sam depositando carícias no pescoço.

— Sonho com isso — eu digo. A curiosidade de Sam me encara, evidente nos olhos sob os cílios. — Eu sonho com você e eu juntos assim amanhã, e em todos os amanhãs que vêm depois.

— Meu amor — diz Sam, como se fosse uma declaração por si só, um beijo que em vez de ser dado é falado em voz alta. — Todos meus amanhãs são seus.

Sam estica o pescoço na mesa, soltando a respiração quando os médicos desamarram a camisola. Ele está deitado de barriga para cima, um objeto de exame. Sam tem marcas espalhadas por todo o corpo, morros que sobem acima da pele. Eles racham e sangram no frio. Ficam duros e doloridos quando toma banho.

Os homens que o cercam conversam entre si como se Sam não estivesse presente. São seus mecânicos, e o motor precisa de cuidados. As mãos passam por parafusos e porcas, examinando inconsistências e tentando entender como consertá-las.

Fico sentada do outro lado da sala. Os médicos obstruem a minha visão, como uma revoada de abutres de branco. Assim como eu, Sam tenta se olhar por outro ponto de vista. O teto, as paredes, alguma parte inanimada da sala a que ele costumava dar uma alma.

Estar nu, sendo cutucado e revirado não é nenhuma estranheza para Sam. Ele passa por essa rotina desde pequeno. É o padrão. Mas ele diz que a vergonha que sente nunca vai embora. Ele se sente exposto, vulnerável, desprotegido.

Depois de engolir em seco, Sam em algum momento olha para mim. Eu sorrio como se isso facilitasse as coisas. Sam me mostra a língua. Eu franzo a testa. Ele segura uma risada, os lábios retorcidos.

Quando o exame termina, ele se senta e cobre seu corpo, os músculos trêmulos. Corro para o lado dele.

— Você está bem? — pergunto.

— Sim, meu amor — responde, beijando meu nariz. — Estou a fim de uma risada. Você não? Vamos jogar baralho com Henry.

— Está bem — eu concordo, ajudando-o sair da maca e vestir as próprias roupas.

———

As crianças que vivenciam alguma doença podem se tornar pessoas mais duras. Não é uma resposta à dor, é uma resposta ao fato de que a vida se estica e acaba se afinando até virar um ciclo. As memórias viram um borrão. Um ano no hospital pode parecer dez. Talvez seja por isso que tantos pacientes têm a sabedoria de um idoso e o temperamento de uma criança.

Henry me diz que a guerra é muito parecida com a doença. Há sempre uma sensação de *vou conseguir sair dessa ou não vou?* Muita dor, muito tédio, e uma camaradagem entre os feridos e entediados.

Henry me diz que lembra exatamente do peso do rifle e como era estranho tê-lo nos braços enquanto corria com uma mochila nas costas. O ar era quase preto, ele conta, carregado de uma fumaça tão espessa que dava para sentir a fuligem nos pulmões. As sirenes e as munições ecoavam pelos tímpanos de forma tão contundente quanto o fedor do sangue.

Ele se vira para mim, com a cabeça apoiada no travesseiro, e então ele se pergunta se essa é a sensação da morte. Correr para o escuro sem saber se há uma luz do outro lado.

Henry encara o cachimbo de novo. Acaricia o bocal, olhando pelo quarto como se outra maca estivesse ao seu lado, uma alma vizinha sob as cobertas.

Ele fala com o ar, com aquele fantasma que ele mantém sempre por perto. Ele murmura coisas incompreensíveis, algo como *eu me lembro* e *quase* e *logo estarei aí*.

Espero até Henry dormir para ir atrás de Sam. Ele está lendo um livro, uma das mãos fechadas em um punho enquanto o sangue é lentamente drenado do braço para um saco.

As manchas na pele ardem no ar frio, rachando e sangrando, fazendo-o estremecer. Sombras cinzas e roxas cobrem os olhos. Eu me esgueiro na cama junto dele e pergunto como foi seu dia.

Ele beija minha testa e conversa comigo, demorando-se nas frases, usando mais palavras do que o necessário porque sabe que a voz dele me acalma.

Eu pergunto a Sam se ele se sente um prisioneiro do próprio corpo, assim como Henry.

Sam pergunta o porquê de eu achar isso. Eu digo a ele que é porque ele está doente. Ele diz que não é preciso ficar doente para se sentir preso. Eu pergunto se é assim que ele se sente de novo. Sam disse que *prisioneiro* não é a palavra certa. Ele diz que se sente enraizado porque a mente pode ir aonde quiser, mas o corpo sempre o traz de volta para casa.

Ele brinca com o meu cabelo enquanto passo a mão pela pele saudável ao redor dos montes feridos.

Ele me pergunta se estou bem.

Eu digo que eu gostaria de poder escutar mais sem entender ainda menos.

Henry morre alguns dias depois. Estamos no meio de um jogo de baralho quando uma onda de cansaço o atinge. Sam pergunta se ele está se sentindo bem e se ele quer um pouco de água. Henry diz que só precisa de um instante, de um cochilo antes do próximo jogo. Só que, quando Sam e eu saímos do quarto, o coração dele para de bater. Ele tenta respirar, mas não consegue.

As enfermeiras entram no quarto, Ella na liderança. Ela ajeita a maca, os códigos apressados e as ordens voando de um lado para o outro. A eficiência brutal e barulhenta é encoberta pela respiração ofegante de Henry.

Sam tenta me tirar do quarto.

— Espere — eu peço.

Henry abre os olhos, virando a cabeça no travesseiro, um braço tentando pegar algo além do cachimbo. Ele tenta falar, já sem ar para criar as palavras. Então, o corpo afrouxa. Os olhos ficam desfocados até nada — ninguém — existir neles.

— Espere...

— Você não precisa ver isso — sussurra Sam, me empurrando pelo corredor.

Não há tempo para me acalmar, então ele abre a porta da velha dispensa e me puxa para dentro.

— Ele estava melhor — eu sussurro, andando para trás, tentando não repassar toda aquela cena na minha cabeça.

— Eu sei. Eu sei, não é justo — diz Sam, me abraçando com força, mas sei que ele também está chorando. — Vai ficar tudo bem. Vai ficar tudo bem. — A respiração dele ofega enquanto ele fala, o calor soprando no meu cabelo, a voz abafada. — Vai ficar tudo bem. Não perca a esperança.

— Ele era tão forte — eu digo. — Por que ele morreu?

— Eu não sei — sussurra Sam. — Não sei, meu amor.

— Ele só queria ficar com o amigo dele.

— Quê?

— Henry — eu digo, meu peito apertado. — Quando ele perdeu a perna na guerra, o amigo morreu ao lado dele. Ele chorou. Gritou. Ele só queria ficar com ele.

— Ele contou isso para você?

— Não. — Balanço a cabeça, e o sangue daquele dia poderia estar esparramado no chão agora. Consigo sentir o cheiro e sentir tudo. — Não, eu vi tudo.

— Meu amor, Henry perdeu a perna há sessenta anos — diz Sam. — Você não era nem nascida.

Minha existência é difícil de entender e mais difícil de explicar. Ninguém nunca a questionou. Ninguém nunca se perguntou. Assim, quando o olhar confuso de Sam encontra o meu, não sei bem como explicar.

— Eu... — Engulo em seco. — Eu não sou como as outras coisas quebradas que você conhece.

Os braços de Sam caem devagar, as mãos se acomodando nos meus pulsos, a cicatriz dele roçando na minha pele. Ele franze o cenho, confuso.

— Não entendi.

— Esse lugar é onde eu pertenço — eu digo. — É quem eu sou.

Levo minhas mãos ao rosto de Sam, traçando as curvas, a forma como mudou e ao mesmo tempo ficou igual de tantas formas.

— Eu estava sozinha — digo, como se estivesse pedindo desculpas. — Eu queria saber por que as pessoas que eu deveria proteger sempre escapam por entre meus dedos.

Quero chorar. Quero chorar e trazer Henry e seu amigo de volta. Quero que eles se abracem como Sam e eu nos abraçamos, e fumem seus cachimbos e vivam suas vidas naquele pequeno chalé perto do rio.

Eu me engasgo com um soluço.

— Por que as pessoas têm que morrer?

Sam não sabe o que dizer. Sempre foi essa a minha busca por um motivo, apesar do fato de que abomino qualquer motivo.

E Sam não tem uma resposta.

Ele morde os lábios, emitindo um barulho frustrado. Ele ainda segura meus pulsos e encosta a testa na minha.

— Podemos ir embora — diz ele, um pequeno sussurro por trás.

Hesito.

— Como assim?

— Podemos fugir de tudo isso — diz ele. — Toda essa tristeza e morte. Podemos fugir desse lugar vazio, sem histórias e aventuras.

— Sam...

— Vamos levar meus remédios. Eu vou tomar cuidado. Posso arrumar um emprego. Eu cuido de nós dois — sussurra ele, uma urgência na voz como se estivesse pronto para correr e me puxar junto, como se fôssemos crianças no parque. — Podemos ir ver o mundo, meu amor. Podemos experimentar todas as coisas que ainda não vivemos. Podemos finalmente ser livres e ver o nascer do sol sem ter um vidro no meio do caminho.

Tudo está indo rápido demais. Sam me segura com uma firmeza ferrenha. As palavras são fluidas e me afogam. Eu me sinto como o ar preso embaixo d'água.

— Eu não posso — sussurro.

— Pode, sim — diz ele. — Sei que é assustador, mas vamos ficar juntos, e...

— Não posso ir embora, Sam. — Eu me desvencilho das mãos dele, andando para trás até estarmos desconectados. — Não para sempre.

Passo a manga da camiseta sobre minha boca como se as palavras pudessem tomar menos espaço se ao menos eu desse um jeito de abafá-las.

— Não como você quer que eu faça.

— Como assim, não para sempre? — pergunta Sam, toda gentileza sumindo.

— Eu...

— Você não quer ficar comigo?

Não é uma pergunta. É uma acusação. Uma tentativa de buscar uma salvação, assim como Henry procurando seu fantasma.

— Você não me ama?

Sam e eu nos encaramos, a despensa tão mal iluminada que apenas dá para ver o rosto e a silhueta dele. Quanto mais demoro a responder, mais tenso ele fica.

Quero que ele seja feliz.

Quero que ele seja feliz comigo.

Quero Sam, e ele quer o mundo.

Então, pela primeira vez, não tenho certeza de que sou o suficiente.

O corpo de Sam relaxa aos poucos. As lágrimas que pertenciam a Henry secam. Ele esfrega as bochechas, a mandíbula tensa. Ele exibe a mesma expressão de quando estava sendo examinado, vulnerável, a vergonha por trás de cada eco da respiração.

Ele esfrega todo o rosto. Então, uma dureza que eu não conhecia se assenta sobre ele, como a de um cavaleiro empunhando um escudo.

— Tudo bem — ele murmura. Ele se vira, colocando a mão na maçaneta.

— Sam? — Eu chamo. — Sam, por favor, não vá — imploro. Tento agarrar as costas da camiseta, mas ele já abriu a porta e a fechou. — Sam!

O cômodo fica completamente escuro.

Como um campo de batalha cheio de fumaça.

Enquanto choro, me pergunto se Henry obteve a resposta para sua pergunta sobre o que acontece com as pessoas quando elas morrem. Eu me pergunto se ele correu pela escuridão e saiu do outro lado. Eu me pergunto se, na luz, o amigo estava esperando por ele, fumando o cachimbo, sorrindo de braços abertos.

E então me pergunto se Henry ainda está correndo. Eu me pergunto se vai correr e correr na escuridão, apenas para descobrir que não existe nada do outro lado.

25
os momentos entre passagens

Pai,

É você quem está na minha primeira lembrança.

Você beija meu rosto, rindo quando eu me contorço, as mãos gentis em minhas costas. Minha mãe está do lado, as mãos fazendo cócegas na minha barriga. Seus olhos são calorosos. Suas palavras, tenras. Meu mundo é um berço, e seu amor é o clima.

Não sei quanto essa lembrança é real, mas não perco tempo a questionando.

A memória é uma coisa engraçada, não é? Lembramos do que é estranho mais do que das coisas normais. As coisas normais se tornam um borrão, mas os momentos entre essas passagens são os que nos marcam.

Eu me pergunto o que diz sobre a minha vida — que eu lembro desse momento vívido da sua bondade mais do que me lembro do seu ódio.

Eu não fazia ideia quando era mais novo. Do ódio. Eu não sabia que era anormal para um pai gritar e socar a mesa quando um filho acidentalmente quebrava um prato. Não sabia que era estranho ter a roupa arrancada e ser atirado em um banho gelado quando pergunta-se o porquê de meninos não poderem beijar outros meninos.

Era minha mãe que limpava os estilhaços que sobravam e me secava enquanto eu tremia. Eu ficava triste quando ela não me defendia, mas, diferente de você, a bondade dela era constante. Ela nunca me machucou.

Certa noite, enquanto você estava viajando a trabalho, ela dormiu na minha cama. Ela chorou quando achou que eu estava dormindo. Na manhã seguinte vi os hematomas na bochecha dela. Manchas vinho em meio a pedaços de verde e amarelo pútridos.

Foi quando decidi que não a odiaria.

É claro, eu não poderia odiar você também. Você era tudo que eu conhecia.

Você me ensinou a diferenciar o certo do errado. Me guiou no começo da vida. E, cada vez que eu seguia para o caminho errado, sendo fraco ou curioso demais, você dizia:

Deus irá te perdoar.

Eu era um idiota nessa época. Era um menininho que achava que a bondade estava em um punho fechado e que minha existência era algo pelo qual eu precisava pedir desculpas.

Você esqueceu, pai, que quanto mais um filho cresce, maior o mundo fica. Meu berço se tornou uma casa, e nossa casa se tornou uma cidade, e, aos poucos, eu descobri como é a bondade de verdade.

Um dia, você me levou para o parque para brincar de beisebol. Eu tinha acabado de receber meu primeiro boletim. Tirei notas boas, então como de costume, você sorriu, mas algo o estava incomodando. Crianças são intuitivas. Elas percebem essas coisas.

Mesmo na época, eu sabia, quando mal chegava ao seu joelho, que algo te incomodava quando os professores diziam que eu era reservado, em vez de amigável. Te incomodava que eu deveria ter crescido à altura do seu quadril na época, que eu nunca falava e que eu não era bom em jogar beisebol.

Então, quando a bola bateu na minha cabeça como um sintoma da sua frustração, eu deixei que acontecesse. Deixei o sangue escorrer pelo meu olho e deixei você me carregar até o carro, me beijando na testa e pedindo desculpas.

Foi a primeira vez que outras pessoas testemunharam que você me machucava. Eu me lembro das mães com seus filhos perto do escorregador e dos balanços colocando a mão sobre a boca, em choque.

Eu queria dizer a elas que estava tudo bem. Que era um acidente. Que você se importava comigo e que só machucava a mim e a mamãe de vez em quando.

Naquela noite, você lavou meu cabelo e fez uma atadura na cabeça. Me deu um beijo de boa noite e disse que você me ensinaria a jogar e que tudo ficaria bem.

Apesar de não chorar quando você desligou a luz, senti um vazio intenso. Eu e minha mãe éramos um par silencioso. A própria casa tinha mais a dizer para nós do que nós tínhamos a dizer um para o outro. Eu também não tinha amigos nem irmãos com quem conversar.

Eu estava solitário.

Queria a sua gentileza e, por isso, estava disposto a aprender a jogar beisebol. Estava disposto a fingir ser alguém que não sou só para te satisfazer.

Por um tempo, funcionou.

Sua raiva fiou mais escassa. Havia a briga ocasional por frustração em que você gritava ou me xingava ou me empurrava, mas você sempre parava a tempo e pedia desculpas.

Você costumava ter um hábito específico.

Você me agarrava. Nada mais. Só agarrava meu braço. Ficava observando sua mão praticamente o engolir. Então, depois de um instante, você ria e me soltava, bagunçando meu cabelo, e dizia que eu deveria comer mais.

Você gostava de ver o medo em meus olhos. Gostava da adrenalina momentânea que aquilo provocava — sabendo que poderia partir o osso em dois e eu não poderia fazer nada sobre isso. Você gostava que, não importa o que eu fizesse, todo o poder estava em suas mãos. Era você quem decidia o que era certo ou errado, e você tinha o poder de me transformar no que você quisesse que eu fosse...

Talvez isso tudo fosse coisa da minha cabeça.

Talvez você só estivesse brincando, e eu estivesse tentando te agradar. Eu fechava os olhos à noite, pedindo a Deus que me perdoasse.

Só que havia coisas que eu não podia mudar por você, partes de mim que não conseguia alterar a seu bel-prazer.

Você dizia coisas...

Neo, coma mais. Dá para ver os ossos embaixo dessa camiseta.

Você deveria ganhar músculo. Seus braços parecem gravetos.

Neo, não faça essa cara, você parece uma menininha.

Parece que você nunca vai ter altura para ir à montanha-russa.

Não fique de birra, só estou brincando.

Você tem os quadris de uma mulherzinha, sabia disso?

Fiquei intimamente consciente do meu tom de voz e do tamanho do meu corpo. Me sentia culpado por ser pequeno demais, magro demais, feminino demais.

Eu me odiava.

Minha solidão deteriorou-se. Me consumia. Era como um pedaço de solo que alimentava as ervas-daninhas da vergonha, fazendo-as se multiplicar até eu não ser mais nada.

Eu queria me matar antes que isso acontecesse.

Aos nove anos, sonhava em adormecer no colo da minha mãe quando você estava viajando e nunca mais acordar. Pensei que talvez fosse conhecer Deus. Então ele me diria que eu estava perdoado. Que eu não precisava mais apanhar nem ficar com medo. Sonhava em levar minha mãe comigo também.

Na manhã seguinte, planejei andar até o meio da rua e deixar um ônibus me atropelar. Fiquei me imaginando achatado no asfalto, meu crânio rachado, o sangue e os miolos escorrendo da cabeça.

Só que, quando eu me sentei, eu encontrei uma coisa. Um livro que tinha sido deixado no ponto de ônibus. Na capa, estava escrito Grandes esperanças. *Roubei o livro sem pensar. As palavras eram difíceis demais para eu compreender, mas tentei mesmo assim. A rua poderia esperar.*

Minha professora me viu com dificuldades e me deu outros livros para começar, já que seriam mais fáceis. Eu estava determinado a ler aquele livro, então segui o conselho dela e comecei a ler os mais fáceis primeiro.

Foi assim que eu me apaixonei pelas histórias.

As histórias me deram uma fuga, um furo dentro da trama da vida.

No fim, eu não precisava ser eu mesmo. Poderia ser qualquer um. Aprendi a viver por meio das páginas, da tinta e da escrita. Acho que no fim preciso te agradecer por isso. Sem a vergonha e a solidão, eu nunca teria encontrado minha razão de ser.

Minha mãe me encorajava enquanto você viajava a trabalho. Ela lia para mim na cama e me dava lápis e papel sempre que eu pedia.

A vergonha e a solidão lentamente começaram a definhar. Eu as descartei como uma pele no papel, e escrevi até ficar bom nisso.

Acho que isso também te incomodou. Porque assim me tornei menos dependente de você. Eu fui consumido, intensamente ignorando a realidade por meio da literatura. Comecei a aprender e formular opiniões que não eram mais suas.

Comecei a me tornar alguém.

Neo, venha ficar aqui fora comigo.

Não tem amigos com quem você quer brincar?

Largue essa caneta, ande logo.

Não compre esse livro, vai envenenar seus pensamentos.

Neo! Largue já essas coisas. Vamos.

Não leia essa merda de viado. Caralho.

Me dá isso! Onde você arrumou?! Que bicha deu isso para você?! Me conta!

Uma noite, voltei da escola com um sorriso no rosto. Um menino tinha sentado no ônibus ao meu lado e me disse que eu era bonito. Ele beijou minha bochecha e disse para guardar segredo, e senti algo completamente novo: um frio na barriga, um nervosismo do tipo bom, uma empolgação que não poderia ser roubada.

Ao menos era isso que eu pensava.

Escrevi uma história sobre o menino e eu, e você a arrancou das minhas mãos e a leu por inteiro.

Então, você tirou o cinto e me bateu com ele. Me trancou em um armário por mais de um dia e meio. Minha mãe chorou, gritando para que você me deixasse sair. Finalmente, quando você foi embora, ela correu ao andar de cima. Você também tinha batido nela. O lábio estava aberto, e ela não conseguia abrir um dos olhos. Ela me deixou sair e me puxou para um abraço. Eu tinha mijado nas calças e estava tremendo, mas minha mãe não se importou. Ela me abraçou e pediu desculpas.

Ela me deu banho, lavou as roupas, e, de um jeito estranhamente íntimo, nós cuidamos um do outro. Eu passei pomada com um algodão nos seus lábios, e ela passou remédio nas marcas do cinto.

Fico feliz que você não estava lá para pedir desculpas. De todas as coisas, as suas desculpas eram as mais cruéis, porque eram sinceras. Você sabia que estava nos machucando e, mesmo assim, continuava.

Eu sei que você se lembra desses momentos, pai.

Só que eu quero que você reviva todos eles.

Quero que saiba que a sua esposa e seu filho se encontraram nos rastros da sua violência. Quero que saiba que, mesmo depois daquela noite, eu ainda não te odiava.

Eu escolhi fingir que os machucados, que as surras, os gritos, todas essas coisas eram delírios de uma mente febril. A verdade era a gentileza.

Eu me apeguei à memória que tenho de bebê, os sorrisos que compartilhou comigo, as piadas que criamos juntos, as vezes que você me pegava no ar e fazia barulho de avião, os beijos de boa noite, os filmes que vimos juntos e cada pedra que passamos no caminho.

Na noite que decidi te odiar, você sequer me machucou.

Você voltou de uma viagem de trabalho.

Eu estava lendo no meu quarto. Eu tinha o costume de esconder meus livros e a minha escrita nas caixas no sótão, já que você nunca subia até lá. Naquela noite, ouvi sua voz ficar cada vez mais alta pelas paredes. Eu coloquei a cabeça para fora do quarto e ouvi o som de um abajur estourando contra a parede, um prato estilhaçando nos azulejos.

Eu não queria que minha mãe se machucasse, então desci as escadas, pensando que você pararia quando visse que eu estava ali.

Só que você não parou.

Você pegou o que restava da sanidade dela e a estuprou bem na minha frente.

Eu não me importei com qual seria o motivo. Não me importei se sequer havia um motivo. Eu queria matar você. Fantasiei em pegar uma faca da gaveta da cozinha e enfiar nas suas costas.

Minha mãe nem percebeu que eu vi tudo acontecer. Ela mordeu o próprio braço para não fazer barulho e tentou limpar tudo antes de me ver.

Mãe.

Ah, Neo, disse ela, sorrindo, fingindo que não havia lágrimas escorrendo por seu rosto. Está tudo bem, querido, volte para a cama.

Seu rosto está sangrando, eu disse.

Está? Ela tocou a bochecha e sibilou. Estou tão atrapalhada ultimamente.

Mãe?

Que foi?
Você pode dormir no meu quarto hoje?
Ela fungou e assentiu.
Sim, disse ela. Sim, claro que eu posso.

———

C não conseguiu viver sem o próprio coração.

Acho que sempre soube que isso aconteceria. A tristeza não é a primeira coisa que me atinge quando os cirurgiões aparecem na sala de espera. É saber que aquilo pelo qual eu estava esperando chegou, como se eu tivesse chegado ao fim de um caminho que eu já sabia que seria sem saída.

Você é mesmo uma criatura estranha e bela, ele dissera.

Foi a última coisa que ele me deu.

Hikari e Neo ficam de mãos dadas, apoiados um no outro. Fico sentada ao lado de Hikari, de olhos fechados, minha consciência passando pelas paredes para que eu possa assistir à cirurgia.

Quando C rejeitou seu novo coração, o pavor se espalhou pelo quarto, e os médicos foram obrigados a tomar decisões difíceis.

Fizeram tudo que puderam. Sempre fazem.

A mãe de C é a primeira a irromper em lágrimas quando os cirurgiões dão as notícias. O pai dele também chora, abraçando a esposa, e os irmãos de C se apegam uns aos outros na sua própria versão de desalento e frustração. Dois deles se levantam e saem batendo os pés. Outro coloca as mãos no rosto, tremendo. O último irmão cerca os pais como se pudesse segurar os dois e, de alguma forma, aliviar aquele golpe.

Hikari fica ali sentada, incrédula. Ela chora, mas não faz barulho. Nas mãos, ela segura os fones de ouvido emaranhados que C lhe entregou para que ela guardasse. Ela olha para eles sem saber o que fazer. Eu a seguro nos braços, beijando a lateral do rosto, molhada e salgada. Ela esconde o rosto no meu pescoço.

Neo fica sem lágrimas.

Ele não chora nem se joga no chão. As mãos ficam sobre o colo, o celular de C largado em uma, a promessa que tinha feito amassada na outra. Calmamente, ele fica em pé depois que os cirurgiões dão suas condolências e se retiraram. Ele vai até a família de C, parando diante da mãe.

— Senhora — diz ele.

A mãe de C ergue o rosto das mãos, os soluços se acalmando e virando um choro mais silencioso. Neo se ajoelha diante dela.

— *C'était là où il gardait toutes ses chansons préférées* — diz ele, entregando o celular. Então, na voz mais suave que consegue, ele fala: — *Je suis désolé pour votre perte.*

Neo vai embora depois de alguns minutos. Ele pergunta a Hikari e a mim se pode ficar sozinho por um tempo. Ele volta para o quarto como faria em qualquer outro dia, cumprimentado por uma porta fechada.

Ele abre e dá de cara com o pai sentado na escrivaninha, a carta de Neo no colo.

Neo sustenta o olhar dele, apático, sem nenhuma mudança no rosto. Ele olha para o pai como alguém olharia para um novo quadro de arte pouco interessante e entra sem dar relevância a isso.

— Faz um tempo que você não vem — diz Neo, fechando a porta.

O pai dobra a carta com destreza e pigarreia.

— Sua mãe me convenceu a te dar um pouco de espaço — diz ele.

Neo não deixa de notar o estado dos nós dos dedos dele. Ele imagina o que ele deve ter feito com a sua mãe para que retenham aquela cor ensanguentada. Ele se pergunta se ele é capaz de matá-la e se já a matou. Então, ele ri, pensando quais as chances da mãe e do seu coração terem morrido no mesmo dia.

— Vamos falar sobre isso? — pergunta o pai, segurando o pedaço de papel.

— Não há nada para falar — diz Neo.

Ele passa os dedos pela pilha de livros, pegando uma única caixa de papelão embaixo da cama e depositando os livros lá, um por um.

— Você encontrou um pouco de coragem depois de fugir? — pergunta o pai de Neo, apesar de o tom não ser nem desdenhoso, nem agressivo. O orgulho percorre o seu tom de voz, marcado no canto da boca.

Neo percebe que ele está feliz. O filho, em vez de continuar fraco, com medo e patético no hospital, realmente aproveitou a oportunidade para escapar.

— Não sou corajoso — diz Neo, jogando os livros no papelão, as lombadas sofrendo um baque ao chegar no fundo. — Eu nunca fui. Sei que você fica decepcionado com isso. — Ele encara o pai, direto. — Mas pelo menos eu sei reconhecer que eu sou fraco.

O pai de Neo suspira. É um suspiro que funciona como prelúdio para a violência que Neo tanto conhece. Por instinto, Neo fica em pé, a respiração acelerada e incerta. Ele recua conforme o pai vai em direção a ele.

— Isso não importa porque... — Neo é interrompido quando o seu braço é agarrado, mas ele não volta ao seu silêncio ressentido. Ele fala mais alto. — Porque eu sou um bom escritor! — ele grita. — Eu sou inteligente e aprendi infinitamente mais com os livros que você acha que são imorais e com as pessoas que ficam nesse hospital do que com você.

Neo fecha as mãos em punho, tenso. Ele se concentra no cheiro das páginas limpas e o aperto firme na carne. Ele espera, respirando de boca aberta, que o pai o acerte. Ele espera por aquela sensação de ardência, uma unha rasgando os lábios, o calor entorpecente.

Quando Neo olha para os olhos do pai, ele vê a frustração, a repressão e o desejo de machucá-lo que é tão antigo quanto o dia em que ele atirou uma bola de beisebol na testa de Neo.

Neo ri. Ele ri tanto que as lágrimas começam a escorrer pelo rosto, e caem sobre os papéis esparramados no chão.

— Sempre teve uma parte de mim que acreditava que você poderia mudar — diz ele. O pulso frouxo vai até os olhos para protegê-los. — Quando eu fiquei doente, quando apanhei, quando estava usando a porra de uma cadeira de rodas... todas essas vezes eu ficava pensando, *talvez ele vá mudar*.

O pai de Neo não o solta. Ele não se mexe para bater no filho, empurrá-lo ou assustá-lo. Ele sabe que isso é inútil. Neo não se machuca mais com essas coisas. Na verdade, dói mais quando o pai se mostra preocupado com ele. Dói que, depois de todo esse tempo, ele ainda é capaz de mostrar afeição.

Neo ri de novo, praticamente gritando. A dor em sua forma mais pura o dilacera de dentro para fora. Infecta todos os ecos que ele tem de C. A dor o toma para si como uma casualidade do passado e lembra a Neo de cada momento breve que compartilharam, e que, a partir de agora, basta.

Neo joga a cabeça contra a parede, a risada maníaca se transformando em um suspiro longo.

— Eu me pergunto, pai, se você seria capaz de mudar agora? — pergunta ele. — Se você soubesse que o menino que eu amo acabou de morrer? Você me daria um abraço e me diria que vai ficar tudo bem?

Congelado, o pai de Neo sequer consegue abrir a boca, que dirá responder.

— Não, você não se importa o bastante pra fazer isso — diz Neo. — Se importa o bastante pra sentir pena, eu acho, mas os seus valores falam mais alto. Tipo, você sabia esse tempo todo, né? — Ele sorri com um sussurro. — Seu ódio sempre teve um nome. A gente só nunca o falou em voz alta.

— Eu sinto muito pelo menino — diz o pai rapidamente, sentando-se na cama. Ele ainda não soltou Neo.

— Não posso te culpar por estar confuso. Quando formos para casa...

— Eu não vou pra casa com você. — Neo encara as suas histórias, a tinta dissolvendo em suas lágrimas como aquarela.

O pai o puxa pelo braço de leve, como um aviso.

— Neo...

— É melhor você tomar cuidado quando tocar em mim agora — diz Neo. — Você não foi a única pessoa pra quem eu escrevi uma carta.

A porta se abre de repente. Eric fica parado no batente. Ele praticamente destrói a maçaneta, com o cabelo bagunçado, o uniforme amassado e olheiras nos olhos, pronto para agir.

— Neo, está tudo bem? — ele pergunta.

— Está, sim, eu sou o pai dele...

Os olhos de Eric passam pela pele vermelha e irritada do antebraço de Neo e seguem para as trilhas molhadas em seu rosto.

— Tire as mãos dele.

— Perdão?

— Você está machucando Neo, senhor — diz ele, com urgência na voz. — Eu estou avisando para tirar as mãos dele.

O pai de Neo tenta negociar com Eric, calmo e ponderado, como um verdadeiro homem de negócios. Neo revira os olhos diante daquela tática mais antiga que o arco da velha que sempre parecia funcionar quando ele se distraía e erguia a voz demais, ou agarrava o filho com força em público.

— Pelo amor de Deus, você não consegue calar a boca?

O pai de Neo vira a cabeça na direção do filho.

— O que você disse?

A mão dele muda de prensa para um ferro de marcar, apertando com tanta força que Neo estremece.

— Segurança! — Eric chama.

Neo observa o pânico passar nos olhos do pai, uma satisfação que fica abafada pela culpa que se assenta no estômago.

— Neo. — O pai segura Neo pelos ombros da forma mais gentil que consegue, da mesma forma que fazia quando dava seus beijos e pedidos de desculpa. — Diga que você mentiu e que está confuso.

Neo não faz nada do tipo. Em vez disso, ele sorri de novo.

— Sempre vou te amar pelos outros momentos, pai — diz ele. — Mas não te perdoo pelo restante.

O chefe dos seguranças entra no quarto e escolta o pai de Neo para fora. A comoção chama a atenção do andar inteiro, mas Neo mantém a compostura.

Eric deixa Hikari e eu entrarmos no quarto, dizendo a Neo que ele volta daqui a pouco, mas que agora está tudo bem.

— Neo — Hikari chama, Elae aconchegada no suéter.

A gata sobe na cama de Neo, se acomodando no colo dele.

— Eu estou bem — diz Neo.

Ela encara o braço dele, onde pequenos cortes em formato de meia-lua escorrem sangue nos lençóis. Neo passa a mão no pescoço de Hikari e a puxa para um abraço.

— Não chora, boba. Eu estou bem.

Neo decide parar de empacotar suas coisas naquele instante. Em vez disso, deixa o quarto como está, o nosso quartel-general. Ele imagina Sony deitada no parapeito da janela, brincando com Elae, enquanto Coeur está sentado tamborilando as coxas ao som da canção que toca nos fones de ouvido.

O manuscrito dele e de Coeur está no canto.

Ele diz a si mesmo que vai terminar em outro dia.

— Quero deitar um pouco no sol. Vocês não? — sussurra ele.

Hikari concorda, e nós vamos juntos ao jardim, tomando o cuidado de não sentar perto demais dos arbustos. Neo fica deitado na grama, usando a jaqueta do time de natação de C, inalando o perfume e sentindo o calor, fingindo que são os braços de C que o tocam, em vez de só um tecido vazio. Eu me deito do lado dele, e Hikari e Elae deitam do outro. Somos sobreviventes, solitários e banhados pelo sol.

Eu me pergunto o que o pai de Neo pensou da carta do filho. Eu me pergunto se ele vai ler o resto da carta. Ao ver Neo encarar o céu com tranquilidade, eu sei que na verdade não importa.

Pai,
Duas semanas depois que você estuprou a minha mãe, eu tive uma infecção. Você disse que não era nada, lembra disso? Um sintoma das minhas birras e minha recusa em comer. Uma semana depois disso, fui hospitalizado. Minha doença é tão rara entre meninos da minha idade que precisaram de um ano para acertar o diagnóstico.

Eu não achei engraçado, mas ri mesmo assim quando os médicos perguntaram se eu praticava algum esporte. Com os hematomas que eu tinha, deveria ser esse o caso. Eu sabia que o conselho tutelar me levaria embora se eu dissesse algo, então disse que brincava de lutinha com os meus amigos e era desajeitado, e eles acreditaram em mim.

De qualquer forma, fiquei extasiado.
Uma doença crônica, foi o que disseram.
Fiquei tão feliz, pai. Não acho que em algum outro dia eu fui tão feliz.
Durante esses últimos três anos, eu recebi o presente da fuga. Um lugar onde você nunca pode me machucar além de um hematoma ou outro. Um lugar onde estou fora do seu controle.

Eu consigo ler e escrever tanto aqui que me deixa eufórico. Fiz amizades. Amigos estranhos, lindos, engraçados e gentis, e você não tem poder sobre eles. Amigos que me ensinaram a sensação de pertencer. De ser feliz e ser amado.

Percebo agora que você ficou tão feliz em ter um filho quanto eu fiquei feliz em ficar doente.

Eu só não era o filho que você queria.

Você me esculpiu em uma imagem de alguém que não sou e, se eu desviava sequer um centímetro, você se sentia ameaçado. Você nunca foi apegado a mim, nem à sua autoridade. Era apegado àquela imagem. Àquela ideia. Àquela pessoa que não existe de verdade.

É por isso que eu não te culpo, pai.

Só que minhas últimas lembranças não serão suas.

Serão da minha mãe e das noites que nos curamos juntos. Das noites que ela lia para mim e me encorajava a ser quem eu queria.

Serão de uma menina barulhenta e linda de quem eu roubei roupas e um gato. De uma menina esperta com um otimismo tão grande que chega às estrelas, e piadas que fazem minha barriga doer de rir. De uma amiga estranha que levou meus pesadelos embora e nunca deixou de ficar ao meu lado. De um menino com um coração maior que dos outros. Minha última lembrança será dos lábios dele, da sua alegria, da beleza e do otimismo e da sua bondade eterna.

Essa carta não é para você, pai. É para mim.

Porque eu não tenho motivos para me desculpar. Eu não preciso ser perdoado por quem eu escolho ser, e muito menos por quem eu escolho amar.

Então, obrigado Sony, Hikari e Sam...

Obrigado, Coeur...

Por me ensinarem a amar a mim mesmo.

26
grandes esperanças

Não me lembro de acordar nem de dormir. Passo para um outro mundo, mudo de forma. É como se estivesse me distanciando de tudo, focada em um grão específico de areia ou em uma nuvem baixa, e, de repente, me lembro de onde estou.

Flores selvagens e uma grama alta se espalham no terreno, e não há sequer um indício de uma selva de concreto invadindo aquele campo. Os pássaros cantam, os animaizinhos procuram alimento e as árvores complementam a paisagem. O céu encontra as montanhas no fundo do quadro, e todo o restante é natureza esplendorosa.

— Ah, que bom.

O vento vem acompanhado de uma voz. Eu me viro na direção do aroma do oceano e dos tons de azul que fazem espuma na margem.

— Você acordou.

Sentado ao meu lado, encarando um cenário diferente, um menino segura um pequeno vaso de plantas com as mangas de um moletom roubado.

— Isso é um sonho? — pergunto.

Ele assente.

— Eu nunca estive no sonho de alguém antes.

— Não acho que seja o *meu* sonho — diz ele. — Acho que o sonho é seu também. Como duas pinturas que se mesclam além da moldura.

Encaro novamente o campo, a vida e a luz contida ali, e então me viro para o mar infinito, o aroma pungente e as nuvens que se assomam no horizonte.

— Quero trazer Coeur pra cá — diz ele. — É isolado e fora as ondas, tudo é silencioso.

Ele aponta para as ondas serenas e a areia escura. Em vez disso, eu olho para o rosto dele enquanto fala. A boca fica levemente aberta, os cantos erguidos ao pensar em C andando com ele de mãos dadas naquela extensão da praia.

— Ele amaria as praias na França também — diz ele. — Eu sei que ele nunca foi para lá, mas os pais dele sim, óbvio, então poderiam levar a gente. As pessoas podem ser abstraídas na França também, igual a ele. Tem essa biblioteca em Paris que eu queria mostrar para ele. Ele tiraria fotos de tudo, bem turista.

Um divertimento brinca no tom de voz dele. Ele remexe as folhas da suculenta, colocando-a com cuidado entre nós dois como se tivesse uma alma com a qual olhar para a maré que se aproxima.

— Neo — eu digo, tirando-o dos seus devaneios. — Onde estamos?

Ele abraça os joelhos contra o peito, pensativo.

— Meu pai costumava me trazer aqui quando eu era pequeno — diz ele. — Era outro mundo. Um lugar onde eu escrevia e minha mãe lia em cima de uma toalha na praia enquanto ele jogava pedrinhas no mar.

Figuras falsas feitas de sombra e vento se misturam em sua memória. Vislumbres do grafite de um lápis e uma pedra lisa batendo contra as ondas. Um pai que levanta o filho no ar para brincar e uma mãe que observa. A memória desaparece de novo em sua mente, e a realidade nos puxa para longe dela.

— Onde estamos de verdade? — pergunto.

Ele morde o lábio, passando um dedo pela grama que se transforma em pedras de uma forma suave.

— O conselho tutelar veio me ver umas horas atrás — diz ele. — Os pais de Coeur me ofereceram abrigo, seja lá o que acontecer. Mas os médicos ainda não me deram alta, sabe, porque... — Ele tenta usar um tom leve por minha causa, mas no fim sai seco, um detalhe irônico que completa aquela paisagem sombria: — Porque eu estou deitado sendo alimentado por uma sonda no estômago enquanto você e Hikari dormem do meu lado.

Eu estremeço ao pensar no corpo ossudo dele se devorando nas mais diversas formas. Ele nota.

— Não dói. Pelo menos não aqui.

Enquanto o ar esfria ao nosso redor, ele encara mais o mar. O olhar fica transfixado, tanto que meu pedaço do sonho não parece mais existir para ele.

Algo que se parece com medo e afeição amarrados a uma pedra parece formar uma bola na minha garganta. Espera alojado ali, em silêncio.

— Neo — eu chamo. — Você vai morrer hoje à noite?

Ele deixa a pergunta fluir para longe dele como se fosse um sopro do vento.

As nuvens acima de nós se afundam, baleias sumindo embaixo da água e depois voltando para a superfície para pegar ar. Elas desenham padrões, lançando sombras sobre nós antes de deixar que a luz apareça de novo.

— A vida é tão cheia de sombras. — Ele suspira, tirando um livro do moletom.

A lombada está danificada. As páginas são finas e brancas, mas estão preenchidas por texto.

— É fácil esquecer que algumas pessoas preferem a escuridão.

O livro imita o mar de certa forma, cinza e azul, e um pouco intimidante. Ele folheia as páginas, cada palavra como uma célula, cada frase uma linha de um músculo.

— De forma rasa, essa história é sobre o valor da afeição acima da classe social, mas no fundo, como a maioria das coisas, é bem mais simples — diz ele. — É sobre um carinho sem culpa que não é pedido e não exige nada em troca. É sobre não deixar esse tipo de elo ir embora.

Então, bufando em desdém, ele estica as pernas e deita no chão, segurando o livro acima da cabeça.

— Odeio esse livro.

Não consigo evitar um sorriso.

— Odeia mesmo?

— Sim. Pip é um idiota. — Ele estende a mão no ar, fingindo ser um ator. — "Eu amara contra toda razão, toda promessa, toda paz, toda esperança, toda felicidade e todo desestímulo porventura existente." Ele se parece com você.

Ele fala isso para me fazer rir, e, apesar de funcionar, nós dois lembramos rapidamente onde estamos. A água e o vento servem como lembretes gentis que nosso tempo aqui é limitado. Vai acabar, e quando acabar...

— Acho que uma parte de Pip vive em todos nós — diz ele. — Somos parecidos, no fim. As pessoas, no caso. Todo mundo quer um pedaço de algo extraordinário. Só que, infelizmente, a maioria vive sem nada extraordinário acontecer com eles, e, mesmo quando acontece, são os momentos ordinários que nós deveríamos ter aproveitado.

Não há arrependimento na voz dele. Nenhum ressentimento de uma existência injusta e sem graça. Como se a vida tivesse acabado de começar e ele estivesse declarando que não vai deixar aquilo passar por ele.

Porém eu aprendi o suficiente para saber que é o oposto.

— As pessoas têm essa ilusão que existe um propósito inerente, como se o destino estivesse escrito em pedra, quando na verdade a caneta sempre esteve nas nossas mãos. — Os dedos dele se fecham nas páginas, amassando as pontas. Então ele solta o aperto e se senta, deixando o livro cair no seu colo. — Somos todos protagonistas passivos até aprendermos como é que se escreve.

— Então o que nós somos quando deixamos a caneta de lado?

— Aí chegamos no fim da história.

— E é isso que você sempre quis? — Ergo a voz, meus punhos fechados.

Ele olha para mim, e eu retribuo o olhar.

— Quando você criou um mar de páginas de tinta e escreveu até os dedos sangrarem, você alguma vez quis simplesmente não chegar ao fim?

— Sam...

— Você ainda pode viver, Neo — eu digo, e as palavras ecoam, mas não acho que ele as ouve.

Ele ouve a própria doença, sussurrando como sereias em seu ouvido.

Você deve ter visto.

Desde o começo, você já deve saber.

Quando Neo acariciou a atadura no telhado, quando virava a cara para não receber os tratamentos. A frustração sutil sempre que alguém dizia que ele estava ficando melhor. Cada pensamento que já passou pela cabeça dele, uma narrativa que distorcia sua doença em uma fantasia.

Seja lá o que machuca Neo nesse mundo, ele permite que o faça.

O grande agressor da vida de Neo não foi o pai, mas a doença nas suas veias. Foi um elo que Neo construiu, sem pedir, na expectativa da carne e da sanidade, mas por toda a dor que causou, nunca nem chegou perto da dor de ter que fingir ser outra pessoa.

Então, ele se apaixonou pela doença.

— Você estava causando a doença esses anos todos, não estava?

Ele não responde, porque eu já sei a resposta. Por cada refeição que Neo deixou de comer ou cada pílula que fingiu engolir, ele contava os dias que acrescentariam na sentença perpétua do hospital. Cada episódio, cada inflamação, cada vez que chegava perto da morte era apenas uma evidência daquilo que ele escolheu.

— E a sua história? — pergunto, tremendo ao pensar nele dormindo com uma sonda na boca, em pensar que ele aceita morrer dessa forma. — E todas as histórias que você ainda tem para contar?

— Só uma história importa — diz ele, segurando minha mão, fazendo com que fique imóvel. — E confio que minha narradora vai fazer ela terminar bem.

— Neo, por favor...

— A vida é feita de várias despedidas costuradas umas nas outras. — Ele aperta minha mão, o toque tangível como na primeira vez que o senti. — Então receie os finais. Chore e fique brava e os amaldiçoe. — Um sorriso triste estampa seu rosto. — Só não se esqueça de aproveitar os começos e tudo que vem entre os dois.

— Eu não entendo.

— Você sempre adorou histórias de amor, Sam. Então está na hora de ir atrás da sua — sussurra ele. — Ame-a. Ame-a. Ame-a. E contra todos os desestímulos que possam existir, deixe que ela te ame de volta.

Eu seguro o choro, desejando que Hikari estivesse ali.

Seguro as mãos dele, aqueles instrumentos artísticos, frios e ossudos que aprenderam a ser segurados, em vez de agarrados. Eu as levo para o meu rosto, memorizando todas as vezes que me entregaram livros ou me seguraram perto em ataques de riso, choro e tudo que havia nos espaços entre essas passagens.

— Não posso fazer nada para você mudar de ideia? — pergunto.

Ele se inclina, remexendo os dedos como se fossem parafusos soltos. Eles passam pelos meus braços, me segurando da mesma forma que fizeram nos dias que eu o ajudei a aprender a ficar em pé de novo.

— Você sabe que nunca quis que a gente fosse feliz, Sam. A felicidade é uma coisa breve e frágil — diz ele, olhando para mim para que eu possa ver que ele não está triste.

Ele não está com dor, nem arrependido ou amargo. Ele só está em paz.

— Você queria que nos sentíssemos amados, e nós fomos.

Olhando para o mar, o olhar dele se estende ao infinito. Ele pega o livro, repuxando um fio do moletom roubado.

Então ele fica em pé sozinho. Ele passa pelo elo que une nossos sonhos e vai na direção do oceano. *Grandes esperanças* se enche da água do mar e afunda, a tinta dissolvendo no nada.

Ele sobe naquele barco a remo que criou, empurrando-o da margem com um pé acomodado bem ao centro. Enquanto ele começa sua jornada, eu fico em pé e, apesar de não poder segui-lo na escuridão, começo a chorar e percebo que ele nunca esteve apaixonado por sua doença. Estava apaixonado pelo lar que nós fornecemos. Ele rema na direção do coração daquele lar através das ondas e tempestades e uma camada de escuridão tão espessa que pode ser inalada.

Do outro lado, gosto de pensar que ele encontrou uma praia. Lá, as silhuetas de um menino e de uma menina desenham na areia usando galhos e conchas.

Ele não pode conter sua alegria. Ele pula para fora do barco, nadando o resto do caminho. Ele tropeça nas águas rasas, com lodo até os tornozelos, gritando seus nomes. Ele corre pela praia, arrebatado por uma risada alegre.

Coeur ouve a voz dele e se vira. O céu lança uma luz sobre ele até que a única sombra que permanece é a que Neo faz quando pula nos braços dele e o beija assim como prometido.

27
antes

Não vejo Sam desde a noite em que Henry morreu. Bem, eu o *vi*. Na maior parte dos dias ele fica lendo na cama, terminando os livros tão rápido quanto os começou. Ele não dorme muito. Quando o faz, olho para ele por um tempo um pouco maior do que o necessário quando passo por seu quarto, desejando poder subir em sua cama e pedir desculpas.

Eu me sinto desancorada sem ele, como se um pedaço de mim estivesse faltando.

Sem Sam, eu sigo a enfermeira Ella. Ela me chama de sua sombra. Cuidamos dos pacientes juntas, ou, ao menos, ela cuida. Na maior parte do tempo, fico observando. Bebês e crianças pequenas, pessoas que ainda vão se tornar pessoas, são aquelas que mais me alegram. A enfermeira Ella diz que fico encarando aquelas criaturinhas por tempo demais. Eu digo que, quando se chega à idade dela, viver é desagradável, e preciso aproveitar o prazer que é olhar para bebês enquanto ainda posso fazer isso. Ela me dá um tapa na nuca, com razão.

— Está tudo bem com Sam? — eu pergunto.

Ela anota coisas em um pedaço de papel. Não tenho interesse em saber o que é. A burocracia no hospital requere uma floresta inteira de papel. A burocracia é como a violência. Abundante demais e, com frequência, inútil.

— Ele está sendo um pé no saco — diz Ella. — Vocês dois não têm se metido em encrenca, ultimamente, agora que você me perguntou. O que aconteceu?

— Eu chateei ele — eu digo.

— Por quê?

— Não era minha *intenção* deixá-lo chateado.

A enfermeira Ella solta um grunhido, insatisfeita.

— Sam está crescendo e virando um homem. Você precisa aprender isso enquanto ainda é jovem. Homens são muito emotivos. Só Deus sabe quem é que deixou eles tomarem conta das coisas. É por isso que você está me seguindo igual a um cachorro sem dono?

— Sem dono? — pergunto, confusa, como eu posso ser comparada a isso.

— Ah, sua criança tonta. — A enfermeira Ella deixa os papéis de lado e espana o avental. — Venha comigo.

— Para onde vamos?

A enfermeira Ella nunca responde às minhas perguntas.

Ela meramente guia o caminho, e eu sigo atrás.

O quarto de Sam está escuro. Um único abajur está aceso no canto mais distante, as cortinas fechadas. As plantas em vaso no parapeito que cresceram de pequenas folhas a trepadeiras durante a última década se definharam no brilho azul.

A enfermeira Ella entra sem bater na porta nem cumprimentá-lo. Sam ergue o olhar da lição de casa apoiada nos joelhos, as sobrancelhas franzidas.

— Enfermeira Ella?

— Levante — diz ela, parando ao lado da cama dele e estalando os dedos.

— Quê?

— Levante — repete ela, tirando a lição das mãos dele e a colocando de lado. Sam franze o cenho.

— Não.

— Desculpe, eu comecei essa ordem com um "se agradar vossa senhoria"?

— Bruxa.

— Levante. Agora! — Ela bate palmas. — E você. Entre. Sente aqui.

Assim que eu e Sam estamos acomodados na beirada da cama, a enfermeira Ella coloca as mãos na cintura, nos encarando como prisioneiros que merecem levar uma surra.

— Em toda minha carreira, nunca encontrei pessoas que dessem tanto trabalho. Desde que eram da altura do meu joelho, gostam de causar confusão juntos. Meu Deus, as dores de cabeça que eu tive por tentar domar vocês, suas *feras!*

A enfermeira Ella transforma seus sermões em obras de arte. Ela é teatral, inalando o ar com força quando faz uma pausa.

— Dito isso, quando estão longe um do outro, são ainda piores. Você. — Ela gesticula para mim. — Fica igual a um bebê agarrado às minhas saias o tempo todo. E você. — Ela dá um peteleco na testa de Sam, presumo que em uma tentativa de desfazer a ruga que está se formando na carranca na testa. — Perdendo a paciência o tempo todo porque você ficou magoado. Eu te criei para ser assim tão patético? Eu não sou uma mulher paciente. Eu tenho coisas melhores a fazer do que me preocupar com suas briguinhas. Então façam as pazes! Imediatamente!

A enfermeira Ella sai do quarto, murmurando sobre diversos crimes cometidos contra sua sanidade. Ela fecha a porta, e o ar no quarto fica tomado por um silêncio pesaroso e feio.

Sam e eu não nos olhamos. Na verdade, não olhamos para nada até ele falar:

— Você me dedurou?

— Não — eu digo. — Acho que ela é inteligente o bastante para entender sozinha.

Sam sai da cama e vai até a janela. Ele não abre as cortinas. Em vez disso, ele amassa as folhas marrons, escutando os estalidos como se fossem chamas. A manga dele cai quando ergue o braço, revelando as manchas na pele. Tons de rosa se revelam como planícies, cheias de cicatrizes e sensíveis.

As manchas se espalharam.

— Sam, a sua pele.

Eu me apresso a atravessar o quarto e tento tocar nele, mas ele se desvencilha. Não por reflexo, e sim de propósito.

Fecho os dedos, os braços pendendo nas laterais do corpo.

— Você ainda está bravo comigo.

— Acha mesmo? — Sam bufa. — Como é que você descobriu?

— Eu não entendo.

— Não, é claro que não entende. Fico chocado que você saiba amarrar seus cadarços.

— Você está sendo cruel.

— E você é burra.

— Eu não sou burra — eu digo, minha voz baixa.

— É mesmo? Você entende por que eu estou bravo com você?

— Você está bravo porque eu não quero ir embora.

— Não.

Sam segura meu rosto entre suas mãos, da mesma forma que faz quando quer me abraçar. Só que agora ele não parece querer me beijar. Ele não ri e não encosta nossas testas. Ele me segura para que eu seja tudo que consegue ver.

— Eu estou bravo porque você é a única razão do meu viver — sussurra ele.

— E você nem pode me dizer quem você é. Você nem consegue dizer que me ama.

Ele me solta com cuidado, da mesma forma que faria ao devolver um peixinho ao mar. Sem se importar onde o peixe vai parar, desde que esteja vivo, e não no barco.

Os passos dele são hesitantes quando ele volta para a cama. Ele está mais magro do que eu me lembrava, um tom de cinza mais doentio marcando o rosto. Ele pega os papéis da lição de casa e se acomoda em cima da coberta como se a discussão estivesse sequer perto de acabar.

— Você sabe que o sol te beija todos os dias de manhã? — eu pergunto, em voz alta. — Que atravessa mundos inteiros só para te cumprimentar. Faz isso desde que você nasceu.

Sam finge que não escuta. Ele continua anotando coisas como se estivesse escrevendo frases que contêm algum sentido.

Eu dou um passo para me aproximar dele.

— O rosa toca seu rosto quando a luz permanece. Tem outros tons também: os tons que irradiam calor quando você está rindo ou quando nos beijamos. Suas mãos também são assim. São gentis. Eu me lembro de quando você era pequeno, a forma como aninhavam as suas plantas.

Quanto mais perto eu chego, mais o rosto de Sam se contorce, como se eu o estivesse cutucando com uma agulha a cada palavra que ouso dizer.

— Você sempre fez uns barulhinhos tão sem sentido quando você não conseguia conter a empolgação, e sempre foi rápido demais para fazer um bico quando as coisas não saíam do seu jeito. Você ainda faz isso — eu digo. — Você come igual a um bebê. Um pedaço de pudim sempre acaba sujando um canto da sua boca. Você se lembra de como costumávamos comer nossos copinhos no parque? Você sempre gostou daquele canto sombreado perto do salgueiro. Nós conversávamos sobre levar Henry e Ella e jogar baralho na grama enquanto ele nos contava histórias.

Eu me sento na cama diante dele. A raiva lentamente desaparece do rosto de Sam, uma máscara de pó que se desfaz até não ter mais nada, como uma folha ressequida.

— Não sei por que está me dizendo tudo isso — ele fala.

— Você falou que esse lugar está esvaziado da nossa história, Sam, mas você está errado. Está cheio dela — respondo. — É cheio de pessoas tentando sobreviver como você. Só que a maioria não sobrevive, e eu quero saber por quê.

Sam me encara, a curiosidade infantil acomodada em algum lugar ao lado de uma sede por entender e um ressentimento que está tentando guardar.

— Eu quero saber por que as pessoas que encontram refúgio nesse lugar precisam sofrer. Quero saber por que tantas vidas terminam inacabadas. Quero saber como me defender dos meus inimigos. Quero salvar todo mundo, como é meu propósito.

Eu estremeço. Minha voz só pertencia a ele, mas a minha existência é minha. É um enigma. É difícil de colocar em uma frase. Ainda mais difícil de dizer em voz alta.

Sam amolece quando percebe o que eu estou tentando dizer.

— Você nunca questionou de onde eu vinha nem quem eu sou ou por que estou aqui. Ninguém questiona, porque eu faço parte desse lugar. Como a cor das paredes ou o peso de uma porta.

Um sentimento fantasma de tristeza passa por mim. É seco e gasto, familiar e apagado. A dor de estar perpetuamente sozinha.

— Eu estava muito solitária quanto te conheci, Sam — eu digo, quase chorando. — Não importava quantas pessoas eu conhecia, todas me deixavam de um jeito ou de outro, mas você nunca me deixou. Minha maldição cometeu um erro no dia em que você nasceu. Nós dois nascemos sozinhos, mas isso quer dizer que temos um ao outro. Eu nunca menti para você e não vou começar hoje. Eu não sei o que é o amor, mas eu nunca teria tentado entender esse sentimento se não fosse por sua causa.

Sam joga os papéis e o lápis de lado, e eles caem no chão. Ele fica de joelhos, me puxando em seus braços.

— Doce Sam — sussurra ele, me apertando com força.

— Eu te amo — eu digo. — Quero que você fique seguro e tenha a vida que você quer ter. Quero que você seja feliz. Se isso é o amor, eu te amo há mais tempo do que consigo me lembrar.

— Eu quero o mesmo para você, você sabe disso. Eu só… Só fiquei muito magoado quando você não conseguiu dizer de volta para mim — diz ele.

Ele inala meu cheiro, caindo em cima de mim, usando os cotovelos para apoiar seu peso. Então, nós começamos a nos beijar, como se pedindo desculpas, com sede, para roubar um pouco da paixão que o tempo tentou tomar para si quando estávamos separados.

— Eu vou com você — eu digo, por fim. Empurro Sam até ele se sentar para que eu o segure direito. — Quando você ficar melhor, nós vamos. Só eu e você.

— Mas… você disse que…

— Eu pertenço *mesmo* a esse lugar, mas… — Paro para considerar que as regras da minha existência podem ser quebradas. Nunca fui muito longe dessas paredes, mas… — Ainda estou procurando respostas. Quero procurar as respostas com você.

— Está falando sério?

— Estou.

Eu o beijo de novo. Beijo os cantos da boca dele, o nariz, as pálpebras. Então, eu pergunto, andando por uma corda bamba, tomando cuidado com o meu segredo. Um baú que pode ser aberto com uma chave que apenas eu sei qual é.

— Então… você quer saber quem eu sou?

Sam sorri.

— Eu sei quem você é — diz ele. — É uma amiga que se importa. — Ele beija meus lábios. — Uma enfermeira meticulosa. — Ele me beija de novo, passando as mãos embaixo da minha camiseta. — Uma péssima jogadora de baralho. — Os lábios dele descem ao meu pescoço. — É uma cavaleira corajosa. — Ele me agarra pela cintura. — É uma dançarina amorosa. E todos os seus amanhãs são meus.

―――

Os médicos de Sam identificam a nova doença misteriosa alguns dias depois. Não há como saber exatamente como a doença foi transmitida, mas, considerando o estado imunocomprometido do corpo de Sam, o prognóstico não é bom.

Sam me diz que nada disso importa. Ele me diz que sobreviveu a tudo desde que nasceu. Ele me diz para aguentar firme, que vamos sair em nossa aventura quando ele melhorar.

Só que, conforme o tempo passa, a condição de Sam não melhora. Nunca saio do lado dele; assim, até a menor das mudanças importa. Se ele consegue andar mais reto, se passa a noite inteira sem tossir, se consegue comer sem sentir náusea — todos esses sinais são pontinhas minúsculas de esperança.

Porém a esperança é frágil. Não é infinita.

Minha bebê manteiga morre em seu terceiro mês de vida. Sam me segue até a rua e me salva de ser atropelada, me segurando, dizendo que tudo vai ficar bem.

Mais pessoas chegam ao hospital. Mais pessoas para eu conhecer e com quem me importar. Mais que definham, transformando-se em esqueletos e cinzas. Todas as vezes que isso acontece, volto para Sam, cuja pele está cada vez mais cinza e cuja força começa a diminuir quando o outono chega. Ele me segura com força durante a noite. Ele me diz que vai ficar tudo bem e que não devo perder a esperança.

Nos braços dele, eu me pergunto como algo tão intangível quanto a esperança pode ser perdida. Não pode ser colocada no lugar errado. Não pode ser deixada de lado. Isso quer dizer que ela precisa ser esquecida.

Esquecer é uma parte essencial do luto.

28
alma exposta no papel

*Esse coração partido. Você acha
que vai morrer, mas você só continua vivendo,
dia após dia.*

A SOLIDÃO É um agressor de voz branda, que canta canções de ninar, entoando *você está sozinho, você não é nada, você é vazio.*

Hikari continua deitada nos meus braços e, apesar de ter jurado protegê-la das sombras de pouca coragem, ela nunca pareceu mais leve.

As cortinas estão fechadas, finas linhas de luz passando pelos montes que nossas pernas formam sob as cobertas. Falo com ela, contando coisas e fazendo perguntas, mas ela raramente responde. Ela sempre está fria, não importa quanto eu a abrace. Um tom arroxeado doentio sombreia os olhos, não importa quantas vezes eu beije suas pálpebras.

Os pais vêm visitá-la sempre que dá. Os dois tiraram licença do trabalho, mas Hikari não fala com eles. Não fala com os médicos nem com mais ninguém.

Ela fala comigo, presumo porque pensa que sou a única capaz de entender. Porque sou uma prisioneira desse lugar, assim como ela é prisioneira da sua dependência em mim.

Eu observo quando ela pega uma faca para cortar a comida e olha para o seu reflexo no plástico.

— Hikari — digo. — Você pode comer um pouco, por favor?

Ela não reconhece mais o próprio reflexo, mas ela sabe que ainda é ela. O punho aperta o cabo. A faca treme.

Faço desenhos nos nós dos dedos dela quando ela se perde nesses pensamentos. Peço a ela que fale comigo. Às vezes, ela fala, balançando a cabeça e deixando a faca de lado. Outras, ela segura a faca com mais força, distanciando-se, e tenta cortar os pulsos.

Ela se debate contra mim quando eu a impeço de fazer isso, a respiração pesada saindo pelo nariz, a mandíbula tensa. Pego a faca e a atiro no chão para que ela não consiga pegar o objeto de volta. Então eu a abraço, segurando sua nuca enquanto ela agarra minhas roupas e tenta me empurrar.

Ela me acerta no peito, os golpes diminuindo junto com sua força. Então, quando ela fica imóvel e em silêncio, afrouxo meu aperto. Ela se afasta lentamente, murmurando um pedido de desculpas.

Depois, quando ela terminou de comer o que consegue e vomitou o resto, eu a ajudo a se lavar. Eu a visto e passo pomada nas cicatrizes. Então ficamos deitadas juntas na cama, debaixo das cobertas.

— Você já encontrou a resposta? — pergunta ela, a voz rouca e triste. — Você já descobriu por que as pessoas precisam morrer?

Eu me remexo na cama para que minha boca fique contra o pescoço dela enquanto ela fica de costas para mim.

— Não — sussurro, acariciando suas mãos, tocando o vidro e o couro do relógio que ela ainda usa no pulso.

— Talvez não exista um motivo — diz ela. — Talvez a morte seja tão sem sentido quanto a vida.

O sonho que compartilhei com Neo desbanca isso, mas não posso dizer isso a ela. Ela precisa que a escutem, e não que briguem com ela. Então eu a abraço mais, pressionando minha testa nas suas costas, tentando não focar nos ossos ressaltados ou nas suas palavras. Foco na respiração, no coração batendo, em qualquer sinal de que ela não é um cadáver.

— Você me ama, Sam? — pergunta ela. — Ou só está cuidando de mim porque fica com pena?

— É claro que eu te amo — sussurro, áspera, segurando-a com mais força. — Você me ama?

— Amo — diz ela.

Os lençóis se remexem. Ela se desvencilha do meu abraço e se senta na beirada da cama.

— Seria bem mais fácil se eu não amasse.

Os pés descalços pousam nos azulejos enquanto ela desengancha a bolsa de soro intravenoso e a pendura em um suporte com rodinhas.

— Aonde você vai? — pergunto.

— Quero ir ver o Neo — diz ela.

O suporte serve de apoio quando ela sai do quarto.

———

Neo morreu por inanição. Teve insuficiência cardíaca.

Hikari viu o corpo. Estava segurando a mão dele e acordou quando a vida se esvaiu dele. Ela disse que a mão estava fria, dura, como uma pedra preenchida com líquido gelado. Ela falou sobre aquilo sem nenhuma emoção, como se não tivesse processado o acontecido. Eu só me lembrava de Hikari dizer que ele não deveria ter morrido daquela forma, com uma sonda pregada na boca e o corpo apenas um esqueleto cinza, o rosto marcado por manchas. Ela disse que ele deveria ter morrido em algum lugar rodeado por seus livros, em paz com suas ideias e suas criações.

Eu disse que Neo morreu do jeito que quis morrer. Disse que ele navegou em seu oceano e, quando o atravessou, encontrou as pessoas que amava do outro lado.

Ela me disse que eu não tinha como saber se era isso que tinha acontecido.

Desde então, Hikari adentrou um estado de regressão. Ela murmura sozinha às vezes, como se falasse com alguém no quarto que não sou eu.

Ela me diz: "Quero ir ver Sony." E então vai aos jardins. Fica sentada na grama e encara as nuvens, falando sobre algo que não consigo ouvir. Ela me diz: "Quero ver Coeur, quero ver Neo." E então vai ao quarto de Neo e lê as suas histórias. Ela coloca a jaqueta de C nos ombros como se seus braços pudessem segurá-la. Ela permanece como parte dos cenários antigos e só emerge quando me vê.

Talvez seja esse o motivo de ela me ressentir. Eu compreendo a dor, mas também a lembro de que ela existe. Eu entendo como é finalmente encontrar as pessoas com quem se pertence e tê-las arrancadas no instante seguinte.

Ando alguns passos atrás de Hikari, da mesma forma que eu fiz na primeira noite que a vi. A diferença é assustadora, uma ofensa. O vestido amarelo amassado foi substituído por uma camisola de hospital. Os passos curiosos e animados foram substituídos por uma lentidão, as respirações sempre focadas no passo seguinte. Ela não explora nem rouba nada, nem sequer um olhar. Sua silhueta é torta e quebrada, e manca atrás daquela que foi no seu passado.

Ela não quer que eu a siga, mas eu sigo mesmo assim. Preciso fazer isso. Por ela. Pela minha tranquilidade.

Quando chegamos ao quarto de Neo, ela para diante da porta. Por alguma razão, está aberta, com um peso para segurá-la assim. A mãe de Neo está do lado de fora, as costas escoradas na parede. Ao nos ver, ela fica tensa. Eu não entendo o que está acontecendo até ouvir papéis sendo manuseados e ver a bagunça dentro do quarto.

— Hikari — eu digo, ficando na frente dela para que ela não veja. — Vamos ver Sony ou C, tá? Eu posso te levar, vamos…

— O que eles tão fazendo? — Ela estreita os olhos, vendo por cima do meu ombro, tentando ver quem são as pessoas mexendo nas coisas no quarto de Neo.

Não sei quem são os outros dois homens. Talvez primos, ou membros mais distantes da família, dos que sempre preferiam mandar buquês em vez de fazer uma visita. Ali, o pai de Neo pega cada folha de papel no quarto, cada caderno, cada livro, cada caneta, e, com todo o cuidado do mundo, coloca tudo em uma caixa de papelão, onde um isqueiro repousa ao lado.

— Quê… — Hikari não encontra as palavras e tenta entrar. — O que estão fazendo?

O pai de Neo a ouve. Ele ergue o olhar, os olhos vermelhos, inchados e sensíveis. Ele não se dá ao trabalho de falar comigo nem com Hikari. Ele seca as lágrimas e pega o resto dos papéis: o manuscrito de Neo. E um caderno com espiral com a capa arrancada.

— Espera. — Hikari me empurra, mas eu bloqueio o caminho. — Espera. Para com isso.

— Hikari...

— Isso não é seu. Você não pode levar — diz ela.

O pai de Neo joga o isqueiro em cima dessa pilha e pega a caixa.

— Não, não, por favor!

Hikari tenta agarrá-lo quando ele sai do quarto. Como uma criança tentando pegar um livro em uma estante alta demais, ela luta com toda a força física que resta no seu corpo.

— Por favor! — Hikari chora, me estapeando, arrancando o próprio acesso intravenoso para conseguir alcançá-lo. — Por favor! É tudo que a gente tem dele!

Ela pega a caixa por cima do meu ombro, mas o pai de Neo a puxa de volta, enojado, um olhar quase assustado marcando as sobrancelhas franzidas.

Sinto o ímpeto de bater nele, de arrancar a caixa dos seus braços e empurrá-lo contra a parede só por ele olhar para Hikari assim, mas não faço isso.

Seguro Hikari enquanto a voz dela fraqueja e ela cai de joelhos no chão.

— Não, não, por favor, você não pode levar isso embora... — ela soluça, os punhos fechados na minha camiseta, o rosto pressionado contra meu peito. — Você não pode levar isso embora, não, por favor.

Eu não sei o que tomou conta de mim. Um instinto de proteção, talvez. Raiva por não conseguir agir.

Eric aparece do meu lado, acenando para outras duas enfermeiras que tentam tirar Hikari dos meus braços.

Tudo que eu posso fazer — a única coisa que eu posso fazer — é estar presente. Estar presente quando tudo que é importante para ela é levado embora. Estar presente enquanto ela está doente demais para lutar contra isso. Estar presente enquanto a pessoa que eu amo chora e sofre e perde o seu direito ao luto.

— Sam — diz Eric. — Precisamos levá-la de volta para o quarto...

— Eu cuido disso — eu interrompo, minha voz rouca.

— Sam, deixa a gente...

— Eu cuido disso! — eu grito.

Ergo Hikari do chão e, sem saber para onde ir, eu ando, segurando-a nos meus braços como um bebê, para um lugar onde a solidão e a dor não podem nos machucar. Enquanto isso, penso na mãe de Neo segurando o colar da mesma forma que Neo apertava os dedos ao redor do pulso.

Não sei se Deus existe.

Já vi tantas pessoas serem manipuladas, exploradas e roubadas por aqueles que dizem que conhecem a vontade de Deus para saber de verdade. Acho que Deus pode ser uma coisa boa, uma ideia boa. Deus é o maior provedor de esperança para aqueles incapazes de encontrá-la dentro de si.

Seja lá o que Deus for e qual pronome usa, nunca falou pessoalmente comigo. O mais perto que cheguei foi na capela do hospital. É um lugar meio abandonado, com uma cruz pendurada na parede mais distante e bancos enfileirados para as preces.

Olho para a cruz na parede, o altar iluminado por um vitral colorido falso, e me pergunto se o tempo, a doença e a morte são seus capangas, ou se também são seus inimigos.

De uma coisa eu sei.

Se Deus já falou alguma vez, foi por meio das luzes amarelas nos olhos de Hikari. Dos feixes amarelados nos olhos de Sam. O carinho é tão forte dentro de mim que estou disposta a desafiar a maldição que Deus colocou sobre mim quando eu nasci.

Só que hoje os olhos de Hikari estão desfocados, e Deus está em silêncio.

— Você me avisou — diz ela.

Eu a deito no banco mais distante da porta. Ela encara o teto. Não, olha além dele, as lágrimas descendo silenciosamente pelas têmporas.

— Você me disse que a esperança era inútil. Eu deveria ter escutado.

— Não. — Faço que não com a cabeça. — Não, eu estava errada. Só estava com raiva do passado. Você sabe disso.

— Então como você é assim? — pergunta ela, como se fizesse uma acusação. — Como é que você *escolhe* não sentir nada com tanta facilidade?

— Eu sinto coisas. Já passei por isso antes, e está acabando comigo. Eu só... Eu te amo. Preciso estar presente por você. — Seguro a mão dela, aquela que está pendurada no banco, e passo meu dedão sobre o pulso. — Eu também os amo e me apego a isso...

— Amava — corrige ela.

— Hikari. O amor não desaparece quando as pessoas vão embora. — Passo a mão no torso dela, apontando o desenho de uma lua preta, que faz conjunto com o meu desenho. — O tempo vai acabar. A doença vai deteriorar. E a morte vai morrer.

— Eles morreram, Sam! — ela grita, afastando minha mão para longe.

Ela estremece, se sentando no banco para abrir um espaço entre nós. Para criar distância. Como se apenas o toque da minha pele fosse capaz de queimá-la como se ela fosse papel.

— Nossos inimigos já ganharam. Levaram todos eles embora, e eles se foram.

As mãos de Hikari apertam o assento, os olhos arregalados. Encarando o chão.

— Coeur e Neo nunca vão poder terminar a história que estavam escrevendo — diz ela. — Neo não vai mais poder passar os dedos em uma capa de livro estampada com o seu nome. Coeur não vai mais poder passar os braços ao redor dele e sorrir. Sony não vai mais estar lá para dar moletons de presente, nem contar as histórias para as suas crianças.

As suas palavras chamam as sombras que eu bani. Esgueiram-se pelo batente do que deveria ser um lugar sagrado. Infeccionam o lugar, como predadores pacientes que estavam esperando por esse momento. Passam por cima de Hikari, pois já a veem como algo que lhes pertence. Agora, as sombras me encaram.

— Eles nunca vão envelhecer — diz Hikari, mas ela está tão vazia que sua voz é apenas ar. — Nunca vão se casar. Nunca vão ter filhos. Nunca vão ver o mundo, nem viver a vida que deveriam, e nunca vão conseguir sair desse lugar.

Hikari olha para mim como se eu fosse uma das sombras, como se pertencesse a esses monstros covardes que tomam nossas vidas. Ela olha para mim como se eu estivesse sentada junto deles e a culpa também fosse minha.

— Eles se foram. Nós não salvamos ninguém. Acabou, Yorick — sussurra ela. — As pessoas morrem, as doenças se espalham, e o tempo continua.

Os olhos dela pousam na minha tatuagem embaixo da gola, assim como o olhar dela é atraído para a faca durante as refeições. Ela rejeita o reflexo como algo pertencente ao passado. E dessa vez, quando ela se ergue para ir embora, eu sei que não posso ir atrás dela...

Sou só uma sombra, Deus? Eu pergunto quando ela se vai. *Sou só solidão e medo, tola o bastante para acreditar que sou luz?*

Espero a resposta, mas, sem Hikari, minha solidão me aperta. Não entenda mal. Não me importo com Hikari porque ela é um corpo que preenche um espaço. Não tenho medo de ficar sozinha. Tenho medo de ficar sozinha sem ela.

— Não vou falar de novo. Me devolve.

— Você vai me bater aqui? Nesse lugar mesmo?

— Você está em luto. Não está pensando direito. Deixe que eu cuido disso...

— Não. Não, eu não vou deixar você *eliminá-lo* dessa forma...

Do lado de fora da capela, um homem e uma mulher discutem. Quando o homem ergue a voz, eu me levanto. Ele já foi escoltado por seguranças por ter machucado um paciente. Se o paciente era ou não seu filho é irrelevante. Se ele não tomar cuidado, será retirado dali à força, e dessa vez de forma permanente.

A mãe de Neo sabe disso. Ela usa isso como vantagem enquanto os passos ecoam contra o chão da capela, e o marido, murmurando coisas baixinho, sai batendo os pés no corredor.

Ela entra na capela, em pânico, o corpo praticamente tremendo por inteiro. O cabelo curto está solto, e é da mesma cor do de Neo. Enquanto ela tenta se recuperar, noto manchas roxas nas bochechas e no queixo.

— Senhora?

Ela dá um pulo ao ouvir minha voz, me reconhecendo. Está segurando algo nos braços. Papéis, acho.

— Oi, hum...

Ela para de andar, um tom submisso na voz. Eu sei que ela não sabe dizer se sou um menino ou uma menina só de olhar para mim. A existência de algo entre esses conceitos binários não faz sentido para ela, então ela espera que eu preencha as lacunas.

— Meu nome é Sam — eu digo.

O rosto dela se ilumina.

— Sam — repete ela. — Ele falava muito sobre você. Quando ele voltava dos tratamentos para casa, eu não entendia nada do que os médicos diziam. Ele dizia que tudo bem, porque ele não estaria sozinho, e que Sam estaria lá com ele.

Ela reconta aquela história com carinho, e então uma pontada de tristeza atravessa seu rosto.

— Você leu as... O que Neo escrevia? — pergunta ela.

— Li, sim.

Ela assente, umedecendo os lábios.

— Desde que ele era muito pequeno, sempre foi muito quieto. Raramente sorria, mas ficava feliz quando eu lia para ele — diz ela. — Eu queria ter continuado a fazer isso, apesar de tudo... Você era amiga dele, não era?

— Sim — eu digo.

— Ele foi feliz aqui? — pergunta ela. — Ele sorria?

Penso em Neo no dia em que o conheci. Não parece que faz três anos. Parece que eu o conheço a vida toda. Eu me lembro das suas caretas e reclamações e a necessidade constante em ser negativo sobre tudo no universo. Eu me lembro de como as carrancas suavizaram, de como eram valorizados seus pequenos atos de compaixão e de como sua confiança em mim foi algo que eu nunca compreendi o verdadeiro valor até agora.

Contar a verdade é algo que devo a ele. Devo ao sorriso que ele me deu antes de entrar no oceano.

— Todos os dias.

A mãe dele gagueja ao respirar, os braços apertando os papéis com mais força, como se carregassem Neo ali.

— Obrigada — diz ela, me abraçando, sorrindo enquanto chora. — Obrigada, Sam.

A mãe de Neo coloca os pedaços de papel que conseguiu salvar nas minhas mãos. Apesar de estarem amassados, estão intactos e repletos de tinta. Tenho certeza de que o pai de Neo vai queimar o restante, mas, ao menos entre aquelas folhas soltas ali, a palavra *Lista* me encara de volta. A espiral de metal reflete a luz, com pequenos bilhetes mostrando horários como se o próprio caderno me dissesse que ainda não foi roubado.

A última coisa sobrevivente é um único envelope que a mãe de Neo guarda para si.

Não tenho certeza do que Neo escreveu para a mãe. Não tenho certeza se ele a perdoou ou a condenou, ou simplesmente disse adeus. Não tenho certeza se algum dia ela irá ler a carta. Só sei que ela sai da capela, segurando o envelope contra o peito apertado em vez de remexer o colar com a cruz, e, quando vai embora, ela escolhe seguir na direção oposta da do marido.

— Hikari! — Entro correndo no quarto dela.

Está escuro, a noite acobertando a cidade, mas ela não está na cama. Pego a Lista em mãos, sem me importar em acender o interruptor.

— Hikari, olha. A mãe de Neo, ela...

Eu paro de falar, recuperando o fôlego, notando que ela não está ali. A bandeja do jantar está na cama, mas a comida não foi tocada. Em vez disso, é a faca que não está presente.

— Hikari? — chamo, com mais cuidado, esperando algum barulho, alguma coisa para eu saber onde ela está.

Do canto do olho, noto que a porta do banheiro está aberta. Lá dentro, uma menina apoia todo seu peso na pia, a cabeça pendendo entre os ombros. A figura desaparece no fundo azul-escuro como aquarela. O brilho de dentes em uma lâmina estremece no seu punho.

— Hikari — digo baixinho, com medo de dar um único passo. — Hikari, abaixa a faca, por favor.

Ela não responde e não se vira para me olhar. Ela fecha os olhos com força, e eu sei que no instante em que correr na direção dela, ela vai se cortar. Uma faca de plástico precisa de tempo para arrancar sangue, mas ela tem motivo para forçar.

— Por favor — peço, sem me mexer, sentindo a ardência nos olhos se condensar em uma camada de água.

Hikari solta um gemido.

Seria tão mais fácil se ela não me amasse, segundo ela, mas ao menos me ama o bastante para atirar a faca na pia. No instante em que a faca se choca contra a cerâmica, eu corro até ela, puxando-a para mim.

— Não toque em mim — diz ela. — Não, para, não. Para com isso. Não toque em mim!

Hikari começa a me bater no peito, na barriga, tentando me empurrar, mas ela está fraca demais. Se eu a soltar, ela vai cair de novo. Eu a seguro pela nuca e coloco o outro braço nas suas costas. Ela acerta meus ombros com os punhos fechados, chorando. Isso dói, mas prefiro que ela me machuque do que machuque a si mesma.

— Eu sinto muito — choraminga ela, a violência alimentada pela dor se transformando em uma derrota. — Me desculpa por ser assim.

— Tudo bem — sussurro, beijando o seu cabelo. — Não estou brava. Estou bem aqui. Quer ler um pouco de Shakespeare comigo? — pergunto. — Podemos desenhar juntas, se você quiser.

Hikari não abre um livro nem o caderno de rascunhos desde que Sony faleceu. Ela balança a cabeça, então eu a carrego para a cama e, antes de colocar as cobertas sobre ela, eu tento mais uma vez.

— Hikari — sussurro, acariciando o relevo frio de sua mão. — Você quer ir ver nossas estrelas?

Ela não responde. Em vez disso, encara as plantas que estão morrendo no parapeito. Tento aguá-las todos os dias, mas, sem os cuidados de Hikari, elas definham mesmo assim.

— Sam — diz ela, rompendo o silêncio.

— Que foi?

— Na praia. Você disse que ia me contar uma coisa. O que era?

Sentada na cama, não consigo evitar pensar que nosso luto é algo cíclico. Ela se apega às coisas do passado, objetos, momentos e lugares, como se pudesse se esgueirar para dentro do corpo do tempo e então despedaçá-lo por dentro, saindo de lá vitoriosa, os amigos ainda vivos.

Então, ela sente a dor, a solidão, o sentimento excruciante de que ela está morrendo, mas ao mesmo tempo não morrendo rápido o suficiente. Ela lida com a culpa e o medo e o amor que sente por mim. Isso a tortura até ela não conseguir aguentar mais, e precisa sentir essa dor com o sangue. Quando eu a impeço, ela fica ressentida. Ela fica ressentida porque eu a mantenho viva. Então, começa tudo de novo, até que a única coisa que resta para ela torturar é sua mente, que se esvai junto do corpo.

— Pode esperar — eu digo, deitando debaixo das cobertas junto dela.

Enquanto Hikari adormece, uma fantasia egoísta que tenho volta a aparecer em minha mente. Eu sonho que Hikari e eu nos tornamos uma só pessoa. Sonho em estar tão perto que nós nos derretemos uma na outra. Assim, eu poderia ficar com toda a dor que ela sente, cada gota dessa tristeza, e então curá-la. Poderia livrá-la das sombras. Poderia aguentar todo o sofrimento, até que os sorrisos e a travessura e a curiosidade e todas as coisas que a transformam nela mesma voltem.

Peço ao possível para me dar esse único presente de impossibilidade. Imploro assim como implorei aos mortos para assombrarem e ficarem no silêncio. Porque, se eu e ela nos tornarmos uma só, então eu nunca a perderei.

— Eu sei que está sofrendo, minha Hamlet — sussurro, tremendo. Eu a seguro com força. — Mas, por favor, aguente. Aguente por mim.

Eu a beijo de novo. Eu a beijo até perceber que ela já ficou tão vazia quanto eu costumava ser. Eu a beijo até sentir que minha fantasia poderia se tornar realidade e, mesmo se ela morrer naquela noite, posso fingir que morri com ela. Vou me enterrar no chão enquanto o solo é jogado sobre os nossos corpos e a escuridão nos envolve. Eu a segurarei enquanto ela apodrece até virar ossos e então cinzas, e eu a amarei até o tempo me tirar o mundo e minha maldição ser vencida pelo fim.

— Por favor, Hikari. — Eu a beijo como se fosse a última vez. — Por favor, não me deixe.

29
eu entendo

— Era assim que você se sentia quando Sony estava morrendo? — pergunto.

Estou sentada em uma cadeira de rodinhas na estação dos enfermeiros, segurando a Lista enquanto observo o quarto de Hikari de longe.

O inverno chegou, e a mãe dela pediu demissão do trabalho. Passa os dias no hospital para ficar com a filha, enquanto o marido continua trabalhando para poder pagar os custos das contas médicas.

— Você pensou "agora é a hora"? — pergunto de novo. — "Esse pode ser o dia que ela vai me deixar"?

Eric ou não ouve minha pergunta ou decide ignorá-la. Vasculhando as fichas, ele lida com a burocracia com eficiência, como sempre fez, só que agora de forma mais incisiva. Depois que espalhamos as cinzas de Sony, ele voltou ao trabalho como se nada tivesse acontecido. Ofereceram uma licença, e ele não aceitou, mas os colegas ainda o tratam com cuidado.

Acho que Eric não gosta disso.

Eu também não acho que ele algum dia gostou muito de mim, mas eu o conheço desde que começou a fazer um estágio clínico quando ainda estava na faculdade. Quando me viu pela primeira vez, reagiu da mesma forma que todos os outros. Ele sentiu que me conhecia de uma forma fundamental, um rosto do passado, mas não questionou. Era uma ignorância natural. Ele me via como um detalhe. Um estetoscópio pendurado no pescoço de um médico, o som de sapatos ecoando no azulejo.

Não parece ser relevante para ele que eu não estou nem um dia mais velha desde que ele me conheceu. As pessoas não questionam os detalhes do pano de fundo, apenas os aceitam como são. Porém, às vezes me pergunto se, assim como

Hikari, Eric questiona o que eu sou. Eu me pergunto se ele *nota* essas peculiaridades. Eu me pergunto se as ignora porque, por mais que não goste de mim, gosta do fato de que sou uma constante. Eu não me desdobro por ele e não tomo cuidado. Eu não ofereço o que eu não teria oferecido para ele antes.

Às vezes, as pessoas precisam disso. Precisam que as coisas fiquem do mesmo jeito para abrir espaço para o que já mudou.

— Acho que vou perdê-la todos os dias — eu digo, ficando em pé e colocando a Lista no balcão ao lado do papel em que Eric está escrevendo. — Todas as noites depois que a mãe dela vai para casa, eu me deito com ela e imploro a ela que não me deixe.

Hikari não sente mais a tentação das lâminas de qualquer tipo. Ela mal tem a força de vontade para ser alimentada pelos outros, que dirá para alimentar a si mesma. Na ausência de lâminas, ela se tornou vegetativa. Não sai da cama, a não ser que seja forçada a isso. Não consegue ficar acordada por mais de algumas horas. Vomita depois de todas as refeições. Perde as mechas do cabelo antes de terem a chance de crescer.

— A mãe de Neo me deu isso — eu digo, acariciando a primeira página e o título do nosso glorioso caderninho. — Tudo que já roubamos está escrito aqui.

E tudo que eles nunca conseguiram roubar.

— Ela me agradeceu — eu digo, a voz enfraquecendo. Eu não salvei Neo. Não salvei nenhum deles. E ainda assim... — Por que ela me agradeceu?

Eric continua a analisar as fichas, empilhando as folhas de volta na bandeja com força, como se quisesse enfatizar que ele não tem nenhuma resposta a me oferecer.

A gata que fez desse andar o seu lar sobe no balcão.

Eric também a ignora. Com uma patinha, ela brinca com o cartão de identificação pendurado no bolso do peitoral do uniforme do enfermeiro. Se pensasse que ela fosse capaz, eu diria que Elae está tentando alegrá-lo. Em outros tempos, se Sony ainda estivesse viva, talvez Eric teria sorrido para ela.

Ele não sorri. Ele pega outra ficha e volta a trabalhar, só que agora acabou a tinta da caneta. Ele fica frustrado e rabisca com tanta força que a ponta rasga o papel. Os olhos dele ficam pesarosos, como se a caneta tivesse cometido um grande crime ao não funcionar da forma correta. Ele a joga de lado e tira a ficha da mesa. A caneta vai ao chão, e Eric apoia os cotovelos na mesa, puxando os próprios cabelos.

— Eric?

— Você sabe de onde vem a palavra *paciente*? — pergunta ele. — Significa aquele que sofre. *Hospital* vem da palavra *hospes*, que significa *desconhecido*. Ou *convidado*, dependendo de como prefere interpretar o latim. Aprendi isso na faculdade. Eu estava tomando minha oitava xícara de café sozinho na seção médica da velha biblioteca. Estava sentado em uma cadeira horrível rezando para passar nas provas, e bem ali, no meio de todo aquele meu debate privilegiado, percebi que um recém-nascido e um idoso à beira da morte são ambos *desconhecidos em sofrimento*. — As mãos dele passam pelo rosto, as mãos unidas sobre o nariz como se estivesse rezando. — Percebi que estava começando uma carreira em um lugar onde as pessoas começam e terminam as suas vidas.

Elae mia, apoiando-se na pata traseira para pressionar as patas da frente no peito de Eric. Ela se esfrega no queixo dele, coçando a cabeça na barba por fazer.

Eric suspira e faz carinho na gata.

— Poderia mentir pra você, Sam — diz ele. — Poderia dizer que é importante ser grato como a mãe de Neo, mas eu não estou grato. Eu estou com raiva. Com raiva que os médicos não fizeram mais. Com raiva de *eu* não ter feito mais. Com raiva por *crianças* terem que passar por uma dor como essa, e com raiva por terem morrido.

A voz dele fica mais espessa, mas, em vez de atirar uma caneta ou jogar uma ficha de lado ou bater em algo ou gritar, ele desmorona. Ele abraça a gatinha de Sony e abafa o choro no pelo dela. Quando ela mia, protestando baixo contra aquele aperto, o choro se transforma em uma risada.

— Vocês estavam tão felizes naquele dia no telhado, dançando juntos — sussurra Eric. Ele sorri de novo diante da lembrança. — Você não faz ideia de como era reconfortante receber as suas ligações, pegar vocês no pulo enquanto fugiam, sendo idiotas ou só... sendo crianças.

Eu me lembro da noite em que dormimos sob os cobertores como pequenos montes amarelos no telhado. Eric deve ter aparecido para nos dizer para voltarmos para dentro, mas, quando nos viu no meio da música e do frio, ele só nos deixou lá.

Eu costumava ter uma ideia estranha do que era amor. Acho que tentei dar um rosto para ele, assim como dou um rosto para todas as coisas que não entendo. Só que, ao ver a expressão de Eric quando ele se lembra de Sony dançando, eu tenho a certeza de que ele não pode ser roubado.

— Seu propósito não é *salvar* os desconhecidos que estão sofrendo, Sam. — Eric seca as lágrimas.

Ele me abraça e faz cafuné no cabelo, e sorri para mim da forma como se faz a um velho amigo.

— Eu espero que você saiba que é muito mais do que isso.

Eric não diz mais nada. Ele pega a ficha e a caneta, colocando-as no lugar com cuidado. Ele ajeita o cartão de identificação e alisa o uniforme. Quando se vira para voltar ao trabalho, um grupo de crianças colide com as pernas dele. As criaturinhas de camisola se aglomeram ao redor dele como cachorros. Um deles ergue um livro de figuras, o resto dando pulinhos, gritando e rindo.

— Ei! Vão com calma! O que eu já disse sobre correr? Sebastian, para de ficar coçando a máscara. Caitlin, Nora, nós já não lemos esse livro semana passada? Não roubaram ele, né? Ei! Sawyer, pare de beijar a Hazel. Vai comer a bochecha dela se continuar. Vamos, eu só vou ler se todo mundo tomar o remédio *sem reclamar*... Você me ouviu, Nora? Não saia correndo, sua pestinha. Eu estou te vendo!

Eric pega uma das crianças no colo, fazendo com que ela pule nos braços dele e ajustando os tubos de respiração na bochecha e na orelha.

Sorrio para Eric. Sei que ele está triste, mas, enquanto ele sai para cuidar do seu novo bando de ladrões sem olhar para trás, sei que ele também está feliz.

Uma tristeza velha e enterrada profundamente parece pesar no peito quando olho para o caderninho solitário no balcão. Eric empacotou as roupas de Sony e seus tênis brancos e velhos. Os pais de Coeur esvaziaram o quarto dele e levaram seus discos e fones de ouvido. O pai de Neo queimou o seu manuscrito e todos os seus livros.

A Lista foi a única coisa que me restou deles.

Lentamente, folheio a primeira página e leio a dedicatória, a declaração dramática de guerra contra todos aqueles que cometeram injustiças contra nós. Consigo sentir os dedos magrelos de Neo escrevendo as palavras, ouvir a voz de C ditando. Vejo os pés de Sony enquanto ela rodopia em círculos em volta do caderno, o vento brincando com o cabelo e pintando o vermelho contra o cinza.

Passo para a próxima página. As palavras estão saindo dos seus confinamentos, rabiscadas e tortas, com mais e mais escritas nas margens, e uma lista tão grande de coisas roubadas que deveria ser mantida longe da polícia a qualquer custo.

Sorrio para mim mesma, lembrando-me de que Sony disse isso uma vez. Passo por outras páginas, lendo tudo. Eu rio com certos rabiscos, com as anotações com datas e horários que Neo escrevia com tanto vigor, os pedaços engraçados escritos por Sony e os trechos estranhos feitos por C.

O último cabeçalho me encara, em negrito: Nossa Fuga.

No fim, eles não fugiram com tudo que roubaram.

Não conseguiram escapar.

Não conseguiram encontrar o seu tudo.

E o único Céu que restou para alcançarem foi na morte.

Eu não percebo que estou chorando até uma lágrima cair na página. Ela afunda no branco e borra a tinta azul e preta. Fecho os punhos em cima do balcão, fechando os olhos com tanta força que começam a doer.

É só isso?

É só isso que foi a vida deles? Esse fim injusto pelo qual deveria chorar e ficar brava e amaldiçoar? Aquele único dia cheio de tatuagens e de praia são os momentos entre os dias difíceis que eu devo valorizar? Eles viveram só para morrer? O amor não tem sentido? Será que a única coisa que não pode ser roubada está destinada a ser perdida? Será que existe alguém, qualquer um no mundo, seja humano ou sombra, inimigo ou Deus, que poderia me responder?!

Choro em silêncio, encarando a página vazia. Sinto tantas saudades deles que parece que tenho um buraco dentro de mim. Sinto saudades de Hikari e de todas as coisas que compunham sua alma. Sinto saudades de cair e saber que eu teria alguém para me segurar. Sinto saudades do momento que nós a encontramos e do nosso abraço no chão frio da velha ala de cardiologia, que nos manteve longe do mundo.

Elae mia na minha frente. Tento acariciá-la, mas ela se desvencilha. Ela mia de novo, correndo em cima da Lista, derrubando-a e arrancando uma página com as suas garras.

— Elae! Cuidado! — eu grito.

Pego o caderno da forma mais cuidadosa que consigo, colocando-o de volta no balcão como um bebê choroso que precisa de atenção. Eu limpo o caderno e olho para a página rasgada. Só que, depois da página rasgada e cheia de lágrimas que exibe os dizeres *Nossa Fuga*, não existem as páginas vazias que eu esperava...

Uma série de notas tristes de piano soa enquanto a neve fora da janela começa a cair. Tudo fica borrado. Abafado. Perdido para outro mundo. Manchas brancas afundam em uma noite nublada e cinza. Lançam luz através do vidro em uma foto brilhante colada na página.

É uma foto Polaroid.

Tirada por Sony em um dia ensolarado, e arbustos fazem o fundo. Ela estende o braço com um sorriso cheio de dentes, mostrando ela mesma, Neo revirando os olhos ao lado, C segurando a mão de Neo, e eu no cantinho, estranha e enrijecida. Abaixo da foto, a legenda:

Primavera.

Há um parágrafo embaixo da legenda, uma escrita bagunçada, mas legível, um relato de tudo que fizemos naquele dia escrito em caneta.

Primeiro, fico confusa, o choro entalado, mas então viro a página e vejo outra foto.

É uma foto de Neo e eu dormindo juntos na biblioteca. Então, outra foto de C experimentando a terapia de oxigênio de Sony, os tubos saindo do nariz enquanto ela ri quando ele diz que a sensação é engraçada. Uma foto de Neo usando a cadeira de rodas pela primeira vez. Uma foto do seu último dia na cadeira. Uma foto de C fazendo um ultrassom do coração, mostrando a língua. Uma foto de Sony me abraçando no seu primeiro dia sem terapia de oxigênio. E tantas outras.

Letras de músicas e passagens de livros e falas de filmes. Uma folha, marrom e amassada, colada no caderno. Pequenos desenhos e outras coisas que reconheço como sendo de Hikari. Pedaços de histórias de Neo, as que eu sempre disse que eram minhas favoritas. Mostram os dias ruins e os dias bons. Momentos que rimos e momentos que choramos.

Chego à última página com a mão trêmula.

Ali, não há escrita. Não há artefatos nem letras de música.

É apenas uma foto de uma garota bonita trajando um vestido de verão beijando a sua amada muito menos notável na praia. Atrás daquela última foto está o desenho que Hikari fez dos nossos amigos. E do outro lado, antes de o caderno acabar, está uma mensagem.

Sam,
Seu jardim cresceu e floresceu e foi lindo por um tempo.
  Adoeceu e morreu e a sua beleza agora perdura apenas na memória.
Só que sem você,
  Essas flores talvez nunca conhecessem a luz.
  Então, para a nossa narradora e nossa mais querida amiga, nosso muito obrigado
    Pelas memórias.
      Pelas despedidas.
        Pelo Céu.

A neve continua a cair em um ritmo lento de uma música triste. Fecho nosso caderno solitário e olho com a visão borrada para a cidade que vi crescer de uma época que era apenas mato.

Minhas lágrimas escorrem, mas ainda assim sorrio.

Sorrio e continuo apertando a Lista contra o peito.

Penso em quanto eu sou sortuda.

Por ter conhecido um menino desbocado e resiliente, com poesia em seu coração. Uma menina corajosa e mal-educada e passional. Uma fera de coração cheio, gentil e musical, de um outro mundo e, acima de tudo, bondosa. Um enfermeiro mal-humorado com um senso de dever e cuidado acima de tudo. Uma menina cuja alma já me era conhecida.

Ela entrou na minha vida atravessando uma porta, uma entrada barulhosa, rangendo, com amarelo alegre escondendo a escuridão nas raízes, e óculos grandes e redondos demais empoleirados no nariz. Quando ela me deu o seu tudo, eu lhe dei o meu, e então me apaixonei de novo.

Mas, quando olho pela janela uma segunda vez, no meio de uma tempestade, a rua vazia contém um único viajante. Uma garota cuja alma já me era conhecida, atravessando uma ponte usando apenas uma camisola de hospital, um casaco e os pés descalços trilhando a neve.

30
antes

Quando alguém morre, dizemos que foram "dessa para a melhor". Como se tivessem viajado do seu corpo e seguido para um mundo que os vivos não compreendem. Dizemos que é uma perda. Então, discutimos sobre para quem exatamente os perdemos.

Que forma a morte toma depois de tomar alguém?

Interessante em teoria e arrepiante quando tangível.

Porque o que acontece se não houver nada? E se a morte for a explosão de inúmeras sinapses, uma luz se apagando e nada mais? E se Henry e todos os soldados se arrastaram pela escuridão só para não haver um outro lado?

Os seres humanos são egoístas. Não conseguem aceitar isso porque não podem imaginar um mundo no qual não existem. Assim, deve haver uma vida eterna de algum tipo. Seja encontrada espiritualmente, em ilusão ou em Deus, deve haver algo além da vida. Um Céu.

Há um carinho nessa crença. Quando as enfermeiras fecham os olhos dos pacientes, a tristeza é acompanhada pela gratidão. Se há algo com o qual todos concordam, é que não há dor na morte. Apenas um tipo de paz eterna.

Eu sei que Sam não é o ser eterno que eu imagino que seja. Um dia, ele vai morrer, e, quando morrer, eu vou me deitar ao lado dele no chão. Colocarei este corpo roubado para descansar em seus braços.

De uma forma egoísta, como um humano, fico relutante em aceitar sua morte. Ele ainda tem uma vida para viver. Ele é só um menino, e, se o tempo tiver alguma caridade em seu coração, irá presenteá-lo com mais.

Os remédios vão funcionar. Ele vai sarar. Mesmo se não puder ficar aqui para sempre, viverá sua vida no mundo, e, apesar das leis pelas quais minha vida é regida, eu irei com ele...

A essa altura, já deve saber que não sou normal. Minha carne e sangue são invenções criadas para saciar minha solidão.

Não sou uma pessoa. Não posso morrer. Nunca vou temer a morte. Ela não pode me tocar, assim como a doença ou o tempo também não podem. Tudo que podem fazer é tirar tudo de mim.

Agora você entende por que é tão perigoso que eu viva? Todo mundo se pergunta o que acontece depois da morte, mas ninguém pode compreender a crueldade de ser mantida viva pela eternidade.

No fim das contas, minha maldição é simples.

Eu me lembrarei daqueles que amo por mais tempo do que tive a oportunidade de conhecê-los.

A enfermeira Ella morre no auge da primavera. Câncer de mama. Ela tinha cinquenta e dois anos.

As flores aparecem no lugar onde foi enterrada. O seu túmulo arqueia do chão rodeado por elas, como se os botões florescessem para ler seu nome.

Sam está sentado contra o lado da pedra que não foi marcado, encarando as árvores. Ele remexe na grama, puxando folhas. Um único dedo cava o solo.

— Sam — eu digo, me abaixando na frente dele.

Ele abre os olhos, a máscara escondendo as olheiras e a cor péssima sob elas. Eu estico o jornal que roubei da banca.

— Quer ler para ela? — pergunto.

Sam faz que não com a cabeça, pulando para o lado e dando um tapinha no chão ao lado dele.

— Você pode ler — diz ele, a garganta dolorida e cansada.

— Tudo bem.

Fico recostada no túmulo de Ella, uma pedra dura e áspera. Parece que, dessa forma, Ella nos segura. Um fantasma. Grunhindo insatisfeita, pois vamos ficar com manchas verdes nas calças e porque não temos casacos para proteger os ombros.

Abro o jornal e começo a ler a primeira matéria sobre a ponte recém-construída que atravessa o rio que divide a cidade em dois.

Sam apoia a cabeça no meu ombro. Ele escuta até adormecer, lágrimas silenciosas escorrendo pelas bochechas.

———

A onda de calor alivia a tristeza de Sam conforme o tempo passa.

Porém não alivia a doença.

Ele e eu dormimos na mesma cama todas as noites. Antes do cair da noite, eu sempre ligo o rádio para escutar sua estação favorita. Fico em pé na cama, encorajando Sam até ele se levantar. Um sorriso lentamente aparece nos lábios dele e dançamos juntos como costumávamos fazer.

Conto a Sam sobre os outros pacientes quando levo nosso café da manhã ao quarto dele. Ele sorri obediente e me beija, como é nossa rotina. Eu pergunto como ele se sente enquanto comemos. Ele diz que está tudo bem, mas raramente come alguma coisa. Pergunto se ele quer fugir logo, fazer aquela fuga que estamos planejando. Ele diz que talvez amanhã, assim como já disse em diversos dias passados.

Sam tosse muito à noite. Ele cospe sangue e aperta a garganta. Esfrego as costas dele e pego água quente até a tosse passar.

Os remédios que enchem seu corpo o mantém vivo, mas ao mesmo tempo possuem o efeito colateral de entorpecer os sentidos. Quando eu o beijo, ele não ganha cor. Quando come, o sorriso infantil nunca aparece.

Os prazeres simples da vida que ajudavam a manter sua sanidade não são mais prazeres. Sua paixão começa a passar fome em todo o tempo que a doença o consome.

Ele olha pela janela por horas. Ele fecha os livros antes de terminá-los. Ele sorri pouco. Os beijos são mais leves. Ele não pergunta mais sobre os outros pacientes.

Sugiro uma ida ao parque, à padaria, para ver nossas estrelas, ou ler o jornal para Ella. Sam diz que está cansado. Ele diz que talvez amanhã.

Algumas semanas se passam, e Sam enfraquece consideravelmente.

Fica mais magro. As bochechas se transformam em ravinas vazias. As pernas tremem quando anda, a fragilidade marcada em cada passo. Os pontos que sangram na pele se espalham como países em um mapa, invadindo o mar de pele saudável. Ele não consegue mais tomar banho sem chiar de dor.

Pergunto se há algo que eu possa fazer, mas é uma pergunta cruel. Como perguntar a alguém se segurando em um parapeito o que você pode fazer lá do chão.

Eu nunca saio de perto dele.

Quando a dor fica intensa demais, eu leio, canto ou converso. Digo que o amo. Digo que sempre estarei ali. Digo que todos meus amanhãs pertencem a ele.

Tarde da noite, quando ele pensa que estou dormindo, Sam chora. Ele me segura, sussurrando para si mesmo de novo e de novo:

— Fique vivo. Só fique vivo.

Mais lágrimas caem, e ele se engasga em um soluço sofrido, correndo o risco de me acordar.

— Seja forte. Sobreviva.

Ele arrasta as mãos pelas minhas costas. Beija meu cabelo, segurando seus gemidos.

— Só fique vivo — ele repete, e, mesmo que eu não possa morrer com ele, quero dizer que está tudo bem.

Quero compartilhar um último beijo e dizer que está tudo bem ir embora. Que eu ficarei até ele desaparecer do seu corpo e a alma passar para um mundo que não podemos compartilhar.

Porém, não falo nada. Por mais que não seja humana, sou egoísta e não quero viver sem ele. Então, finjo que estou dormindo e abraço Sam com mais força até ele também adormecer.

———

Alguns médicos chamam as remissões improváveis de *milagres*. Sinto que isso é um pouco ofensivo. Não se diz que está lutando contra uma doença a troco de nada. Henry estava certo quando disse que era uma guerra.

Quando Sam vence a sua doença, ele não sai incólume. A pele fica marcada permanentemente, cheia de manchas escuras. O rosto fica pálido, as linhas do sorriso se afundando. Ele nunca mais vai andar da mesma forma que antes. Seus órgãos nunca mais funcionarão tão bem quanto antes.

Sam me garante que a dor se foi. Eu sorrio ao ouvir isso, à beira de lágrimas pelo alívio. No entanto, Sam não está alegre com sua vitória. Os sorrisos infantis e o tom brincalhão que hibernaram antes não acordaram com ele.

Juntos, atravessamos o outono, os meses passando, os dias ficando mais longos. Passo todos eles cuidando de Sam. Nossa rotina é a mesma de sempre. Todos os dias, pergunto a Sam se ele está pronto para nossa fuga.

Todos os dias, ele diz que talvez no dia seguinte.

O inverno chega. O primeiro dia estremece no vento frio e nos cobertores extras para todos. Passo o dia andando de quarto em quarto, garantindo que todos os pacientes estejam aquecidos. A enfermeira Ella costumava fazer isso sempre no primeiro dia de inverno, apesar de o fazer de uma forma mais áspera e escrupulosa.

Quando termino, já quase anoiteceu. As velhas estradas de terra agora são asfalto. Congelaram do lado de fora. A padaria do outro lado da rua fecha mais cedo. As pessoas são poucas. Todos desaparecem de volta em suas casas, aconchegados em suas famílias nos preparativos do frio.

— Boa noite, Sam.

Entro no quarto dele. As cortinas estão fechadas, a luz sendo mantida lá fora, sem poder beijar seu pequeno jardineiro nem os vasos de planta no parapeito. Sam senta na beirada da cama, olhando para o chão em vez de para a janela. Abro as cortinas e planto um beijo na sua bochecha.

— Todo mundo ganhou cobertores extras hoje, mas não pudim. Peguei pão doce para nós.

Coloco os pães embrulhados em papel-manteiga na mesa de cabeceira.

— Quer ir lá fora amanhã? Eu nunca fui lá fora no inverno — eu digo.

Sam também nunca foi. O ar fica seco demais, e os patógenos procuram um lar dentro de corpos quentes nessa época do ano. Porém, agora que se recuperou, se usar a máscara e luvas e eu estiver com ele, podemos compartilhar uma aventura, por menor que seja.

— Sam? — Eu o chamo. Ele não responde e não reage. — Sam, está tudo bem?

— Você acha que o sol se ergue porque já caiu? — pergunta ele.

Ele olha pelo vidro, para as cores se espalhando no céu, cada vez mais escuras.

— Talvez — eu digo. — Mas acho que o sol vai se erguer não importa o que aconteça.

— Você acha que alguma vez o sol fica cansado? — pergunta Sam. Ele fala da forma que respira, como se estivesse exaurido por esse ato. — Você acha que, depois que ele se põe, ele gostaria de se pôr para sempre?

— Não sei — eu admito, olhando para aquelas mesmas cores.

O mero fato de que desaparecem me faz desviar o olhar, enquanto parece encantar Sam ainda mais.

Eu me ajoelho diante dele, pressionando as mãos nos seus joelhos, sorrindo da forma como ele sempre fez por mim.

— Acho que o sol sabe que, se não estivesse aqui, estaríamos perdidos para sempre — digo. — Acho que continua se erguendo por nós.

Um conflito aparece no rosto de Sam. Ele o reprime, e as sobrancelhas franzem como se os nervos fossem puxados como fios presos a uma agulha de tricô.

— Sinto muito, minha doce Sam — sussurra ele.

Um tipo de preocupação espreita dentro de mim naquele instante.

— Não precisa pedir desculpas para mim, você não fez nada errado — eu digo. — Está se perdendo na própria cabeça. Vamos jogar baralho e depois pegar o jantar. Podemos arrumar suas coisas para amanhã e ir fazer aquela viagem. Pode ser curta ou longa, como você preferir. O que me diz?

Fico em pé, me aprumando e dando tapinhas nas pernas de Sam. Seguro a mão dele na minha, só que, quando tento puxá-lo, ele não se mexe. Meu corpo volta para onde ele está sentado.

Ele engole em seco, forçando-se a imitar expressões do passado. Um sorriso torto, um fragmento de amarelo se apegando à vida como um bulbo que pisca à beira da morte em seus olhos.

— Eu nunca te mereci, não é? — ele fala, fraco.

— Não entendo.

— Sinto muito, meu amor. Não consigo mais fazer isso.

Eu fico completamente imóvel, uma sensação de terror repentino assomando no meu estômago.

Sam nasceu durante uma tempestade. A mãe o abandonou quando era bebê. Ele cresceu sem a proteção que as pessoas precisam para sobreviver. Eu tentei protegê-lo, protegê-lo eu mesma como se eu fosse uma armadura.

No começo, a vida de Sam era como a de qualquer outra criança. Seu lar era o que ele queria que fosse. O hospital era um palácio, e nós éramos os cavaleiros. Só que, quanto mais alto Sam ficava, mais ele via o lado de fora. Mais ele via o que estava perdendo.

Eu me lembro da expressão no rosto de Sam quando me levou para o baile da escola. Olhou para as crianças do outro lado, sabendo que nunca teríamos o que eles tinham. Ele me disse que estava tudo bem, porque ele tinha seus anos de felicidade com os nossos pacientes, com Henry, Ella e eu, mas agora vejo a mesma expressão e eu já sei.

Está tudo ali escrito entre nós.

A única razão pela qual Sam lutou com tanta força para sobreviver é que ele queria viver por mim. Por mais que tenhamos todas as memórias que compartilhamos, ainda assim são cheias de seu sofrimento. Desde a forma que Sam fica em pé e a culpa parece solidificar no rosto, está claro que eu não sou mais o suficiente para esconder o restante...

Nosso palácio está em ruínas.

Fantasmas assombram seus corredores.

E Sam está cansado demais para continuar fingindo que sua jaula é o mundo inteiro.

Ele segura minhas mãos, esperando que eu diga alguma coisa.

— Mas v-você está melhor agora... Você sarou. Você está bem — eu digo, incrédula. — Eu sei que foi difícil, e eu sinto muito por não ter feito mais, mas agora você está bem. Podemos fugir como você queria. Podemos ir embora. Só vamos embora, Sam. Quando você quiser. Por favor.

— Eu nunca vou ficar melhor. Eu nunca vou sarar. Você sabe disso. — Sam não me afasta, pelo menos não fisicamente. As palavras já fazem isso. — Eu sempre estive doente e sempre vou estar, nem mesmo o amor pode mudar isso.

— Não. — Faço que não com a cabeça. — Por favor, não faça isso. Não depois de tudo. Você disse que eu deveria aguentar firme. Você disse para não perder a esperança.

— Você era minha esperança, minha doce Sam — diz ele.

O calor dele, que no passado passava por mim apenas com a nossa conexão, está esfriando. Em vez disso, a luz foi esgotada. Ele beija meu cabelo.

— Eu só não posso esperar por mais nenhum amanhecer.

Eu choro baixinho, o tipo de choro que se prende nos pulmões como ar tóxico. Não quero perdê-lo. Não quando já passamos por tanta coisa, não quando ele lutou tanto para sobreviver. Ele não está mais pendurado em um parapeito — ele se levantou, ele conseguiu. Só que agora ele quer pular.

— Por favor — sussurro. — Você nem sabe quem eu sou.

— Sei, sim — sussurra Sam.

Ele segura minhas mãos, colocando-as contra seu peito.

— Você é meu primeiro e único amor, e isso basta. Mesmo que não seja para sempre, bastou você atender a prece daquele menininho todos aqueles anos atrás, e fez seu desejo se tornar realidade.

A noite cai.

Ele se separa de mim.

Ele anda até o frio.

Eu o sigo até a ponte acima daquela água escura e parada.

Eu conto quem eu sou.

No entanto, não posso dissuadi-lo.

Não posso impedi-lo.

Às vezes, a esperança não é o suficiente.

A esperança não serve para salvar as pessoas.

A escuridão o engole, e eu o observo morrer.

Enquanto minhas lágrimas caem, percebo que sempre me perguntei se o sol que carregava nos olhos complementaria a lua que eu carregava no meu olhar até que se fechassem para sempre. Em todas as noites depois disso, choveu.

31
um verso rimado na minha história

Eu nunca deveria ter deixado.

Passo correndo pelas portas da frente e saio na rua cinzenta coberta de névoa. A neve cai, sem nenhum carro na rua ou pessoa na calçada para manchar a camada de branco, exceto por pegadas que formam um caminho.

Estou sem fôlego, correndo da mesma forma que fiz todos aqueles anos atrás, gritando um nome diferente com o mesmo fervor do passado.

Hikari olha para o turbilhão do rio, o corpo gravitando na direção da água. As pontas dos dedos vermelhos seguram o corrimão de metal, e sua respiração é feita de vapor. Usando apenas uma camisola de hospital e um casaco largo nos ombros, ela ergue o queixo para o céu.

A escuridão se assoma atrás dela. Envolve a cintura dela com os braços e apoia o queixo no seu ombro. Então a empurra, lentamente, até a cabeça estar pendendo dos ombros e, na mente dela, não há mais nada a fazer, a não ser deixar seu corpo cair no abraço das águas.

— Hikari! — grito com tanta força que minha garganta dói.

A linha que jurei nunca atravessar, a ponte que jurei nunca cruzar — passo por tudo isso. Subo na escadaria de pedras, correndo, e não paro.

Hikari hesita. Frágil, ela desvia o olhar do rio, e, quando seus olhos encontram os meus, a sombra às suas costas aperta os punhos.

Estou quase lá e, assim que segurá-la, não vou soltar mais. Não vou permitir que a sombra sussurre que é melhor acabar com a vida ali do que aguentar a parte dolorida minúscula dela. Não vou deixar que a sombra a atire para o frio e fique rindo enquanto o cadáver cai na direção do rio.

— Hikari!

Os faróis de um carro cortam a neblina e viram no asfalto que corre na ponte.

— Sam?

A voz de Hikari é carregada pelo vento, tentando me alcançar assim como eu tento alcançá-la. Ela se vira do abismo, na minha direção, como um ímã sem escolha. Ela dá um passo depois de outro, as pernas nuas vermelhas e os pés descalços inchados. Ela usa a grade da ponte como uma muleta, mas, no momento que ela se afasta dela, ela tropeça da calçada.

Uma buzina ressoa e o carro desvia, os pneus cantando contra o gelo. Os olhos de Hikari se fecham, os braços a protegendo da luz. A parte traseira do carro escorrega, e Hikari se prepara para o impacto. A sombra estica uma mão, mas apenas sabe como assustar, como observar, como empurrar.

Talvez eu também seja uma sombra, mas eu sei qual é a sensação de cair.

Agarro Hikari pelo braço e puxo seu corpo para a calçada, e nós duas caímos na pedra. Hikari cai em cima de mim, e depois embaixo quando rolamos. Eu a protejo, minha mão em sua cabeça.

Quando olho de novo para a rua, o carro já desapareceu, dirigindo para além da névoa, nem os faróis restam para serem vistos.

Hikari está sem fôlego, o pânico correndo em suas veias retornando a algo mais familiar. De repente, ela vê meu rosto pairando acima do dela, e tudo que eu significo e tudo que eu sei volta para assombrá-la. Ela se debate, as lágrimas enchendo seus olhos ao me ver.

De perto, ela vê os seus amigos doentes, ela própria doente, os amigos morrendo e ela própria morrendo. Fecha os olhos com força, balançando a cabeça no concreto, empurrando meu peito.

— Hikari...

— Não, não. — Ela geme, como se eu fosse algo venenoso, como se eu a tivesse amaldiçoado.

Eu a mantenho ali, porque sei que, se deixá-la se levantar, ela vai adentrar a neblina, cruzar a ponte e descer pelo rio, direto para a escuridão.

— Hikari, por favor...

— Não, eu não... Eu não consigo...

Ela luta contra mim, as cicatrizes no braço pulsando, a cicatriz no pescoço vermelha de frio. A sombra está ali, pairando acima de nós, e quer seu nome seja suicídio, automutilação, medo, depressão, agressão ou ódio, não vai segurar a mão dela. Não dessa vez.

— Hikari, isso vai acabar! — eu grito, segurando os braços dela no chão.

Ela fica imóvel, o peito subindo e descendo. Seguro os pulsos dela, nosso peso deixando marcas na neve. O lábio inferior de Hikari estremece, a pele fria sob minhas mãos. Começa a esquentar quando o rosto dela é tomado de emoção, enquanto a sombra que paira sobre ela dá um passo, recuando.

— Vai acabar — sussurro, balançando a cabeça. — Tudo morre, e tudo acaba, até mesmo a sua dor. Não morra por isso, minha Hamlet. Não dê essa satisfação à dor. Eu prometo a você que isso vai acabar.

— Mesmo se a-acabar... — Hikari gagueja, a respiração interrompida e molhada. — Mesmo se acabar, não quero ficar viva para o que vem depois.

— Quer, sim.

— Não, não quero. Vou sempre estar doente, Sam. Pelo resto da minha vida. Não sou forte o bastante.

— Então eu vou te dar a minha força — eu digo a ela.

Ela chora pela noite que passamos exatamente dessa forma. Quando as ondas chocavam-se no fundo em vez do rio e as estrelas eram a nossa iluminação, em vez da neve.

— Eu sei que você sente saudades — eu digo, limpando as lágrimas dela com meu dedão e segurando seu rosto. — Sei que parece que eles foram arrancados de nós pelas raízes e eu sei que dói, mas essa tortura que você está sentindo, esse sentimento intenso de que nada vai melhorar, tudo isso *vai passar*.

Sorrio um sorriso triste que sei que ela não vai replicar, mas que ela vai entender.

— Um dia — eu sussurro — você vai olhar para trás e pensar no tempo que passou aqui, e vai chorar, mas também vai sorrir. Vai sorrir ao pensar na risada alta de Sony, nas longas conversas de Coeur sobre música e nos abraços raros de Neo. Vai se lembrar das nossas noites dançando e nos beijando acompanhadas de Shakespeare e todos os momentos entre essas passagens. Vai sobreviver e sentir as suas cicatrizes e se lembrar que, mesmo se foi a coisa mais difícil imaginável, você sobreviveu a isso. Você sobreviveu e conheceu três lindas pessoas, e você as amou com a maior força e resistência que você conseguiu.

— Sam — chora ela.

— Hikari.

Pressiono a testa contra a dela, assim como fiz na noite que as sombras rasgaram seu cabelo e seus sonhos. Quando me afasto, ela olha para mim com a mesma expressão de súplica que eu olhei para ela em outra vida.

— Por que as pessoas precisam morrer? — pergunta ela, e toda a dor que ela sente escapa por aquelas poucas palavras.

Não há cura para o luto. É a coisa mais tangível, e ainda assim a dor mais intangível, porque apenas uma coisa faz com que seja possível sobreviver a isso. Esquecer não é uma parte essencial.

O tempo é.

O tempo fica ao meu lado agora, uma sombra também. Meu inimigo que também foi meu companheiro. O tempo se abaixa e coloca uma palma gentil sobre a camada fina do cabelo de Hikari. Não promete um futuro, mas promete um passado que não pode ser roubado. Promete que isso vai continuar por ela.

— Não sei — respondo, porque é a única verdade que tenho. — Procuramos motivos até o sol e a lua desaparecerem, porque achamos que ter uma resposta vai ser o suficiente para compensar a tragédia.

Hikari me encara com certo desespero brilhando em suas lágrimas. Eu as enxugo ao mesmo tempo que as minhas próprias escorrem.

— Não há motivo para a tragédia — digo. — Um dia, o universo vai se destruir, e a morte não terá mais ninguém para tomar para si, a doença não vai ter ninguém para infectar, e o tempo vai chegar ao seu fim, mas, mesmo nesse dia, não terá sido tudo por nada. Porque, se escolhêssemos apenas amar quem não podemos perder, nós nunca amaríamos ninguém.

Seguro o seu rosto com as duas mãos e, mesmo que seja dolorido, eu me lembro de cada instante que a segurei assim. Eu também me lembro de cada momento que segurei Sam.

— O amor não é uma escolha — eu digo, sorrindo por toda a gratidão no mundo que eu seja a criatura de dar pena que ela escolheu. — E, mesmo se fosse, eu escolheria você todas as vezes.

— Sam.

— Hikari.

Todas as lembranças que eu tranquei aqui nessa ponte rompem de seus confinamentos. Voam dos seus caixões de vidro, e deixo-as viver dentro de mim, como merecem. A neve continua em um turbilhão ao redor delas. Hikari passa os braços ao meu redor, a cabeça encostada no meu peito para protegê-la da tempestade até que finalmente ela deixa que os flocos de neve beijem seu rosto.

— As estrelas estão caindo — sussurra ela.

— Meu amor — digo —, elas já caíram.

A esperança é uma reação de medo. Ficamos cheios de esperança porque temos medo. Porque achamos que algo nos é devido de certa forma. Porém, essa história nunca foi sobre a esperança que surge em momentos de catástrofe. Essa esperança é passiva, não um ser, mas um estado.

Existe outro tipo de esperança. O tipo que é eterno, um cenário que não é notado até ser visto com um novo olhar. Não é um pedido, e sim um reconhecimento, um desejo de gratidão pela vida como ela é.

Tudo possui uma alma. Até os livros, as coisas quebradas e a esperança possuem almas.

A esperança correu atrás do desespero na rua naquele dia. Ela o enlaçou pela cintura e a salvou de uma iluminação insustentável de sua criação. Afinal, os sóis não conseguem ver o próprio brilho.

Então, a esperança e o desespero se abraçaram com força até as sombras desaparecerem.

32
depois

LEVA TEMPO.
Porém, durante os meses mais frios do inverno, Hikari começa a se curar. Primeiro o corpo e, graças à bondade do tempo, sua mente também.

Os pais concordaram em ir na terapia com ela, uma recomendação dos médicos. Aprendem a escutar, assim como Hikari aprende a se comunicar. Vejo a mãe dela abraçando-a com mais frequência e lendo com a filha. O pai olha para os desenhos e fala com ela sobre eles. O relacionamento familiar, por mais que estivesse machucado, começa a sarar com cada sorriso sutil e contagioso.

Todos os dias, quando o relógio quebrado acima da porta deveria bater meio-dia, Hikari me puxa pela mão, o caderno na outra, e juntas nós vamos para a biblioteca, o jardim e todos os nossos lugares. Ela começa a conhecer outros pacientes próximos da sua idade. No começo, Hikari é tímida, medrosa, assim como era no passado, mas, comigo ao lado, ela volta a ter confiança. Aqueles que apreciam a criatividade, ousadia e pequenos arroubos de travessuras de Hikari se tornam amigos dela. Depois de algumas semanas de encorajamento, a cada oportunidade que tem, Hikari doa um pouco do seu tempo, da sua bondade, e um pouco mais de si para alguém novo. Ela aprende, assim como fizemos com nossos três ladrões, que existem pessoas que a entendem, e mais do que isso, pessoas que vão tentar mesmo quando não conseguem de primeira.

E quanto a nós?

Nós somos nós.

Lemos a Lista juntas às vezes, nos lembrando dos dias bons enquanto os seus piores dias começam a melhorar. Roubamos maçãs e as compartilhamos durante a noite, inclinadas sobre livros. Dançamos como atores e cantamos como dramaturgos, acompanhadas pelas vozes de Shakespeare.

Eu me considero a criatura mais sortuda do mundo por tê-la ali. Ouvir a risada que aquece suas bochechas e aperta seus olhos, as mãos que espelham e encontram as minhas e todos os nossos momentos. Os momentos de tudo.

Hikari ainda precisa se acostumar com o fato de que nunca haverá um momento que ela não será assombrada pelas sombras. Ela viverá com a depressão e a doença pelo resto da sua vida.

As doenças crônicas são assim. Crônicas. Recorrentes. Eternas. Não são dores irritantes e ocasionais das quais pode se livrar com um comprimido. São persistentes na busca pela sanidade da vítima.

Os sintomas se acumulam, e a severidade oscila. Empilham-se como dominós que caem de jeitos diversos. Podem ser mortais, como foram com Sony e Coeur. Podem ser mortais de outros jeitos, como aconteceu com Neo.

Uma doença crônica não é algo de difícil convivência porque é infinita. É difícil porque é imprevisível. Só que, assim como o luto, cada inflamação acaba, e, apesar da ameaça que paira ser constante, aprende-se a viver com ela. Uma sombra do bem e do mal. Não sara como as feridas, mas ensina a própria força até que possa vesti-la como uma marca de batalha.

Hikari sabe disso melhor do que ninguém.

Ela vai receber alta amanhã. Ela vai voltar para casa com a pele ruborizada e as feridas limpas. As feições mais velhas, aquelas bochechas cheias e o sorriso sempre alegre, que voltam com mais força a cada dia. O vazio é preenchido com o apoio daqueles ao seu redor, até estar cheia o bastante para andar, tocar e ser.

No dia em que aqueles olhos brilham amarelados como fizeram no primeiro dia que eu a vi, um alívio agridoce me percorre.

— Você é tão carinhosa — Hikari diz quando suspiro ao nos abraçarmos.

— Por que eu não seria? — pergunto, sentindo o perfume dela me preencher.

Meu rosto se acomoda na curva do pescoço dela, as mãos dela subindo e descendo pelas minhas costas.

— No começo você tinha tanto medo de me tocar, lembra? — sussurra ela.

— Você tinha medo de que eu fosse te queimar.

— Eu tinha medo de que você fosse me queimar até eu virar nada — eu digo.

Quando ergo a cabeça para encontrar seu olhar, meu queixo encontra aquele mesmo calor escaldante que agora aquece meu coração.

— Eu queria te salvar.

— Ah, é?

— Não.

Hikari ri.

— Você não precisava ser salva — eu digo, beijando o nariz logo abaixo dos óculos. — Você precisava só se lembrar de que não está lutando sozinha. — Beijo o ombro dela, enquanto sentimos o elevador subir. — No fim das contas — eu digo, sussurrando contra o cabelo dela — você eliminou minha solidão.

— Porque você eliminou a minha.

— Com meus braços carinhosos e grosseiros?

— Com os seus amanhãs.

Quero saborear esse instante. Aquela pequena bolha de tempo na qual ela é minha e eu sou dela, e o resto do mundo lá fora não existe.

— Você está bem, minha Yorick? — pergunta Hikari, passando os dedos com cuidado no meu rosto.

— Tenho um presente para você.

O elevador abre com um ruído. Eu pego a mão de Hikari e a levo em direção à nossa escadaria de concreto abafada.

— Outro gesto grandioso? — pergunta ela.

Olho para ela por cima do ombro.

— Não é bem isso.

Um rangido e um sopro de vento nos dão boas-vindas ao telhado, nosso ponto de encontro, nosso cemitério e nosso parapeito. Só que, naquela noite, não está vazio e cinzento.

Naquela noite, cordas de pisca-pisca enfeitam as paredes, um cobertor amarelo no canto estendido como em um piquenique. Em cima dele, uma caixa de papelão familiar com diversas lembranças e, em cima, uma suculenta que não precisa mais dos meus cuidados.

Hikari se admira com o cenário, a luz refletida no vidro do relógio no seu pulso. Ela remexe nele, sorrindo para os próprios pés quando se aproxima do cobertor.

— É uma festa de despedida?

— Você odeia festas — eu a lembro, tirando um saco de padaria de trás da caixa de papelão.

— Mas eu gosto de comida. — Ela tenta tirar o saco de mim, mas eu o seguro acima da cabeça.

— E gestos grandiosos?

— Sam — ela implora, rindo enquanto eu pego um pedaço de um pão cheio de chocolate amanteigado do qual ela nunca se cansa do sabor.

Em vez de brigar comigo ou roubar o doce, ela me dá um beijo na boca, aproveitando para sentir o gosto.

— Aqui. — Eu entrego o saco, e ela só precisa de duas mordidas para o chocolate sujar o seu rosto.

— Obrigada por tudo isso — diz ela quando eu limpo seu lábio inferior com meu dedão. — Desculpa por não ter apreciado tudo isso da última vez.

Da primeira vez, eu lhe teria entregado uma carta sob estrelas falsas. Agora, eu ofereço minhas palavras sob estrelas reais. Acho que ela fica mais feliz assim, e isso também me faz feliz. Minha peça de quebra-cabeça universal que poderia se enquadrar em qualquer paisagem é uma parte natural dessa pintura e, ao mesmo tempo, é a cor de mais destaque nela.

— O que foi? — pergunta ela, com a cabeça inclinada, o cabelo liso e escuro longo o bastante para acompanhar o movimento.

— Você é linda — eu digo.

Ela esprime os lábios, apertando os olhos.

— Sou eu que sempre falo isso.

Faço uma reverência dramática com uma tentativa elegante, parecendo mais uma paspalha. Hikari dá uma risada e brinca junto, permitindo que eu beije as costas da sua mão quando eu seguro seus dedos.

— Seja lá de qual forma você me abençoa, minha Hamlet, nunca fracassa em conquistar meu coração.

— Quanta poesia essa noite, Yorick — brinca ela. — Não está me dando adeus, né?

Ela está brincando. Provocando. Só que o final nervoso da pergunta não colabora com o silêncio que se segue. Hikari olha para a caixa, e então para mim, esperando ansiosamente que eu diga outra coisa, que ofereça a negação que ela tanto quer ouvir.

Não é possível ver pelo sorriso que estou dando para ela, mas, mesmo enquanto admiro suas palavras, seu toque, tudo em todos os dias, há um motivo por eu querer memorizá-la.

— Você melhorou, minha Hamlet — eu digo, minha voz fraca. — Está pronta agora para me deixar.

— Ei. — Hikari solta o saco de padaria e anda até onde eu estou com a preocupação estampada no rosto. — Eu venho te visitar. Todo dia. Você sabe que eu venho. Até você melhorar, eu vou estar aqui...

— Você se lembra daquela noite na praia? — eu pergunto. — Eu disse que precisava contar algo sobre mim.

Hikari pisca depois de um instante, assentindo, como se estivesse ansiosa pelo que vem a seguir.

Eu a seguro pelas duas mãos, tentando encontrar a coragem para finalmente dar essa explicação.

— Você... Você já notou que eu não sou bem como todos os outros? Que não tenho pais nem família, ou nem mesmo um quarto só meu?

A expressão de Hikari é confusa. Sam ficou exatamente do mesmo jeito quando eu contei. É como forçar alguém a questionar a gravidade. Os pés estão no chão, e, portanto, é difícil olhar duas vezes para algo que parece tão simples.

Hikari engole em seco, sacudindo a cabeça.

— Você só... Você é só...

— Eu não estou doente — eu digo. — Você só me vê dessa forma porque é assim que quer me ver.

— Eu não entendo.

— Você disse que eu era estranha da primeira vez que me viu, lembra disso?

— Sim — diz Hikari, se aproximando.

Ela passa os dedos pelos nós da minha mão.

— Você é minha estranha familiar.

— Eu sou familiar porque nós já nos conhecemos antes, meu amor — eu digo. — Nos encontramos em uma vida passada na qual você tinha esse mesmo tom amarelo nos olhos e a mesma alma.

— Sam, do que você está falando?

O cabelo de Hikari já foi amarelo. Não dourado nem trigo, e sim *amarelo*. Como dentes-de-leão e limão-siciliano. A cor cobria a escuridão das raízes, emoldurando seu rosto com aqueles óculos redondos grandes empoleirados no nariz.

Os olhos de Sam já foram amarelos, iluminados quando ele estava feliz, ainda mais quando estava triste. A voz era jovem e aguda, e ainda assim confortável para qualquer ouvinte. Ele se comportava como um personagem, o herói de uma história, um cavaleiro que não tinha um pingo de autoconsciência no corpo.

E juntos, em planos diferentes do tempo, são o motivo de eu estar aqui.

— E se eu dissesse que a esperança tem uma alma? — eu digo. — E se a esperança quisesse saber por que os estranhos com quem tanto se importa iam embora? E se estivesse tão desesperada por respostas que criou um corpo e decidiu caminhar entre os vivos para descobrir os motivos?

— Eu não entendo o que você tá falando...

— Tudo tem uma alma, Hikari, até mesmo aqueles que não têm nome. E eu não tinha nome até alguém me dar o seu.

Hikari franze o cenho com o raciocínio, ligando pontos que ela nunca imaginou que poderiam se ligar até então. Só começa a fazer sentido quando ela se lembra de que nunca ninguém me descreveu. Ninguém nunca disse me ver de uma forma diferente do que eu sou. Ninguém nunca me questionou.

— Sam. — Os olhos de Hikari ficam arregalados, grudados em mim quando a gravidade se desfaz. — Você é a alma da esperança?

Balanço a cabeça.

— O que você vê como a esperança é um último recurso. Acho que sou mais do que isso. Sou a alma de um desejo não realizado. Eu sou o que aparece para manter as pessoas boiando quando parece mais confortável só afundar.

Não sou mulher nem homem, menino nem menina, criança nem adulto. Não sou de nenhuma origem nem pertenço a nenhum povo ou etnia. Não sou gorda nem magra, alta nem baixa, nem nada entre isso. Ainda assim, sou todas essas coisas. Eu sou o que precisam que eu seja. O rosto para dar à sombra quando o sol se põe.

— Nasci quando esse hospital nasceu. Quando havia mais sofrimento do que sentido — eu conto a ela, lembrando quando esse corpo era uma condição da existência e o inanimado era meu limite verdadeiro. — As pessoas precisavam de mim, então eu cuidava delas e elas morriam. Só que precisei de muito tempo para entender que, mesmo que eu seja amaldiçoada a lembrar das pessoas mais tempo do que tive a chance de conhecê-las, eu fui abençoada por conhecer muitas almas que não teria tido a chance de conhecer de outra forma.

Anciões sábios, crianças lindas, enfermeiras bondosas, médicos persistentes, amigos que mostraram outros mundos e romances que mostraram como viver minha própria história de amor.

Hikari pressiona uma mão contra a boca, incrédula, chocada, triste, todas as coisas que eu espelho agora.

— Hikari. — Tento chamá-la de volta para mim. — Se eu não fosse amaldiçoada, eu nunca teria te conhecido.

Ela balança a cabeça, tremendo.

— Você não é real.

— Eu sou, sim.

Sou tão real quanto qualquer outra pessoa que pode ver, tocar ou ouvir. Simplesmente sou diferente, mais jovem e mais velha ao mesmo tempo, mais forte e mais fraca, uma ilusão, uma narradora que transcendeu o seu propósito e escolheu se esgueirar e encontrar um lar nas páginas da história.

Sinto uma única lágrima idêntica à de Hikari escorrer.

— Eu só não sou real do jeito que você precisa que eu seja.

— Mas… você consegue sair daqui — diz ela, tentando se apegar à minha existência da forma que ela compreende, não porque rompe algum tipo de narrativa, mas porque ela lentamente está chegando à mesma conclusão que eu tive quando coloquei a vida dela acima da minha. — Você fugiu com a gente. Você…

— Eu consigo ir até onde a influência do hospital alcança. O mais longe que qualquer paciente chegar — explico. — Mas só consigo alcançar uma certa distância até precisar voltar para casa.

— Sam. — A voz dela fica fraca, virando um gemido.

O que dou a ela naquela noite não é só a verdade de quem eu sou. É a verdade da nossa impossibilidade relativa. Eu me apeguei a isso com Sam, assim como faço agora com ela. Esse sonho de se tornar um só, juntos para sempre.

Eu sabia que haveria um dia em que nenhum amanhã existiria.

Eu sabia e, mesmo assim, eu choro.

— Eu te amo — diz Hikari, as mãos segurando as minhas como se implorassem sozinhas. — Não quero viver sem você.

Eu a puxo para perto de novo, o peso do corpo, a crista dos ossos e a maciez da pele todas ardendo na minha memória. A eternidade é um sonho impossível, mas é a única coisa que nos faz seguir em frente. É a esperança que prende você a outra pessoa com as lembranças de todos os momentos extraordinários e mundanos que passaram juntos.

— Você terá muitos amores ainda, Hikari — sussurro. — Você vai ter uma vida que vai muito além de mim.

Eu a vejo com os amigos que fez, indo à praia e deixando o mar encharcar o vestido. A risada que ecoa quando assiste a um filme com os pais, desenhando seus personagens favoritos em superfícies aleatórias. Ela encontra meninos e meninas que a empolgam, que fazem seu estômago revirar com as borboletas e que a tratam como a coisa mais preciosa do mundo, porque ela é mesmo. Ela terá uma família que ela própria escolherá. Ela verá o mundo e lerá e escreverá por ele, escutando nossas velhas músicas favoritas com fones de ouvido emaranhados.

Ela vai pensar em mim nos seus dias mais solitários, passando os dedos sobre um livro com o nome de Shakespeare na capa. Ela vai me pedir para assombrá-la, e, na memória e nos devaneios, eu farei isso. Ela terá dias difíceis nos quais não sentirá vontade de levantar, mas vai fazer isso mesmo assim. Ela irá em viagens demoradas de carro ouvindo rock com as janelas abertas enquanto a brisa flerta com o seu cabelo.

Eu a aperto contra mim, estremecendo com o calor irradiando da pele dela. Ela terá uma vida muito além de mim.

— E eu fico muito feliz que você sobreviveu para ver isso.

— E você? — Chora Hikari. — E a sua vida?

O vento passa entre nós, nos lembrando da sua existência. Passa do primeiro andar e sobe até aqui, onde tocamos o céu. Por meio do seu sopro, sinto cada pessoa nas paredes do hospital, e me lembro de que, mesmo que eu nunca fique sozinha, também há outra verdade.

— Você sabe que você é a única vida da qual já precisei.

Os olhos de Hikari se enchem de lágrimas, o amarelo brilhando como sóis que refletem a luz. Ela toca a tatuagem no meu peito.

— Se o que você falou é verdade, então não importa quantas vidas eu viver, você vai me perder todas as vezes.

— Sim — eu digo, chorando junto com ela, mexendo na gola da camiseta para conseguir ver as pontas do seu sol. — Mas também significa que eu sempre vou te achar primeiro.

Duas almas solitárias com limites diferentes compartilhando um único universo não podem ser mantidas separadas. Não podem ser roubadas uma da outra. E, enquanto eu estiver aqui, nunca mais quebrarei minha promessa.

— Todos meus amanhãs são seus, Hikari — digo, nossos narizes roçando, o sal do nosso adeus se encontrando naquele fluxo.

A respiração dela hesita contra meus lábios. Colocando os cabelos dela atrás das orelhas, eu a beijo, e cada beijo que já compartilhamos está presente ali. Tive a minha vida junto dela e sou muito grata pelo tempo que nos foi dado. O tempo fica ao meu lado, pronto para levar meu corpo para longe assim que o desejo de Hikari e meu de ficarmos juntas começa a se desfazer.

— Vai voltar, meu amor? — pergunto. — Quando já tiver vivido a sua vida e seus amores, e você estiver pronta, você vai voltar para mim uma última vez?

Coloco um pedaço de papel rasgado e roubado na mão dela. Eu abri meu coração na noite que nos beijamos na velha ala de cardiologia. Naquele papel outro sonho se aninha, pronto para ser tomado, com outra promessa. Hikari lê as palavras enquanto as lágrimas pingam no papel. Uma última vez, ela me abençoa com o sorriso contagiante, e, mesmo que seja agridoce, será aquele sorriso que me acalentará quando ela se for.

— Sim — promete Hikari. As palmas da mão se afastam do meu rosto até estarem segurando só o vento. — Vou voltar para você.

O corpo que criei décadas atrás desaparece até se transformar em nada além da ideia de uma paz tranquilizadora. Eu me esparramo pelo meu lar maior, minha alma conectada ao lugar que nasci.

O adeus dói. Parece que parte de mim está se rasgando e sangrando na pedra, e, quando Hikari vai embora, eu sei que ela chorará por mim assim como eu choro por ela.

Só que ela sabe.

Ela sabe que, quando voltar, décadas no futuro, eu a segurarei nos meus braços e a manterei por perto enquanto as sombras se aproximam e a morte gentilmente a leva para outro reino. E, se o tempo estiver disposto, vai nos dar mais do que só um adeus.

— Eu prometo.

33
Hikari

Há dois séculos, um hospital nasceu. Os homens o construíram de pedra, madeira e uma fé que moveria montanhas. Dentro do prédio, algo ganhou vida além da razão e entendimento. Um tipo de criatura, uma alma feita dos sonhos que foram sonhados pelas pessoas que construíram o hospital. Aquela alma me deu essa história, e agora entrego ela a você.

A infância do hospital foi longa. Era difícil cuidar dele e da sua manutenção. Conforme crescia e evoluía, transformou-se em um lugar que todos conheciam. Tornou-se um lugar onde as pessoas iam para ser salvas.

Os mineradores e alfaiates com cortes e dedos quebrados chegavam, e eram costurados dentro de uma hora. Saíam doloridos, porém gratos. Apesar de ser apenas um espaço sem um corpo humano próprio, aquela alma dentro do hospital via a alegria em suas expressões quando acenavam seu adeus. Outros vieram em busca de ajuda. Outros estavam fracos demais para sobreviver, e então aquela alma solitária segurava suas mãos até sua respiração cessar. Sempre deixava a criatura triste por dizer adeus dessa forma.

No entanto, logo a criatura conheceu as crianças. As crianças eram as mais belas de todos. Eram barulhentas, coloridas e atraídas por todo tipo de coisas que não conheciam. A criatura aprendeu que as crianças sofriam de curiosidade, assim como ela. Riam de qualquer coisa e corriam pelos corredores para brincar, puras, bondosas e esperançosas até os ossos.

Aquela criatura amou todas elas. Amou os bebês cujos punhos se curvavam ao redor de dedos e que murmuravam nos braços dos pais sob seu telhado. Amou as respirações sonolentas, as bocas abertas, os sonhos correndo soltos em suas mentes indomadas.

O tempo correu. As crianças cresceram. Tornaram-se pessoas. E, se a alma tivesse sorte, elas viviam vidas longas e felizes, e voltavam trazendo os próprios bebês.

É claro que uma hora essa sorte acabaria.

A doença nunca vinha antes nem depois. A doença era um marco da eternidade, mas sem dúvidas dava seu golpe com violência. A doença levava as crianças com suas próprias mãos. Assassinava bebês em seus leitos antes de verem a luz. Assassinava mineradores, alfaiates, enfermeiras e médicos.

Todos foram levados, dados à morte, uma baleia com sua bocarra aberta e insatisfeita. Engolia as pessoas, as crianças e os bebês do hospital. E tudo que o hospital podia fazer era observar o passar dos anos sob o controle do tempo.

Quanto mais velho ficava o hospital, mais lágrimas manchavam seu chão. Lágrimas de mães, pais, amantes. Tornou-se um lugar de último recurso. Um lugar onde pessoas vinham perder aqueles que amavam. Os corpos eram presenteados ao chão e as memórias presenteadas ao luto.

A criatura lembrava-se de cada desconhecido que sofria, mas décadas se passaram. Então, um século. Ali veio uma dor tão grande que se forçou a esquecer. Tentou não sentir nada. Nenhuma dor, nenhum calor, nenhuma alegria. Apenas uma curiosidade mórbida, sempre em busca de um motivo para toda aquela carnificina.

Foi dessa forma até surgir uma criança, diferente de todas as outras.

Era um ser de alma eterna presenteado por Deus, mas também era só um menino. Um menino solitário que tentava segurar a mão da esperança quando ela também estava solitária. Quando encontraram o consolo um do outro, aquela alma, aquela criatura, a *esperança,* encontrou uma forma de estar ali com ele.

Não importava quantos morressem, não importava quantas vidas não conseguisse salvar, a esperança tinha Sam. Criou um corpo de carne e ossos. Tornou-se tangível, real, uma parte do mundo que passara tanto tempo observando.

Sam foi seu primeiro amor. De uma forma ou de outra, todos os primeiros amores são perdidos.

Às vezes a morte é mais misericordiosa que a vida, e ele escolheu sua misericórdia em vez da minha, disse a criatura.

Apesar de não ter apenas o perdido. Perdeu tudo atribuído a ele. Tudo que compartilharam. Então chorou com aquela dor das memórias enterradas na neve. Apaixonou-se por Sam porque pensou que ficariam juntos para sempre.

A eternidade é uma ilusão das coisas mortais, mas o tempo sentiu pena de mim, disse a criatura. *O tempo curou minhas feridas, secou as lágrimas e fez o melhor que pôde simplesmente ao continuar passando.*

O tempo permitiu que a criatura esquecesse, mas aquela alma guardou o nome de Sam. Guardou seu corpo curioso. Caminhava entre suas estruturas maiores, feitas de madeira e pedra, e procurava respostas em todos que entravam por suas portas. Escolheu não se sentir assim como escolheu não sofrer, e então escolheu não querer assim como escolheu não perder.

Nunca mais deixou o amor entrar.

É claro que é impossível controlar isso. Seja humano, livro, felino, ou a própria esperança, o amor não é uma escolha.

Foi como uma queda.

Apaixonou-se pela resiliência.

A resiliência é forte, com uma linguagem dura, feita de ferro. Foi forjada pelo ódio, amassada, porém nunca quebrada. Sob aquela superfície impenetrável, ossos frágeis constituíam seu corpo. Era pequeno, e não largo, como deveria ser um escudo. Porém, nada disso importava. A resiliência estava na mente. Era feita de poesia e coisas quebradas. De teimosia e humor ácido. De memórias escritas não como prova de sobrevivência, mas como prova de uma vida.

Apaixonou-se pela bondade.

A bondade sempre pertenceu a um coração quebradiço e sangrando. Talvez não fosse muito inteligente ou ambiciosa, mas a bondade crescia, nunca apenas uma decoração e sempre presente. Sabia, carregando a resiliência nos braços, abraçando a paixão pela cintura e acariciando a cor que faltava na esperança, que se fazia necessária. As melodias que compartilhou arrancavam sorrisos maiores do que qualquer um dos artistas já tinha conseguido.

Apaixonou-se pela paixão.

A paixão era uma deusa. Fluía e voltava com a maré, as ondas entalhando os penhascos. Seu bom humor poderia dominar o mundo. Sorrindo de ponta a ponta, destilava palavras terríveis, palavras bonitas, todas as palavras que queria.

A vergonha se acovardava de medo dela. A paixão deu à bondade uma amizade para se apoiar, à resiliência uma razão para rir, e à esperança uma chama para acompanhá-la.

E a esperança. A esperança é a companheira agridoce da solidão. Vive nas criaturas da eternidade, um lar cuidadoso com mais curiosidade do que bom senso. Conta pequenas mentirinhas, rouba aqui e ali. Perde-se. Perde-se naqueles que precisam dela. A esperança tem gosto de um dia na praia e segura a sua mão com uma força de machucar. É profunda e temerosa e vazia e corajosa.

A esperança é um par de tênis brancos sujos em vez de pés descalços. Os moletons que compartilhamos. Poemas em forma de promessa rasgados nas folhas. Fones de ouvido sempre emaranhados e danças no telhado frio. O zumbido entediante e reconfortante de máquinas, e praias boas e animadas. As sombras contra a coluna acariciada por um amante. O calor de um beijo e as pontas dos dedos geladas contra bochechas ruborizadas.

Os pequenos momentos.

Os momentos que são tudo.

Os momentos antes de o sol escolher se levantar.

Apesar de algumas sombras arruinarem o mundo, há pessoas, pessoas como eles, que sobrevivem e saem dos escombros. As pessoas que criaram esse lar, as pessoas que continuaram a estudar e perambular e treinar para salvar umas às outras. São mais do que cascas vazias que saciam a fome da morte. São cheias de paixão, resiliência, bondade e uma esperança imensurável.

Minha esperança, o *meu* amor, nasceu desse desejo.

Nasceu para que os desconhecidos que sofrem tenham um lugar ao qual pertencer. Para manter a noite e os espelhos afastados. Para permitir que artistas tempestuem pelos corredores e desenhem o maior número de sorrisos possível. Para fazer o tempo parecer infinito. Para fazer com que o desespero que vive em cada um de nós seja um pouco menos solitário.

Andando na rua, eu me misturo à multidão de novos desconhecidos e vejo as possibilidades em cada um dos seus rostos. Não conhecem os seus nomes, meus caros amigos, e, apesar do esforço do mundo, não vai lembrar de vocês.

Mas eu vou.

Eu não deixarei ninguém para trás. Levo vocês comigo nesse novo capítulo da vida além das páginas. Contarei sobre vocês a todos os meus amores. Contarei a meus filhos de vocês. Eu vou morrer, mas, antes disso, vou ler essa história mais uma vez e vou me lembrar dos seus nomes e que suas histórias são imortais.

E ao meu amor, minha Sam, antes do meu último fôlego, vou erguer o olhar para as estrelas e me lembrar da sua carta.

Para meu eterno sol,
  Meu amor por você não começou.
  Não terminou.
  O que compartilhamos não é cronológico.
  É uma promessa.
  É a mais simples das confianças.
  Pode ser quebrada e reconstruída.
  Pode desaparecer e reacender.
  Mas não pode ser roubada.
  Nem mesmo pela morte.
  Nós fomos um eclipse.
  O momento que o sol e a lua se encontraram.
  Um clarão de luz no qual a esperança alcançou o desespero e eles se abraçaram, seja por um único instante ou por toda a eternidade.
  Nessa noite, subirei ao telhado pensando em você. Meus fantasmas perambulam ao meu redor, faltando um pulmão, faltando um coração e faltando uma mente que são que são todos devolvidos à noite.
  Verei você caminhar pelas ruas, o amarelo misturado à multidão, e vou alcançar você com apenas um sonho. Se na sua próxima vida decidir me encontrar de novo, com outro nome, em outro corpo, eu te darei um lar. Eu cumprirei a minha promessa.
  Eu me apaixonarei por você todas as vezes...

Eu também, meu amor.
Eu também.

posfácio

ELE DISSE QUE eu seria uma boa médica.
Pensando bem, sei que disse isso para me deixar feliz, assim como eu dizia a ele, enquanto ele estava usando uma cadeira de rodas, que ele seria um excelente jóquei. Nós fazíamos piada um do outro dessa forma, apesar de que, mesmo pelo celular, ele nunca conseguia manter a cara séria e ele nunca conseguia deixar de acrescentar um "era uma piada". É raro encontrar pessoas tão intrinsicamente boas que sofreram esse tipo de dor. A dor é um animal horrendo que é criado pelo próprio corpo, assim como as doenças autoimunes. Tende a destruir, mas o que quer que tenha destruído nele, não foi sua bondade.

Quando ele morreu, meu mundo caiu.

No começo, parecia irreal, e então foi se tornando uma dor física que eu era incapaz de aguentar. Eu me lembro de ficar deitada no chão, querendo gritar cada vez que pensava em seu sorriso.

Minha bondade, os poucos fragmentos que restaram dela, foi arrancada pelas raízes. Durante anos depois do ocorrido, fiquei imersa em cinismo e maldade e uma crença geral de que a vida era um tipo de piada cruel e que não merecia ser absolvida pela compaixão.

Eu o mantive em segredo para todos, com exceção da minha mãe. De alguma forma, isso fazia parecer que eu o estava preservando. Costumava mentir para as pessoas que perguntavam do meu passado porque é isso que crianças fazem quando querem guardar algo. Ele foi minha primeira experiência de verdade com a morte, e também foi minha primeira experiência com o amor, e eu queria que ele permanecesse como algo meu. Com a adolescência, essa compulsão foi diminuindo, assim como a tristeza do luto. Meu pessimismo e minha agressividade foram substituídos por uma frieza, que eu notei que é só uma parte inerente de quem eu sou e que preciso aceitar. Ainda guardo minha habilidade de rir, ser empática e, mais importante, também aprendi a ser bondosa.

Nossa história de verdade — os milhares de e-mails que trocamos, as ligações de celular, as risadas e as histórias que escrevemos um para o outro — permanece minha. Ele e eu inspiramos essa história, mas a nossa sempre pertencerá ao passado e à minha memória dele, assim como deveria ser.

Ao garoto que sorriu e me encorajou a escrever, não para o mundo e sim para mim mesma, você sempre será parte de mim. Essa história e os personagens que descrevi para você enquanto um monitor cardíaco apitava no fundo junto dos barulhos do hospital todos aqueles anos atrás finalmente encontraram a vida. Meu coração bate com relâmpagos e trovões, e, mesmo se for fraco, é o coração que eu te dei. Meu coração e essa história serão sempre seus, assim como são meus.

Para o leitor que enfrentou essas páginas que às vezes ficavam pesarosas, minha gratidão não é vazia. Seja lá o que levar com você, mesmo que seja uma única frase, saiba que aprecio esse presente que me deu.

No fim, seja gentil ou maldoso, o mundo é cheio de pessoas, e são todas semelhantes. Somos todos ossos e sangue, com certa consciência atracada neles. Então, não dê aos seus inimigos a satisfação de deixar a vida passar diante dos olhos, e seja por uma paixão, um lugar, uma pessoa, ou apenas um amigo solitário preso a tinta e papel, ame com a maior força e a maior resistência que puder.

Obrigada.